सीमान्त कथा

20वीं सदी के उत्तरार्द्ध में
बिहार के जंगलराज की कहानी

सीमान्त कथा

20वीं सदी के उत्तरार्द्ध में
बिहार के जंगलराज की कहानी

उषाकिरण खान

वाणी प्रकाशन

वाणी प्रकाशन

4695, 21-ए, दरियागंज, नयी दिल्ली 110 002

फ़ोन : +91 11 23273167 फ़ैक्स : +91 11 23275710

शाखाएँ

अशोक राजपथ, पटना 800 004, बिहार

कॉफ़ी हाउस कैम्पस, महात्मा गांधी मार्ग, इलाहाबाद 211 001, उत्तर प्रदेश

महात्मा गांधी अन्तरराष्ट्रीय हिन्दी विश्वविद्यालय, वर्धा 442 001, महाराष्ट्र

सुल्तानिया रोड, मोतिया पार्क, भोपाल 462 001, मध्य प्रदेश

www.vaniprakashan.com
marketing@vaniprakashan.in
sales@vaniprakashan.in

SIMANT KATHA
by Ushakiran Khan

ISBN : 978-93-89563-81-8
Novel

प्रथम संस्करण 2020

मूल्य : ₹ 399

सिटी प्रेस, दिल्ली-110 095 में मुद्रित

वाणी प्रकाशन का लोगो मक़बूल फ़िदा हुसेन की कूची से

खेतों में बन्दूक़ें उगतीं
गली-गली में बम बिकता है
आ तुझको मैं सैर करा दूँ
घर में घुसकर क्या लिखता है

नागार्जुन

क्रान्तिकामी कॉमरेड चन्द्रशेखर
एवं
जनसंस्कृतिकर्मी विद्याभूषण
की स्मृति को

एक

अब और देर नहीं करेगी निकिता। रूपाली आती होगी। उसका अभ्यास समाप्त हो गया होगा। बायें हाथ को आदत के अनुसार उठाकर देखा, साढ़े चार बजे हैं। भारी स्वर आया किसी का।

"आप घड़ी देखना चाह रही थीं, है न? शायद घड़ी भूल आयी हैं।"

आगन्तुक नवयुवक और निकिता साथ-साथ हँस पड़े।

"हाँ भई, मैं घड़ी देखने चली थी, याद नहीं रहा कि उसका स्ट्रैप टूट गया था और वह मेरे झोले में है। ख़ैर, मेरा अनुमान ठीक निकला साढ़े चार बज गये हैं। पाँच बजे तक रूपाली आती होगी। काम ढेरों पड़े हैं। साथी अब तक नहीं आये। मैं उन्हें सँभलवाकर जाना चाहती हूँ।"

"मैं आपकी मदद कर सकता हूँ। पहले मेरा परिचय तो ले लें—मेरा नाम वाणीधर है, वाणीधर पाण्डेय। मैं बी.ए. प्रथम वर्ष का छात्र हूँ इसी कॉलेज में। विश्वविद्यालय छात्र संघ के चुनाव में आप मुझसे मदद ले सकती हैं। आपकी कार्यशैली ने मुझे प्रभावित किया है।" स्पष्ट वाक्यों को सुनकर लगा वाणीधर मानो कोई उद्घाटन कर रहा हो। दुबला-पतला, लम्बा-छरहरा नवयुवक मुश्किल से अपना कैशोर्य पार कर पाया होगा। सफ़ेद पाजामा, नीली क़मीज़, सलेटी जैकेट उसके गोरे कोमल रंग पर खिल उठा था। अपने लाल ओठों से मुस्कुराता हुआ मनमोहक लग रहा था। खीरे के बीज-सी दन्त पंक्तियाँ दमक रही थीं। मूँछों की नन्ही रोमावलियाँ और कहीं-कहीं उगी दाढ़ी उसकी उम्र की चुगली कर रही थी।

"क्यों, मेरे लायक कोई काम नहीं है? या मुझ पर भरोसा नहीं है?" निकिता को सोच विचार करते देख वाणीधर ने कहा। यह सच हो सकता था। जिसे न देखा-सुना, न जाना उस पर सचमुच कैसे भरोसा किया जाये? पिछले चुनाव में दूसरे दल का एक शरारती लड़का इसी प्रकार पोस्टर चिपकाने को धोखे से ले गया था। सारे पोस्टर गंगा किनारे कीचड़ में यहाँ-वहाँ बिखरे दिखे थे। कहीं दीवार पर चिपकाये नहीं गये। निकिता इस लड़के के आत्मविश्वास को देख चकित थी। परन्तु आत्मविश्वास का धनी व्यक्ति ही उल्टा-पुल्टा कर सकता है।

"निकिता जी, मैं मृदुला जी एम.एल.ए. के आउट हाउस में रहता हूँ। आप चाहें तो तसदीक कर लें।" निकिता की आँखों में पहचान की लौ कौंधी।

"अब आश्वस्त हो मुझे काम सौंप सकती हैं न!" निकिता गरदन टेढ़ी कर आँखों में मुस्करायी। आश्वस्ति से कुर्सी पर सर ढुलका लिया। लम्बी चोटी को पीछे झूलने दिया। चप्पलों से पैर निकाल उँगलियाँ चटकायीं। हाथों की उँगलियों को भी खोला-बन्द किया। यूँ कि शरीर को ढीला छोड़ दिया। सामने बैठा लड़का आत्मीयता भरी निगाह से उसे देख रहा था। निकिता ने क्षणभर को अपनी थकी आँखें मूँद लीं। आँखें बेहद थक गयी थीं।

"आप थक गयी हैं, चाय मँगवाता हूँ।" कहकर वाणीधर चला गया। थोड़ी ही देर में दो गिलास लेकर उपस्थित हो गया। चाय देख निकिता ख़ुश हुई पर कहने को कह दिया—

"इस तकलीफ़ की ज़रूरत ही क्या थी?"

"ज़रूरत तो थी, आप थक जो गयी हैं।"

"हाँ भई..." निकिता गरम चाय के घूँट भरने लगी।

उस दिन वाणीधर अपने अभियान में सफल रहा। निकिता के कन्धों का बोझ स्वतः हल्का कर गया। पोस्टर बँटवाना, चिपकाना तथा सुरक्षा करना, सब वह करने लगा। छोटा और सहज था सो उसे इस दल के सभी छात्र-छात्राएँ पसन्द करते। वाणीधर की हँसी सम्मोहक थी। उसके होते कोई उदास नहीं रहता। उसका नियोजन सतर्क था, थोड़ी-सी जगह में भी सभी के बैठने का जुगाड़ कर लेता। कठिन काम कैसे सरल हो जाय उसकी जुगत भिड़ा लेना, वाणीधर के लिए मुश्किल न था।

विश्वविद्यालय छात्र संघ के चुनाव का समापन हो गया था। एक खेमे की जीत नहीं हुई थी। तीन खेमे के प्रतिनिधि चुनकर आये थे परन्तु निकिता चुन ली गयी थी। निकिता को विश्वविद्यालय के सभी खेमे के छात्र चाहते थे, ऐसा लगा क्योंकि लगभग शत-प्रतिशत मत इसे मिले थे। एक प्रकार से निकिता इससे हतप्रभ रह गयी थी। उसे लग रहा था कि यह शायद उसकी हार है। उसकी विचारधारा, उसके कार्यक्रमों की नहीं, उसके व्यक्तित्व की जीत हुई है। साथी चुप थे पर उनकी आँखें इसे बोलती सी लगतीं। लगता उनमें उलाहना है, उपालम्भ है... निकिता अपने को थोड़ी देर के लिए दोषी मान बैठी। काम की अधिकता से जब वह थक जाती तो कहा करती, "तुम लोग ऐसे निश्चिन्त होकर बैठे हो मानो चुनाव सिर्फ़ मुझे लड़ना है।"

आज उसे अपना यह कथन ठीक नहीं लग रहा था। उसने यह सब बेमौक़े कह डाला था। परिणाम मात्र इसी के पक्ष में गया यूनियन के दफ़्तर में समारोहपूर्वक बैठने के बाद वह अधिक उदास हो उठी थी। शुरुआती दिनों में छात्र संघ तथा

अपनी पार्टी के काम ने उसे उदास कहाँ रहने दिया था। फिर उदासी को कपूर की भाँति उड़ा देने वाला शख़्स वाणीधर कहाँ किसी को उदास रहने की अनुमति देता।

वाणीधर निकिता के जीवन का एक आवश्यक अंग बन गया था। घण्टों कॉलेज परिसर, पार्टी का दफ़्तर और निकिता का घर इनका साथ देखता। इनका साथ कॉलेज परिसर का अधिक दिन का नहीं रहा। निकिता ने एम.ए. कर लिया था। परन्तु वाणीधर इनके घर का अंग बन गया था। यह और बात थी कि उसकी माँ के अतिरिक्त अन्य कोई आत्मीय नहीं बना।

निकिता अपनी चार बहनों में सबसे बड़ी थी। वाणीधर नाम का नवयुवक इसके घर का सदस्य बन गया। अक्सर पराये युवक का घर में जुड़ना प्यार-मुहब्बत के शरीरी आकर्षण के कारण होता है जिसे ज्ञानी पण्डित, कवि, लेखक, आत्मिक नक्षत्रीय सम्बन्ध की संज्ञा से विभूषित करते हैं। यह लड़का स्वेच्छया भाई बनकर टपक पड़ा था। चार-चार सुन्दर सुघड़ कलाप्रेमी, स्वातन्त्र्यचेता लड़कियों के घर में पराया युवक भाई बनकर सदर दरवाज़े से प्रवेश कर गया था। निकिता के पिता सरकारी मुलाज़िम थे, व्यस्त और गम्भीर व्यक्ति थे। उनके पास अधिक समय नहीं था... यह और बात थी कि उनकी पैनी नज़र अपनी बेटियों पर रहती। बेटियों के विकास से वे प्रसन्न थे। उनके सम्पूर्ण व्यक्तित्व से सन्तुष्ट थे। वाणीधर का प्रवेश उनके घर में उन्हें स्वीकार्य था।

उधर वाणीधर जिस घर में तीन वर्षों से रहता था उसकी अधिकारिणी मृदुला जी इसे बेहद प्यार करती थीं। दरअसल, मृदुला जी के स्नेह का प्रमाण था कि बीच राजधानी में विशाल आवास के आउट हाउस का एक कमरा इसे रहने को मिला था। घर ढूँढ़ते और प्रत्येक माह किराया देने की विवशता से वाणीधर बच गया था। बिहार प्रान्त के उत्तरी पश्चिमी छोर पर बसे सीवान ज़िले के अत्यन्त छोटे किसान के घर वाणीधर दो बेटियों के बाद पैदा हुआ था। वाणीधर की आसन्नप्रसवा माता ने जानकी अवतरण दिवस का कठिन व्रत साध रखा था। वैशाख मास की ऊष्मा और व्रत के फलस्वरूप उत्पन्न कमज़ोरी उन्हें निढाल बना गयी थी। कमर की ओर से उठती दर्द की लहर को पेड़ तक महसूसती माता उफ़ तक न कर सकी थी। ग्रामीण भय जो था कि कहीं तीसरी सन्तान भी बेटी न हो जाय। उनके चुप रहने से क्या होता है, जिसे धरती पर आना था उसने अपना इन्तज़ाम कर लिया। दाई-दगड़िन आने से पहले ज़ोरदार प्रसव पीड़ा उठी, हृष्ट-पुष्ट बालक संसार सागर में आ गया। रो-रोकर घर के स्वजनों को पास बुला लिया। माता का मान तुरत बढ़ गया। पण्डित पुरोहितों ने तत्काल देखकर कहा—"लड़का साक्षात् बृहस्पति है। सरस्वती पुत्र समझिए। विद्या के माध्यम से अकूत धनोपार्जन करेगा। एक खोट है। सतइसा में पड़ गया है। ग्रह शान्ति कराये बिना पिता मुँह न देखें।"

पिता किसान थे, ग्रामीण थे पर यह सब नहीं मानते थे। नाल कटने के तुरत बाद बच्चे को गोद में भर लिया था। उसके रूप-रंग को देखकर, टनकदार आवाज़ सुनकर स्वयं नामकरण कर दिया था–'वाणीधर'। धर्मभीरु माँ ने सतइसा की पूजा सविधि की गृहदेवी शीतला, ग्रामदेवता ब्रह्म और गह्वर में बैठी नागदेवी मनसा सभी पूजी गयीं। कुएँ तालाब तक का पूजन हुआ। गोकि, पिता के मुख देख लेने के अपराध का शमन कर लिया गया। मन-ही-मन वाणीधर की माता भयातुर रहतीं, गृहदेवी शीतला से बच्चे की ख़ैर मनाती रहतीं। चाँद-सा बालक बिना किसी रोक-टोक के बढ़ता गया, कोई बड़ी बीमारी नहीं हुई। सामान्यतया ठीक-ठाक रहा। वाणीधर के बाद एक और छोटा भाई तथा छोटी बहन का जन्म हुआ। गाँव में उनका सम्मिलित परिवार था जिसमें एक बड़े चाचा थे जो निकट के प्रारम्भिक विद्यालय में शिक्षक थे, छोटे चाचा बी.ए. पास कर यूँ ही बैठे थे। उनका मन खेती में नहीं लगता, नौकरी मिलती न थी। यहाँ-वहाँ बैठकर ताश खेलते समय बिताते। परिवार पर उनके बेकार बैठे रहने का मानसिक आर्थिक बोझ था। वाणीधर की प्रतिभा निखर रही थी परन्तु भाई के दायित्व से झुके कन्धों पर इनकी शिक्षा का बोझ उठाना कठिन था।

बड़े चाचा सुमिरन पाण्डेय यद्यपि प्राइमरी स्कूल के शिक्षक थे परन्तु पढ़ने-लिखने का बड़ा चाव था। स्वतन्त्रता आन्दोलन और भारत देश का सार्वभौमिक राष्ट्र बनना उन्हें याद था। तब वे छोटे बच्चे थे। वाणीधर के दादाजी सुराजियों से संग-साथ रखते थे। अपने खेत-खलिहान, ढोर-डांगर की देखभाल करते हुए भी नयी हवा से रू-ब-रू थे। गाँधी जी के प्रभाव में आकर चर्खा चलाते, खादी पहनते और स्वदेशी आन्दोलनकारी कहलाते। वैसे वे किसी सत्याग्रह में आगे बढ़कर भाग लेने नहीं गये, न जेल गये, न फरार रहे पर अख़बार, रेडियो से सम्बन्ध रखते। स्वयं अधिक पढ़-लिख नहीं पाये लेकिन तीनों बेटों को ग्रेजुएट करा दिया। वाणीधर के पिता तपेश्वर पाण्डेय मेधावी तथा जागरूक व्यक्ति थे। उन्होंने गाँव में रहकर खेती करना सही समझा। बुद्धि-ज्ञान और सुलझे स्वभाव के तपेश्वर प्रतिष्ठित नागरिक थे। गाँव के लोग छोटी-बड़ी समस्या लेकर उनके पास आते थे। अधिक पढ़े-लिखे, सम्पन्न व्यापारी तथा शहरी चकाचौंध के लोभी लोग गाँव छोड़कर जा चुके थे सो तपेश्वर ही सबसे होशियार बचे थे। सुमिरन पाण्डेय की चार बेटियाँ थीं। वाणीधर घर का पहला लड़का था, उसके बाद एक और भाई हुआ शिवधर, फिर एक बहन।

वाणीधर ने गाँव के विद्यालय से मैट्रिक की परीक्षा पास कर ली थी। अंक अच्छे आये थे। परीक्षाएँ देने के बाद आम का मौसम आया था। उस बार आम ख़ूब फले थे, शहर में रहने वाले एवं नौकरीपेशा लोगों के परिवार आम खाने गाँव आये हुए

थे। उन्हीं में से एक वाणीधर के पिता के अनन्य मित्र थे विभूति बाबू। विभूति बाबू पटना के किसी कॉलेज में पढ़ाते थे। वाणीधर की प्रतिभा, विनम्रता और शालीनता के वे कायल थे। उन्होंने स्वतः ही तपेश्वर बाबू से कहा कि वे वाणीधर को उनके साथ पटना भेज दें। वहाँ के कॉलेज में पढ़ेगा तो इसकी प्रतिभा का विकास होगा। आँख-पाँख खुलेगी। इसे विस्तृत आकाश मिलेगा। जितना विस्तृत आकाश वैसी ऊँची उड़ान वैसा उसका सन्तरण, उतना ही फैलाव। सुमिरन पाण्डेय ने भी इस बात का समर्थन किया। वाणीधर विभूति बाबू के साथ पटना चला गया। पटना कॉलेज में स्वाभाविकं रूप से उसका दाख़िला हो गया। अपनी सीमित आय के होते हुए भी वाणीधर के पिता खेत का चावल-दाल, गुड़-चिवड़ा भेजते रहे विभूति बाबू के यहाँ। पर शायद उनकी पत्नी को वाणीधर का अपने बच्चों की बराबरी में रहना नहीं भाया। आत्माभिमानी वाणीधर ने अपने प्रयास से दो-चार ट्यूशन जुटा लिये और एक मित्र के साथ किसी लॉज में जा टिका। विभूति बाबू ने उसे भारी हृदय से यह कहते हुए विदा किया कि—"मुझे ग़ैर न समझना, किसी वक़्त ज़रूरत पड़े तो अवश्य आना।" वाणीधर अपनी सहज मुस्कान से उनका मन मोहता चला गया। स्नेह का सम्बन्ध बना रहा।

अपनी मिहनत, अपना बल! वाणीधर के व्यक्तित्व में आत्मविश्वास भर उठा। भोला ग्रामीण किशोर पुख़्ता मनुष्य बन रहा था। उसके निर्माण की पृष्ठभूमि यत्र-तत्र बिखरी थी। कॉलेज के पूरब-उत्तर कोने के जिस मुहल्ले में वह रहता था, वह बेहद जन-संकुल था। कुछेक मकानों में बिजली थी। अधिकांश झोंपड़ियाँ थीं जिनमें किरासन की कुप्पियाँ जलती रहती थीं। रिक्शे-ठेले चलाने वाले मज़दूर और घरों में काम करने वाली कामिनें वहाँ रहती थीं। वाणीधर ने उनके बच्चों को समेटकर बैठाना शुरू किया। कामिनों की इच्छा तो थी कि बच्चे पढ़ें परन्तु उन्हें समय नहीं रहता। बच्चों का दाख़िला कॉरपोरेशन के स्कूल में करा दिया बस, अपने कर्तव्य की इतिश्री समझ ली। वाणीधर देखता कि थोड़ी अधिक सजग माँ अपने बच्चे को स्वयं स्लेट-पेंसिल ले स्कूल दे भी आती है तो स्कूल के शिक्षक-शिक्षिकाओं का व्यवहार उनके प्रति अच्छा नहीं था। उन्हें भी इन नौनिहालों को पढ़ाना अच्छा नहीं लगता। इस प्रकार स्कूल में दाख़िला उनका सिर्फ़ रजिस्टर भरने का साधन था। कई कामिनें, गोबर-उपलों से जीवन-यापन करने वाली माँएँ मुफ़्त स्कूल ड्रेस, नाश्ते और स्लेट-पेंसिल के कारण भेजतीं। शिक्षक-शिक्षिकाएँ भी नाममात्र को स्कूल चलने भर के लिए रजिस्टर भरतीं, हाज़िरी बनातीं और ढोर-डंगरों की भाँति बच्चों को हाँक देतीं। सहज संवेदनशील वाणीधर यह सब कुछ देख समझ रहा था। उसे हैरत होती कि गाँव में भी ऐसा ही होता है और राजधानी में एक सरकार की नाक के नीचे भी वही सब कुछ हो रहा है।

"सुनो, तुम्हारा नाम क्या है?" ट्यूशन पढ़ाकर आते वक़्त कंचे खेलते बच्चों में से एक से वाणीधर ने रोककर पूछा। सफ़ेद पाजामा और नीली क़मीज़ में साफ़-सुथरे नवयुवक से बच्चे पलभर को सहमे। वाणीधर ने उनके सर पर हाथ फेरा और कहा—

"अपने भइया को नाम नहीं बताओगे?"

यह उनसे मेलजोल की शुरुआत थी। राजू, गुड्डू, पिंकू, रिंटू से पहले दोस्ती हुई फिर तो डिम्पल, मधु, सोनू, रूपा सब सिमट आयीं। शाम को खेलने से लेकर ज्ञान की बातों का सिलसिला चल निकला था। वाणीधर उनका अनायास मार्गदर्शक बन बैठा! कॉलेज में कक्षाएँ कम होतीं। वाणीधर पुस्तकालय और गुरुओं के पास बैठकर सीखने की कोशिश कर रहा था। राजधानी का विराट विरोधाभास इसे अध्ययनशील बना रहा था। इसने खुली आँखों से देखा सड़क के किनारे सत्तू बेचने वाले, खैनी-तम्बाकू बेचने वाले और गोबर जमाकर उपले सुखाकर बेचने वालों के बच्चों की नियति क्या है? स्कूलों में भेजते उनके अभिभावक की आँखें कैसी चमकती हैं मानो आशा-विश्वास से झिलमिल कर रही हों, कुछ वर्ष बीतते न बीतते मुरझाने लगतीं। मिहनत मजूरी से बोझिल कमर थोड़ी अधिक झुकने लगती।

बच्चों के सूत्र से कुछ मजूर कामिनें वाणीधर के निकट आने लगे थे। इस मुहल्ले के सस्ते लॉज में रहने वाले लड़कों की माली हालत के सम्बन्ध में इन्हें ख़ूब पता होता था। वस्त्र-सज्जा और पैदल दूर विश्वविद्यालय की ओर आना-जाना देखकर समझने में देर भी नहीं लगती। स्वयं चाहे जैसी स्थिति में रहते हों इन लोगों ने किसी पढ़ुआ बाबू को कहाँ देखा था कि अधिक दुखी झोंपड़ी वाले बच्चों से घुलें-मिलें। उन्होंने देखा था कि ग़रीबी में तो इस मुहल्ले के लॉज में रहते छात्र; पर जब अपनी प्रतिभा, परिश्रम के बल पर अच्छी नौकरियाँ पा जाते तो कभी इधर का मुँह न करते। रहते हुए भी अपने से उच्च स्तर के लोगों के साथ बैठना-उठना करते, निम्न स्तर के लोगों का ख़याल रखना तौहीन समझते। परन्तु वाणीधर का अपने बच्चों के साथ घुलना-मिलना, उन्हें ज्ञान देना इन्हें अन्दर तक छू गया। उजड्ड-गँवार समझे जाने वाले झोंपड़ीवासी लोगों ने मिलकर एक फ़ैसला लिया। क्यों न वाणीधर भइया दो घण्टों की ट्यूशन बच्चों की लें। हम सब मिलकर यथासाध्य फ़ीस देंगे।

"अरे नहीं-नहीं क्या कहते हैं आप लोग, मैं तो यूँ ही इन्हें कुछ-न-कुछ पढ़ा-समझा देता हूँ।" वाणीधर ने प्रतिकार किया था।

"भइया, आज जो करते हैं करते रहें, पर इन्हें इनकी किताब-कॉपी लेकर बाकायदा पढ़ावें ताकि ये स्कूल पास करें।" एक व्यक्ति ने कहा। "और भइया, हम सब लोग महीना में दूनू बेकत मिल के दू हज़ार के लगभग कमा लेते हैं। फी बच्चा पर दस टका देंगे। किसी को नहीं अखरेगा।"

"ले कौन रहा है?" वाणीधर ने हँसकर कहा।

"अरे वाह भइया, हम सब कमाने वाले लोग हैं, मोफत का एक्को काम नहीं करते हैं आप पढ़ुआ विद्यार्थी हैं मोफत का काहे पढ़ावेंगे? आँए?" अकलू कुम्हार का स्वर था।

"आप नादान हैं, आपको नहीं मालूम दीन-दुनिया कैसे चलती है। हम लोग सब मिलकर आपको दो सौ रुपया देंगे, आप दो घण्टा इन लोगों के मास्टर होकर रहिए। उसके बाद भइया रहिएगा इनके।" सबों के सामने चुप रह जाना पड़ा वाणीधर को। नतमस्तक हो गया इन मेहनतकशों के तर्क के आगे। दो घण्टे की गुरुआई कठिन थी। श्रुत ज्ञान तो बच्चों को था, लिखना और पढ़ना चौपट हो गया था। उनके कंचे खेलने वाले हाथों से वर्णमाला का अवतरण होना अत्यन्त कठिन था। यशोलब्धिका लग्न था वाणीधर की झोली में। सचमुच बच्चे पढ़ने-लिखने लगे। अपने स्कूल के शिक्षकों को भी अब वे चैन से बैठने न देते। उन्हें पढ़ाने को विवश होना पड़ा।

"मास्टर जी, तुम ज़रा सँभलकर रहना; देवी मास्साब तुम्हारी धुलाई करने वाले हैं।" नुक्कड़ पर साइकिलों की मरम्मत करने वाले छोकरे झपसी टुड्डू ने एक दिन कहा वाणीधर से।

"क्यों, मैंने क्या बिगाड़ा है उनका?" वाणीधर को आश्चर्य हुआ।

"अरे बिगाड़ा कैसे नहीं भइया, तुम बच्चों के मास्टरजी बनकर जो बैठ गये हो। उन्हें पढ़ाने लगे हो, वे अब स्कूल का नागा नहीं करते, मास्साब से पढ़ाने को कहते हैं। नाश्ते की सारी दलिया पूड़ी खा जाते हैं। उनकी चैन में भी बिपत पड़ गयी। दुपहरिया नींद में खलल हुआ।"

"अब यह भी कोई बात हुई?" कहकर वाणीधर कुछ सोचता-सा आगे बढ़ गया। लड़ाई-झगड़े से यह बहुत डरता है। अपने भाई-बहनों से भी लड़ने-झगड़ने का इसका स्वभाव नहीं रहा। गाँव के दोस्त मित्र जब आपस में झगड़ते तो यह समझाया करता स्वयं कभी शामिल नहीं होता। इस गली के बच्चों-बड़ों में बात-बात पर लड़ने-झगड़ने, गाली-गलौज करने की आदत थी। वाणीधर बच्चों की मध्यस्थता कर झगड़ा ठण्डा कर देता। सोचते-विचारते अपनी कोठरी में पहुँच गया। लॉज वालों की तरफ़ से दिये गये तख़्त पर इसकी दरी और चादर बिछी थी। अपने बिछावन पर लेट गया वाणीधर। अजीब मुसीबत है। उसने सुन रखा था देवीप्रसाद जी बड़े तुनुक मिज़ाज मास्टर हैं। स्कूल के प्रधान शिक्षक हैं। उनके साथ तीन शिक्षिकाएँ और दो शिक्षक और हैं। सारे उनकी ख़ुशामद में जुटे रहते हैं। देवीप्रसाद इस मुहल्ले के दबंग नागरिक हैं। थोड़ी दूर हटकर उनका गाँव है। राजधानी के स्कूल की मास्टरी और गाँव की खेती बख़ूबी देखते हैं मास्टरजी। खेती भी क्या साग-सब्ज़ियों की, मतलब पैसों की। हफ़्ता में चार दिन वे गाँव की खेती में बिताते, दो दिन स्कूल आते। दो बीड़ियों को मध्यमा और तर्जनी के बीच एक साथ दबा लेते, सामने के

स्टूल पर दोनों टाँगे चढ़ा खींचकर सुट्टा मारते। जब तक वे बैठते उनके इर्द-गिर्द बीड़ी के टोटों की भरमार हो जाती। एक बार एक नयी महिला शिक्षिका ने उनके लिए ऐश-ट्रे लाकर रखी कि वे बिदक गये।

"ये सब सिगरेट पीने वालों के चोंचले हैं।"

"सफ़ाई रखने के लिए लोग इसका उपयोग करते हैं सर", शिक्षिका ने कहा।

"हें–हें–हें! ठीक कहती हैं बहन जी", चपरासी ने कहा।

"तो तुम काहे तनखाह पाता है, खाने और गोबर करने?" गरगराती हुई कड़क आवाज़ से सारे सकदम्म हो गये। फिर क्या था, ऐश-ट्रे देवी मास्साब की कुर्सी के पीछे दीवाल पर ठुँके आले में जाने कब से रखी पेपरमेशी की सरस्वती प्रतिमा के क़दमों में रख दी गयी, बीड़ियों के टोटे ज़मीन पर यूँ ही बेतरतीब बिछे रहे।

नयी शिक्षिका सरिता को पुरानी सुबाला और प्रेमा बहिन जी ने समझाया कि यहाँ सिर्फ़ नौकरी करने में कल्याण है और किसी बात में नहीं। धीरे-धीरे वह समझ गयी। परन्तु वह उन लोगों की तरह मात्र वेतनभोगी नहीं थी कि छात्रों को पढ़ाना छोड़ अपने घर के क़िस्से ले बैठ जाये। ऊन व धागे के फन्दों में बच्चों को उलझाकर पटखनी मारते-मारते बेदम कर दे। वह सचमुच पढ़ाने लगी। दूसरों के हिस्से की कक्षा भी लेने लगी थी सरिता। शिक्षिकाओं को सुकून मिला, देवी मास्साब की भँवे चढ़ी रहतीं। उन्हें अपने गुबरैले संस्कार पर चन्दन का हमला लगा सरिता का स्वच्छ व्यवहार। सभी जब आस-पास बैठे होते तो अपनी आवाज़ में हिकारत भरकर कहते, "का होगा, बेसी ज्ञानदान कर इन नाली के कीड़ों को? मैया-बाप जन्माते चले जाते हैं अपार और फेंक देते हैं हमारे कपार। अरे सौ पुस्त में किसी ने पढ़ा है काला आखर भैंस बराबर कि ये हो जायेंगे पण्डित। हम भी ग़रीबों के हक़ में लड़ने वाले पार्टी के आदमी हैं, ऊँच-नीच बैठे एक ही तख़्त पर यह मेरे गुरु ने भी सिखाया था पर अपना अनुभव तो ईमानदारी से यही कहता है कि इनको दूसरे इलम की ज़रूरत है हम बेकार पानी में लाठी मार रहे हैं।" लम्बे और भदेस भाषण के बाद देवी मास्साब थोड़ी देर को थम जाते। बीड़ी के बण्डल से साथ-साथ दो बीड़ियाँ निकाल अनामिका और मध्यमा उँगली में फँसाते और फक्क से दियासलाई जला लेते। बीड़ी सुलगाकर दो-चार कश लेने के बाद विजयीभाव से इधर-उधर देखते फिर दुबारा शुरू हो जाने में उन्हें कोई हर्ज़ नहीं लगता।

"अब मुझे कोई सिखावनी न दे, मैंने भी जे.पी. आन्दोलन में बढ़-चढ़कर हिस्सा लिया था। जिस दिन इनकम टैक्स गोलम्बर के पास... लोकतन्त्र की पड़ी लाठियाँ जयप्रकाश पर... उस दिन मैं ज़रा पीछे रह गया था नहीं तो..."

"ऊ तो मास्साब जोड़ा बीड़ी सुलगाने पीछे रह गये थे बकिर आगे रहते तो

इन्हीं का महमण्ड पाकल कदीमा लेखा फट के दू फाँक हो जाता।" बात काट कर मुहल्ले के एकाउंटेंट बाबू बोल उठते।

"हें-हें-हें, ई भी बात करते हैं," थोड़ा, बहुत थोड़ा लजाते देवी मास्साब, वह लज्जा भी व्यक्ति सापेक्ष होती; एकाउंटेंट मंगल बाबू से कुछ कहें, यह साहस कतई नहीं था उनमें। एकाउंटेंट के पास ही तो सारा लेखा-जोखा रहता। कितने फर्जी छात्र हैं... कितने का नाश्ता लिखा जाता हैं... कितनी किताब-कॉपियों..., स्लेट-पेंसिलों का बिल बनता... कितने आने सब एकाउंटेंट ही जानता है। वैसे भी दोनों मौसेरे भाई ही तो थे। जब-जब देवी मास्साब ऊँची उड़ान लेने लगते, ज़ुबान की धार तीखी होने लगती तब-तब मंगल बाबू खलल डाल देते।

सरिता बहनजी पर देवी मास्साब के कोप को देख रहे थे मंगल बाबू। उन्हें पसन्द नहीं आया उनका व्यवहार। तब से ही उन्होंने एक तरह से उसके अभिभावकत्व का भार सँभाल लिया। मन-ही-मन निश्चय किया कि इस नन्ही गौरैया-सी कन्या को अपनी शीतल छाँव देनी होगी। भला यह भी कोई तरीक़ा है नवागन्तुका के स्वागत का। उसने क्या बुरा किया अगर ऐश-ट्रे ले ही आयी तो। स्नेह-सौहार्द का क्या यही उत्तर है? उसे फटकार दिया जाये? बेचारी बिल्कुल सिटपिटा गयी। परिश्रमी लड़की है। समय पर स्कूल आती है, बच्चों की कक्षाएँ लेती है और चली जाती है। मंगल बाबू को बड़ा लाड़ उमड़ा उस पर। इतना कि वेतन भुगतान के दिन उससे दस्तूरी तक नहीं ली। उस दिन मस्टर रोल में रहने वाले हीरा स्वीपर से लेकर देवी मास्साब तक एक निश्चित रक़म एकाउंटेंट बाबू के हाथ पर रखते। दूसरी बहन जी लोगों ने सरिता को बता दिया था। सरिता ने बिना प्रतिवाद किये उनका कहा मानकर जब मंगल बाबू को देना चाहा तो उन्होंने भावुक होकर कहा था, "अरे बेटी तुमसे मैं क्या लूँ, नहीं-नहीं मुझसे न होगा। बेटियों को दिया जाता है लिया नहीं जाता।" अपने इस विद्यालय में सरिता के ऊपर यह एक प्रकार से पहला स्नेह वर्षण हुआ था। उसका मन भीग गया। अपने आप को सँभाल लिया उसने और वेतन लेकर चुपचाप निकल गयी। इतनी छोटी-सी बात जिससे शायद देवी मास्साब को कुछ लेना-देना नहीं था, पर वे क्रोध में भर उठे। थोड़े गुमसुम रहने लगे। सचिवालय दौड़कर, नगर निगम के अधिकारियों को पत्र-पुष्प चढ़ाकर उन्होंने सरिता का तबादला दूसरे इलाके के स्कूल में करा दिया।

अपने तख़्त पर लेटा सोचता रहा वाणीधर। यह क्या कह गया झपसी टुड्डू, अगले माह इंटर की फाइनल परीक्षा है क्या करे यह। तभी कुछ बच्चे कमरे में दाखिल हो गये। वाणीधर को आकाश की ओर चुपचाप ताकते पड़े देखकर सहम से गये।

भैया तो इस वक़्त किताबें खोलकर पढ़ते मिलते हैं लेटे क्यों हैं भला? कहीं ज्वर तो नहीं आया?

"क्या हुआ भैया?" जितेन्द्र ने पैरों के पास बैठकर तलवे सहलाते हुए पूछा। गणेशी और बीनू सर की ओर बैठ दबाव का प्रयास करने लगे थे।"

"अरे-अरे ये क्या?" वाणीधर उठकर बैठ गया।

"यूँ ही लेट गया था, तुम लोगों ने क्या समझा बीमार हो गया हूँ?" सभी ने सिर हिलाये।

"नहीं, मैं ठीक हूँ। तुम लोग आज नाटक की अभ्यास कक्षा में नहीं गये? इधर आ गये हो।"

"और लोग गये हैं, हम आपके पास एक ख़बर लेकर आये हैं।"

"अच्छा क्या ख़बर?" वाणीधर मन-ही-मन आशंकित हो उठा कि क्या इनके पास भी वह दुष्ट ख़बर पहुँच गयी? ये फूल से कोमल, पारद से चंचल बच्चे विचलित से हैं।

"भइया, हमारी सरिता दीदी की बदली हो गयी। वे कंकड़बाग स्कूल चली गयीं।" "अच्छा?" वाणीधर को यह ख़बर थी कि सरिता नाम की कोई नयी लड़की शिक्षिका आयी थी जिसने इन बच्चों को प्यार और परिश्रम से पढ़ाना शुरू कर दिया था। उसके ईमानदार स्वभाव से देवी मास्साब नाराज़ रहते। उनकी गलग्रह हो गयी थी वह नयी शिक्षिका। कर दिया ऑपरेशन।

"सरकारी नौकरी है तबादले तो होंगे। इसमें ख़ास बात क्या है?" वाणीधर ने कहा था।

"हमारी पढ़ाई ही रुक जायेगी भइया। सरिता दीदी सारे क्लास लेती थीं, हम सबको ख़ूब समझाकर पढ़ाती थीं। उनके आये कम दिन ही हुए वो चली गयीं, बाक़ी सारी टीचर ढेर दिन से हैं।"

"क्या करोगे, ऐसा होता है। जैसे सरिता आयीं वैसे ही कोई और आ जायेंगी।" यह एक नयी समस्या थी। पढ़ने में आज मन नहीं लगेगा यह सोचकर वाणीधर बच्चों को लेकर रंगशाला की ओर चला गया। वहाँ बच्चे 'अन्धेर नगरी' नाटक का अभ्यास करने में मशगूल थे। थोड़ी ही देर में तनावमुक्त हो गया वाणीधर। नाटक के निदेशक को अब किसी प्रकार का निर्देश देने की ज़रूरत नहीं थी सो आकर वाणीधर के पास बैठ गये। एक-दूसरे का हाल-चाल पूछकर बैठे ही थे कि एक नया युवक आता दिखाई दिया।

"आइये-आइये आनन्द जी, बहुत दिनों बाद दिखाई पड़े।" मनु तिवारी ने पूछा।

"कहाँ रहते हैं, मैं कई बार आकर गया हूँ पूछिये राजू से। आजकल तो आप नाम भुनाते हैं निर्देशन राजू ही करता है।" ऐसे सीधे-सपाटे से मनु तिवारी सकपकाये फिर हँसने लगे।

"इनसे मिलिये, ये हमारे युवा मित्र हैं वाणीधर और वाणीधर, ये... मुझे आनन्द कुमार कहते हैं। पहले मैं इसी मुहल्ले के एक लॉज में रहता था। आजकल गाँधी मैदान के पास एक सरकारी आवास में रहता हूँ।" वाणीधर ने देखा आनन्द कुमार दुबला-पतला लम्बा-सा युवक था। चेहरे पर घनी दाढ़ी मूँछें, गरदन टेढ़ी और छाती ऊँची थी। सब मिलाकर उद्धत होने का भाव देता था।

"नमस्ते" वाणीधर ने नम्रता से दोनों हाथ जोड़ दिये। उसके चेहरे पर सदा सोहने वाली मुस्कान थी।

"अजी कहाँ की नमस्ते, हमारी एक प्रोफ़ेसर ने बताया था कि नमस्ते दरअसल उस ऊपर वाले अदृश्य अनाम ईश्वर नामक संज्ञा को किया जाता है। हम उसे जानते नहीं, हमने अनुभव नहीं किया है उनका, सो हम उनको मानते नहीं तब 'उसे' नमः क्यों? आइये गले मिलते हैं। आज से हम दोस्त हो गये एक-दूसरे के। क्यों मैं आपको दोस्त बनने लायक लगता हूँ या नहीं? मुझे तो आप 'भा' गये।"

"क्या कहने बड़े भाई" आनन्द कुमार की फैली बाँहों में समा गया वाणीधर एक ही दिन, बस एक दिन और आकाशगंगा की पूरी सैर, भविष्य के कई वातायन एक साथ खुल गये। वाणीधर ने उस समय जाना न था। उस दिन साथ-साथ ही अपने लॉज ले आया आनन्द कुमार को। गली उसकी परिचित थी, परले सिरे पर बनती नयी इमारत के स्थान पर पहले एक लॉज था, आनन्द उसी में रहा करता था। तभी उसे मनु तिवारी एण्ड पार्टी से दोस्ती हुई थी। आनन्द ने कभी किसी ग़रीब गुरबा को नहीं सताया। वाणीधर को भी आनन्द की ख्याति का पता था।

"ऐ छोकरे ग़रीबों से बहुत हमदर्दी हो गयी है? ऐसा है तो मुफ़्त में क्यों नहीं पढ़ाता है उन्हें। चालबाज़, लालची कहीं का।" चार मुश्टंडे वाणीधर के आगे आकर खड़े हो गये। एक ने उसकी गरदन की ओर हाथ बढ़ाया ही था कि आनन्द कुमार ने हाथ पकड़ लिया।

"कौन है रे तुम सब? क्या बिगाड़ा है इसने तेरा?"

"तू कौन है, क्यों अपनी जान का दुश्मन बना है?"

"मैं? मैं हूँ आनन्द कुमार; मेरा नाम नहीं सुना? तो ले।" आनन्द ने तुरत पिस्तौल निकाल ली। वाणीधर सहम गया। वे चारों शायद इसके लिए तैयार नहीं थे। उल्टे पाँवों भाग खड़े हुए। अँधेरे से रोशनी की ओर आते ये दोनों चुप थे। लॉज के कमरे में तख़्त पर बैठने के बाद आनन्द कुमार ने वाणीधर से पूछा कि क्यों ऐसे गुण्डानुमा लोग उसके पीछे पड़ गये। दिनभर सुनी बातों का खुलासा किया वाणीधर ने। उसने सहमे स्वर में आनन्द से कहा—

"बड़े भाई, जब झपसी टुडू ने मुझे आगाह किया था तब मैंने बातों को इतनी गम्भीरता से नहीं लिया था। वो तो आप थे, न होते तो पता नहीं क्या होता।"

"कोई बड़ी बात नहीं लगती, ये लोग डराने-धमकाने आये थे, लप्पड़-थप्पड़ मारते और चले जाते। उनके पास कोई हथियार नहीं था। यहाँ क्यों हो चलो मेरे साथ रहो।"

"कैसी बातें करते हैं?"

"बिल्कुल सीधी-सपाट बातें करता हूँ ग़ौर से सुनो। मेरी चाची मृदुला जी एम.एल.ए. हैं, चाचाजी भी नेता हैं। मैं उनसे कहकर आउट हाउस का एक कमरा तुम्हें दिलवा देता हूँ। साथ रहेंगे हम दोनों, क्यों?"

"यह तो डर कर भागना हुआ। मैं कायर नहीं हूँ। इन बच्चों का क्या कसूर है? इन्हें मेरे जाने का दुःख होगा।"

"आग में बिना वजह नहीं कूदा करते। इन बच्चों के साथ तुम जीवन भर रह सकोगे क्या? पहले स्वयं को अपने पैरों पर मज़बूती से खड़ा कर लो फिर करते रहना समाज सेवा। हमारे साथ रहकर ग़ैरबराबरी की खाई को पाटने का बेहतर हल मिलेगा। हम सब वह काम सक्रिय होकर सुनियोजित ढंग से करते हैं। मैं तुम्हें यहाँ छोड़ना नहीं चाहता।" समझा-बुझाकर चला गया आनन्द कुमार। वाणीधर की आँखों में नींद नहीं थी। रातभर जगा रहा वह। सुबह उसका सर दर्द से फटने लगा। आँखें मूँद कर तख़्त पर लेटा रहा। कमरे के अन्य साथी उसे इस अवस्था में देखकर हैरान थे। कभी अस्वस्थ और म्लान न रहने वाला वाणीधर सर पकड़कर पड़ा था। चाय लेकर साथी ने दिया और थर्मामीटर लाने बगल के कमरे में चला गया। चाय पानी का इन्तज़ाम इन लोगों ने अपने कमरे में कर रखा था। सिर्फ़ खाना कॉलेज होस्टल के मेस में खाते। थर्मामीटर देखकर हँसी छूट गयी वाणीधर की।

"मैं बीमार नहीं हूँ।" कहा उसने।

"आँखें तो लाल हैं बर्खुरदार।" साथी ने कहा।

"कल शाम से ही तेज़ सरदर्द है शायद वही कारण हो।"

"सरदर्द की गोली ही ले लो", कहकर साथी ने पास खड़े जितेन्द्र को दवा की परची और पैसे थमाये। वाणीधर के रोकने से भी कोई नहीं रुका। जितेन्द्र दौड़कर दो गोलियाँ ले आया। वाणीधर ने पानी के साथ उन्हें निगला और सो गया। नींद में ही सरदर्द रफू-चक्कर हो गया था। गहरी नींद आयी थी। दोपहर बाद जगा तो मन हल्का था। नहा-धोकर तैयार हुआ वाणीधर। उसका खाना कमरे में ढँका रखा था। भूख लग आयी थी सो ठण्डा खाना भी सुस्वादु लग रहा था। खाना खा थाली धो जैसे ही कमरे में आया, पार्श्व के कॉलेज छात्रावास से लड़के जुट गये थे।

"ग़ज़ब हो गया यार, इंटर की परीक्षा स्थगित हो गयी।"

"क्यों?" वाणीधर चौंका।

"शिक्षक और शिक्षकेतर कर्मचारी हड़ताल पर चले गये।"

"ओह, यह सम्भावित था पर ऐसे सर पर आन गिरेगा, बिल्कुल न सोचा।"

"जिन लोगों को पढ़ने-लिखने से कोई मतलब नहीं है वे लड़के जश्न मना रहे हैं। इधर हमें लग रहा है कि हमारा वर्ष अकारण बर्बाद होगा।"

"सरकार और शिक्षकों की वार्ताओं का गतिरोध हमें प्रभावित कर रहा है। कोई हमारे विषय में नहीं सोचता।"

"परीक्षाएँ अनिश्चित काल के लिए स्थगित हैं। आन्दोलनकारी जेल भेजे जा रहे हैं ऐसे में हम यहाँ रहकर क्या करेंगे? मैं सोचता हूँ कि गाँव चलूँ, कुछ पिताजी की मदद ही कर दूँ। तुमने क्या सोचा है?" एक साथी ने पूछा।

"सोचूँगा, अभी कोई निर्णय नहीं लिया है।" वाणीधर ने कहा। निम्न मध्य आय वर्ग के किशोर छात्र अपनी-अपनी समझ से सरकार, शिक्षक तथा विश्वविद्यालयी व्यवस्था को जी भर कर कोसते रहे फिर एक-एक कर चले गये। वाणीधर ने सोचा गाँव जाकर क्या होगा? भविष्य के सम्बन्ध में कुछ करना है तो उसके लिए यहीं रहकर पृष्ठभूमि तैयार करनी है। उसने सोचा यहीं रहकर कुछ स्वाध्याय किया जाय। गाँव में कोई सुविधा नहीं है। पुस्तकालय तो है पर वर्षों से उसमें ख़रीद नहीं हुई। रख-रखाव इतना ख़राब कि सारी पठनीय पुस्तकें या तो ग़ायब हैं या जीर्ण-शीर्ण हो चुकी हैं। सोच-विचार कर ही रहा था कि आनन्द कुमार आ गया। उसने आते ही पूछा, वह क्या करना चाहता है? उसे पता चल चुका था कि परीक्षाएँ अनियतकाल के लिए स्थगित हो गयी हैं। वह स्वयं भी एम.ए. का परीक्षार्थी था।

"अब अभी तुरत गाँव नहीं जाऊँगा। जीवन की योजना मैंने ग्रामोन्मुखी नहीं बनायी है बड़े भाई, मुझे रहना है शहर में। तो मैं शहर को ही बरतना सीखना चाहता हूँ।"

"तुम्हारी बात पर बहसें करने का मन करता है कई सिरीज़ में। पर अभी मैं तुम्हें एक सलाह या मानो तो आदेश देना चाहता हूँ। आदेश तुम्हें मानना पड़ेगा, मुझको बड़े भाई कहा है, निश्छल दिखते हो, मन से माना भी होगा। क्यों?"

"बिल्कुल, मन से ही माना है। आदेश करें।"

"तुम यह लॉज छोड़कर मेरे साथ चलो, वहीं रहना।"

'आपको इख़्तियार है मुझे आदेश देने का, परन्तु आपकी चाची...।"

"उनके सम्बन्ध में ऐसा-वैसा न सोचो। मिलोगे तो जान जाओगे। इतने अधिकार से तुम्हें चलने को कह रहा हूँ। कोई शंका नहीं है, यह तुम्हें नहीं लगता? संकोच हो रहा है तो चलो आज चाची से मिल लो। चलो।

वाणीधर आनन्द कुमार के साथ लग गया। अपने गाँव इलाके से लेकर शहर पटना तक के कई राजनेताओं को देख चुका था वाणीधर। उसके अपने इलाके की नेता विधायिका सुभद्रा देवी को देख चुका था। परन्तु आनन्द कुमार की चाची

मृदुला जी को देख पल भर को किंकर्त्तव्यविमूढ़ हो उठा। आनन्द कुमार की लगभग समवयस्का ही तो थीं विधायिका जिन्हें देखकर कहीं से नेता होने का आतंक नहीं व्यापता था। वह तो बिल्कुल अपने गाँव घर की रिश्ते की बहन दीखती थीं। अपने आउट हाउस के कमरे में रहने देने में उन्हें संकोच-सा हो रहा था। वाणीधर को लगा कि मृदुला जी उसे अपने घर का सदस्य बना रही हैं।

"पहले दिखा दो आनन्द, वाणी को कोठरी पसन्द आये तो!" कहा उन्होंने।

"अरे चाची कोठरियाँ, अच्छी हैं, चूना पोताई भी हो गयी है। रहने को सिर्फ़ वही थोड़ी रहेगी यह पूरा कैम्पस इन्हीं का है।" आत्मीयता की गर्माहट से वाणीधर आश्वस्ति का अनुभव कर रहा था। मृदुला जी ने उसके नाम के पूर्वांश मात्र का ही उच्चारण किया था स्नेह सहित। यह पहली बार सुनने को मिला था। घर में माँ-चाची पहला बेटा होने के एवज में 'बबुआ' कहा करतीं। बड़ी बहनें भी बबुआ कहतीं... छोटी बहनें भइया, पिता और चाचा सम्पूर्ण नाम से बुलाते। उनका कहना था कि नाम जैसे उच्चरित किया जाये प्रभाव वैसा ही होता है, नाम अधूरा पुकारने से उसकी अर्थवत्ता खोती है और निरर्थक नाम का क्या काम?

बड़े से अहाते के कोने पर पीछे की ओर खड़ा विशाल महुआ का वृक्ष इसे बाँध गया। वाणीधर ने बेहद पुरानी गुट्ठल जड़ों को पहले देखा—कितना पुख्ता और प्राचीन दीखता है... इस धरती की सभ्यता की तरह, नीचे से तने के सहारे नज़रें ऊपर यूँ उठायीं मानो चढ़ता हुआ स्वयं सशरीर जा रहा हो। शाखाएँ फैली हुई एक-दूसरे से अलग छायादार तो कहीं गुँथी हुई एक-दूसरे को दबाती सी। पत्तियाँ हरी भूरी धानी रंगतों वाली अपनी संस्कृति सी—महुए के फूल का मौसम था, हवा खुशबू से भरी थी, मदभरी मीठी हवा।

"यार, वाणी आप तो इस पेड़ में खो गये। कहीं पिछले जन्म में शाखा मृग तो नहीं थे?" दोनों साथ ही हँस पड़े। ऐसे टूटी वाणीधर की तन्द्रा।

"यह जगह लगता ही नहीं शहर के भीड़ भरे इलाके में है, बिल्कुल गाँव की तरह।"

"आप आ जायें—यह गाँव हो जायेगा पक्का। हम इसे गाँव बना डालेंगे।"

"मैं यहाँ आऊँगा नहीं।" वाणीधर ने मुस्कुराते हुए कहा।

"क्यों?" चौंका आनन्द।

"यहाँ, इस अहाते में आते ही आपने मुझे 'आप' कहना शुरू कर दिया इसीलिए।" हँस पड़ा आनन्द।

"तुमने तो मुझे डरा ही दिया। मैंने देखा तुम यहाँ आने पर ख़ूब खुश हो—अचानक हो क्या गया? यार तुम अच्छे ऐक्टर हो। भाव बदलने में देर नहीं होती।"

आने में कोई कठिनाई नहीं थी पर झोंपड़पट्टी का वह मुहल्ला छोड़ना आसान न था। बेटी की विदाई का दृश्य उपस्थित हो गया था। एक रिक्शे से अधिक

का सामान नहीं था पर तीन-तीन रिक्शे वाले चले लेकर। एक ने हल्की सी पेटी उठायी दूसरे ने दरी चादरों वाली गठरी तीसरे पर वाणीधर को बिठाया। कारवाँ मृदुला जी एम.एल.ए. के बँगले के आउट हाउस पर पहुँचा। अपने हाथों से उन्होंने सामान खोलकर यथास्थान जमाया... एक भाग कर सुराही ख़रीद लाया। पानी भर कोने में रख कर ही चैन की साँस ली। वाणीधर का मन भर आया। देवी मास्साब का गुस्सा और उनके लठैतों द्वारा किये गये दुर्व्यवहार का 'कारण' ये झोंपड़ीवासी अपने आपको समझते थे। ऐसा है नहीं। यह तो एक छोटा कारण है बड़ा कारण उनके अपने चरित्र में है। देवी मास्साब जैसे लोग अपने आपको महाबली समझते हैं, मास्टरी करना उनका पेशा भी नहीं होता; वे तो मात्र संज्ञा धारण करते हैं। न तो उन्हें पढ़ने से कभी मतलब रहा होता है न पढ़ाने से। नगर निगम के विद्यालय की मास्टरी उनकी दादागिरी के प्रक्षेत्र का विस्तार मात्र होता है। विद्यालय परिसर अपने कब्ज़े में होता है। वहाँ, वे क्या नाली के कीड़ों को आदमी बनाने बैठे हैं? अरे ये 'भण्डोच' क्या आदमी बनेंगे? ऐसे उद्गार टेबुल के ऊपर टाँगे चढ़ाये पान के पीक की तरह थूकते रहते हैं।

"आते-जाते रहना बबुआ" रिक्शे वालों ने कहा।

"ये भी क्या कहने की बात है?" उनके कन्धों पर हाथ दे दिलासा दिया वाणीधर ने। सबों के जाने पर महुआ के वृक्ष की ओर देखा वाणीधर ने।

"हे तरुवर, मैं तुम्हारी ही छाया में आया हूँ। तुम मुझे अपना-सा ऊँचा बनाओ। हे विटप अपनी परिपक्व बाँहों के घेरे में ले मुझे सहनशीलता का प्रसाद दो। सुदीर्घ जीवन स्वयं में एक अपूर्व अनुभव है—अनुभवों की श्रृंखला में से चन्द कड़ियों का साक्षात्कार कराओ। मैं पृथ्वी के ऊपर फैली तुम्हारी गुट्ठल जड़ों का, पाताल तक जाती हुई सशक्त तथा कोमल मूल-जाल सहित नमन करता हूँ। गहरी हरी विच्छिन्न-अविच्छिन्न पत्तियों का किसलय सहित अभ्यर्थना करता हूँ।

भावविभोर था वाणीधर।

"क्या देख रहे हो बन्धु?" आनन्द आ गया था!

"कुछ नहीं, अनुभव कर रहा हूँ।" महुआ के उभरे मूल पर बैठ गया वाणीधर। दूसरी मूल शाखा पर आनन्द बैठ गया।

"वाणी, तुम आयु में मुझसे छोटे हो परन्तु गम्भीरता, अध्ययन और बुद्धि में बड़े हो। मैंने तुम्हारे सम्बन्ध में सुन रखा था। साथियों ने कुछ तो बताया था कुछ तुम्हारे द्वारा सिखाये-पढ़ाये गये बच्चों को देखकर अनुमान लगा लिया! सैद्धान्तिक रूप से बहुत-से लोग हमारे संगठन से जुड़े हैं, पर फ़ील्ड वर्क नहीं करते। तुमने यह सब कैसे सीखा? किस संगठन से जुड़े हो यह जानना चाहता हूँ।" आनन्द की इस बात पर वाणीधर अबूझ-सा उसका मुँह ताकने लगा।

"अब देखो न, संगठन के लोग गाँव-गाँव में फैले हैं, असमानता पर हथियार तक उठाने को तत्पर रहते हैं परन्तु मेरे देखने में यही आता है कि वह सब मात्र भूख और बेरोज़गारी को मुद्दा बनाते हैं। धरती के बाँटने की बात करते हैं, मनुष्य को मनुष्य बनाने की बात नहीं करते। कहीं शिक्षा, स्वास्थ्य या अन्य नागरिक आवश्यकताओं की ओर उनका ध्यान नहीं जाता। उस क्षेत्र को छूते भी नहीं। मैं ज़मीन की अहमियत इतनी नहीं समझता कि उसे मनुष्य और मानवता के ऊपर समझा जाय।"

"भाईजी, पहले मैं आपके एक प्रश्न का उत्तर दूँ। मैं किसी संगठन में नहीं हूँ। संगठनों और पार्टियों को अख़बारों, पोस्टरों और बैनरों से उतना ही जानता हूँ जितना कोई भी आम नगरवासी जानता है। अब रही मेरे द्वारा झोंपड़ीवासी बच्चों को पढ़ाने-सिखाने की बात तो वह मेरे अपने अन्दर का स्वतःस्फूर्त प्रयास समझिए। आपके मन में बहुत सारी बातें आती होंगी, प्रचलित मान्यताओं के कारण। जैसे मैं ब्राह्मण कुल का जन्मा हुआ व्यक्ति हूँ, मैं पटना विश्वविद्यालय का मेधावी छात्र हूँ; ये गर्व करने योग्य कारण हैं अहंकार के नहीं। जन्मना उच्च जाति का हो जाना सुयोग है, वह भी शिक्षित घर का शिक्षित व्यक्ति होना। स्कूल मास्टर मेरे बड़े बाबूजी अच्छे विद्वान हैं उन्होंने ही मुझे बोलना-चलना सिखाया। अलग से कुछ नहीं पर स्वाध्याय के क्रम में उन्होंने ऋग्वेद का एक मन्त्र सुनाया अर्थसहित; क्या आप जानना चाहेंगे?"

"क्यों नहीं? मैं तुमसे ढेर सारी बातें जानना चाहता हूँ। क्या यही मैंने नहीं कहा था?" आनन्द कुमार ने जिज्ञासोन्मुख होकर उत्तर का प्रश्न दागा। वाणीधर मुस्कुराया। उसका छोटा-सा मुखमण्डल आनन्दातिरेक से भर उठा था। एम.ए. का परीक्षार्थी उससे बड़ा, अनुभवी, अध्ययनशील आनन्द सुनना चाहता है इसे। वह सब कुछ जो इसे नहीं मालूम है वही वाणीधर के मुख से।

"विभक्तारें हवामहे वसौश्चित्रस्य राधसेः। सवितांरि नृचक्षेसम्
सखांस आ नि षदिंत सविता स्तोभ्योनु नः। दाता राधांसि शुम्भति।

अर्थात् ऋग्वेद में कहा है 'सूर्य इस शरीर में नेत्र बना हुआ है, इसलिए यह सबके लिए नेत्र के समान है। इसके प्रकाश में मनुष्य अच्छी तरह देख सकता है। यह सूर्य अपनी सम्पत्ति अर्थात् प्रकाश सभी वृक्ष वनस्पति एवं प्राणिमात्र को समान रूप से देता है। इसी प्रकार मनुष्य को अपनी धन-सम्पत्ति का संग्रह नहीं करना चाहिए, सब में समान रूप से बाँट देना चाहिए। तब वो सूर्य की तरह स्तुति योग्य होगा।' 'भाईजी हमारे पास कुछ है यह हमें पता ही नहीं होता। मैं अपने अकिंचन होने का एहसास पाले हुए था। उस झोंपड़ी मुहल्ले में जाने के बाद पता चला कि

अकिंचन होना किसे कहते हैं। मेरे पास जो है क्यों न इन बच्चों को दूँ? वही देने की कोशिश की थी।"

मौन का विस्तार इसे कहते हैं। एक अर्थवान मौन। आनन्द कुमार ऋग्वेद की उस मूल्यवान ऋचा में खो गया था। वह इतिहास का छात्र था, भारतीय इतिहास के स्रोत के रूप में वेदों की महत्ता से परिचित था। पूर्व एवं उत्तर वैदिक काल को पढ़ कर प्रश्न-पत्र हल करता रहा था। विद्वान बनने की दिशा में वेदों-पुराणों एवं पुरा-साहित्यों के योगदान को रेखांकित करता रहा था। बाक़ी समय अपने संगठन में वर्ग शत्रु की भाँति राष्ट्रीय विरासत को भी अस्पृश्य मानता आया था। उसे अपनी उस शिक्षिका की याद आयी जो अक्सर गम्भीर अध्ययन की ओर छात्रों को ले जाना चाहती। जो अक्सर कहा करती, आप लोग मूल पुरा-साहित्य पढ़िये बहुत कुछ मिलेगा। वाणीधर सोच रहा था, हमने ज्ञान की लहर सी उठा दी थी गली के बच्चों में, अब क्या होगा? देवी मास्साब के लठैतों का भय ऐसा है कि बाहरी कोई व्यक्ति कुछ कर नहीं सकता। मेरे यहाँ आने का कारण भी कहीं-न-कहीं से वहाँ आतंक नहीं था क्या? नहीं-नहीं, सिर्फ़ वही नहीं था, अपनी आर्थिक विवशताएँ भी थीं। शायद यहाँ आकर समाधान की राह जुट जाये। बीहड़ में पड़ा हूँ कहीं कोई रास्ता नहीं दीखता। अब कुछ योजनाएँ बनानी होंगी।

"भाई जी?"

"हूँ?"

"मैं सोचता हूँ इधर जीवन रक्षा के लिए कुछ ट्यूशन जुटा लूँ। क्या आप इसमें मेरी मदद करेंगे?"

"मदद हो गयी समझिये गुरुजी।" आनन्द मस्ती में बोल उठे।

"कहाँ?"

"यहीं, मृदुला चाची का बेटा है, मेरी दो छोटी बहनें हैं, छोटे चाचा के दो बेटे हैं। ये सारे ट्यूशन पढ़ते हैं बाहर जाकर, इनका मन नहीं लगता थोड़े उत्पाती भी हैं इन्हें पढ़ाइये।"

"ये अपने बच्चे हैं इन्हें पढ़ाना मेरा कर्तव्य है, मैं तो आमदनी की बात कर रहा था।"

"इसमें भी आमदनी होगी। दूसरी जगह जो पढ़ने जाते हैं वो कोई मुफ़्त में? आपसे कोई मुफ़्त क्यों पढ़ेगा? आपको पूरे पैसे मिलेंगे। आपसे इनको लाभ ही लाभ है।"

"मैं यहाँ इस घर में रह रहा हूँ सो...।"

"आप नहीं रहेंगे यहाँ तो यह यूँ ही ख़ाली पड़ा रहेगा। इस अहाते का अंग है यह। आप पर कोई एहसान नहीं हो रहा है गुरुजी।"

"फिर भी।"

"अब तुम पर सख़्ती करनी पड़ेगी। मैं मज़ाक़ नहीं कर रहा हूँ। तुम्हें यहाँ उठा लाने का मेरा एक स्वार्थ यह भी था; घर में रोज़ पिकनिक होती थी... बच्चे ठीक से पढ़ते नहीं, रात-दिन शरारतें करते रहते हैं, स्कूल से शिकायतें आती हैं। और तो और एक दिन चाची ने भी कहा, आनन्द सभी लोग घर में अगर नेता हो जायें तो अगली पीढ़ी का क्या होगा? मैं तो पानी-पानी हो गया! दो-चार दिन इन्हें समेटने की कोशिश भी की पर ये परम्पराओं के जीर्ण कपड़ों में बँधे खील, बिखर गये विचारों की तरह। मेरे वश के नहीं हैं ये। तुम्हें देखा-जाना परखा तो लगा चलो फँसाओ इसे, समझे बर्खुरदार।" विजयी मुद्रा में था आनन्द, वाणीधर मुस्कुराता रहा।

"बड़े भाई, आप बड़े सादे हैं, मैं वही समझ रहा हूँ जो मुझे समझना चाहिए। चलिए यही रही, हम इन बच्चों के गुरुजी हो गये।" बातचीत गम्भीर विषय से फिसलकर बच्चों पर आ गयी थी। बच्चों की पूरी पलटन थी। पाँच बच्चे इनके परिवार के थे, आवास के परिसर में रहने वाले कुछ कर्मचारियों के बच्चे थे। वाणीधर उन सबों की समेटकर बैठने लगा।

मृदुला जी का बेटा लेनिन पढ़ने में ज़हीन था पर बड़ा चंचल। माता-पिता एवं चाचा-चाची का लाड़-प्यार उसे ज़िद्दी बना गया था। प्राथमिक विद्यालय की प्रधानाध्यापिका रह चुकी उनकी नानी गिरिजा देवी अपनी समझ से अनुशासन में रखने की चेष्टा करतीं पर नानी होने के नाते अधिक कर नहीं पातीं। आश्चर्यजनक रूप से हठी और दुर्निवार लेनिन वाणीधर के अनुशासन को मानने लगा। आनन्द की छोटी बहनें प्रभा-विभा का मन पढ़ने में नहीं लगता। उनका नामांकन पार्श्व के अच्छे माने-जाने हाईस्कूल में तो हो गया था पर चूँकि ये ठीक से पढ़ नहीं पाती सो जाने से जी चुरातीं। गाँव में अधिक दिनों तक रह आयीं ये लड़कियाँ शिक्षा का अर्थ चिट्ठी लिखने तक सीमित है यही जानतीं। वाणीधर को अपनी बहनें याद आ गयीं। संयोग से सभी बहनें पढ़ना चाहती थीं। गाँव में एक हाईस्कूल था, वहाँ सहशिक्षा थी। सहशिक्षा को बहुत लोग अच्छा नहीं मानते। उस स्कूल में लड़कियों की संख्या नगण्य थी। स्कूल मास्टर के घर की लड़कियाँ थीं सो उन्होंने पढ़ना जारी रखा था। दो बहनें मैट्रिक पास कर घर बैठी थीं। वाणीधर का मन यहाँ की कॉलेज जाने वाली लड़कियों को देखकर कचोट उठता। उसने सोच रखा था कि अपनी किताबें, अपने नोट्स दोनों बड़ी बहनों को दे देगा, वे खानगी छात्रा के रूप में परीक्षाएँ दे लें।

छोटे चाचा के दोनों बेटे अजय और अभय गँवारू गालियों का टोकरा सर पर लिये फिरते। बात-बात में लड़ाई-झगड़ा, बात-बेबात गाली-गलौज। ज़ाहिर है पढ़ने-लिखने से इनको मतलब नहीं था। वाणीधर को सबसे अधिक इन्हें रास्ते

पर लाने में परिश्रम करना पड़ा। महीने भर में इन्होंने लीक धर ली। परीक्षा टल जाने के कारण कक्षा की पुस्तक पढ़ने में जी नहीं लगता। वाणीधर पुस्तकालयों में जाकर बैठने लगा। भाँति-भाँति की पत्र-पत्रिकाओं से इसका साक्षात्कार यहीं हुआ। कविता-पुस्तकें, कहानी और उपन्यास पढ़ने का चस्का लग गया। महीना बीतते ही एक दिन उसे मृदुला जी ने बुलवाया।

"वाणी, तुम्हारे परिश्रम की कोई क़ीमत नहीं आँक सकता। इन बन्दर-भालुओं को तुमने सही रास्ता दिखाया है। मैं विश्वास करती हूँ कि अब इनका मन पढ़ने-लिखने में भी लगेगा। ये लो पाँच सौ रुपये।" उनके हाथ बढ़ाते ही वाणीधर ने अपने हाथ जोड़ लिए।

"दीदी, यह अधिक हैं। मैं आपके घर में रहता हूँ, आपके घर में खाता-पीता हूँ इतने पैसे उचित नहीं हैं।"

"मैं तुम पर कोई एहसान नहीं कर रही हूँ वाणीधर। इतने ही पैसे मैं पहले वाले मास्टर जी को देती थी। फल क्या निकला—डबल ज़ीरो। तुम पढ़ा रहे हो इन्हें, इन्सान बना रहे हो यह कम ही है। रही बात घर में रहने की और खाने की तो तुम मेरे छोटे भाई हो। हो न वाणी! यह पैसा तुम्हारा पारिश्रमिक है। पारिश्रमिक हक़ से लिया जाता है मेरे भाई।" वाणी ने हाथ बढ़ाकर रुपये ले लिए। पाँच सौ रुपये एक साथ हाथ में पाकर वाणीधर को रोमांच हो आया। उसने मन-ही-मन विचार लिया—आज ही जाकर तीन सौ रुपये बड़े बाबूजी के नाम मनीऑर्डर कर दूँगा। मैं बाक़ी बचे दो सौ रुपयों को भी कहाँ ख़र्च कर सकूँगा! उसने तत्काल जाकर मनीऑर्डर किया। कई दिनों से आनन्द गाँव गया हुआ था। उसके आते ही वाणीधर ने पारिश्रमिक वाली घटना सुनायी। आनन्द के मुखड़े पर दर्पयुक्त मुस्कान खेल गयी। गरदन थोड़ी और टेढ़ी कर ली, सीना अधिक तान लिया मानो कह रहा हो—देखा मेरी चाची को!

"वाणी, रुपये रखे कहाँ? क्या करोगे उनका।"

"बड़े भाई, तीन सौ रुपये तो मैंने तत्काल गाँव मनीऑर्डर कर दिये, दो सौ क़मीज़ की जेब में पड़े हैं।"

"गाँव भेजा?" आनन्द के चेहरे का चकित भाव देख हँस पड़ा वाणीधर। फिर कहा—

"आपकी तरह सैकड़ों बीघा ज़मीन नहीं है हमारे घर, जो थोड़ी-सी है उससे विशाल परिवार का गुज़ारा मुश्किल में चलता है। कायदे से यह मेरी पहली कमाई है। मैंने अपनी आवश्यकता से अधिक ही रख लिया, बाक़ी मनीऑर्डर कर दिया। जानते हैं बड़े भाई, जिस दिन मनीऑर्डर जायेगा न उस दिन मेरे घर में जश्न होगा। मेरे गाँव के लगभग सारे घरों में मनीऑर्डर आते हैं क्योंकि कोई न कोई बाहर नौकरी

करता है। जब पैसे आते हैं तो जश्न होता है। मेरे बड़े बाबूजी बगल के स्कूल में पढ़ाते हैं, रोज़ साइकिल से जाना-आना होता है। वो क्या मनीऑर्डर भेजेंगे... मैंने भेजा।" गर्वोक्ति-सी निकली।

"वाणी, तुम पैसे कमाना चाहते हो?" आनन्द ने उसके चेहरे पर पसरे सन्तोष को पढ़ते हुए पूछा।

"हाँ, अपने परिश्रम की, विद्या-बुद्धि की कमाई का पैसा चाहता हूँ।"

"बिल्कुल मैंने सही परखा है तुम्हें। एकाध काम मैं तुम्हें दिला सकता हूँ। परिश्रम और विद्याबुद्धि का काम हैं।"

"बताइये मैं पीछे नहीं हटूँगा।"

"शारदा प्रेस वाले कोर्स की किताबें, नोट्स वगैरह छापते हैं... उनके पास प्रूफ़ देखने का काम रहता है, प्रतिदिन का काम प्रतिदिन भुगतान। लिखा-पढ़ी का ही मामला है न!"

"लेकिन उसकी टेकनीक तो मुझे मालूम नहीं।"

"वो मैं तुम्हें सिखा दूँगा। दस मिनट लगेंगे बस।"

"बऽऽस?"

"हाँ, आज ही चलो।"

"एक और काम है, थोड़े परिपक्व हो जाओ तब करना।"

"कौन-सा काम?"

"अख़बारों के लिए लिखना।"

"क्या लिखना होगा?"

"विषयों की कमी नहीं, बिखरे पड़े हैं यहाँ-वहाँ। मैं बताऊँगा तुम्हें उससे पैसे भी आयेंगे, नाम भी होगा। आगे उसे पेशा बना सकते हो।" वाणीधर को साथ कर आनन्द उसी दिन शारदा प्रेस गया। स्वयं भी कुछ फर्मे प्रूफ़ के देखे, वाणीधर को भी सिखाया। वहाँ जाकर वाणीधर को पता चला कि आनन्द प्रूफ़ देखने का काम नियमित किया करता है। उसका चकित होना स्वाभाविक था। उसने मुँह खोलकर कुछ पूछा नहीं परन्तु आनन्द ने उसे स्वयं समझाया, "अपने व्यक्तिगत ख़र्चे के लिए किसी के सामने क्या हाथ फैलाना। उम्र भी तो कम नहीं है मेरी। यह कमबख्त प्रदेश और इसके सारे विश्वविद्यालय हमारे वर्ष पर वर्ष लीलते जाते हैं... डिग्रियाँ ही नहीं देते। क्या करें हम?" आनन्द के चेहरे का सौम्य भाव विलुप्त हो गया, नसें तन गयीं, भँवें जुड़ गयीं, क्रोध से विवर्ण हो उठा वह। वाणीधर सकते में आ गया। "यार वाणी, तुम मेरे जीवन में ठण्डी हवा का झोंका बनकर आये हो। आज तक मुझे तुम सा सकारात्मक व्यक्ति नहीं मिला। इतनी छोटी उमर में तुम कितनी बड़ी-बड़ी बातें करते हां। सच तुम मेरे लिए एक उपलब्धि हो।"

"देखिये भाईजी, आप बोल सकते हैं, बोल लीजिए; मैं अल्पज्ञानी कुछ कह नहीं पाता, आप मेरे लिए गूँगे का गुड़ हो गये।" आनन्द के चेहरे का सारा तनाव दूर हो गया। वो ठहाका मार कर हँस पड़ा ज़ोरों से–

"तुम्हारा नाम वाणीधर है न! कितना सार्थक है।" दोनों आनन्द में थे। आनन्द की जेब में पचीस रुपये और वाणीधर की जेब में बीस रुपये तात्कालिक कमाई के थे।

"चलो हम कहीं बैठकर कुछ खायें, चाय पीयें।" आनन्द ने वाणीधर से कहा। दोनों ने कॉलेज के सामने वाले रेस्त्रां को पसन्द किया। वह स्थान प्रेस के निकट ही था। आनन्द ने बिल चुकाया। वाणीधर ने पूरे बीस रुपये के गरम गुलाब जामुन ख़रीदे।

"आज का दिन जश्न का रहा क्यों वाणी।" दोनों साथ-साथ हँस पड़े। बच्चों का भी जश्न रहा। वाणी भैया द्वारा लाये गुलाब जामुन का स्वाद अनूठा लगा उन्हें।

विस्तृत अहाते के पिछले भाग से गंगा नदी का पाट साफ़ दीखता। किसी शौक़ीन निवासी ने किनारे पर गोलाई में ऊँची, चौड़ी पट्टी बनवा दी थी। कभी उस पर दूब रोपा गया था। गेंदे के फूल लगे थे। अवशेष अब भी बाक़ी था। आनन्द वाणीधर के साथ वहाँ आ बैठा। शाम ढल रही थी नदी में चलती नावों पर लालटेनें जलाकर लटका दी गयी थीं। कई नावें माल लेकर बहाव की दिशा में जा रही थीं। दोनों थोड़ी देर गुमसुम उधर देखते बैठे रहे।

"बड़े भइया, उस दिन हम कुछ बातें कर रहे थे। आपने मुझसे पूछा था कि मैं किस संगठन से वास्ता रखता हूँ, उसका उत्तर मैंने आपको दे दिया, आपको याद है न! दूसरा कोई प्रश्न नहीं था आपके विचार थे कि ज़मीन जायदाद से सम्बन्धित वर्ग शत्रु ही क्यों अहमियत रखते हैं, कि शिक्षा, अन्धविश्वास का खात्मा, सामाजिक कुरीतियाँ इत्यादि की ओर क्यों नहीं ध्यान देते हैं लोग आपके।"

"हूँ।"

"दूसरा हिस्सा शायद आपका आत्मालाप था क्योंकि आप स्वयं के संगठन की कमियों पर रोष प्रकट कर रहे थे। मैंने जहाँ तक पढ़कर जाना है, आपके यहाँ स्वयं के पृथक् विचार का कोई स्थान नहीं है। विचार की कठपुतली जिस डोर से नाचती है उसका छोर किसी और के हाथों में है। आप अपनी सोच को ज़ुबान तक देने को स्वतन्त्र नहीं हैं। अपने कपाट बन्द कर लिए हैं। आपने जो उद्गार मेरे सामने व्यक्त किये क्या अपने संगठन में व्यक्त कर सकते हैं? नहीं न! करेंगे तो विद्रोही कहलायेंगे और मेरे बड़े भाई, विद्रोहियों का वहाँ कोई स्थान नहीं है।"

"अच्छी तकरीर रही वाणी, मैं उनसे कहने कहाँ जा रहा हूँ। मेरे ऊपर कभी-कभी भावुकता सवार होती है, अंट-शंट बक जाता हूँ। मैं क्या नहीं जानता कि भोजन, वस्त्र

और आवास सरीखी प्राथमिक आवश्यकताओं में भोजन सबसे पहली आवश्यकता है। भोजन के लिए अनाज चाहिए, अनाज के लिए ज़मीन। ज़मीन जोतदारों के पास नहीं है... ज़मींदारों के पास है। वे अनाज गोदामों में भर कर रखें... जोतदार भूखों मरें। यह मैं भी जानता हूँ। मेरा वश चले तो दुनिया बराबर कर दूँ। अब देखो न तुमने उस दिन वेद की ऋचा सुनाई थी... सूर्य के सम्बन्ध में। मैंने नहीं सुना था कभी, लेकिन सच मानो मैं किसी अदृष्ट या प्रकृति के सम्बन्ध में अक्सर सोचता कि वह प्राणिमात्र के लिए यकसां सोचता है, बरसता है! अमीर-ग़रीब, बेईमान-ईमानदार, कर्मठ-कामचोर सभी मरते हैं। धरती न तो किसी के साथ कहीं से टपकती है न उसके साथ मर जाती है तो फिर इसके लिए इतनी आपाधापी क्यों। टकसाल के रुपये-पैसे, रजत-सुवर्ण यहाँ तक कि काग़ज़ स्याही धरे रह जाते हैं... प्राणी चला जाता है बिना कुछ लादे। मैं जानता हूँ वाणी, वर्ग-चेतना के दायरे में इन विचारों का कोई मूल्य नहीं। वहाँ सोचने, अनुभव करने और अनुभवों के आधार पर निष्कर्ष निकालने के लिए कोई स्वतन्त्र नहीं है। एक पका-पकाया विचार हमें मिला है, हमें एक्शन करना है, हम ऐक्टिविस्ट हैं; बस।"

"स्वेच्छा से हैं न बड़े भाई। अपनी ज़िद से बने हुए हैं इस संगठन में। आपको इसमें बने रहना भाता है।" लम्बे आवेशपूर्ण कथन का संक्षिप्त उत्तर दिया वाणीधर ने।

"हूँ तो स्वेच्छया। अपने इस संगठन के विचारों के बीच मेरा जन्म हुआ... मेरी परवरिश हुई; यह सब मेरी रगों में ख़ून की तरह दौड़ रहा है। मैं स्वयं इसके अधिकांश सिद्धान्तों का पृष्टपोषण करता हूँ। असमानता दूर करने की दिशा में सबसे सार्थक प्रयास यही लोग कर रहे हैं।"

"आज हमने ढेर सी बातें कीं। थोड़ी अधिक गरिष्ट हो गयीं। अपनी कमज़ोर पाचन-प्रणाली के लिए बहुत हो गया। अब छोड़िये भी। देखिये गंगा का पाट कितना सुन्दर लग रहा है।"

"सचमुच, शुक्ल पक्ष है शायद, नदी का दूसरा किनारा तक स्पष्ट दिखाई पड़ता है।"

"है न, शुक्ल पक्ष क्या? जान पड़ता है पूर्ण चन्द्र का दिन है। बालुका राशि से टकराती लहरें तक गिनी जा सकती हैं।"

"तुम कवि हो वाणी, कोई कविता सुनाओ अपनी।"

"मैं कोई कवि-अवि नहीं हूँ।" हँस पड़ा वह।

"कवि तो हो। बताओ क्या कभी कविता नहीं लिखी।"

"लिखी है बड़े भाई, पर चन्द्रमा पर नहीं, नदी पर नहीं, प्राकृतिक सुषमा पर नहीं। लिखी है सामाजिक असमानता पर, आर्थिक विषमता पर। क्षोभ में लिखी हैं कविताएँ, राग-विराग में नहीं।"

"तुम्हारी उम्र है राग-विराग की; दीखते भी नॉर्मल हो फिर क्षोभ कैसा? क्षोभ है भी तो कविता में क्यों उतारना? तकरीरें करो, जलते हुए सवाल उछालो, अख़बारों में लेख, साक्षात्कार, परिचर्चाएँ आयोजित करो, कविताओं को बख़्श दो।" आनन्द ने वाणीधर की पीठ पर धौल जमाते हुए पूछा।

"क्षोभ है। किस कारण है यह आप जानते हैं। यदि आँखें मूँद रखी हों तो खोलकर मैं आपको दिखाऊँगा। फिर पूछूँगा किस समानता की बात कर रहा है आपका संगठन।"

"बस करो यार, ख़ाली पड़े वीरान कमरे के अन्दर घुरघुराती काली बिल्ली की मानिन्द उछलकर आ बैठता है यह संगठन! यहाँ हम अपना निजी कुछ खोलने कुछ ढँकने बैठे हैं यह ससुरा संगठन, धत्त।" आनन्द के कहने का अन्दाज़ कुछ ऐसा था कि वाणीधर हल्का हो गया।

"भाई जी, गंगा-स्नान किया जाये? चलें।"

"अब रात को वीराने में गंगा-स्नान नहीं करना चाहिए। कल सुबह चलेंगे। अच्छा लगता है गंगा में तैरना, पर अकेले नहीं। तुम तैरना जानते हो?"

"क्या बात करते हैं, उत्तर बिहार के गाँव-गँवई का लड़का तैरना न जाने? हम सरयू किनारे के लोग हैं तैरें नहीं तो जायें कहाँ।"

"तब तो ख़ूब मज़ा आयेगा। दोनों मिलकर तैरेंगे।" देर तक दोनों नदी में नहाने, तैरने का अपना-अपना अनुभव सुनाते रहे।

वाणीधर व्यस्त होता गया। व्यस्तता रास आ गयी। आमदनी का स्रोत पा गया था। प्रूफ़ देख तथा अख़बारों के लिए लिख कुछ पैसे हाथ आने लगे थे। अब मृदुला जी से प्राप्त पाँच सौ रुपये गाँव मनीऑर्डर कर देता प्रतिमाह। बड़े बाबूजी और अपने पिताजी का पत्र आता कि अधिक परिश्रम कर के अपना स्वास्थ्य न चौपट करे। पढ़ाई-लिखाई पर ध्यान दे। छह माह चुटकियों में बीत गये। तीन माह शिक्षकों की हड़ताल चली थी, जेल से शिक्षक चौथे माह छूटकर आये थे। पाँचवें माह सब कुछ पटरी पर लाने में गुज़रा, छठे माह में इंटर की परीक्षा ले ली गयी। सारा नियम अनुशासन ताक पर रखा रह गया। छात्रों ने जमकर नकल की। वाणीधर ने परीक्षा देकर अपने को हल्का अनुभव किया। आनन्द महीने भर से शहर में नहीं था। उसकी परीक्षा के कार्यक्रमों की घोषणा नहीं हुई थी। वाणीधर गाँव जाना चाहता था। इच्छा थी कि आनन्द आ जाये पर वो आये नहीं। मृदुला जी से उसने कहा—

"दीदी, मैं दस-पन्द्रह दिनों के लिए गाँव जाना चाहता हूँ। काफ़ी दिन हो गये। ये बच्चे भी छुट्टियों में घर जायेंगे न!"

"हाँ जायेंगे, तुम हो आओ। वाणी, आनन्द ने कहा था कि तुम्हारी कई बहनें हैं। तुमने कभी बैठकर बातचीत का मौक़ा ही नहीं दिया।"

"हाँ दीदी, मेरी चार बहनें हैं एक छोटा भाई भी है। आप व्यस्त रहती हैं, कब बैठती हैं कि गपशप हो।"

"कुछ पैसे बचाकर रखे हैं या नहीं? नहीं रखे हैं तो मुझसे ले लो, बहनों के लिए उपहार ख़रीद कर ले जाना। ख़ुश होंगी।"

"क्या ले जाऊँगा दीदी? मैं समझ नहीं पाता। पैसे तो हैं।" वाणीधर उलझा-सा बोल उठा।

"कोई बड़ी चीज़ नहीं चाहिए होती है बहनों को। क्लिपें, कड़े, रिबन और क्या? कढ़ाई-सिलाई करने वाली हो तो धागे—सूई, फ्रेम और डिजाइन की किताब।" वाणीधर उनका मुँह अबूझ-सा ताकता रहा।

"तुम चलो मेरे साथ, मैं ख़रीद दूँगी।" वाणीधर के साथ जाकर मृदुला जी ने ऐसी ही छोटी-छोटी ढेर सारी चीज़ें ख़रीद दीं। अधिक पैसे नहीं ख़र्च हुए। वाणीधर अचम्भित रह गया। गाँव जाने वाली बस में बैठा वाणीधर मृदुला जी के सम्बन्ध में सोचता रहा। थोड़ी बहुत रामकहानी वह जानता था उनकी। वही स्थूल कथा जिसे सभी जानते हैं। मृदुला जी क्यों आयीं राजनीति में; उनके पिता की इनकी आँखों के सामने बस से उतार कर हत्या कर दी गयी थी, ख़ून के छींटे इनके ऊपर भी पड़े थे। इन्होंने अपनी ही विचारधारा वाले अपने पिता के मित्र से विवाह किया। राजनीति, गृहस्थी और पत्नी धर्म ठीक से निभाती दीखती हैं। उनका उपालम्भ याद आया वाणीधर को, वह मुस्कुराया अपनी स्वाभाविक मुस्कान। लौटकर आयेगा तो दीदी से ढेर सारी बातें करेगा। अपनी सुनायेगा, उनकी सुनेगा।

गाँव मानो इसके लिए पलक पाँवड़े बिछाये हुए था। बड़का बाबूजी, चाचा और पिताजी एक-दूसरे से नज़रें बचा कई बार चौक पर हो आये थे। वाणीधर के साथ पढ़ने वाला एक लड़का दो दिन पहले गाँव आया था। उसी ने पूर्व सूचना दे रखी थी कि दोपहर ढलने के बाद पहुँचने वाली एक मात्र बस से वाणी आ रहा है। लगभग साल भर बाद गाँव आ रहा था। अब के इसके चेहरे पर विश्वास झलक रहा था, क़दमों में मज़बूती थी। कन्धे पर नीला फोलियो बैग था, सर पर कैप नीली जीन्स की। उतरते ही क्रमवार खड़े पितृव्यों के पैर छुए।

"अरे वाह बेटा, बिल्कुल सैलानी दीखते हो।" धौल जमाते मित्रवत छोटे चाचा ने कहा और बाँहों में भर लिया। घर-आँगन लिपा पुता था मानो किसी बेटी का गौना हो। बेटी ससुराल से आती है वैसी ही आवभगत हो रही थी वाणीधर की। एक-दो बार उसने माई और चाचियों से कहा भी। बहनें यह देखकर चकित थीं कि भइया ने उनकी पसन्द के मुताबिक़ चीज़ें कैसे ख़रीदीं?

"तुम लोगों को अच्छा लगा न! कुछ लिखकर तो माँगा नहीं था अपने मन से लाना पड़ा।"

"अच्छा तो लगा पर तुमने जाना कैसे कि हमें इसकी ज़रूरत है?" नन्ही छोटी बहन ने कहा।

"बस जान लिया जादू से।"

वाणीधर का दस दिन मानो दस पल हो गया।

"मैंने दस दिनों की छुट्टी ली थी बड़का बाबूजी, अब कल जाऊँगा।" खाना खाते वक़्त वाणीधर ने कहा।

"तुम्हारा जाना अच्छा तो नहीं लगता परन्तु पढ़ाई-लिखाई और काम की जो ज़िम्मेदारी है, रोकूँगा नहीं।"

"अबके देर से आये, जल्दी-जल्दी यात्रा करो। हमें इतमीनान रहेगा।" पिता थे।

"मैं अगले माह आऊँगा वाणीधर।" छोटे चाचा ने कहा था।

ढेर सारे पकवान बनाकर खिलाये थे माँ ने, जाते समय बाँध भी दिया। सत्तू, चिवड़ा, खेत का गुड़ और पकवान मसलन ठेकुआ, लड्डू। बहनों की आँखें छलछला आयी थीं। वाणीधर से बड़ी बहन ने कहा–

"अगर तुम चाचा के हाथों ऊन भेज दोगे तो मैं स्वेटर तैयार करूँगी तुम्हारे लिए। छपरा वाली भाभी से सीखा है।"

"ज़रूर भेज दूँगा लेकिन अपने लिए नहीं, छोटू के लिए। अभी सीखा है आड़ा-टेढ़ा बना कर मेरी हँसी उड़वाओगी।" वाणीधर ने मज़ाक़ किया।

"धत्" बड़ी बहन ने एक धौल मारी पीठ पर। वाणीधर ने भी उसकी चुटिया खींच ली। जाते-जाते यह कोरम भी पूरा हो गया। गाँव में इसके बचपन के साथी सिर्फ़ कपिल और टुन्नू थे। अन्य या तो पढ़ने शहर चले गये थे या मज़दूरी करने। कपिल खेतिहर किसान का इकलौता बेटा था और टुन्नू सरयू नदी का नाविक। दोनों गाँव नहीं छोड़ सकते। एक दिन का पूरा अपराह्न वाणीधर ने इन दोनों दोस्तों के साथ नाव पर बिताया। दोनों ने मुश्किल से चौथी की परीक्षा पास की फिर पढ़ने से विमुख हो गये। अपने-अपने काम-काज से लग गये। इन्हें वाणीधर का ख़ूब-ख़ूब पढ़ना बहुत अच्छा लगता। वाणीधर से देश की, दुनिया की, किताबों की बातें सुनना शगल होता। वर्ष भर की शंकाएँ वाणीधर के सामने रखीं कपिल और टुन्नू ने, उसने सामर्थ्य भर समाधान कर दिया। नाव पर बैठकर कपिल ने सिगरेट सुलगाया और वाणीधर के आगे कर दिया।

"क्या मज़ाक़ है यार, मैं कहाँ सिगरेट पीता हूँ?"

"तू बदला नहीं गुइयाँ, शहरवासी हो गया है–हो जाये एकाध कश।"

"तू जला चिमनी, छोड़ धकाधक धुआँ... इसे क्यों बिगाड़ने पर तुला है?"

टुन्नू ने अपनी खैनी पर हाथ ठोकते कहा। वाणीधर हँस पड़ा। कपिल को छींक आ गयी।

"धत् यार, क्या करता है, जानबूझकर मेरी ओर खैनी का गरदा उड़ा देता है।" छींकें मार-मार कर बेदम हो गया कपिल। "तुम दोनों की सोहबत में जब यहाँ नहीं सीखा तो वहाँ कैसे सीखूँगा। शहर में हमारे जैसे लोगों को कोई भाव ही कहाँ देता है कि कुछ सिखाए। सब अपनी-अपनी मंज़िल पर पहुँचने की होड़ में भागे ही चले जाते हैं।"

"जो भी हो, कपिल के साथ मैं आऊँगा तेरे पीछे-पीछे।"

"सिर्फ़ कहता है आता कहाँ है?" वाणीधर बस पर बैठा-बैठा सोच रहा था कि यदि चाचा, कपिल और टुन्नू साथ आ गये तो ठहरने की व्यवस्था कहाँ करेगा? अभी तक मृदुला जी के अहाते से उनके द्वारा दिये गये घर से इतना तादात्म्य कहाँ स्थापित कर पाया है कि जो आये उन्हें ठहरा सके। जी थोड़ा उदास हो गया।

अब तक आनन्द कुमार नहीं लौटे थे। गाँव गये बच्चों का स्कूल नहीं खुला था सो वे भी नहीं थे। मात्र मृदुला जी और उनका लड़का लेनिन था। लेनिन के पिता दल के काम के लिए अक्सर बाहर ही रहते। वाणीधर इन दिनों अधिक से अधिक प्रूफ़ देखता, स्वाध्याय करता और लेनिन के साथ गेंद खेलने में बिताता। लेनिन अकेले पढ़ना नहीं चाहता पर वाणीधर से कहानियाँ सुनने में उसका बड़ा मन लगता। वाणीधर को कथाओं के पात्र की भाँति बोलने का शौक़ था। साथ ही पशु-पक्षियों की बोली निकालने की अद्भुत क्षमता थी। लेनिन उससे भाँति-भाँति की पक्षियों की बोलियाँ निकालना सीखता। ऐसे ही क्षण में एक दिन मृदुला जी टहलती हुई आ गयीं। लेनिन और वाणीधर गंगा किनारे बैठ कर अपनी-अपनी धुन में बकरी, मुर्गी और मोर की बोलियाँ निकाल रहे थे। माँ को देख लेनिन तालियाँ पीटने लगा वाणीधर संकुचित हो गया। मृदुला जी ने हौले से कहा—"बैठो भई" वह भी वहीं दूब पर बैठ गयीं। दोपहर का वक़्त था, क्वार की हवा चल रही थी, आकाश स्वच्छ निर्मल दीख रहा था। हल्के नील घुले जल में ज्यों साबुन का फेन, श्वेत मेघखण्ड तैर रहे थे। गंगा की सिमटती जलधार भी निर्मल जल से भरी थी। बहाव की ओर लाल-गुलाबी पाल वाली नाव अपनी रौ में तेज़ी से प्रवाहित हो रही थी। दूसरे तट की ओर बहाव भी उल्टी दिशा में धीमी गति से नाव चल रही थी। दो नाविक रस्सियों से उसे खींचकर लिए चले जा रहे थे। गंगा की छाड़न पर साग-सब्ज़ियों की खेती लहलहा रही थी। मृदुला जी ने थोड़ी देर उधर देखा फिर वाणीधर की ओर मुख़ातिब हुईं। उसके गाँव घर का हाल-चाल पूछती रहीं, वाणीधर ने अपने अन्दाज़ में कुशल-मंगल बखान किया।

"वाणी, देखती हूँ तुम ख़ूब पढ़ते-लिखते रहते हो कुछ मुझे भी बताओ। मैं भी पढ़ने-लिखने में मन लगाती हूँ, पर समय ही नहीं मिलता। फिर भी बताओ क्या अद्यतन है, पढ़ूँगी।"

"आप तो बहुत पढ़ी-लिखी हैं दीदी, मैं क्या बताऊँ।"

"मैं तुमसे बड़ी हूँ, पहले डिग्री लेकर बैठ गयी हूँ यही न, नयी-नयी चीज़ें पढ़ने का कहाँ मौक़ा मिलता है। तुम बताया करो बल्कि ला दिया करो?"

"आपकी रुचि किस विधा में है?"

"सभी विधाएँ, पर कथा-उपन्यास अधिक रुचती हैं।"

"मैं ला दिया करूँगा। आपके यहाँ आने से मुझे लाभ ही लाभ हुए, उसमें एक सबसे बड़ा लाभ हुआ मित्र दिनेशजी से मिलकर।"

"अच्छा, तो तुम उनके प्रकाशन में बैठने लगे जाकर?" हँसी।

"जी, वहाँ बैठकर पत्र-पत्रिकाएँ देख जाता हूँ। साहित्य और कला प्रेमी जो बैठते हैं उनकी बहस-मुबाहसें सुनता हूँ, ढेरों जानकारियाँ बिना पढ़े हो जाती हैं।"

"उन जानकारियों पर आँखें मूँद कर विश्वास न करना। कान की सुनी तभी सच मानो जब आँखों से देख लो।"

"साहित्य सम्बन्धी जानकारी की बात करता हूँ दीदी, अन्य नहीं।" अधिकतर ख़ाली घर, ख़ाली अहाता और अन्दरूनी काम की कमी के कारण मृदुला जी से व्यक्तिगत बातें होती रहीं। वाणीधर मृदुला जी की आप बीती सुनकर दहल उठा। ऊपर से हँसता मुस्कुराता प्रसन्न दीखता वाणीधर अपनी समस्याओं में बेहद उलझा हुआ था। उसे स्वयं की आवश्यकता ही सबसे बड़ी लगती थी; अब लगने लगा नहीं, इसकी समस्या तो कुछ है ही नहीं। उद्योग कर, परिश्रम और लगन से काम कर यह अपना भाग्य बदल सकता है। अपने भविष्य को एक सुनिश्चित दिशा दे सकता है। किन्तु मृदुला जी के साथ घटे हादसे को कैसे अनकिया कर सकता है कोई, कैसे? उनके मनोद्वेगपूर्ण स्वर उसका पीछा करते–

"मेरे पिता एक संघर्षशील किसान थे। संगठन के अहम व्यक्ति थे। वे वीर पुरुष थे किसी से नहीं डरते थे, हमें भी डरना नहीं सिखाया था। वे असावधान भी नहीं थे। मैं नहीं जानती थी कि उनके पीछे लोग घात लगाये बैठे थे, बिल्कुल नहीं। समान विचारों वाले लोगों का आना-जाना लगा रहता, संगठन की बैठकें होती रहतीं। परचम छपने के मसविदे तैयार होते रहते, ढेरों साहित्य बिखरे पड़े होते घर में। सबकुछ पढ़कर-सुनकर, शामिल होकर मैं जान रही थी। मात्र एक बात नहीं जानती थी कि उनकी हत्या हो सकती है। हत्या तो होनी ही थी– मैं अब बख़ूबी जान गयी हूँ। वैसे, अक्खड़ इन्सान के भीतर-बाहर दुश्मनों की तादाद बहुत होती है।"

वाणीधर ने देखा, मृदुला जी कहीं खो गयी थीं। सामने धुँआती हवा थी, गूँजती

कथा थी... पिण्ड रूप में घनीभूत पीड़ा थी, वर्षों बीत गये कँप-कँपते डर को कहीं से कुछ नहीं बिगड़ा था। भय का क्षरण नहीं हुआ था बल्कि वह बढ़ ही गया था। वाणीधर स्वयं सुन्न हो गया। कॉमरेड को मानो वह नंगी आँखों से अभी-अभी एक बस पर से बाँह पकड़कर उतरते अपनी कोमल सुकुमारी बेटी को देख रहा है मानो तेज़ी से हरहराती दूसरी बस को हाथ देकर रोक रहा है, खिड़की वाली सीट पर बेटी को बैठा स्वयं भी पसीना पोंछता इतमीनान हो रहा है कि चारों ओर से घेर लिया गया। बस छोड़कर चालक भाग गया। यात्री दहशत के मारे सीटों के नीचे दुबक गये। कॉमरेड की हत्या उन्हीं हथियारों से कर दी गयी जिनकी हिमायत वे सत्ता प्राप्त करने के लिए कर रहे थे। फटी-फटी आँखें... परीक्षार्थी व्याकुल... अबूझ बेटी पर स्थिर हो गयी थीं। वे पथरीली आँखें वाणीधर के सीने में गोली की तरह धँस गयीं। वह दहशत से भर उठा। कॉमरेड की तरह प्रतिदिन लोग मारे जा रहे हैं, हथियारों से सत्ता कहाँ हाथ आ रही है मज़लूमों के हाथ में? यह क्या हो रहा है, क्या लड़ाई का तरीक़ा सही है?

"क्या सोच रहे हो वाणी? मैं थोड़े समय के लिए जड़ हो गयी थी; शापित राजकुमारी की भाँति शिलावत, बस! जिन कारणों से मेरे पिता मारे गये वे ही कारण मुझे भी नुकीला पत्थर बना गये। अम्माँ की दिलेरी देखकर सभी दंग थे। क्यों न हो, कॉमरेड की संगिनी थी। उसने कहा— कठिन राह पर चलकर मंज़िल तक पहुँचने वालों के परिजनों को शोक करने का समय नहीं देता समाज।" मृदुला जी बोलती हुई चुप हो गयीं।

"दीदी, मंज़िल तक कहाँ पहुँचे कॉमरेड, आपके पिता? संघर्ष के रास्ते से चुन लिए गये पत्थरों की भाँति।" वाणीधर के स्वर में अवसाद घुला था। "वाणी, तुम्हें शायद नहीं मालूम कि शवयात्रा जहाँ पहुँचती है उस दाहक, मारू जगह को भी मंज़िल कहा जाता है। ऐसे या वैसे मंज़िल सभी प्राणियों को मिल ही जाती है। अम्मा उसी मंज़िल की बात कर रही थी। मैंने पिता की चिता से लुकाठी ली मशाल की भाँति, उनके कफ़न का टुकड़ा सर पर बाँधा और चल पड़ी परचम लहराती। सचमुच मेरे पास समय नहीं था। कॉमरेड के सैकड़ों उत्तराधिकारी हैं, मैंने भी उनके साथ अपना नाम दर्ज कर लिया। धमकियों और दबावों के आगे डरना नहीं जाना।"

"आपने कहा था— आपकी मूल प्रवृत्ति साहित्य पढ़ने की है, उसका क्या हुआ दीदी? क्या अपने साहित्य के लिए कुछ किया?"

"डिग्री ली; थोड़ा-बहुत पढ़ लिया, संगठन के काम के साथ-साथ राजनीति में प्रवेश करना कठिन काम है। मेरा एम.एल.ए. बन जाना एक और उलझाव है। एम.एल.ए. के ऊपर जनता का दायित्व रहता है; उनका दुःख-सुख, उनकी परेशानियाँ सब जन-प्रतिनिधि की निजी परेशानियाँ हो जाती हैं। साहित्य-संस्कृति

और कला के लिए, जनता की भागीदारी इनमें बढ़ाने के लिए, जनता को अपने आप पहचानने में इनसे मदद मिले उसके लिए बहुत कुछ करने की इच्छा है! तुम्हारी तरह के साथियों के सहयोग से सब होगा। मैं आशावान हूँ तुम लोग हमारी पथरीली बारूदी योजनाओं में हाथ बँटाओगे। हवा जो अलाव के गिर्द बहती है उसे जीवन देने का काम करती है... लौ तेज़ करती है... गर्मी और तुर्शी बाँटती है। तुम बदलने के लिए क़लम चलाओ। कुरीतियों पर कुठाराघात करने के लिए तुम कर सकते हो।"

परीक्षाफल निकलने के बाद नामांकन की आपाधापी। अच्छे अंक आये थे वाणीधर के। उसका नामांकन हो गया। समय निकालकर विभूति बाबू से मिलने गया।

"आओ-आओ वाणीधर, कैसे हो? इधर तो मुलाक़ात ही नहीं हुई।" विभूति बाबू ने अगवानी करते हुए पूछा। सम्भवतः आठ माह बाद उनसे मिल रहा था वाणीधर।

"हाँ, थोड़ा व्यस्त रहा।" मुस्कुराहट उसके चेहरे पर सदा की भाँति चस्पाँ थी।

"क्या व्यस्तता थी भई।" स्नेह छलक रहा था उनके स्वर से।

"परीक्षाएँ स्थगित होने के बाद मैं एक मित्र की सहायता से कुछ पार्ट-टाइम काम करने लगा, फिर परीक्षाएँ हुईं। परीक्षा देकर गाँव गया था।"

"कहो कैसे हैं तपेश्वर और घर के सारे लोग?"

"सभी आपको याद कर रहे थे। अच्छे हैं, ठीकठाक।"

"क्या कह रहे थे?" स्वयमेव उदासी चढ़ आयी थी उन पर।

"आपका उधर जाना नहीं हुआ न, सो हालचाल पूछ रहे थे।"

"क्या ऑनर्स लिया वाणीधर?"

"हिन्दी लिया है, इतिहास और अंग्रेज़ी सबसीडियरी रखा।"

"इतिहास लिया होता, प्रतियोगिता परीक्षाओं के लिए ठीक होता है। मुझसे भी मदद मिल जाती।"

"जी।"

"सोच लो, कक्षाएँ शुरू होने से पहले विषय परिवर्तन कर सकते हो।"

वाणीधर ने कुछ नहीं कहा, वह मन-ही-मन निश्चय कर चुका था कि प्रतियोगिता परीक्षा में नहीं बैठेगा। एक उदासीनता-सी थी उसके मन में। वह अपने आपको क्या बनाना चाहता था उसका कोई स्पष्ट नक़्शा उसके मन में अब तक बन नहीं पाया था परन्तु यह अवश्य था कि साहित्य-कला-संस्कृति के माध्यम से दुनिया को हौले-हौले बदल सके। विचारों का रोलर चलाना उसे अभीष्ट नहीं था। झोंपड़ी मुहल्ले के लड़के अक्सर मिलने आया करते थे। विशेष रूप से एक दिन राजू और

जितेन्द्र आये थे कि इन्होंने जो चन्द नाटक तैयार किये हैं उनका शो क्यों न यहाँ कर लिया जाये। वाणीधर ने देखा बच्चों के चेहरे आत्मविश्वास से चमक रहे थे।

"लगता है तुम लोगों ने जमकर नाटक की रिहर्सल की है।"

"की है भइया, कई नुक्कड़ प्रदर्शन कर लिया है।" राजू ने कहा।

"और तो और स्कूल में भी दो प्रदर्शन ही गये। देवी मास्साब अब काफ़ी नरम हो गये हैं।" जितेन्द्र था।

"सिर्फ़ तुम्हीं से नरम है कि औरों से भी! इस नरमाई का रूप क्या है जीतू?" राजू और जीतू ने सर नीचे कर लिया।

"क्या बात है राजू, स्कूल में पढ़ाई-लिखाई ठीक से चलती है? तुम लोगों की प्रगति हो रही है?"

"जी भैया, क्लास होता है। अब काफ़ी संख्या में बच्चे जाते हैं।" राजू था।

"तब तुम लोगों ने सर क्यों नीचे किया! क्या बात है? तुम पढ़ते हो?"

"हमें पढ़ने का कम मौक़ा मिलता है। इधर लगातार कई नुक्कड़ शो करने पड़े। रैली में, मेले में प्रदर्शन करना पड़ा था। पढ़ाई का मौक़ा कम मिला।"

"तब तुम कहते हो कि मैं भी तुम्हारा शो कराऊँ। यह सब तुम्हारी शिक्षा के एवज़ में नहीं होना चाहिए। पढ़-लिख लो तब तुम्हारी प्रतिभा के इस आयाम का मोल होगा नहीं तो बेमोल हो जायेगा।"

"जी भइया।"

"रैलियों और मेलों में मिली तालियाँ ख़ूब अच्छी लगती हैं, आगे क्या करोगे? क्या अपने पिताओं की तरह रिक्शे ही चलाओगे? तुम बड़े बच्चे हो, तुम्हारी तरह छोटे भी सीखेंगे। अपने आपको सँभालों।" वाणीधर उपदेश की मुद्रा में आ गया था। दोनों लड़कों का उत्साह मन्द पड़ गया। उनके जाने के बाद वाणीधर ने सोचा वह कुछ अधिक कह गया है। इतने की आवश्यकता नहीं थी। दूसरे ही दिन सुबह सबेरे उनके घर पहुँचा। घरों में काम करने वालियों को छोड़ सभी थे, बच्चे स्कूल जाने की तैयारी कर रहे थे। वाणीधर को देख सभी खिल उठे। बच्चों की प्रगति पर धन्यवाद दिया, नहीं आने के लिए उपालम्भ दिया साथ ही पढ़ाई के प्रति रुचि जगाकर मँझधार में छोड़ जाने के लिए दोषी बताया। वाणीधर ने निश्चय किया कि किसी अच्छे समान विचार वाले मित्र से आग्रह करेगा इन्हें पढ़ा देने को। स्वयं भी हफ़्ते में कम-से-कम दो दिन तो आ हो सकता है। जिन्हें सही राह पर चलने का सपना दिखाया उन्हें राह में ही कैसे छोड़ दे। राजू और जितेन्द्र की पीठ थपथपाई और कहा—"मेरे कहे का बुरा मत मानना। जो कर रहे हो वह उचित ही कर रहे हो; ख़ाली समय में चक्कूबाज़ी और चोरी चकारी के पाप से तो बच गये; संस्कृति कर्म में लग गये पर पढ़ाई करो, नवीं कक्षा में हो, ठीक से मैट्रिक पास कर लो... जीने

का रास्ता सुगम हो जायेगा। मैं तुम्हारे लिए अपने किसी मित्र को ठीक कर देता हूँ, पढ़ा दिया करेगा। मैं भी आता रहूँगा।"

"हम ख़ूब मिहनत करेंगे वाणी भइया, मैट्रिक पास कर दिखायेंगे।"

"शाबाश" तनाव मुक्त होकर चला वाणीधर। लॉज में उसके कुछ पुराने साथी थे उनसे बातें कीं बच्चों को पढ़ाने की। उन्होंने असमर्थता जतायी।

"यार वाणीधर, मुझमें बच्चों को पढ़ाने का पेशेन्स नहीं है। मैं तो अपने भाई-बहनों को पढ़ाते वक़्त भी पीटने लगता हूँ। ये बच्चे जाहिल, इनकी मुफ़्त में जान जायेगी।" एक ने कहा।

"नहीं बन्धु, ये जाहिल नहीं हैं निर्धन हैं। लेकिन पैसे तुम्हें पूरे देंगे। इनकी समस्या...।"

"छोड़ यार, मुझसे न होगा।"

"मुझसे भी नहीं होगा, मैं सैर का समय निकालकर इनके साथ न बैठूँगा। कभी नहीं।" टके-सा जवाब दिया दूसरे ने।

"इसी मुहल्ले में एक सरिता बहन जी हैं, देखता हूँ कुछ बच्चे उनसे पढ़ने जाते हैं परली तरफ़ के, उनसे बात कर दे यार किसी स्कूल में शिक्षिका हैं।" तीसरे ने समाधान दिया।

"अच्छा?" वाणीधर के माथे में घुँघरू की घण्टियाँ बज उठीं। कहीं वही सरिता तो नहीं हैं जो इनके स्कूल में पढ़ाती थीं। उनका पता-ठिकाना ले लिया वाणीधर ने। सरिता जी तैयार होकर स्कूल जाने निकली थीं कि वह पहुँच गया।

"आप ही सरिता जी हैं?"

"हाँ, आप?"

"मुझे वाणीधर कहते हैं, आप कहीं जा रही हैं?"

"हाँ, मैं स्कूल जा रही हूँ।"

"पहले आप इसी मुहल्ले के कॉरपोरेशन स्कूल में पढ़ाती थीं?"

"जी हाँ, अब कंकड़बाग के नगर-निगम प्राथमिक विद्यालय में पढ़ाती हूँ। आप को कोई तकलीफ़?"

"जी नहीं, बड़ी प्रसन्नता हुई जानकर।"

"धन्यवाद।"

"ऐसा है, मैं इसी मुहल्ले के झोंपड़ीवासी बच्चों की समस्या लेकर आया हूँ आपके पास, वे पहले आपके रह चुके हैं। मैं यहाँ रहकर उन्हें पढ़ा दिया करता था...।"

"अच्छा तो आप हैं उनके भइया।" सरिता के चेहरे पर मुस्कान खेल गयी।

"आइये बैठिये" उसने अन्दर कमरे में लगी एकमात्र कुर्सी पर बैठने का आग्रह किया। स्वयं तख़्त पर बैठ गयी।

“आपको देर हो रही है स्कूल को, मैं फिर आऊँगा। अभी इतना भर कहना है कि उन बच्चों को आप ट्यूशन पढ़ा दें, वे पैसे देंगे स्वयं ही आकर पढ़ जाया करेंगे। आप सोचें विचारें फिर कहें, अभी मैं आज्ञा लेता हूँ! आपको स्कूल जाना है, देर हो रही है।” जल्दी-जल्दी इतना कुछ बोल गया वाणीधर और पलटकर चल दिया। सरिता को हँसी आ रही थी। उसे सचमुच देर हो रही थी सो वह भी दाहिनी ओर मुड़कर सीधी सड़क पर आ गयी। वाणीधर हल्का हो आया था। उसने सोचा, वाह जिन खोजा तिन पाइयाँ। इन बच्चों का भविष्य उज्ज्वल है... ये सरिता जी कहाँ से आ गयीं। आवास पर आकर देर तक महुए के पेड़ के नीचे बैठा सोचता रहा कैसे हफ़्ते में कम-से-कम दो-तीन दिन उन्हें पढ़ाने जाय। उपाय सूझ गया। पैसे जमाकर क्यों न एक साइकिल ख़रीद लिया जाय। दूरी तय करने की समस्या का समाधान हो जायेगा। अब वह अपनी कमाई के पैसे जोड़ने में लग गया। दूसरे ही दिन फिर झोंपड़ी मुहल्ला पहुँचा... बच्चों के अभिभावकों को सरिता का पता बताया फिर कहा–

“तुम लोग बहन जी के घर जाकर तय कर लो, मैं रविवार को आऊँगा।” गली के बच्चों में बहुत उत्साह था–लगा उनका खोया धन मिल गया है, सरिता बहन पढ़ाने को मिल गयी हैं।

लौटकर देखा, आनन्द कुमार आ गये हैं। आनन्द कुछ दुर्बल कुछ साँवले से लग रहे थे। बेहद थकी-थकी सी लग रही थीं उनकी आँखें। वाणीधर उन्हें देखकर थोड़ा मायूस हुआ।

“बड़े भाई, कहाँ गये थे, क्या बीमार हो गये थे?”

“नहीं वाणी, ट्रेनिंग कैम्प में गया था... मशक्कत कुछ ज़्यादे ही करनी भड़ी... थक गया हूँ। दो-चार दिन आराम से नींद खींच लूँगा... सब ठीक हो जायेगा।”

“कैसा कैम्प था, किस चीज़ की ट्रेनिंग ली है... हमें भी बताइये।”

“जान लोगे धीरे-धीरे, इतने उतावले क्यों हो।” रहस्यमय हँसी हँस कर रह गया आनन्द।

वाणीधर का कोमल ग्रामीण मन सहम-सा गया।

“तुम क्या करते रहे वाणीधर, गाँव से आने के बाद क्या सब किया? तफ़सील से सुनाओ।”

“कोई ख़ास नहीं बड़े भाई, परीक्षाफल निकला नामांकन कराया और बस वही इधर-उधर करता रहा।”

“मसलन!”

“मसलन, अपने पिता के मित्र विभूति बाबू से मिल आया, झोंपड़ी मुहल्ले तक हो आया। प्रूफ़ देखता रहा पुस्तकालय जाता रहा और क्या?”

“गाँव का समाचार बताओ।”

"ठीक है, छोटे चाचा आयेंगे किसी काम के जुगाड़ में– ऐसा कहा है। मेरे दोस्त कपिल और टुन्नू भी आयेंगे।"

"अच्छा तो है।"

"हूँ।"

"उधर से एक तख़्त लाकर लगा देंगे। जितनी ज़रूरत होगी उतनी लगा देंगे गाँव के लोग अक्सर साथी संगतिया लेकर चलते हैं, देखते नहीं हो घर कैसा भरा-भरा रहता है।"

"सो तो है।" आनन्द अन्यमनस्क-सा बोल उठा।

"और बताओ यार।"

"और? और लेनिन के साथ खेलता रहा। दिनेश जी के प्रकाशन पर बैठकर पत्रिकाएँ उलटता-पलटता रहा। कुछ किताबें पढ़ गया। वह स्थान बड़ा प्राणवन्त है। भाँति-भाँति के लोगों से मुलाक़ातें हुईं। कवि-लेखक, कलाकार-नाटककार, विद्वान आलोचक, इतिहासकार एवं पुस्तक प्रेमी सम्माननीय नागरिक। तरह-तरह की बातें सुनने को मिलती हैं। ज्ञानवर्धन भी होता है और मनोरंजन भी।"

"ऐसी ही जगह है वो।" हँसा आनन्द कुमार।

"जानते हैं भाई दीदी ने एक दिन क्या कहा? कहा कि दिनेश जी की दुकान पर जो गप्पबाज़ी होती है उस पर कान न देना। अधिकतर यूँ ही एक-दूसरे की खिंचाई के लिए होती हैं तुम अभी बच्चे हो।" वाणीधर ने कहा।

"सही कहा उन्होंने।"

"क्या सही है मैं बच्चा हूँ, कि गप्पबाज़ी झूठी है?"

"दोनों सही हैं—गप्पबाज़ी झूठी ही होती है। तुम बच्चे हो।"

"अब भी बच्चा हूँ?"

"हो।"

"अच्छा छोड़िये भाई, एक समस्या है।"

"क्या? कैसी समस्या?"

"मैं एक साइकिल ख़रीदना चाहता हूँ पर सस्ती। कैसे होगा समाधान।"

"कई लोग सेकेण्डहैण्ड साइकिल बेचना चाहते हैं उन्हीं से ख़रीदते हैं। कहीं न कहीं मिल जायेगी।"

"ये हुई न बात! मैं जानता था आप इसका समाधान कर देंगे।"

"चार सौ तक में चलने लायक अच्छी साइकिल मिल जायेगी।"

"झोंपड़ी मुहल्ले के बच्चों की प्रगति देखने का मौक़ा नहीं मिलता। साइकिल हो जाने के बाद मैं समय निकाल लूँगा।"

"तुम कितना सोचते हो, तुम्हारी तरह के लोग कहाँ मिलते हैं?"

"आप लोगों से कम ही कर पाता हूँ।"

"ऐसा नहीं है तुम अकेले चल रहे हो अपने पथ पर। तुम्हें किसी ने नहीं कहा है ऐसा करने को, किसी संगठन ने निर्देश नहीं दिया है। काश, ऐसे ही होते हमारे प्रान्त के अधिकांश युवक, काश मुझमें भी माद्दा होता ऐसा ही कुछ करने का।" वाणीधर ने आनन्द की खुरदुरी हथेली को अपनी कोमल पकड़ में ले लिया, थोड़ी देर सहलाता रहा। दोनों एक-दूसरे की ओर देखते रहे। वाणीधर की आँखों में संशय की कौंध थी, आनन्द की आँखों में उदास ललक।

"तुम मुझसे कुछ पूछने को आतुर दीखते हो वाणी, पूछो क्या पूछना चाहते हो?"

"बिना पूछे जितना जान पाया हूँ उससे अधिक कुछ है क्या?"

"तुमने कितना जाना है।"

"सब कुछ अन्दाज़ा लगा लिया है।"

"बड़े ज़हीन हो भाई, फिर भी बताओ मैं क्या सब करता हूँ।"

"किसी व्यक्तिगत रहस्य को नहीं जानता पर आप लोग मज़दूर किसानों के साथ काम करते हैं, उन्हें उनका अधिकार बताते हैं। गाँव-गाँव घूम-कर यही अलख जगाते रहते हैं।"

"ये सारी स्थूल बातें आप जानते हैं बर्खुरदार पर मामला उतना ही नहीं। अब हमारी लड़ाई जंजाल में फँस गयी है।"

"मसलन, जोतदारों द्वारा, सरकारी तन्त्र द्वारा, अक्सर हथियार का प्रयोग होने लगा है। हमने भी अपने आदमियों को हथियार चलाने की छूट दी है। उसी की ट्रेनिंग देने जाया करता हूँ।" बोलना जारी रखा आनन्द कुमार ने। वाणीधर सकते में आ गया। उसे स्मरण हो आया गली के गुण्डों की ओर हथियार तानता आनन्द। वह तो भूल ही गया था। लड़ाई का यह रूप इसके गले नहीं उतरा।

"क्या हथियार चलाये बिना लड़ाई नहीं लड़ी जा सकती!"

"क्या बात करते हो यार, हथियार का जवाब हथियार है। जोतदारों के मन में भय का संचार ही हथियार से हुआ है। अब उनके मन में यह बैठ गया है कि अगर उनके पास चार बन्दूक़, रायफल हैं तो सामने वाले मज़लूमों के पक्ष में चालीस बन्दूक़ें हैं।"

"सारी लाइसेंसशुदा बन्दूक़, रायफलें हैं?"

"नहीं कुछ लाइसेंसशुदा हैं बाक़ी यूँ ही।"

"आपको यह सही लगता है बड़े भाई?"

"हमें ज़मीन और श्रम का असमान बँटवारा भी तो सही नहीं लगता, हमें एक ही तरह के हाथ-पाँव और शरीर वाले स्त्री-पुरुषों का अवैध दोहन भी अच्छा नहीं लगता।"

"क्या कोई दूसरा तरीक़ा नहीं है, आप हम जैसे लोग मिलकर निकाल नहीं सकते?"

"निकल सकता तो निकाल लेते। अब तुम गाँधीवादी सिद्धान्तों की चर्चा न छेड़ देना। तुम्हारी सोच उसी दिशा में जाती दीखती है। मुझे उस अत्यन्त अव्यावहारिक सिद्धान्त से अरुचि है।" वाणीधर हँस पड़ा।

"आपने स्वयं छेड़ा है बड़े भाई, गाँधीवाद के नाम पर किये जाने वाले ढकोसले से मैं भी असहमत हूँ किन्तु उसे अव्यावहारिक नहीं कह सकता। उससे अधिक व्यावहारिक संसार में कोई सिद्धान्त नहीं है। इससे अधिक उपयोगी जीवन पद्धति को जिन राज्यों ने जिन गाँधीवादियों ने 'सिद्धान्त' कहा उन्होंने उसके साथ छल किया है।"

"मैं गाँधीवाद पर बहस नहीं करना चाहता, मेरी उसमें रुचि ही नहीं है।"

"आप समाज की चिन्ता करने वाले होकर ऐसा कैसे कर सकते हैं? आपकी रुचि क्यों नहीं है, मैं जानता हूँ। मुझे यह भी पता है आप गाँधीवादी सिद्धान्तों को 'गलित नखदन्त' वाले सिद्धान्त का नाम देते हैं। पर बड़े भाई, समय के अनुसार कुछ सोचना पड़ेगा। अतिवाद शुभ नहीं है।"

"जोतदारों का अतिवाद शुभ है?"

"आप मज़लूमों के हाथ में हथियार थमाकर ठीक नहीं कर रहे हैं। बच्चे गोलियों से खेलते अच्छे नहीं लगते। निरीह अनपढ़-गँवार मज़दूर बन्दूक़ चलाने लगें तो सभ्यता नष्ट हो जायेगी।"

"हो जाय नष्ट ऐसी सभ्यता, जहाँ आदमी आदमी की क़द्र न करे।"

"आप आवेश में हैं, मुझे बतायें स्थिर चित्त होकर कि हत्याओं का उत्तर हत्याओं से देना क्या समानता आहूत कर सकेगा? आपके समान सिद्धान्त वालों का मत-वैभिन्य हो गया है? आप तो तीक्ष्ण दाँत और साबुत नख वाले लोग हैं, समय पर अपना अधिकार समझते हैं। फिर क्यों आपसी संघर्ष में घिर गये हैं?"

"ऐसा संघर्ष क्या गाँधीवादियों में नहीं है?"

"वैचारिक संघर्ष है, व्यावहारिकता के तरीक़े को लेकर संघर्ष है, आज आधुनिकता तथा उत्तर-आधुनिकता में से एक को चुनने का संघर्ष है। खादी आन्दोलन, ग्रामीण रोज़गार व्यावहारिक शिक्षा वगैरह की उपयोगिता को लेकर सार्थक-निरर्थक बहसें होती हैं। उनके किसी संघर्ष में हथियार का स्थान नहीं है। हथियार विनाशकारी होता है, आत्मरक्षार्थ रखा जाय तब भी बन्दूक़ से गोली निकलती है तो किसी की जान ले लेती है।"

"तुम्हारी बातों से सहमत हूँ परन्तु अपने रास्ते को संघर्ष का सबसे धारदार रास्ता मानता हूँ। तेज़ी से लपक लेना चाहता हूँ मंज़िल। एक जीवन को कब तक थकाने वाले उबाऊ पगडण्डी पर घसीटता चलूँ। हमें राजपथ मिलना चाहिए।"

"राजपथ पर आप चल रहे हैं बैंड बाजे के साथ। संगीत तक ठीक है, चिंघाड़ की ओर पहुँचते आप टूट जायेंगे बल्कि टूट रहे. हैं। लड़ाई ज़मीन से उठकर हवा में तैरने लगी है ऐसा नहीं लगता आपको?"

"लड़ाई मुकम्मल होने तक हमारा तरीक़ा यही रहेगा। हमारे यहाँ बार-बार पुनर्विचार करने की परम्परा नहीं है।"

"परम्परा को तोड़कर आप परम्परा की बात करते हैं?"

"हमने जो बनायी है वह भी तो एक परम्परा है, अभी हमने उसके लिए शब्द नहीं गढ़ा।"

"नये मुहावरे तो ख़ूब गढ़ लिए शब्द नहीं गढ़े। आज क्या हम अपनी बातों को यहीं छोड़ दें? कुछ और नहीं करना है क्या? चलिए गंगा किनारे बैठते हैं।"

"चलो, बहसों का अन्त नहीं है। फिर हमारी धारावाहिक बहसें हैं, चलती रहने वाली हैं।" दोनों उठकर गंगा किनारे चले गये। आनन्द वहाँ भी घास पर टेक लगा कर लेट गया। थका-थका सा था। वाणीधर जामुन के पेड़ पर लगे छाजन को देखने लगा। आनन्द ने उसकी दृष्टि का अनुसरण किया।

"कुछ दिनों के लिए चाची को यह स्थान बड़ा प्रिय लगा था। उन्होंने यहाँ यह छाजन डलवा लिया था। बरसात में यहाँ आकर बैठतीं, गंगा में पड़ती बूँदों को देख-देख कर ख़ुश होतीं।"

"कुछ दिनों के लिए क्यों, अब भी वे आकर बैठ सकती हैं।"

"शुरू-शुरू में एम.एल.ए. बनने के बाद भी उनके पास समय रहता था। इन दिनों अनेक कमेटियों में हैं, राजनीति में रहती हुई वे सतह से ऊपर तैरती सी थीं, अब धीरे-धीरे राजनीति में गहरे पैठ गयी हैं। समय नहीं मिलता... इच्छा कर के भी बैठ नहीं पातीं, बैठने का मूड भी नहीं बनता।"

"आप लोगों का संघर्ष भी तो अधिक बढ़ गया है, बहुकोणीय हो गया है। उसमें वक़्त जाता है।"

"अब संघर्ष की बातें न करो, यदि इसी विषय पर ज़ुबान चलानी हो तो न चलाओ, चुप बैठो।" यह सुन वाणीधर हँस पड़ा।

"मैं इस पण्डुकी को देख रहा था। छाजन के उस गोल उभार वाले बल्ले पर अपना घोंसला बना रही है। घोंसला भी कैसा बिखरा-बिखरा सा। अण्डा देने वाली है। मैं सोच रहा था अण्डा टिकेगा या लुढ़क कर गिर जायेगा?"

"गिर जायेगा। बराबर यह यहाँ घोंसला बनाती है... अण्डे देती है... उसे सेती है फिर कुछ तो बल्ले पर पर्याप्त जगह नहीं रहती या स्वयं के आड़े-तिरछे होने से घोंसले के ढीले-ढाले होने के कारण अण्डे गिर कर फूट जाते हैं। कुछ दिन ये उदास अपनी चोंच पाँखों में छुपाये शोक में डूबी रहती है। फिर प्रकृति

के नियमानुसार पूर्ववत हो जाती है। दाने चुगने लगती, अगले घोंसले की तैयारी में जुट जाती।"

"इन्हें निर्देशित भी तो नहीं किया जा सकता। हम अगर उसके नीचे कोई चौड़ा पात्र रख दें, उसके अन्दर घास-फूँस रख दें तो?"

"तो ये वहाँ से भाग जायेंगी। अण्डा घोंसले से गिर जाता है और नहीं फूटता है तो भी ये उन्हें अपने घोंसले में नहीं ले जायेगी। मनुष्य को ये अपना पक्षधर नहीं मानती।"

"बल्कि यूँ कहिए अपना सबसे बड़ा दुश्मन मानती हैं। एक बार गाँव में एक पेड़ पर से किसी चिड़िया का बच्चा घोंसले से गिर गया था। हम लोग वहाँ गिल्ली-डण्डा खेल रहे थे। दौड़कर गये, उसे उठाया, देखा ठीक था अभी उसके रोएँ भी नहीं आये थे ठीक से, हम लोगों ने उसे उठाया तो! वह अपनी लाल चोंच खोल कर हमारी ओर देखने लगा। शायद खाना माँग रहा था। हमने कुछ कीड़े पकड़ कर उसकी चोंच में डाले और उसे घोंसले में रख आये। उसके साथ के तीन और बच्चे चिल्लाने लगे चीं-चीं-चीं-चीं। थोड़ी देर बाद उसके माता-पिता आये। ख़ूब शोर हुआ, देखा उस नन्ही चिड़िया को धक्का देकर गिरा दिया। वह नीचे गिर कर चीं-चीं करती रही। कितनी नफ़रत है उन्हें मानव जाति से, देखिये।"

"उस चिड़िया का क्या हुआ?"

"हम घर लाये उसे। पालने की कोशिश की पर वह मर गयी। न कुछ खाया, न बोली, पड़ी-पड़ी मुलुर-मुलुर ताकती रही।"

"बुरा मानना उचित ही है। ये तो हमारा कुछ नहीं बिगाड़तीं। हम इनको मारकर खा जाते हैं। कई बार तो कौतुक से मार डालते हैं।"

"देखिए गरदन टेढ़ी कर दाने चुगती कितनी भली लगती है।" —देर तक इन लोगों में चिड़ियों के प्रकार और स्वभाव पर बातें होती रहीं।

गाँव से वाणीधर के नारायण चाचा आ गये थे। चाचा की अपनी मज़बूरियाँ थीं। उन्होंने बी.ए. पास कर लिया था। शादी हो गयी थी बच्चे भी थे परन्तु कहीं नौकरी नहीं मिल पायी थी। कई जगह दौड़ भाग की थी। अभी इन्होंने उत्तर बिहार के किसी चीनी मिल में काम करने के लिए अर्ज़ी दे रखी थी। यहाँ इन लोगों से पैरवी की आशा में आये थे। वाणीधर को यह अच्छा नहीं लग रहा था! इस तरह की बात उसकी समझ में भी नहीं आती थी। चाचा को क्या कहें यह भी तो नहीं सूझ रहा था। हर बार की तरह इस बार भी संकट से आनन्द ने ही उबारा।

"मैं अपने चाचाजी से कहता हूँ। उस पार के सभी चीनी मिल मालिक उनकी सुनते हैं। काम हो जायेगा। आप चिन्ता न करें। परन्तु यह काम तो सिर्फ़ छह माह के लिए है। माप-तौल का सीजन पर होता है।"

"इसी के लिए अर्ज़ी दी है। जगह यहीं ख़ाली है।"

"आप इसमें घुस जायें फिर लेखा विभाग में घुसने की कोशिश करें; है न!"

आनन्द के कहने पर विनोद बाबू ने उन्हें बुला भेजा। वाणीधर साथ गया।

"अच्छा तो आप हैं वाणी के चचा, हूँ!"—विनोद बाबू की बोली थोड़ी रूखी थी। उनसे सारी तफ़सीलें ले ली और कहा—

"मैं कल ही उस ओर जा रहा हूँ आप साथ चलियेगा काम हो जायेगा।"

—वाणीधर के दिलोदिमाग़ को चैन मिल गया। नारायण चाचा को नौकरी मिल गयी समझो। मन-ही-मन उसने संकल्प लिया विनोद बाबू के काम आता रहूँगा। मृदुला दीदी के सौजन्य का कायल पहले से ही था विनोद बाबू के सौहार्द का भी कायल हो गया। आनन्द के उपकारों का वह कभी बदला नहीं चुका सकता, उसकी आँखें भर आयीं।

बहुत देखभाल कर आनन्द ने ठीक चार सौ रुपये में वाणीधर को एक सेकेण्ड हैण्ड साइकिल ख़रीद दी। साथ ही एक चेन और ताला भी क्योंकि साइकिल का अपना ताला नहीं था। सीट, टायर-ट्यूब ठीक-ठाक थे। वाणीधर झोंपड़ी मुहल्ले की ओर पहले दिन साइकिल लेकर गया तो सारे बच्चे झुक आये। वाणीधर ने मज़ाक़ से कहा—

"इस साइकिल को देख तुम लोग इतने उत्साहित हो कि लगता है हमने मारुति कार ख़रीद ली।"

"अपनी कमाई से साइकिल ख़रीदी है भइया, कार भी ख़रीदेंगे। वह भी दोपाया ही ख़रीदता है। चौपाया नहीं।" एक कामिन ने कहा। वाणीधर को इस बात की ख़ुशी हुई कि सरिता बच्चों को पढ़ाने लगी है।

"भइया रंगशाला में कुछ कविताओं के मंचन का काम चल रहा है। मनु भइया आपको खोज रहे थे।" राजू ने एक दिन कहा।

"अच्छा? किन-किन कविताओं पर काम कर रहे हैं?"

"अभी तो दो चुनी गयीं एक बाबा नागार्जुन की कविता 'हरिजन गाथा' दूसरी 'भागी हुई लड़कियाँ' आलोक जी की।"

"अच्छा चयन है। मैं चलूँगा।" वाणीधर रंगशाला में पहुँचा तो बड़ी गर्मजोशी से उसका स्वागत हुआ। दो अभिनेत्रियाँ झोंपड़ी मुहल्ले की थीं, एक-दो अनजानी थीं और एक सरिता थी। सरिता को देख सुखद आश्चर्य हुआ वाणीधर को। उसकी रुचियाँ सुसंस्कृत हैं। शहर के कई उल्लेखनीय कवि विराजमान थे। नाटकीयता से पूरा वातावरण सराबोर था। कविताएँ पढ़ने का सही अन्दाज़ स्वयं कवि सिखला रहे थे। वाणीधर को यह सब बेहद अच्छा लगा। उसने देखा सरिता साहसपूर्वक उसके पास आयी, कहा आते रहने को। वाणीधर ने भी हामी भरी और लौट गया।

दो

वाणीधर की कक्षाएँ शुरू हो चुकी थीं। ऑनर्स और सब्सिडियरी का क्लास रुटीन में था। परन्तु बाधाएँ आती रहतीं। ऑनर्स की कक्षाएँ तो जैसे तैसे हो भी जातीं बाक़ी का भगवान ही मालिक था। पुराने, नामी-गिरामी बुजुर्ग शिक्षक कभी-कभार ही वर्ग में आते। युवा शिक्षक आते रहते। प्रश्नों के उत्तर देने में कोई रुचि नहीं थी उनकी। अक्सर अड्डेबाज़ी में मिल जाते। विश्वविद्यालय में चुनाव की सरगर्मी भी आये दिन छायी रहती। कभी शिक्षक संघ की तो कभी छात्र संघ की। बीच-बीच में विधानसभा, लोकसभा तथा शिक्षक-प्रक्षेत्र का परिषद् चुनाव। सन् तिहत्तर के स्वनामधन्य सकारात्मक आन्दोलन का नकारात्मक प्रभाव अब तक तारी था विश्वविद्यालय पर। छात्रों की यदि रुचि होती तो शिक्षकों में रुचिहीनता व्याप जाती। शिक्षक यदि पढ़ाना चाहते तो छात्र किसी तदर्थ दोराहे पर जाकर खड़े हो जाते।

परिश्रम, ओढ़े गये दायित्व तथा चतुर्दिक ज्ञान की लालसा—बेहद काम था वाणीधर के ज़िम्मे। सबके ऊपर चेहरे पर सतत मुस्कान का आलेपन "आप सचमुच इतने ही ख़ुश रहते हैं या ख़ुशी का सायास इज़हार करते हैं?" सरिता ने एक दिन पूछा।

"बाप रे, सोच समझकर भारी-भरकम प्रश्न दाग दिया है आपने, मैं इसका क्या उत्तर दूँ।"

"जो सच है वही उत्तर दे दीजिए। मैं वही चाहती हूँ।"

"नाख़ुश रहने की कोई वजह नज़र नहीं आती।"

"आप जीवन-यापन के लिए जितनी कड़ी मिहनत करते हैं; फिर स्लम के बच्चों के लिए जो कुछ करते हैं उससे लगता है आप आर्थिक परेशानी में हैं।"

"इसमें क्या शक़? मैं आर्थिक परेशानी में नहीं हूँ। हाँ, अधिक आर्थिक सुविधा चाहता हूँ।"

"यहाँ इस शहर में कॉलेज में पढ़ने वाले अधिकांश लोगों की पढ़ाई-लिखाई का ख़र्च उनके अभिभावक उठाते हैं। आपको स्वयं उठाना पड़ता है।"

"तो क्या हुआ? पढ़ाई ही करनी है न, अभिभावक भेजें या स्वयं उपार्जन करूँ ...काम चल रहा है।"

"तब भी आप ख़ुश हैं?"

"हाँ, ख़ुश हूँ।"

"मैं तो खुश नहीं हूँ।"

"आपका संकट क्या है सरिता जी?"

"वही मेरे पिता ने हम पाँच भाई-बहनों को जन्म तो दे दिया, कभी पालन-पोषण का दायित्व नहीं उठाया। थोड़े दक्षिण पूर्व के एक शहर में हमारी माँ लोअर प्राइमरी स्कूल की शिक्षिका हैं। उन्हीं के प्रयास से हमने बी.ए. पास किया, बी.एड. किया और संयोग से यहाँ नगर निगम में नौकरी मिल गयी।"

"आपके पिता जीवित हैं?" सरिता हँसने लगी।

"बिल्कुल जीवित हैं, झोला टाँगे कवि, साहित्यकारों, पत्रकारों के इर्द-गिर्द चक्कर काटते आपको मिल जायेंगे। किसी भी सभा, व्याख्यान में विदूषक से अनर्गल प्रश्न करते मिल जायेंगे। लानत है उन पर। अम्माँ जब उनकी आवभगत कर खाना खिलाती है तो मेरा मन विद्रोह कर उठता है।"

"पिता हैं, उनकी कोई न कोई मजबूरी होगी। नाराज़ होने से काम नहीं चल सकता। आप उनकी बेटी कहलायेंगी। उन्हें समझाती क्यों नहीं?"

"उन्हें समझाया नहीं जा सकता... आप उनसे आधे घण्टे बात नहीं कर सकते।"

"सरिता जी, आप जिस स्कूल में हैं, उससे उबरिये। एम.ए. कर के किसी दूसरी जगह चली जाइये। नगर निगम के किसी स्कूल में पढ़ने-पढ़ाने का माहौल नहीं है।" वाणीधर ने सफ़ाई से प्रसंग बदला, "आप सही कहते हैं। पढ़ाना चाहती हूँ तो पूर्व शिक्षक नाराज़ हो जाते हैं, प्रधानाध्यापक की आँखों की किरकिरी हो जाती हूँ। परन्तु सरकारी है न इसीलिए चिपकी हूँ।"

"यह बात है। सरकारी नौकरी रहने से सुरक्षा का अहसास होता है, है न।"

"हाँ, लेकिन मेरी इच्छा है पत्रकारिता करने की। उसी में डिप्लोमा कर लेना चाहती हूँ। आपका क्या ख़याल है?"

"मेरा क्या ख़याल हो सकता है भला? लेकिन अगर मेरी राय पूछना चाहती हैं तो मेरा मानना है कि पत्रकारिता में डिप्लोमा डिग्री से कुछ होता जाता नहीं है। बड़े-बड़े नामी-गिरामी पत्रकार यहाँ डिग्री लेकर बैठे हैं?"

"आप मुझसे छोटे हैं पर अक्ल तो बड़ी-बड़ी बातें करने की हो गयी है।" दोनों हँसने लगे साथ-साथ।

सरिता का काव्य नाटक दर्शकों द्वारा ख़ूब सराहा गया। पाँच शो हुए, पाँचों में विशिष्ट जन आये थे। बड़े-बड़े लेखक, कवि, नाट्यालोचक, प्रोफ़ेसर, डॉक्टर तथा सुरुचि-सम्पन्न नागरिक। और तो और स्वयं रचयिता कविगण भी पधारे थे। सरिता अपने आप को सम्मानित अनुभव कर रही थी। वाणीधर ने उसे बधाई दी।

समारोह में वाणीधर का ढेर सारे लोगों से परिचय हुआ जिसका लाभ जीवन के बाक़ी हिस्से में मिला।

वाणीधर डॉक्टर श्याम सिंह के यहाँ आने-जाने लग गया था। डॉक्टर साहब साहित्य-संस्कृति के प्रेमी थे। वहाँ देर रात गये अनेक बुद्धिजीवियों की बैठक लगती थीं। वाणीधर जैसे नवयुवक भी जुट जाते। अधिकतर नये कवि-कथाकार होते, वाणीधर उनमें से कुछ नहीं था। कविताएँ कभी-कभी करता भी तो उसकी चर्चा तक नहीं करता। वह उसका नितान्त गोपनीय पक्ष था। नये-नये किशोर कवि-कवयित्रियाँ उसे अधिकतर अपदार्थ जान पड़ते। एकाध दिन उसने सरिता को भी वहाँ देखा। वह अचम्भे में पड़ गया। वहाँ वह चुप ही रहा परन्तु उसके घर जाकर उसने सरिता को आड़े हाथों लिया।

"सरिता जी, आप आख़िर चाहती क्या हैं? अपने जीवन और जीविका के सम्बन्ध में बिल्कुल अगम्भीर हैं। आपको एम.ए. करके अधिक सम्मानित, अधिक वेतनमान वाली नौकरी करनी चाहिए। बाद में करती रहिए शगल। कभी नाटक में जुट जाती हैं, कभी कविता में। उससे कुछ होना जाना नहीं है।" वाणीधर के इस तरह उखड़ जाने पर सरिता को हँसी आ गयी। उसे ज़रा भी बुरा नहीं लगा। उसने थोड़ी देर के लिए भी यह नहीं सोचा कि वाणीधर की क्या औक़ात नहीं कि उसे सलाह देने बैठे। कौन लगता है, क्यों उससे छोटी उम्र का यह लड़का इतने अधिकारपूर्वक तुर्शी में उस पर बरस रहा है? नादान है, भोला, ग्रामीण है—उच्चादर्श से लबालब भरा स्वप्नदर्शी! स्वप्नदर्शी तो सरिता भी है।

"हँस क्यों रही हैं?" वाणीधर झल्लाया।

"वाणीधर जी, आप नहीं जानते मैं घोर यथार्थवादी हूँ। मेरा लक्ष्य नियत है। मैंने जो सपने देखे हैं... उन्हें भुनाना चाहती हूँ... उसकी क़ीमत जो जितनी लगायेगा उसे जाँचूँगी-परखूँगी फिर बेच दूँगी। बेचूँगी भी तो उन्हीं हाथों जो मेरे सपने को वैसा ही रहने दे, जैसा मेरी जेहन में था।"

"मैं आपकी बात नहीं समझ पाया, सरिता जी।"

"समझ पाओगे, थोड़ी उम्र बढ़े, थोड़े नगरीय अनुभव जुड़ें और कुछ समझदार लोगों से वास्ता पड़े।"

"वाह, क्या समझदार लोगों से मेरा वास्ता ही नहीं पड़ा! कैसे सपने हैं जो बिकाऊ हैं, मुझे बतायेंगी? बिकाऊ हैं तो ज़ाहिर है गोपन नहीं होंगे।"

"नहीं गोपन तो नहीं हैं पर मैं आप जैसे बच्चे को अभी बताऊँगी नहीं।"

"यह बार-बार बच्चा कहकर आप मुझे ख़ारिज नहीं कर सकतीं।"

"ख़ारिज कौन कर रहा है, मैं चाहती हूँ कि आप थोड़े अधिक परिपक्व हो जायें। ढेरों शास्त्र-पुराण, कथा-उपन्यास, कविता-निबन्ध, वैचारिक साहित्य पढ़कर

आप जानकार व्यक्ति ज़रूर हो गये हैं, जीवन के कटु यथार्थ का बहुत-सा भाग अनछुआ रह गया है अभी। स्वाभाविक है, आपकी उम्र ही क्या है?"

"अच्छा आड़ है सरिता जी, मेरी उम्र ही क्या है कह कर मुझे चुप करा रही हैं। आप जो कहें मैं आपके इस सपने बेचने वाले प्रकरण पर उलझा ही रहूँगा। यह ख़रीद-बिक्री का खेल मुझे आपके व्यक्तित्व के साथ सही नहीं लगता। मैं अपनी उम्र बढ़ने का इन्तज़ार करूँगा।"

बहुत सुन्दर भोर थी। आकाश में धुन्ध चीरती लाली थी, गंगा का पानी स्थिर हलचल विहीन, दूर उस पार दीयर पर कोई टप्पर वाली नाव खड़ी थी। उसकी पाल सूखती धोती सी नीचे की ओर झूल आयी थी। सब कुछ इतना स्थिर था कि चित्र खण्ड सा दीखता। जलधार आकाशगंगा सी पृथ्वी खण्ड श्वेत-शंख बादल से गोया धरती पर आकाश की अनुकृति बिछी हो। वाणीधर खड़ा-खड़ा निहार रहा था।

"क्या हो रहा है वाणी?" विनोद बाबू का भारी स्वर गूँजा।

"प्रणाम, भाई साहब आप कब आये?"

"बस आ ही रहा हूँ।"

"घर से कब आये?"

"दो-तीन दिन हो गये, तुम ही नहीं दिखे थे।"

"दुर्योग है।" वाणीधर लज्जित हुआ।

"तुम्हारे बड़े-बड़े भारी-भरकम शब्द मैं समझ नहीं पाता। अच्छा छोड़ो। इन दिनों किस काम में व्यस्त हो? विश्वविद्यालय चुनाव चल रहे हैं उसी में न।"

"नहीं तो, उसमें मैं क्यों व्यस्त रहूँ?"

"नहीं हो तो होना चाहिए, यही समय है काम करने का। छात्र संघ के चुनाव को देखो-परखो। तुम्हारे ज्ञान की बड़ी चर्चा करता है आनन्द। इन दिनों घोर संकट की घड़ी है। जैसे-जैसे हमारी ताक़त गाँव-गाँव में, जंगल-जंगल में, जर-ज़मीन में पसाही की तरह फैलती जा रही है, हममें पढ़े-लिखे नवयुवकों को खींचने की ताक़त कम होती जा रही है। सारे क़ायदे के पढ़े-लिखे विद्वान प्रतिक्रियावादी ताकतों के हाथों के खिलौने हो रहे हैं। ऐसे में छात्र संघ के चुनाव पर हमारा क़ब्ज़ा होना चाहिए। हमें अपने तरह के बुद्धिजीवियों की ज़रूरत है।" हौले-हौले कुहासा फट रहा था, क्षितिज की लालिमा गोल चमकने वाले सूरज की शक्ल अख़्तियार कर रही थी, थिर, ज्यों जमा हो। गंगा का पानी अरुणाभा से चमचम लगा। दीयर के नाविकों ने नाव खोल दिये। सृष्टि गतिमान हो उठी।

निकिता को वाणीधर ने कविता मंचन के क्रम में देखा था। छात्र संघ की कल्याण सचिव के नाते उसने मंच पर जाकर दो शब्द कहे थे। कलाकारों को प्रोत्साहित किया था, निर्देशकों को साधुवाद दिये थे, कवियों की यथार्थपरक कल्पनाशील कविताओं से अभिभूत हुई थीं। उनका अभिभूत होना वाणीधर को छू गया था। वाणीधर का निकिता से मिलना ठीक उसी घटना के बाद हुआ। क्षेपक रहा विनोद बाबू का भारी-भरकम आग्रह।

धीरे-धीरे निकिता के पिता शिवनाथ-बाबू कई काम वाणीधर को सौंप निश्चिन्त रहने लगे। सुचेता बी.ए. फाइनल में पढ़ती थी परन्तु उसे वाणीधर से किताबें लेकर पढ़ने का शौक़ था। सुवीरा बारहवीं की परीक्षार्थी थी उसका हक़ बनता था कि वो वाणीधर से अपनी गुत्थियाँ सुलझाने को कहे। सबसे छोटी सुधा दसवीं की परीक्षार्थी तो थी परन्तु ध्यान अधिक से अधिक अपनी कथक नृत्य की शिक्षा पर रखती। इन बेटियों की माँ वसुमति देवी वाणीधर को सबसे ज़्यादा आकर्षित करती। अकेली माँ घर को सँभाले थीं, चारों व्यस्त बेटियाँ-अति व्यस्त पति ने वाणीधर के ज़िम्मे घर और माँ को छोड़ रखा था।

"निकिता दीदी, एक बात मैं तुमसे करना चाहता हूँ ग़ौर से सुनना फिर उत्तर देना समझीं?" वाणीधर ने गम्भीर होकर निकिता से कहा।

"कहो क्या कहना चाहते हो?"

"ये सरिता जी हैं न! वही जिन्होंने नाटक में भाग लिया था, लेती रहती हैं।"

"हाँ-हाँ बताओ मैं समझ गयी। आगे बोलो।"

"उन्होंने मुझसे क्या कहा मालूम?"

"क्या?" निकिता उसकी ओर देखने लगी।

"कहा कि वे स्वप्नदर्शी हैं। और अपने सपने को बेचना चाहती हैं जो अधिक से अधिक दाम चुकायेगा उसी के हाथों बेच देंगी।"

"कह रही थी वो? तुमसे? या आत्मालाप कर रही थी।"

"कह रही थी दीदी," वाणीधर ने सरिता से हुई बात को सप्रसंग सुनाया। सरिता के द्वारा दी गयी सूचनाओं को भी सुना दिया। निकिता ने सुना और लम्बी साँस खींच ली। वाणीधर निकिता की तरफ़ और निकिता वाणीधर की तरफ़ देखने लगे।

"वाणी, तुम्हें मालूम है, लड़कियाँ अपने सपने सत्य नहीं कर पातीं, नहीं जीतीं। उनके सपने या तो किसी पर न्यौछावर हो जाते हैं या बिक जाते हैं। सरिता ने गलत क्या कहा? सरिता का कहा सब कुछ तुमने मुझे क्यों बता दिया? बताना नहीं चाहिए था तुम्हें। उसने तुमसे अपना गोप्य साझा किया।"

"तुम मेरी दीदी हो, जो कुछ नहीं समझता तुमसे पूछा। गुत्थी सुलझाना चाहा तो गलत क्या है? और किसी से नहीं पूछ सकता। मन में यह भी है कि इस

ख़रीद-बिक्री वाली बात का कोई कुपरिणाम न हो सो तुम उसे बचाने का रास्ता बता दोगी। वो बड़ी बेचारी है, पिता यहाँ-वहाँ फिरता रहता है... माँ और ये दोनों नौकरी करके जीवन जीती हैं। वैसे है बड़ी सीधी।"

"डॉन क्विग्ज़ॉट बनने के चक्कर में कभी न पड़ना। यह तुम्हारी पुरुष मानसिकता बोल रही है, तुम स्वयं इतने छोटे से बच्चे हो। अभी ठीक से मूँछें भी नहीं आयीं। बड़े चले सरिता की मुश्किलें हल करने।"

"देखो दीदी, तुम्हारी यह बात मुझे पसन्द नहीं आयी। मैंने कई बार हजामत बनायी है तुम कहती हो ठीक से मूँछें ही...।"

"चलो चुप करो! देखो सरिता पढ़ी-लिखी अपने पैरों पर खड़ी स्त्री है। उसकी चिन्ता में अपना सर न खपाओ। रही सपने बेचने की बात तो सबकी अपनी-अपनी सोच होती है अपनी परिस्थितियाँ होती हैं। तुम नहीं समझोगे अभी। अपनी मृदुला दीदी को ही ले लो, क्या उन्होंने अपने सपनों के साथ खिलवाड़ नहीं किया है? पिता की हत्या के बाद उन्होंने अपने सपने स्वयं मार दिये। ऐसा ही होता है।" निकिता बोलते-बोलते चुप हो गयी। वाणीधर भी चुप था। सचमुच मृदुला दीदी ने ऐसा ही संकेत दिया था। निकिता दीदी कैसे जान गयी, इनकी तो उनसे कभी बातचीत नहीं हुई। पता नहीं। निकिता का घर उसी ओर था जिधर झोंपड़ी मुहल्ला था। वाणीधर वहाँ गया। मुहल्ले में झण्डियाँ टँगी थीं। साफ़ सफ़ाई हुई थी। नज़ारा बदला-बदला लग रहा था—किसी की बारात जाने वाली थी। राजू, जितेन्द्र कलफ लगे कुरते-पाजामे में बाराती बने थे। शहर के दूसरे हिस्से के झोंपड़ी मुहल्ले में बारात जा रही थी। रिक्शे धोकर चमकाये गये थे। एक तिपहिया भी गोटा फूल से सज कर खड़ा था। उस पर दूल्हे राजा बैठकर जाने वाले थे।

"भइया आप भी चलिये बारात में।" राजू-जीतू ने कहा।

"तुम लोग जाओ मुझे बहुत काम है।"

"उसी ओर हमें जाना है, अदालतगंज वाले झोंपड़ी मुहल्ले में।"

"किसकी बारात है, बता तो सही।"

"धमनी काकी के बेटे रामनारायण की। तीन थान सोने का और दो थान चाँदी का गहना दिया है कुटुम ने लड़की को चढ़ाने।" पिंकी बीच में टपक पड़ी थी—उसने गाल पर ख़ूब लाली मल रखी थी। चौड़ी काजल-रेख और लिपस्टिक का प्रचुर प्रयोग किया था। लम्बे बालों को सीट कर पोनीटेल बना रखा था, पोनीटेल की जड़ में पीला फूल बना रखा था— रिबन का। वाणीधर पिंकी और उसकी सहेलियों का रंग-रोगन देख हँस पड़ा।

"अरी चुहिया, क्या स्टाइल मारा है। चल इधर आ।" लड़कियाँ शरमा-शरमा कर भागने लगीं।

"जानते हो भइया, रामनारायण भइया को घड़ी और साइकिल भी देगा, और सफारी सूट भी।" डिम्पल ने जोड़ा।

"कहाँ का धन्ना सेठ है रे! रामनारायण का ससुर?"

"कंट्री लिकर बेचता है, बहुत पैसा है।" सोनू ने टीपा।

"और बहू भी बहुऽऽत सुन्दर है।" मोनू थी।

"चल हट भाग।" राजू ने खदेड़ दिया लड़कियों को। वाणीधर सोचने लगा। इन ग़रीब गुरबों के घर भी इतना लेन-देन। यह क्या रिवाज है? उसके पिता को कितनी चिन्ता रहती है बेटियों की शादी की। खेत बेच-बेच कर बेटियों की शादी की है। अब खेत भी तो नहीं बचे। विभूति बाबू जो उनके मित्र हैं और पटना में प्रोफ़ेसर हैं, उनका खेत बटाई पर लेकर खेत वाले बने हुए हैं। छोटे चाचा जब नौकरी करने लगे तब अपने परिवार को लेकर चले गये। पिता ने पिछली बार कहा था, "मैं या बड़े भइया कैसे रोकते नारायण को? जब ज़मीन ही नहीं बची तो साथ भी नहीं रहा। कभी-कभी लगता है उसके साथ अन्याय हो गया। तुम्हीं पर आसरा है बबुआ, तुम बालिग होकर पढ़-लिखकर कमाओगे तभी नारायण के हिस्से की रेहन ज़मीन छूटेगी।" वाणीधर की हँसी तिरोहित हो रही थी धीरे-धीरे।

"रामनारायण को इतना दहेज क्यों मिल रहा है जितेन्द्र?" वाणीधर ने पूछा "उसके पास दो रिक्शे हैं, एक वह ख़ुद चलाता है दूसरा किराये पर दे रखा है। छह झोंपड़ियाँ हैं, एक में खुद रहता है पाँच किराये पर दे रखी हैं। कम-से-कम हज़ार रुपया घर बैठे आता है फिर धमनी चाची भी ख़ूब कमाती है। चार घरों का बर्तन-कपड़ा करती है। शान्ति-भवन वाले के यहाँ चौदह मंज़िला एपार्टमेंट बन रहा है, कहते हैं रामनारायण भइया उसका दरवान हो जायेगा।" जितेन्द्र की सूचनाओं से दहेज का गणित समझ गया वाणीधर। इनके यहाँ दहेज का यह कोढ़ नया-नया ही फैला है। पहले तो न था। अब जब सब कुछ ख़त्म करने की बात करते हैं लोग तब नये-नये घर मिलने लगे हैं। वाणीधर साइकिल पर बेसुध सोचता चला आ रहा था अपने आवास की ओर। इन्हें कोई समझाये कि तुम अपनी मौलिक आदतें न छोड़ो। तुम तथाकथित उच्चवर्गीय समाज के थिगली लगे रिवाजों से अपना आपा न ढँको। उधर उबरने की जद्दोजहद चल रही है, तुम गहरे डूबे चले जा रहे हो। शायद ऊपर चढ़कर नीचे गिरना तुम्हें आता है। पर तुम्हारी नयी-नयी आयातित संस्कृति में इतना ज़ोर नहीं कि सँभाल सके गिरना-टूटना और बिखर जाना।

"ओ भाई, किधर देखते हो किधर से चलाते हो साइकिल।" साइकिल तथा सोच दोनों को झटका लगा। वाणीधर को पता भी नहीं चला, वह गाँधी मैदान के पूर्वी छोर पर पहुँच गया। तीन-तीन सिनेमा हॉल की भीड़ थी, प्रतिदिन आने-जाने, ख़रीदारी करने वालों की गहमागहमी थी। वाणीधर साइकिल से उतरकर चलने लगा।

तीन

शुभांगी, नूर, कमल और निकिता इकट्ठी हो गयी थीं। उन्हें निकट के छात्रावास में जाना था। समान विचारधारा वाले नौजवान युवक-युवतियों की बैठक थी। अगले कार्यक्रमों के विषय में बातें करनी थीं, काडर में नयी भर्ती का घोर अभाव हो गया था। वहाँ बैठकर उसकी भी समीक्षा होने वाली थी। चारों लड़कियाँ पैदल ही चल पड़ी थीं। छात्रावास अधिक दूर नहीं था। पास पहुँचते ही ज़ोर-ज़ोर से तकरीरें सुनाई देने लगीं।

"देख शुभी बड़ा गरम है माहौल।" नूरी ने कहा। सभी एक-दूसरे को देख मुस्कुराने लगीं।

"गरम चाहे जितने भी हो लें ये, परिणाम कुछ न निकलेगा।"

"इनके हाथ में बहुत कुछ है कहाँ?"

"आलाकमान के आगे हम हैं क्या?"

"वैसे भी हम लड़कियों को ये लोग कमज़ोर समझते हैं।"

"समझना नहीं चाहिए। इनकी भूल है यह। हमने आख़िर कहाँ अपनी कमज़ोरी दिखाई है?"

"कहीं तो नहीं।"

"इनकी मानसिकता ऐसी है कि हमें कमज़ोर समझते हैं।"

"अब मानसिकता का इलाज वे स्वयं करें।"

चारों सहेलियाँ इसी तरह की बातचीत करती पहुँच गयीं बैठक में। एकबारगी बहस थम गयी।

"आओ भई आओ, बैठो।" शान्तनु ने स्वागत किया। कुर्सियाँ छोड़ तख़्त पर आ बैठे सारे।

"बड़ी तेज़ बहसें चल रही थीं।" निकिता ने बैठते ही पूछा।

"यूँ ही चल रही थी।" अजीम ने कहा।

"यूँ ही क्यों, क्या अभी होने वाली बैठक से सम्बन्धित नहीं था कुछ?"

"नहीं वो मामला कुछ और था।" अमृत ने साफ़ किया।

"इनसे मिलो तुम सब, ये हैं हमारे मित्र विधुभाल" दीवार से टेक लगाकर बैठे नवयुवक की ओर इंगित किया डॉ. शान्तनु ने।

'नमस्ते' एक साथ चारों ओर लड़कियों ने हाथ जोड़े। विधुभाल ने भी शर्मीली मुस्कान के साथ हाथ जोड़ दिये।

"तो आप ही हैं जनाब, आपको हमने अमृत की आँखों से ख़ूब ही देखा है। आज मिल रहे हैं।" नूरी थी।

"मिलना भी ऐसा कि लगता ही नहीं हम पहली बार मिल रहे हैं।" कमल ने कहा।

"कैसे लगेगा? अमृत और डॉक्टर साहब ने इसके बारे में इतना कुछ कहा है कि परिचय की ज़रूरत कहाँ बचती है।" निकिता थी। पूरी बातचीत के दौरान विधुभाल मुस्कान बिखेरता नूरी की ओर देखता रहा। गोल चेहरा और काली आँखों वाली चंचल चकोरी-सी नूरी उसे पहली ही नज़र में भा गयी थी। विधुभाल के अनायास आ जाने से बैठक का असली कार्यक्रम बदल गया।

गरमागरम बहस का विषय था विधुभाल का राष्ट्रीय रक्षा अकादमी छोड़ कर चला आना। डॉ. शान्तनु अधिक उत्तेजित थे।

"विधु तुमने सोचा कभी कि चाचीजी का क्या होगा? पिताजी के गुज़र जाने के बाद से ही वे सारे अरमान तुम पर सँजो कर बैठी रहती, तुमने उसका प्रतिफल भी दिया। अब यह क्या करने चले हो? मुझको सही स्थिति बताओ। क्या कोई सूरत नहीं निकल सकती है पुनःप्रवेश की? ठीक-ठीक बताओ।"

"नहीं भैया, नहीं बन सकती है कभी बिगड़ी बात। ज़ुबान से निकली गाली की भाँति मैं बहिष्कृत हूँ अकादमी से।" सर झुका लिया कहकर उसने।

अम्माँ, हाँ अम्माँ ही तो कमज़ोरी है विधुभाल की, सोचा अमृत ने। अपने छोटे-से शहर के छोटे-से स्कूल में पढ़ता था अमृत। गणित में कमज़ोर था, पिता ने ट्यूशन लगवा दी थी। गोपाल मास्टर साहब पक्के ट्यूशनिया थे। पूरा शहर उमड़ पड़ता था उनसे पढ़ने। वैसे भी नेतरहाट और तिलैया के सैनिक स्कूल में इनके द्वारा पढ़ाये गये बच्चे काफ़ी संख्या में चुने जाते। गोपाल बाबू छात्रों को पढ़ाने से पहले जाँच करते। जाँच में उत्तीर्ण होने वालों को ही वे पढ़ाना स्वीकार करते। अमृत शिक्षक का बच्चा था। उसके बड़े भाई शान्तनु को भी गोपाल बाबू ने पढ़ाया था। कहते हैं सातवीं कक्षा तक गोपाल बाबू ऐसी बुनियाद खड़ी कर देते थे कि उनका छात्र जिस पेशे में रहता उसी में अव्वल कहलाता। अमृत को याद है आज भी। गर्मी की छुट्टियों में ही तो लोग नानी के घर बुआ की ससुराल और बहन के यहाँ आम खाने जाया करते थे। गोपाल बाबू के यहाँ भी छात्र विरल हो चले थे। अधिकतर

शहर में ही बने रहने वाले तथा दूसरी जगह से छुट्टियों में आने वाले बच्चे पढ़ने आते। ऐसे ही एक दिन एक समवयस्क लड़का अपनी माँ की उँगली पकड़े गोपाल बाबू के दरवाज़े पर आया था। अमृत तथा उसके साथी गणित के उबाऊ प्रश्नों पर से आँखें उठा उन्हें देखने लगे थे। आगन्तुक महिला ने झक्क सफ़ेद नीली पाढ़ की साड़ी पहन रखी थी। बालक काली चारखाने की शर्ट और सफ़ेद पैंट पहने था। सफ़ेद मोजे और कैनवास के जूते पहन रखे थे। बायीं से दायीं ओर बाल सुथरे ढंग से सँवार रखे थे। लग रहा था उसने तुरत नहाकर बाल सँवारे होंगे। गोरा लम्बोतरा चेहरा, तेज़ बड़ी-बड़ी आँखें। गोपाल मास्टर साहब कुर्सी से उठ खड़े हुए।

"आइये, आइये भाभीजी, मैं आपका इन्तज़ार कर रहा था।" उन्होंने आदर के साथ उन्हें कुर्सी दी बैठने को। स्वयं सामने के बेंच पर बैठ गये।

"कहो बेटे विधुभाल कैसा लगता है तिलैया स्कूल?" उन्होंने स्नेह से उसे पुचकारा। विधुभाल ने सिर नीचे कर लिया, ठोड़ी अपनी छाती में सटा ली, बिल्कुल ऐसे ही जैसे उसने अभी सटा ली है। बचपना गया ही नहीं है।

"कुछ बताता कहाँ है गोपाल बाबू, चुप्पा है।" माँ मुस्कुरायी।

"अच्छा लगता होगा। बच्चों से दोस्ती हो गयी होगी; वहाँ अनुशासन बहुत है। आपके लाड़-प्यार के बाद अनुशासन अखर रहा होगा। पर इसे क्या गम यह अनुशासित फ़ौजी का बेटा है।" मास्टर जी ने उसकी पीठ थपथपाते हुए कहा था।

"मास्टर जी यह सब कुछ भूल न जाये। मैं तो पढ़ी-लिखी हूँ नहीं, मैं इसके सवाल हल नहीं करा सकती। इसके चाचा और चचेरे भाई वगैरह का रवैया आप जानते ही हैं... अब आप ही सँभालिये। रोज़ सुबह मैं इसे आपके पास छोड़ जाया करूँ तो कोई हर्ज?" एक साँस में अम्माँ ने अपनी विपत्ति कथा सुना दी।

"नहीं-नहीं कोई हर्ज़ नहीं। यह आ जाया करे मैं पढ़ा दूँगा।" मास्टर जी ने उसी समय विधुभाल का परिचय हम बच्चों से करा दिया। विधुभाल छुट्टियाँ भर आता रहा। उस दौरान वह हम सबका दोस्त बन गया। छुट्टियाँ ख़त्म होते ही वह तिलैया चला गया। एक दिन स्कूल से लौटते समय अमृत ने देखा विधुभाल की अम्माँ झोले में काफ़ी सामान भर कर ले जा रही थीं। घरेलू उपयोग का सामान जो बाज़ार से ख़रीदा था उन्होंने। वो थोड़ी बीमार और परेशान लग रही थीं। धूप तेज़ थी। अमृत लपक कर उनके पास पहुँचा।

"प्रणाम चाची, विधु कैसा है?" उसने पूछा। अम्माँ चौंककर देखने लगीं उसे।

"मुझे नहीं पहचाना? मैं विधु का दोस्त अमृत।" गर्व से कहा उसने।

"अच्छा बेटा, हाँ! हाँ पहचाना। तुम मास्टरजी के बेटे हो, है न!"

"जी, मास्टर शिवशंकर के।"

"हाँ-हाँ, ठीक है विधु। तुम लोगों को याद किया है।" उन्होंने अपने हाथ का

भारी झोला ज़मीन पर रख दिया और स्वयं वहाँ बैठ गयीं। अमृत ने उन्हें थककर बैठते देखा तो उसके मन में अचानक एक बात आयी।

"चाची आप मेरे घर चलिये न, बस वहीं पास है, वह देखिये उस गली में तीसरा मकान। चलिये न चाची।" बच्चे की ज़िद पर पीछे हो लीं। अमृत की अम्माँ ने उन्हें गले लगा लिया। तुरत नाश्ता-पानी से सत्कार किया।

"बहन, अमृत और विधु दोनों दोस्त हैं यह तो पता है पर उसे कभी देखा नहीं। इसके मुँह से सुनकर लगता है वह सोना है सोना। अब तो आपसे मुलाक़ात हो गयी उसे लाइयेगा।" उन्होंने प्रेमपूर्वक कहा।

"सोना तो अमृत है खरा सोना। देखिये कैसे अपने घर लाकर मुझे आप जैसी सहेली का नेग दिया।" गद्गद थीं अम्माँ। विधुभाल और अमृत की दोस्ती पारिवारिक हो गयी। अमृत के पिता के अब तीन बेटे थे—शान्तनु, अमृत और विधुभाल। विधुभाल की अम्माँ का भी वही हाल था। अगली छुट्टी पर विधुभाल आया तो अनुभव किया कि अम्माँ अधिक प्रसन्न हैं। शान्तनु भैया और अमृत के साथ रहकर उसने अपने बन्द मन को खोलना शुरू कर दिया। गाँव में गोतिये से लगातार सशंकित रहती अम्माँ। विधु को अपनी आँखों में रखना चाहती। उनकी अतिरिक्त शंका और बन्दिशों के कारण खोया बचपन वापस आ गया था। खुलकर हँसने बोलने लगा था विधुभाल, शरारतें करने लगा था। शिवशंकर बाबू के लाड़-प्यार में उसे पितृत्व की झलक जो मिलने लगी थी। उस कारण उसके व्यक्तित्व में निखार आने लगा था। अमृत को याद आया गोपाल मास्टर जी ने एक दिन कहा था कि अब विधुभाल का जी पढ़ाई में अधिक लगता है। बच्चे का बचपन उसे मिलना चाहिए वरना यह दुनिया उसके लिए बेगानी-सी लगेगी।

"हाँ अम्माँ" सोच रहा था विधुभाल। वही इसके जीवन की धुरी हैं। उन्हीं के इर्द-गिर्द वृत्त बनाता बढ़ रहा है विधुभाल। अम्माँ की आँखों का तारा, अम्माँ के दिन का सूरज-अम्माँ की आँखों का सपना है विधुभाल। यह सब समझता है। अम्माँ के लिए इस दुनिया का कोई वजूद नहीं है, उनका संसार तो यही एक पुत्र है। विवाह के वर्षों बाद प्राप्त यह एक पुत्र। किसी भी अम्माँ के लिए उसका इकलौता पुत्र! इकलौती सन्तान बेहद अहमियत रखती है। अम्माँ उनमें से एक है। क्या आश्चर्य है। अब समझता है विधुभाल। अम्माँ का यह प्यार, यह मोह इसे अक्सर बन्धन लगता है। यह उन्हें ख़ुश करना चाहता है। उनके अनुसार अपने को ढालना चाहता है। परन्तु कसमसाहट होती है। दम घुटने लगता है।

बड़ा-सा खेत का एक टुकड़ा याद आता है विधुभाल को। जाने क्यों वह गाहे-बेगाहे याद आ जाता है। खेत के उस टुकड़े में सालों भर पानी रहता। तालाब सा था वह भाग। विधुभाल ने वयस्क होने पर समझा कि वह और वैसा ही अनेक

अपनी समझ से अल्प उपज वाला टुकड़ा बँटवारे में चाचा ने दिया था उसे। अम्माँ की हाय-तौबा से कोई फ़र्क़ नहीं पड़ा था। पंचायत के सामने बाँटकर दे दिया बस। अम्माँ का साथ कौन देता? सभी समर्थ के साथी होते हैं। विधुभाल के पिता जब जीवित थे तब सेना के कैंटीन से सस्ते दरों पर लाये गये सामान के लोभी दोस्त मित्र भी आँखें चुराने लगे थे। पानी वाले खेत के आजू-बाजू शाक-सब्ज़ियाँ लगवाती थी अम्माँ। शाक-सब्ज़ियों से अच्छी आमदनी हो जाती थी। सब्ज़ी-व्यापारी कुंजड़ा ने एकदिन उनसे कहा था कि चौर में काफ़ी मछलियाँ हैं। किसी मछली व्यापारी को बेचा जाय। फूदन कुंजड़ा के कहने से ही एक व्यापारी आया था और तालाब की क़ीमत देकर चला गया था। अम्माँ सन्तुष्ट थीं। उन्हें यह पता नहीं था कि उनका पानी इतना क़ीमती है। मछलियाँ निकालने के समय अक्सर विधुभाल अम्माँ के साथ वहाँ जाता। खड़ा-खड़ा सारा क्रियाकलाप देखा करता। जब तक जाल फेंकने वाले नहीं आते उस गहरे जल में जलपाखियाँ अठखेलियाँ करतीं। एक काली चिड़िया, जिसके माथे पर सफ़ेद भूरा निशान था, वह डुबुक-डुबुक करती जल में घुस जाती। देर तक जाने कहाँ कैसे समाई रहती। विधुभाल का दम घुटने लगता। वह अम्माँ की टाँगों से लिपट जाता, दहशत-से घुट-घुट कर चीख़ता "अम्माँ।" अम्माँ उस बेआवाज़ चीख़ को सुन नहीं पाती। देर बाद वह जलपाखी निकलता सतह के ऊपर चंचल-शोख खिलाड़ी। तब जाकर पूरी साँस लेता विधुभाल। लम्बी-लम्बी साँसें फेफड़े में भर-भर आज उसे अम्माँ का छलछलाता निर्मल जल-सा बेपनाह-प्यार दम घोंटने जैसा लगता है। छटपटाता है साँस लेने को। कैसे कहे अम्माँ से "अम्माँ, मैं तुम्हारी आँखों का तारा हूँ! मैं तुम्हारा राज दुलारा हूँ, तुम्हारे सारे सपनों का सहारा हूँ। मैं जानता हूँ पर अम्माँ मुझे अपने लिए जीने दे। दुनिया के दलित-पीड़ित दुःखी जीवों के लिए जीने की इच्छा है मेरी। मुझे कुछ अलग करने दे। अम्माँ प्यार का इतना बड़ा प्रतिदान न ले। कहीं मैं घुटन में ही न मर जाऊँ।"

"कहाँ खो गये विधु!" शान्तनु ने उसकी ठोड़ी छाती में सटी देख नरमाई से पूछा। चाय का दौर चल रहा था। लड़कियाँ मूक-दर्शक सी सब देख रही थीं। माहौल थोड़ा अजीब ज़रूर हो गया था।

"चिन्ता न करो, तुम्हारा एन.डी.ए. ही सृष्टि की पराकाष्ठा नहीं है। भूल जाओ उसे। जाओ अमृत, और तुम अपने अड्डों पर घूम-फिर आओ। सब ठीक हो जायेगा।" अज़ीम जो अब तक चुप बैठा था विधुभाल के कन्धे पर धौल जमाता बोल उठा। "हाँ, यार चलो।" अमृत ने विधुभाल को ऐसे खींचकर उठाया मानो कोई बेजान वस्तु हो। धरती पर पैर जमाना था कि विधुभाल आश्वस्त हो उठा। हाथ-पैर झाड़ कर हँसता हुआ बाहर निकल गया, "अब हम भी चलें, आज शायद किसी अन्य गम्भीर विषय पर बातें न हों।" निकिता ने शान्तनु और अज़ीम से इजाज़त माँगी।

सारी लड़कियाँ एक साथ निकल गयीं। शान्तनु थका-सा गरदन लुढ़काकर कुर्सी पर बैठ गया। अपनी दोनों टाँगें बिस्तरे पर फैला लीं। अज़ीम पहले से दीवार पर टेक लगाये बैठा था। उसने भी पैर फैला लिये। कमरे में इन दोनों के अलावा कोई नहीं था। वातावरण बेहद भारी हो गया था। दोनों के मन पर विधुभाल वाली बातों का गहरा असर था। दोनों चुप थे।

"शान्तनु, हम एंटी-कैरियर लोग क्यों विधुभाल के पीछे पड़ गये हैं?" अज़ीम ने आजिजी से पूछा।

"इसलिए कि हम एंटी-कैरियर नहीं हैं।" शान्तनु दीवार की ओर देखता रहा।

"क्या?"

"हम मेडिकल की अपनी पढ़ाई क्यों कर रहे हैं? यह एंटी-कैरियर होना है। क्या बात करते हो?"

"पर हमारा मक़सद...।"

"मक़सद जो भी हो, पूर्णतया डॉक्टर बन रहे हैं हम। अमृत स्टैस्टिक्स क्यों पढ़ रहा है, निकिता एम.ए. क्यों करना चाहती है, नूर और कमल जब स्नातक हो गयीं, ज़मीन से जुड़े आन्दोलनों में उलझ गयीं फिर भी आगे, विशेषज्ञता प्राप्त करने वाली पढ़ाई में क्यों मशगूल हैं? अज़ीम, इसलिए कि एक अच्छी-सी वृत्ति मिले, रोटी ख़ुद के पसीने की कमाई से खायी जा सके। बोलो, तुम इनकार कर सकोगे? क्या यह सच नहीं है?" अज़ीम की आँखों में आँखें डालकर कह रहा था शान्तनु। अज़ीम ने समझदारी से सर हिलाया।

"एन.डी.ए. का सारा अनुशासन विधु के गले नहीं उतरता था याद है न, शायद यह उसको पचा नहीं पाया।"

"मुझे भी लगता है, पर अब करेगा क्या?"

"कोई न कोई सूरत निकल आयेगी।"

"निकालनी पड़ेगी। इसके ऊपर टिकी हैं इसकी अम्माँ की हसरतें। इसे रास्ता निकालना होगा। कैसे करेगा सब कुछ?"

"हम रास्ता निकालने में मदद करेंगे। अभी तो तत्काल इसका नाम कहीं किसी कॉलेज में लिखवा देना पड़ेगा। एक बार पढ़ाई करने लग जायेगा तो सब ठीक हो जायेगा।"

"इसका ठीक हो जायेगा अज़ीम, चाची का बड़ा नुक़सान होगा। अपने गोतिये-दायादों से झगड़ा करती हुई, खेती, बागवानी करती चाची आश्वस्त थीं कि इसकी अम्माँ का बेटा सेना में है। सेना की वर्दी पहनकर जब यह आता तो उनकी छाती गज़ भर चौड़ी हो जाती। अधिक तेज़ी से अपने खेत की मेंड़ घूम आतीं, अधिक तुर्शी से ज़ुबान चलातीं। उनकी आशाओं पर तुषारपात कर दिया इसने।"

"अब यह ज़्यादती है। तुम सिर्फ़ चाची की ओर से सोचते रहते हो कभी विधुभाल की ओर से सोचा है? उन्हें बेटा चाहिए, बेटे के लिए जर-ज़मीन चाहिए, ज़मीन जोतने के हक की लड़ाई में खुद को मज़बूत दिखाने के लिए बेटे की वर्दी वाली नौकरी चाहिए, इस बेचारे सीधे-सादे इन्सान को कुछ न चाहिए?"

"क्या बात करते हो यार, चाची को जो चाहिए सब इसी के लिए। यही तो उनका चश्मेचिराग है। चाची का अपना बिल्कुल कोई स्वार्थ नहीं है।"

"मुझे ये बताओ कि कोई क्यों किसी के लिए सोचे! क्यों इतनी अधिक चिन्ता करे जब कि वह स्वयं अपने लिए सोचना चाहता है, चिन्ता करना चाहता है, दखलन्दाज़ी उसे पसन्द नहीं।"

"यार अज़ीम, तुमने तो हद ही कर दी। अब माँ का बेटे के प्रति मोह, चिन्ता ज़िम्मेदारी का भाव सबको स्वार्थ का नाम दे दिया। बेटे को उत्तरदायित्वपूर्ण होना चाहिए, उसकी ओर ज़रा भी ध्यान नहीं दिया।"

"मैंने सोचा है सब-कुछ, ध्यान भी दिया है, परन्तु एकतरफ़ा नहीं सोच सकता, समझे?"

"प्रत्येक व्यक्ति की अपनी-अपनी समस्याएँ होती हैं। इसकी समस्या हम लोगों से भिन्न है। मैं उसी ओर इंगित करना चाह रहा था।"

"मैं तो कहूँगा यार कि इसे हक़ है अपने बारे में सोचने का, निर्णय लेने का—अब बच्चा भी नहीं है।"

भीड़ भरे गाँधी मैदान के पूर्वी कोने तक अमृत और विधुभाल आ पहुँचे। पेड़ों की घनी छाया में चार कुल्फी वाले बैठे रहते। इन रोज़मर्रे के ग्राहकों को वे पहचानते थे।

"क्या बताऊँ बउआ जी" चाटवाले ने आवाज़ दी। अमृत ने हाथ के इशारे से उसे रुकने को कहा और रेलिंग फलाँग अन्दर हो लिया। भूरी-हरी पददलित दूब पर कृष्णचूड़ की घनी डाली का साया था, अमृत और विधुभाल वहीं बैठ गये। चाटवाले के पार्श्व में अमरूद का ठेला लगा था। लगभग 7-8 वर्ष का एक बालक रेलिंग के अन्दर से घुसकर इनके पास पहुँचा।

"लो भइया"—उसने दोनों हाथों से एक बड़ा अधपीला अमरूद पकड़ रखा था। हाथ उसने धीरे-धीरे खोला, दोनों हथेलियों में गोपन रहस्य की भाँति चार भाग में कटा अमरूद मय-नमक मसाले के उद्घाटित हो गया। बालक अपनी दूध धुली मुस्कान बिखेरता बोला—

"भइया पेठाया" विधुभाल मुस्कुराया। हाथ बढ़ाकर अमरूद ले लिया और पैंट से कुछ छुट्टे पैसे उसे दे दिये। बालक कूदता-फाँदता चला गया।

"अब बता हुआ क्या था? क्यों यूँ ही छोड़कर चला आया?" अमृत ने पूछा।

"यूँ ही नहीं आया। मुझसे वह व्यवस्थित ज़िन्दगी जी नहीं जाती। उनसे मेरा अराजक व्यक्तित्व सहन नहीं होता।"

"अराजक का क्या मतलब, तुम तो अच्छे-भले अनुशासनप्रिय व्यक्ति हो। व्यक्तित्व का अराजक भाग हमने देखा ही नहीं। क्या चक्कर है?"

"अमृत, मेरे विचार अराजक हैं उनकी दृष्टि में। भारतीय सेना के लिए तैयार होते कैडेट पटरी से अलग होकर नहीं सोच सकते। उनके पास जो साँचा है, उसमें ढले दिमाग़ के अलावा किसी अलहदा दिमाग़ के लिए स्थान नहीं है।"

"यह तुम्हारे लिए कोई नयी बात है क्या? तुमने तिलैया सैनिक स्कूल से पढ़ाई की है, वहाँ के शासन-प्रशासन में राष्ट्रीय रक्षा अकादमी की छाप है– ऐसा तुम कहा करते हो। भारतीय सेना में जाने के लिए तिलैया एक पूर्वाभ्यास क्षेत्र है–ऐसा तुमने कहा था।"

"कहा था, वही है।"

"तब अचानक विरोध क्यों?"

"कुछ भी अचानक नहीं हुआ अमृत। मैंने अपने आपको बहुत मारने की कोशिश की, क्या करूँ, हो नहीं पाया। तुम यहाँ दुखियों मजलूमों के बीच स्वेच्छा से काम कर रहे हो। ग़ैरबराबरी, हक़ और हकूक की लड़ाई उनके कन्धों से कन्धे मिलाकर लड़ रहे हो। पढ़ाई भी तो कर रहे हो? समय की रफ़्तार के साथ चल रहे हो, मैं पीछे छूट रहा था। क्या तुम्हें नहीं लगता कि तुम्हारे साथ चलना चाहिए?"

अमृत उसे चुपचाप ग़ौर से देखता रहा।

"अमृत वहाँ किसी की बेबसी पर कोई आवाज़ नहीं उठा सकता! भारी बन्दिश है यार। मैंने तोड़ने की कोशिश की तो मेरे ऊपर चढ़ बैठे, अब मुझसे यह सब सहा नहीं जाता।"

"तुमने किसका विरोध किया?"

"अन्याय का।"

"कैसा अन्याय?"

"कई बार ऐसा हुआ कि खान-पीने के सामान घटिया आपूर्ति किये गये! हमने विरोध किया तो बेचारे पाकशाला के कर्मचारियों को दण्डित किया गया, जबकि दण्डित किया जाना चाहिए अधिकारियों को। मैंने आवाज़ उठाई तो उन्होंने मुझे दण्डित किया। कहा कि मैं वामपन्थी विचारधारा का पोषक हूँ।"

"अच्छा?"

"वहाँ पत्र सेंसर होता है।" हँसने लगा विधुभाल।

"तो?"

"तो क्या, तुम्हारे पत्र खोलकर पढ़ लिया करते थे।"

अमृत की समझ में सब आ गया। अपने कार्यक्रमों की, क्रियाकलापों की जो बातें बताता था, पत्र के माध्यम से उसकी ओर इशारा है विधुभाल का।

तो क्या उसके रक्षा अकादमी से निष्कासन में अमृत का दोष है। अमृत सुन्न सा बैठा रहा।

बी.ए. में विधुभाल का नामांकन हो जाना चाहिए—मित्रमण्डली की स्वाभाविक इच्छा थी। सत्र चालू हो गये थे, सो यह तुरत सम्भव नहीं था। विधुभाल स्वतः पार्टी दफ़्तर में बैठने लगा। मानो तटबन्ध से टूटा जलाप्लावित विचार फैला जा रहा था यत्र-तत्र। न बाग-बगीची देख रहा था न सण्डास। निकिता के दफ़्तर में बैठने के बाद उसका साथी हो जाना सहज ही था और सहज था उसके घर के सदस्यों का अपना बन जाना।

इन दिनों निकिता ने लक्ष्य किया कि विधुभाल को नूर का सान्निध्य अच्छा लगता। अक्सर छिपी नज़रों से उसे देखता, उस देखने में कुछ था जिसे निकिता समझती थी। नूर भी समझ रही थी। निकिता यह भी समझती थी कि कितना चुप्पा है यह विधुभाल, अपने मन की सुना नहीं पाता है किसी को। गरदन घुमाकर देखती है तो पाती है चारों ओर वाचाल, वाक्चतुर लोगों की जमात है। डॉ. शान्तनु, डॉ. अज़ीम, अमृत, नूर और कमल।

"बहुत हो चुकीं काम की बातें, बहुत हुआ कार्यक्रम। चलो हम कुछ घूम फिर आयें।" एक दिन डॉ. अज़ीम ने जमात में कहा।

"पिकनिक पर चलें कहीं।" निकिता थी।

"पिकनिक नहीं कम-से-कम दो दिनों के टूर पर!" शान्तनु थे।

"टूर के लिए इन्तज़ाम अधिक चाहिए।" नूर ने कहा।

"कर लेंगे इन्तज़ाम।" अज़ीम थे।

"घर से दो दिनों के लिए जाने की यूँ ही छुट्टी कौन देगा?" निकिता थी।

"कौन देगा? जो इतने सारे कार्यक्रमों के लिए छुट्टी देता है वही।"

कहने को कह गया अज़ीम। बात निकल चुकी थी, प्रभाव छनकर आने वाला था। सहज वाक्पटु अज़ीम अन्दर से सहम गया था। विश्वविद्यालय छात्र संघ का यह दफ़्तर—पूरा हरा-भरा परिसर गंगा तट की सुहानी हवा कुछ भी किसी वातावरण की सृष्टि नहीं करती। उसकी सृष्टि करती है सामने बैठी निकिता, उसकी काली कजरारी आँखें अज़ीम की सारी शान्ति ग़ायब कर देती है, सहजता सोख लेती है। शायद अपने से वरिष्ठ छात्र शिक्षकों की चिन्ता करती रहने वाली छात्र नेता निकिता को कोई स्त्री मानता ही नहीं। अज़ीम ने ग़ौर से देखा। भला यह शहद सी रंगत वाले साँचे में ढली पुख़्ता सी दीखती युवती कहीं से एक फाँक राह देगी कि प्रवेश पाया जाय। इस मुख्यालय में समाज-देश और छात्र संघ की चिन्ता करते साथी चिन्ता करने वालों की सुविधा का ख़याल रखती—निकिता कहाँ मिलेगी एकान्त में। मन में जो कुछ है उसे कहने, इजहार करने के लिए जिस माहौल की ज़रूरत है, वह

यहाँ से दूर जाकर मिल सकता है। दिल में उठे अरमानों की आँच किसी को लगी तो नहीं? तपिश का असर फैला तो नहीं?

"ठीक है, करिये प्रबन्ध दो दिनों के ट्रिप की...मैं अपने और नूर के घर से इजाज़त ले लूँगी। कमल की अम्माँ से डॉक्टर साहब बात कर लें, क्यों अज़ीम साहब?" निकिता ने सीधी आँखों से अज़ीम को देखते हुए कहा। एक ओर उसके कलेजे पर से पिघलता सिल झटके से ढुलक कर गिर पड़ा, दूसरी ओर ख़ुशी की लहर दौड़ पड़ी चेहरे पर।

"डॉक्टर, तुम अभियान में जुट जाओ। कमल की अम्माँ को मना लो...पापा मान जायेंगे। क्यों कमल?" चिकने काले बालों में छुपा कोमल बेहद गोरा मुखड़ा अपनी नीली आँखों में मुस्काया कमल अक्सर ओस धुली श्वेत कुमुदिनी सी ताज़ा-दम दिखती। सूर्य किरण से अपने अंगों को बचाती तुहिन कण स्वयं में समेट कर छुपाती कुमुदिनी को देख कमल का सम्पूर्ण याद आना स्वाभाविक है।

"हाँ, डॉक्टर भइया पूछेंगे तब माँ ना नहीं कर सकती।"

"बस! फिर हो गया समाधान।"

"कहाँ चलेंगे?" अमृत ने पूछा।

देर तक चलने वाले स्थान के सम्बन्ध में बहसें होती रहीं। आख़िर तय हो गया कि ककोलत जल-प्रपात पर पिकनिक के लिए जाया जाय। गाड़ी का इन्तज़ाम डॉ. अज़ीम के ज़िम्मे रहा। खाने-पीने की सामग्री निकिता और नूर जुटाकर ले चलेंगी। गाड़ी ट्रेकर हो तो अच्छा रहेगा। जगह ख़ूब रहेगी यही विचार हुआ। निकिता ने अपने पिता से ट्रिप पर जाने की बात कही। दो दिन तो लग ही जायेंगे यह भी कहा। नूर और कमल भी जायेंगी। डॉ. शान्तनु, डॉ. अज़ीम, अमृत और विधुभाल जायेंगे। पिता को कोई आपत्ति नहीं थी।

"माँ से पूछ लो।" उन्होंने सलाह दी। बेटी मुस्कुरायी, खाना परोसती हुई माँ से कहा—

"माँ, आठ जनों के लिए चावल-आटा, दाल-सब्ज़ी और तेल-मसाले तैयार कर दो हमें ट्रिप पर जाना है।"

"कहाँ जाना है?" माँ ने पूछा।

"यहीं थोड़ा दक्षिण जंगल में एक दो दिनों के लिए देना। बर्तन भी काम लायक होना चाहिए।"

"दो दिन, जंगल में? पागल तो नहीं हो गयी है?" निकिता के पिता की निश्चिन्त मुस्कान देख वह अधिक कुढ़ गयी।

"आपने कैसे इसे जाने को कह दिया। शहर में तो दिन-रात फर्र-फर्र उड़ती ही रहती है... अब जंगल जाना क्या ज़रूरी है? आप इतना भी नहीं समझते कि लड़की जान जंगल में कहाँ रहेगी, कैसे सोयेगी, कैसे नित्य-कृत्य करेगी? वाह रे वाह, वाह रे प्रगतिशील पिताजी।" माँ क्रोध से भर उठी। पिता मुस्कुराते रहे।

"देखिये मालकिनी, मैंने उससे कुछ नहीं कहा, न जाने को न रुकने को। आपको जो आदेश देना हो दे दीजिए।"

"बिना आपसे आदेश लिए वो मुझसे सामान बाँधने को कह रही है क्या? मुझको आपने बोकी समझ लिया है?"

"माँ, मैंने समझा तुम रोकोगी नहीं।" बेटी ने बीच में बात काटी।

"कैसे नहीं रोकूँगी? मैं माँ हूँ तुम्हारी कि दुश्मन हूँ? जंगल में जायेगी वो भी दक्षिण की ओर—माने औरंगाबाद-हजारीबाग है न? बाप रे।"

"माँ जंगल में ही मंगल होता है। जंगल में झरने हैं, नदियाँ हैं, जंगल में हिरण हैं, मोर हैं... भाँति-भाँति के जीव-जन्तु हैं, जिन्हें देखकर आनन्दित होते हैं हम लोग। वे शहर में तो हैं नहीं। उनसे मिलने जंगल ही जाया जा सकता है।"

"उतना ही नहीं मेरी होशियार बेटी, जंगल में बाघ-सिंह भी हैं, जंगली अरना भैंसे भी हैं, हाथियों का गज-गज भर दाँत निकाले झुण्ड भी है। साँप-कीड़े हैं। तुम्हें हरा-हरा तो दीख रहा है काला-काला भूल जाती हो?"

"माँ, हम लोग उनसे लड़ने, उनका शिकार करने नहीं जा रहे हैं। वे हमारा क्या बिगाड़ेंगे।"

"लड़कियों वाला कोई लक्षण तो है नहीं। मैं कहती हूँ शादी की उम्र बीती जा रही है, कान में रूई तेल डालकर सोये हैं। अपने घर जायेगी लड़की।" सभी बेटियाँ हँसने लगीं। पिता ने सर पीटने का स्वाँग किया।

"मलकिनी मलकिनी बेटी दो दिनों के लिए वनप्रमोद को जा रही है...वह आपके गले नहीं उतर रहा है, यदि सदा के लिए इन्सान रूपी बाघ-साँपों में जा फँसेगी तब क्या होगा? शादी की बात करती हैं।" अचानक निकिता के पिता उखड़ गये।

"ठीक है, रखिये बचाकर बेटियों को।" राग-विराग का यह कथोपकथन सदा की भाँति इस बार भी निकिता के पक्ष में गया। निकिता को आदेश की स्वयं ज़रूरत थी बाक़ी लड़कियों को घर से लाने में वह सक्षम रही है। एक बार निकिता ने वाणीधर से साथ चलने का अनुरोध किया परन्तु वह अपने क़ीमती समय से दो दिन नहीं निकाल सका मनोरंजन के लिए। इनकी टोली भाँति-भाँति के पके-कच्चे खाद्य पदार्थों के सहारे चल पड़ी जंगल की ओर। रास्ता हँसते गाते कट गया। राजधानी के पक्के मकान, कोलतार की सड़कें छोड़ ट्रेकर खेतों की ओर से गुज़रती गयी। ऊँची सड़क के दोनों ओर की उर्वर ज़मीन पर दूर-दूर तक साग-सब्ज़ियों की खेती हो रही थी।

मीलों दूर का गाँद स्पष्ट दीख रहा था। जैसे-जैसे इनका सफ़र बढ़ता गया समतल खेतों का सिलसिला ख़त्म होता गया। छोटे-बड़े भैंसों के झुण्ड से यत्र-तत्र बिखरे काले पत्थर के ढूह दीखने लगे। विधुभाल ने देखा, अपनी बड़ी-बड़ी गहरी सागर सी आँखों से यह अपना बिहार कितना विविध रंगी है। वह स्वयं उत्तरी सीमान्त का रहने वाला, देख रहा है क्रमशः बदलते रूपाकार वाली पृथुला धरती माता को। पत्थरों के छोटे ढूह बड़ी चट्टानों में और चट्टानें पठारी पर्वतों में बदलती गयीं। सूखे नंगे पहाड़ों के आवरण हैं वृक्ष; वृक्षों के हुजूम के हुजूम निरन्तर घने और घने होते चले गये। कई जगह रास्ते में रुकना हुआ। चाय-पानी हुआ। हँसते खेलते स्थान बदलते साथी बीच जंगल की ओर बढ़े जा रहे थे। नूर विधुभाल के पास आकर बैठ गयी थी। पहली बार विधुभाल को लगा इतने निकट आकर बैठी है एक लड़की और यह है एक लड़का। आज तक इस तरह के भावों का स्फुरण कहाँ हुआ था? सर से पाँव तक एक झिनझिनाहट फैल गयी थी, गला सूखने लगा था। विधुभाल की समझ में नहीं आ रहा था कि यह आनन्दानुभूति है या भयमूलक चेतना। तेज़ी से जा रही गाड़ी के चक्कों तले कई पत्थर आ गये थे। बचाते-बचाते भी गाड़ी में ज़ोरदार झटका लगा। ड्राइवर होशियार था, अब तक उसने एक झटका तक लगने नहीं दिया था, सारे लोग गड्डमड्ड हो गये। नूर ने गिरने के डर से आक्रान्त हो विधुभाल का हाथ पकड़ लिया ज़ोर से। स्थिति सामान्य होते ही सब ज़ोर-ज़ोर से हँसने लगे। आपस में टकराते सर सहला रहे थे साथी। नूर और विधुभाल के चेहरे की हँसी ग़ायब थी। होश आने पर नूर ने देखा उसके ख़ूबसूरत बढ़े हुए नाखून विधुभाल की कलाई में धँसे हुए हैं। वह चिहुँक उठी। हौले से हाथ हटाया। अपने गुलाबी रंगे नाखूनों को पश्चात्ताप से देखा। आँखें विधुभाल की कलाई की ओर चली गयीं। कोमल दृष्टि की सहलाहट पुलक जगा रही थी। नूर उसके हृदय में कलाई में गड़े नाखून सी गड़ गयी थी। जड़ें जम रही थीं, पठारी भूमि को आहिस्ता-आहिस्ता ढँकता एक जंगल उग रहा था, कोमल चटख लाल पलाश का गहन वन। काँटेदार प्यास से आकण्ठ चिलक उठा था विधुभाल। अपनी बड़ी-बड़ी शफ्फ़ाक आँखों से एक बार देखा नूर को भरपूर। हल्का मुस्काया बस। नूर निहाल हो गयी थी।

सालों से रात-दिन के साथ ने जो कुछ नहीं किया वह दो दिनों के जंगल ने कर दिखाया। ककोलत जलप्रपात को देखते ही बच्चों से किलक उठे सारे। भूख लग आयी थी। तुरत निकिता और कमल ने स्टोव जलाकर पतीली चढ़ा दिया। डॉ. अज़ीम ने प्यालियाँ निकालीं। चाय बनायी गयी, साथ लाये नमकीन और चाय की तलब सबों को थी। अमृत और विधुभाल ने आस-पास से लकड़ियाँ चुनीं और सुलगा लीं। उसमें बैंगन-टमाटर और आलू भुनने डाल दिया। पतीली में फिर से पानी भर कर चढ़ा दिया गया। अबके खिचड़ी पक रही थी। आठ व्यक्तियों के सोलह

हाथ, आग का नया पुराना तरीक़ा दोनों काम आया। खिचड़ी और बिहारी भरता तैयार था। झरने के परले सिरे की ओर निकिता, नूर और कमल भीगने चली गयीं। लड़कों का क्या—तुरत कच्छी में उतर गये जल में। विधुभाल संकोची होने के कारण उतर नहीं रहा था। अमृत और अज़ीम ने उसकी एक न चलने दी। उसे खींचकर पानी में उतार दिया। इनके आनन्द का ठिकाना न था। जी भर नहा-धोकर खाने बैठे सारे। अब झरने के शुद्ध जल से बने होने के कारण हो या भूख लग आने के कारण भोजन का स्वाद अपूर्व लगा। खाने के बाद यहाँ-वहाँ गुनगुनी धूप में गप-शप करते लेटे-अधलेटे साथी जंगल सम्मोहन की चर्चा में मशगूल थे।

जाने कब बीच से उठकर विधुभाल चला गया। किसी ने ध्यान दिया या नहीं दिया नूर ने अवश्य दिया। विधुभाल के पीछे-पीछे चली आयी। विधुभाल अकेले एक पत्थर से टेक लगाकर लेट गया था। ढाक के पत्तों का एक गुच्छा उसके हाथों में था। दो-दो पत्तों का लेटे-लेटे कटोरी नुमा दोना बना रहा था विधुभाल। नूर अपलक उसकी ओर देख रही थी। नीली जीन्स के ऊपर सफ़ेद बिना बाँह वाली बनयान से निकलती उसकी बाँहें कितनी चिकनी और गोरी हैं। सीने के अनावृत्त भाग से घने काले केश झाँक रहे हैं। नूर निकट आकर बैठ गयी। विधुभाल हड़बड़ाकर उठ बैठा। नूर खिलखिला कर हँस पड़ी। बातों का कोई सिलसिला शुरू होता उससे पहले अमृत आ गया।

"क्या कर रहे हो विधु?" दोने को उलट-पलट कर देखने लगा।

"वाह क्या बात है, इसमें पानी भर कर पीया जाये।" कहा उसने। नूर झेंप-सी गयी थी। दो-चार दोने लेकर चल पड़ी। झरने के किनारे जहाँ सबों को छोड़कर आयी थी...वहाँ डॉ. शान्तनु लेटे-लेटे सो गये थे। कमल किसी किताब में डूबी हुई थी। निकिता और अज़ीम दिखाई नहीं पड़े थे। नूर ने कमल को आवाज़ दी।

"कमल, देखो विधुभाल ने क्या बनाया है।" कमल किताब बन्द कर देखने लगी। उसका चेहरा खिल आया।

"चलो नूर इसमें पानी भर कर पीयें।" कमल के यह कहने पर नूर हँस पड़ी। बिल्कुल यही कहा है अमृत ने। अब पानी भरकर पी लिया जाय। झरने में पत्थर पर बैठ इन्होंने पानी भरा और पीया। कच्चे पत्ते के ताज़े दोने का स्वाद घुल-मिल गया। एक ख़ास तरह की तृप्ति से भर गयी रसना।

"अरे वाह, तुम लोगों ने प्रयोग कर लिया।" अमृत आते-आते बोला।

"यह प्रयोग की वस्तु ही है अमृत, जंगल में ऐसे दोनों में ही खाया-पीया जाता है। सुनो, क्यों न हम पता लगायें झरने का उद्गम स्थल। चलो, चलते हो?" अमृत उद्यत हुआ। डॉ. शान्तनु उठ बैठे थे। कलाई पर बँधी घड़ी पर दृष्टि गयी उनकी। "साँझ ढल रही है, शिखर की ओर जाने की बात कल पर छोड़ो, चलो डाकबँगले की ओर।"

"क्या यही एक मात्र झरना है?" नूर ने पूछा।

"अब इस जगह तो यही है। तुमने ऐसा क्यों पूछा?" शान्तनु थे।

"हम दूसरी जगह न चलें कल?"

"चलेंगे, जंगल की ओर चलेंगे। झरना इस क्षेत्र में यही सबसे बड़ा और मनोरम है।"

"ककोलत का यह झरना क्या हमें यह नहीं कहता कि मुझे देखो, मेरे साथ चलो, मुझे पहचानो? इसकी पुकार सुनो, एक-दो या तीन-चार घण्टे रुककर चले जाते हैं लोग। न आने-जाने वालों को तृप्ति न झरने को।" विधुभाल ने कहा।

"झरना नहीं विशाल जल-प्रपात।" अमृत था। सच ही कहता है विधु, बड़े-बड़े शिलाखण्डों को लुढ़काती हहराती नदी के रूप में परिणत ककोलत के उद्गम तक पानी में चलकर जाना चाहिए, अपनी नीली स्वप्नाविष्ट आँखों से समतल की ओर भागती धारा को देखती सोचती है।

इस दौरान ड्राइवर ने स्टोव जलाकर चाय के लिए पानी चढ़ा दिया था। निकिता चाय का सरंजाम कर रही थी, अज़ीम कप धोकर लगा रहा था। शाम का पैकअप शुरू हो गया। हरी पत्तियाँ आलते की आभा से दमक उठीं, पहाड़ी से उतरती जलधार का रंग भी आरक्त था।

डाकबँगले में इन लोगों के लिए पूरा इन्तज़ाम था। चार कमरों वाले डाकबँगले के दो कमरे इन्होंने लिये थे। अज़ीम के किसी सम्बन्धी के माध्यम से यह काम हो गया था, खाने-पीने का सामान इनके पास था बनाने वाला वहाँ मिल गया। सभी साथी निश्चिन्त भाव से गप्पें लगाने लगे।

"भैया, यह जगह फ़िल्म बनाने के लिए अच्छी है। है न?" विधुभाल शान्तनु से मुख़ातिब था।

"हूँ, है तो सही।"

"मैं इस पूरे लैंडस्केप की कल्पना फ़िल्म की पृष्ठभूमि के लिए करता हूँ तो बताऊँ कैसी आती है?" उत्साहित था विधु। विस्तार से उसने अपनी सोच बतायी। उत्साह से उसका चेहरा दमक रहा था। ओठ बहुत कुछ कह रहे थे परन्तु अधिक कहने को उतावले दीख रहे थे।

"सब कुछ तुमने कहा विधु पर क्या फ़िल्म डॉक्यूमेंट्री बनाओगे?" निकिता ने पूछा।

"नहीं, डॉक्यूमेंट्री क्यों?"

"तो फिर कहानी क्या होगी?"

"हाँ कहानी? कहानी ढूँढ़ लेंगे इसी पृष्ठभूमि की।"

"गढ़ भी ले सकते हैं, क्यों?" अज़ीम थे।

"बम्बई की फ़िल्मों में तो यही होता है, फ़िल्म बनती रहती है, कहानियाँ गढ़ी जाती रहती हैं।" अमृत थे।

"नहीं, हम कहानी का जुगाड़ कर लेंगे। स्क्रिप्ट लिखा जा चुका रहेगा। तब काम शुरू करेंगे।" विधुभाल ने कहा।

"बिल्कुल-बिल्कुल।" डॉ. शान्तनु थे।

"भइया, सीजन पर यहाँ हाथियों का झुण्ड आता है पानी पीने, नहाने-धोने, खेलने। साहब लोग आते हैं देखने।" पास बैठा ड्राइवर बोल उठा।

"अच्छा? क्या दृश्य होता होगा!" विधुभाल ने उत्साह से कहा।

"भई, हमें भी एक बार आना चाहिए।" डॉ. अज़ीम थे। विधुभाल चुप बैठा लगातार दीवार की ओर देख रहा था।

"क्या देख रहे हो विधु?" निकिता ने ज्यों ध्यान भंग किया।

"उस दीवार को कोरा स्क्रीन मानकर दृश्यावलियों की कल्पना कर रहा है। वह देखो, वहाँ से झरने गिरकर धारायें बनाती हैं...उन धाराओं में हाथियों का झुण्ड खेल रहा है। अरे-अरे बचना भाई, उसने तो सूँढ में पानी भर कर हमारे ऊपर फेंक ही दिया। हम बौछार में भीग गये।" अज़ीम की कौतुक भरी बातों से सबको आनन्द आया। हँसी का फ़व्वारा काल्पनिक हाथी के काल्पनिक फ़व्वारे से ज़रा भी कम नहीं फूटा। हँसी की धार धीमी हुई। अब विधुभाल की बारी थी।

"अज़ीम भाई, आपने बात बिल्कुल सौ फ़ीसदी सही कही। मैं अब तक लैंडस्केप के साथ फ़िल्म को जोड़ने की जुगत भिड़ा रहा था।"

"अच्छा! तो उस फ़िल्म में हाथी है?"

"हाँ-हाँ बिल्कुल है। उसके बिना क्या हजारीबाग, औरंगाबाद का जंगल? क्या ककोलत जलप्रपात?"

"तो फिर हमें कहानी मिल गयी समझो।"

"कौन-सी कहानी, कौन-सी?" अमृत गम्भीर था।

"वही, हाथी मेरे साथी का रीमेक बना लेते हैं।"—फिर हँसी हुई। विधुभाल भी उन्मुक्त भाव से ठहाके लगाने लगा। मात्र अमृत हक्का-बक्का रह गया। थोड़ा झुँझला भी गया था।

"मैं सीरियसली सोच रहा था।" उसके नाराज़ चेहरे को देख विधु की हँसी रुक ही नहीं रही थी। कब तक इन लोगों की बातचीत चलती रही उसका ठिकाना नहीं। खाते-पीते-सोते रात भीग आयी थी।

जंगल की भोर। मोर, पपीहे और कुरड़ी के बोलने से नींद खुली इनकी। एक-एक

कर कमरों से निकलकर बाहर लॉन में आये तो देखा विधुभाल नहीं है। जब तक खानसामा चाय बनाकर लाया तब तक विधुभाल हाथ में ढेर सारी पत्तियों वाली टहनियाँ, फूलों के गुच्छे लेकर पहुँच गया। बीच की गोल टेबुल पर उन्हें रखते हुए तृप्त विजयी मुस्कान थी ओठों पर।

"वाह कब जग गये?" अमृत ने पूछा। उसने उत्तर नहीं दिया।

"परेड में जगने की आदत है न?" शान्तनु थे।

"हमें क्यों नहीं जगाया दुष्ट?" अमृत ने कहा।

"जगाने का काम तुम्हारा है मित्र, मैं तुम्हारा सब्जेक्ट हूँ।" डॉ. शान्तनु के मुँह से निकला सहज संवाद विधुभाल की निजी संवेदना जगा गया था। सभी सकते में आ गये।

"नेवर माइंड कॉमरेड, चाय पीयो हमें झरने की ओर जाना है।" अज़ीम ने हल्का करने को कहा।

"भइया, यहाँ बायीं बाजू पचास क़दम चलते ही ढलान है। वह ढलान नदी में उतरती है। क्या ख़ूबसूरती है अहा!" शान्तनु से कहा।

"नदी में पानी कितना है?" नूर थी।

"बहुत कम, पत्थर अधिक हैं।"

"इधर की नदियाँ ऐसी ही हैं।"

"गोल-गोल शिलाखण्ड होंगे।" निकिता थी।

"हाँ थे न!"

"क्या तुम उस पर बैठे थे?"

"बैठा था।"

"अहा अमृत, कामायनी के मनु की भाँति विधु शिलाखण्ड पर बैठा था। हम चूक गये, क्या दृश्य रहा होगा।" निकिता के यह कहते ही सब फिर हँसने लगे।

दो दिनों की यात्रा से लौटते हुए जितनी परितृप्ति थी उतनी ही चिन्ताएँ। सबकी अपनी-अपनी चिन्ता थी। दोनों डॉक्टरों की एम.एस., एम.डी. की नामांकन परीक्षा थी, अमृत और बाक़ी लड़कियाँ परीक्षा होने न होने के आसन्न संकट में फँसी थीं। विधुभाल बी.ए. में नामांकन की प्रतीक्षा में था। उसका मन उदास था। शहर आने के बाद विधुभाल बाजाप्ते कॉमरेड हो गया। अधिक से अधिक समय पार्टी ऑफ़िस में गुज़ारने लगा। अपने अन्तरंग साथियों से हफ़्ते-दिन में मुलाक़ात होती। नूर को देख उसके हृदय में हलचल मच जाती। कभी-कभी दीन-दुखियों, मज़लूमों की फ़िक्र के बीच में नूर की काली आँखें, रेशम से कमर तक गिरते केश याद आते तो

उद्विग्न हो उठता। अपनी व्यस्तताओं को बढ़ाता जा रहा था विधुभाल। कोमल मन की भावसंकुल ऊर्मियों को मानो सायास कहीं धकेल रहा था। पार्टी की बौद्धिक गतिविधियों में पूरी तरह डूब गया था, मन व्यावहारिक संगठन की ओर लपकता। देर रात तक काम में लगे होने के कारण वह अक्सर दफ़्तर में सो जाता। खाने-पीने का कोई ठिकाना न होने से दुर्बल हो रहा था। घेरने वाले आत्मीय साथियों से छिटक रहा था। इस शहर में ठण्डक देर से आती है, जल्दी चली जाती है। पन्द्रह दिसम्बर से तेरह जनवरी तक का समय फिर भी हाड़ तक कँपा जाता है। वैसी ही एक कोहरे भरी शाम ढल रही थी। रात का साया सड़कों पर अपनी धूसर रंगत लिए पसरने को था। दुकानें सर्दी की रात में शीघ्र बन्द हो जाया करतीं। फ़ुटपाथों पर लिट्टी और रोटी सेंकने वालों के अलाव तथा मिट्टी तेल की कुप्पियाँ जल रही थीं। अजीब है यह शहर, है तो राजधानी पर नियॉन लाइट से लेकर कुप्पियाँ तक ऐन राजपथ पर जलती रहती हैं। छठी शताब्दी पूर्व का आभास देते डेढ़ इंच चौड़े, तीन इंच लम्बे, आधे इंच मोटे ईंट वाले गहवरनुमा घरों से लेकर इक्कीसवीं सदी की ओर जाने वाले राज्य को सोहने वाली अट्टालिकाओं तक का गवाह इसका राजपथ है।

विधुभाल ने सामने से लिट्टियाँ ख़रीदीं और खाकर पार्टी ऑफ़िस के टेबुल जोड़कर सोने की तैयारी कर ही रहा था कि अमृत पहुँच गया। विधुभाल के इस तरीक़े को देख वह हक्का-बक्का हो गया। विधुभाल की बाँछे खिल गयीं उसे देख।

"अरे इतनी रात को कैसे आया?"

"अभी रात कहाँ हुई है...सात ही तो बजे हैं।"

"ठण्ड बहुत है।" अपने कम्बल में अमृत को लपेटने लगा।

"तुम्हें देखकर नहीं लगता कि सचमुच ठण्ड है।" अमृत रूठा सा था।

"क्या यार..." झेंपा विधुभाल।

"क्या तरीक़ा है तुम्हारा, में वहाँ तुम्हारी प्रतीक्षा करता रहता हूँ, तुम यहाँ इस तरह बिना बिस्तर बिछावन के पड़े हो। बीमार पड़ोगे तो किसी का नहीं बिगड़ेगा, चाची बेचारी मर जायगी। कितने निर्मम हो तुम। अपने आप पर नहीं तो चाची पर ममता रखा करो। हम कोई नहीं हैं तुम्हारे—न सही।" अमृत फट पड़ा था।

"रात हो जाती थी, तुम्हें परेशानी होती!"

"हाँ, अब जब तुम इस तरह घुटने ठुड्डी में सटाकर थरथराते हुए रात काटते हो तो मुझे परेशानी नहीं होती।"

विधुभाल को अमृत के साथ उसी वक़्त उसके होस्टल जाना पड़ा। बहुत दिनों बाद अच्छी नींद आयी। सोने के पहले अमृत ने अपनी आदत के अनुसार थरमस से गरम पानी निकाला और दो गिलास हॉरलिक्स बनाकर एक विधुभाल को तथा दूसरा स्वयं पीया। अत्यन्त छोटा-सा छात्रावास का एक बिस्तरे वाला कमरा करीने से

सजा था। अमृत सुव्यवस्थित व्यक्ति था। उसकी बातचीत, उसके रहन-सहन सभी से एक सुव्यवस्था झलकती थी। अपने जीवन का अहम कार्य बिना सोचे-समझे नहीं करता। योजनाबद्ध ढंग से अपनी दिशा तय करता। ऐसा नहीं था कि उससे कोई गलती होती ही नहीं, भावना के उद्रेक में उससे कई बार बड़ी-बड़ी भूलें हुईं परन्तु उसने अपने मन-ही-मन विकल्प सोच रखा होता। गाड़ी पटरी से पलटते-पलटते रह जाती। अमृत एक प्रकार से विधुभाल का एकदम उलटा था। यहाँ विद्युत आकर्षण का सिद्धान्त फिट बैठता था।

अच्छी पूरी नींद सोकर उठा विधुभाल, अमृत के पास सुविधापूर्वक गरम हॉरलिक्स का एक पूरा गिलास पीकर बेफ़िक्र सोया। सुबह से ही पार्टी ऑफ़िस की खटर-पटर नहीं थी, न ही अधिक ठण्ड का हमला था। जगते ही देखा अमृत अपने टेबुल पर कुछ लिख रहा है। वह पड़ा-पड़ा अकारण उसे देखता रहा। उसका दिमाग़ बिल्कुल ख़ाली था। अमृत ने स्वयं ही पलटकर देखा—

"अरे, तुम जग गये हो। मैं प्रतीक्षा कर रहा था।" —उठकर स्टोव जलाया और चाय की तैयारी करने लगा। विधुभाल को अन्दाज़ा हो गया था कि वह आज अमृत की क़ैद में है। उसे अच्छा लग रहा था।

"अमृत, घर से कोई आया तो नहीं?" उसने पूछा।

"इधर कोई नहीं आया। क्यों?"

"मैंने दिल्ली विश्वविद्यालय के कॉरेस्पोन्डेन्स कोर्स के लिए फॉर्म मँगवाया है। माँ को पैसे भेजने कहा था।"

"यह तो अच्छी बात हुई। चल, पैसों की चिन्ता नहीं, हम जुटा लेंगे—चाची भेजती रहेंगी।" अमृत ने उत्साहित होकर कहा। विधुभाल चुप रहा। खा-पीकर दोनों मित्रमण्डली में पहुँचे। आनन-फानन में फॉर्म भर दिया गया। विधुभाल की विधिवत पढ़ाई शुरू हो गयी। उसका समय अधिक से अधिक पार्टी की गतिविधियों में जाता, थोड़ा बहुत परीक्षा की पढ़ाई में।

साथियों की परीक्षाएँ ख़त्म हुईं तब विधुभाल घेरा जाने लगा। एक दिन निकिता ने विधुभाल को अपने घर बुलाया कि माँ पिताजी बहुत दिनों से मिले नहीं। सहज संकोची स्वभाव के कारण वह अमृत को साथ करने उसके छात्रावास गया। वहाँ जाकर वह सकते में आ गया था। नूर कुर्सी पर बैठी आँसू बहा रही थी अमृत उसका हाथ पकड़कर कुछ कह रहा था। विधुभाल पहले ठिठका फिर अमृत द्वारा साकांक्ष हो जाने के कारण अन्दर आ गया। नूर झटके से उठी और तीर सी बाहर निकल गयी, अमृत के चेहरे पर कोई तनाव नहीं था। उसने नूर के जाने पर न तो कोई प्रतिक्रिया व्यक्त की न उसके रोने और अपने प्रबोधने पर कोई सफ़ाई दी।

"आओ विधु, बैठो "—कुर्सी की ओर इशारा किया। विधुभाल अमृत की भाँति

सहज नहीं रह सकता। नूर का रोना उसे रुआँसा कर गया, अमृत का उसके प्रति इतना अधिक आत्मीय भाव स्तम्भित कर गया...यन्त्रचालित-सा कुर्सी पर बैठ गया। नूर अमृत की कितनी निकट है—वह सोचने लगा। उसके पास आकर रो रही थी। अपना दर्द बाँट रही थी। अमृत उससे बहुत-बहुत निकट है ऐसा ही लगा। नूर के आँसू अब विधुभाल के सीने में काँच से उतर गये। वह अमृत से जो कुछ कह सकती है विधुभाल से नहीं कह सकती। अपने मन को सायास स्थिर किया विधुभाल ने।

"अमृत, निकिता ने बुलाया है अपने घर। तुम्हें लेने आया हूँ।" उसने कहा। अमृत तुरत उठ खड़ा हुआ। निकिता के घर में बैठा, उसके माँ पिता से बातें करता, बहनों के हाथ से नाश्ता चाय लेता विधु अनमना बना रहा। अमृत अधिक बातें कर रहा था। समसामयिक समस्याएँ मसलन पेरेस्त्रेइका और ग्लासनोस्त जैसी बेचैन कर देने वाली बहस भी उसे छू नहीं रही थी। निकिता उसके अनमनेपन को भाँप गयी थी। पहले तो वह विधुभाल के साथ अमृत को आता देख कुढ़ गयी थी फिर उसका चुप्पा बना रहना अधिक साल रहा था। उसका असर निकिता पर पड़ा। उनके जाते ही यह जड़-सी हो गयी। मन में खुदबुदाहट भर गयी कि विधुभाल अकेला क्यों नहीं आया, वह उदास क्यों था?

नूर का घोर आकर्षण विधुभाल की ओर था—निकिता जान गयी थी। निकिता का डॉ. अज़ीम से विवाह करना लगभग तय था। उसके पिता चुप थे परन्तु माँ ने तूफ़ान खड़ा कर रखा था। जैसे-जैसे निकिता की माँ विरोध करती वैसे-वैसे वह दृढ़ होती जा रही थी। डॉ. अज़ीम एक साधारण ग्रामीण किसान परिवार से आते थे। उनके घर अभी तक पर्दा का चलन था, स्वयं पक्के प्रगतिशील साम्यवादी कॉमरेड थे। उन्हें अपने घर का दकियानूसी व्यवहार पसन्द नहीं था। निकिता से विवाह के फ़ैसले को अज़ीम के घरवालों ने गलत ठहराया। पुरज़ोर विरोध हुआ उनके घर में। किन्तु उनका फ़ैसला अडिग रहा। जैसे ही डॉक्टर अज़ीम अपने पैरों पर खड़े हुए, विवाह के लिए दरख़्वास्त दे दिया रजिस्ट्री ऑफ़िस में। निकिता के विवाह में सारे साथी मौजूद थे पर नूर नहीं थी। काफ़ी बाद में निकिता ने विधुभाल से नूर के दिल का हाल सुनाया था। विधुभाल को काटो तो ख़ून नहीं। हक्का-बक्का रह गया वह। दोनों तरफ़ आग एक सी लगी थी। नूर मन-ही-मन विधुभाल को प्यार करने लगी थी। कई बार इज़हार भी किया था। विधुभाल को याद आया वह अकेली पार्टी ऑफ़िस भी पहुँच जाती। अपने अन्तर्मुखी स्वभाव के कारण वह चुप रहता। नूर को कोई सूत्र न पकड़ाता जिसके सहारे वो इसके हृदयतल पर उतर सके। उधर नूर की ओर अमृत अधिक झुक आया था। लगातार सहपाठी रही कमल का राग अमृत से है, यह वह जानती थी। अमृत विधु का एकमात्र दोस्त है, यह जानकर वह उसके पास अपने दिल का दर्द खोलने गयी थी। मान-मनुहार और संकोच के कारण अमृत के छात्रावास से उठकर चली आयी थी।

आधुनिक प्रगतिशील लड़की का शील, प्रेम का इज़हार सीधे-सीधे न कर सका। नूर विदेश विशेष अध्ययन के लिए चली गयी। विधुभाल ने नूर के अपने प्रति प्रेम को उपलब्धि माना। उसे लगा वह भी प्रेम का पात्र हो सकता है। अपनी इस पात्रता पर गर्व हो आया। परन्तु इस सुनहरे-हाशिये के अन्दर घिरे स्याह सच से कैसे आँखें मोड़ ले। प्रेमानुभूति के बाद बिछोह का दर्द सहा नहीं जा रहा था। काँच के किर्च की भाँति यथार्थ के सच से शरबिद्ध हुआ जा रहा था। कुछ दिनों तक विधुभाल आत्मग्लानि में डूब गया। हाय, उसने सच्चे प्यार को न पहचाना। कभी-कभी अमृत के व्यवहार को याद कर उद्वेलित हो जाता। अमृत ने सदा इसे तन्द्रा से ठोकर मार कर जगाया है। अबके क्या हो गया? निजी जीवन का अहम फ़ैसला होते वक़्त वह क्यों तटस्थ हो गया। क्यों न उसने टकोरे देकर जगाया। क्यों नहीं कहा—“विधु, तुझे दिखाई नहीं पड़ता, यह लड़की नूरी तुझे प्यार करती है।” नूरी ने उसके पास सहायता की याचना की थी, तब भी कुछ नहीं कहा। विधुभाल को अमृत का उस दिन वाला सर्द चेहरा याद आता तो अन्दर तक हिल उठता। लगता, उसे उसके हृदय के मांस पिण्ड में धँसा किर्च किसी ने हिला दिया हो जैसे। दर्द की लहर उठती, ख़ून रिस रहा है। ताज़े घाव से—ऐसा आभास होता। किसी काम में मन नहीं लगता! अन्दर से रीत गया था विधुभाल। ऐसे में अम्माँ याद आयी। वह सीधे गाँव चला गया। उसका कुम्हलाया दुर्बल मुखड़ा देख अम्माँ धक से रह गयी। आँचल के दीप सा इसे पाला है, हवा का एक कतरा छूने न दिया कभी। कौन-सा झोंका कँपकँपा रहा है इसकी लौ को।

छोटी गण्डकी के छाड़न वाले खेतों में अम्माँ के साथ घूमने जाता। फ़सल कट चुकी थी। अगली खेती के लिए खेत जोत कर खड़े थे। अम्माँ किस खेत में कौन-सी फ़सल कटने वाली है उसकी सूचना दे रही थी, बीच-बीच में विधु कुछ पूछ भी लेता था। अम्माँ इतने से ही निहाल थी। बेटे का खेत से रिश्ता है, इसे समयानुकूल फ़सलें याद हैं, उसका जी भर आता।

“तुम्हें याद है पप्पू, तुम्हारी गर्मी की छुट्टियाँ होती थीं तब तुम और तुम्हारे साथी मिलकर खेत में बैठकर तरबूज़ खाते थे?”

“हाँ माँ, याद है और खाकर अपना हाथ-मुँह मैं तुम्हारे साफ़ धुले आँचल में पोछ कर गन्दा कर देता था।” अम्माँ याद कर हँसने लगती। खेतों की ख़ुशबू और चार वक़्त का अम्माँ के हाथों का खाना; विधुभाल का स्वास्थ्य खिल उठा।

“मैं अकेली हूँ, तुम मेरे एक ही बेटे हो, शादी कर लो। मेरा अकेलापन दूर होगा।” अम्माँ ने अवसर पाकर कहा। विधुभाल हँसने लगा।

“क्या माँ, कुछ किया न धरा, शादी कर लूँ। अकेलापन दूर होगा पर बोझ कितना पड़ जायेगा।”

"कोई बोझ नहीं बेटे, अपने बच्चे बोझ नहीं होते–जीने का सहारा होते हैं। तुम नहीं होते तो मेरी देखभाल करने वाला कोई नहीं रहता।"

"माँ, अगर तुम्हारी बहू मेरे साथ-साथ फिरना चाहे तब क्या करोगी? यहाँ बैठी न रहे तब?"

"तब भी कोई हर्ज़ नहीं, शादी-ब्याह के बाद एक नये परिवार से, एक नये समाज से सम्बन्ध जुड़ता है; तुम्हारी चिन्ता करने वाला एक नया समूह पैदा हो जाता है।"

"पहले से बने-बनाये रक्त के सम्बन्ध बेगाने हो जाते हैं; नयों का क्या भरोसा? जंजाल जितना कम हो वही ठीक है। मामा हैं न तुम्हारी देख-भाल के लिए? बोलो, उनसे अधिक भरोसेमन्द है कोई?" अम्माँ समझ गयी, विधुभाल बन्धन में बँधने वाला नहीं है। इस खेतिहर किसान गाँव का सामान्य लड़का नहीं रहा यह। वायुसेना के स्थल अधिकारी का बेटा होने के कारण इसका लालन-पालन अम्माँ ने अलहदा किया था। बोर्डिंग स्कूल में पढ़ाई कर अलग प्रकार का हुआ था इसके व्यक्तित्व का विकास। राष्ट्रीय रक्षा अकादमी भेज कर अम्माँ का कलेजा गजभर और चौड़ा हो गया था। लगता था सबकुछ इसी के सोचे हुए लीक के अनुसार हो रहा है। वह नहीं हुआ। सारे बन्धनों को तोड़कर आ खड़ा हुआ बेटा। अम्माँ को गोतिए–दायादों की ढेरों व्यंग्योक्तियाँ सुननी पड़ी थीं।

" 'हुँह, दुष्ट चली थी बेटे को वर्दी पहनाने' निकाल बाहर किया गया न। ऐसे ही यह डगरा का बैंगन बना फिरेगा, कहीं ठौर नहीं मिलेगा। वह सब इसी के कारण। लाड़-प्यार में बिगाड़ रखा है इसे। निरंकुश है।" उत्तर देने को तब कुछ नहीं रहा उसके पास। क्या कहे, सचमुच विधुभाल ने उसके सपनों को नोच डाला। उसने यह नहीं सोचा कि अम्माँ को कैसा लगेगा?

"अम्माँ, मेरी प्यारी माँ! देखो लाखों दुखी-दीन अपनी आँखों में याचना लिए खड़े हैं। उनके हक़ की लड़ाई हमें लड़नी है! उनको नहीं मालूम कि वे क्यों शोषित हैं, क्यों दलित हैं। एक से संविधान वाले देश में उनकी हैसियत नीची क्यों है, अपने को सतह पर लाने का रास्ता तक नहीं मालूम। क्या हमारे जैसे लोगों का यह कर्तव्य नहीं बनता कि उन्हें उनका अधिकार बतायें, अधिकार कैसे मिले उसका रास्ता सुझायें? बोलो माँ बोलो!" पूना से आने के बाद कहा था विधुभाल ने।

"सबका दर्द समझता है मेरा बेटा, एक मेरा ही नहीं समझता। सबको रास्ता सुझाने का बीड़ा उठा रखा है इसने। एक अपना ही पथ भूल गया।" अम्माँ ने पीड़ा से कहा था।

"अम्माँ, इतनी तकलीफ़देह बात मत बोलो। तुम समझती हो, मैंने आज तक सिर्फ़ तुम्हारी चिन्ता की है। तुम ही मेरी सबकुछ हो... तुम्हारे आगे पीछे मेरा संसार है। तुम्हारे संघर्ष की चेतना ही तो मेरे अन्दर व्याप्त है। अम्माँ, तुम अपने हक़ के

लिए मेरे चाचाओं से लड़ रही हो न, वैसे ही मज़लूमों को उसके श्रम का उचित पुरस्कार मिले, उसे जीने की सम्मानजनक परिस्थिति मिले। यही तो चाहता हूँ।"

"वह सब करने के लिए तुम्हें अपना पेशा छोड़कर आने की क्या ज़रूरत थी?"

"मेरी भोली माँ, वर्दी के बन्धन में रहकर लीक से हट कोई कुछ नहीं बोल सकता। उनके चौखटे में फिट होकर रहना है तो रहो वर्ना निकल जाओ। अपने हक़ की बात तो की ही नहीं जा सकती है। नये विचारों, सुधारों का वहाँ कोई स्थान नहीं–समझी!"–माँ ने समझा या न समझा, मौन ज़रूर हो गयी। शायद यह समझ गयी कि दोनों के सपने अलग-अलग थे।

चार

घर में कोई नहीं था निकिता के। अकेली वसुमति देवी सर पर हाथ देकर बैठी थी। वाणीधर ने साइकिल खड़ी की और उनके निकट आया।

"प्रणाम चाची, अकेली बैठी क्या सोच रही हैं?"

"बेटा तुम? आओ बैठो, मेरी चिन्ता तुम नहीं जानोगे तो कौन जानेगा?" वाणीधर जानता था निकिता ने कल ही विवाह कर लिया है...घर से निकलकर चली गयी है। उसने डॉ. अज़ीम के साथ अपनी गृहस्थी बसा ली है। उसे अचरज होता कि सुशील आज्ञाकारी, समझदार बेटी थी निकिता, तब उसने माँ का दिल कैसे दुखाया? आज वाणी सोच रहा है निकिता ने तो अपने सपने नहीं बेचे। डॉ. अज़ीम एक छोटे किसान का मेधावी बेटा है। परम्परावादी दकियानूस घर निकिता को स्वीकार करेगा? शायद नहीं, क्योंकि स्वतन्त्र अस्तित्व कहाँ स्वीकार करता है उनका समाज। शायद हाँ, क्योंकि उनका बेटा एक समर्थ डॉक्टर है। कालान्तर में निकिता की माँ भी स्वीकार कर लेगी। ऐसा ही हो, होता देखा गया है। इस प्रदेश में जहाँ जहालत और अशिक्षा है वहीं एक क्षुद्र स्वार्थी राजनीति चलती रहती है। वह राजनीति सिर्फ़ राज्य की सत्ता प्राप्त करने को ही ऐसी बात नहीं है। घर संसार, समाज, परिवार, जाति-बिरादरी सब जगह चलती है वह राजनीति। जाति-बिरादरी तथा समाज-जवार के विषय में सोचने लगा वाणीधर। उसकी सुन्दर सुघड़ सुशिक्षित बहनों को ब्याहकर ले जाने वाले परिवार की कमी नहीं पर वह परिवार और वर मिलता है—जीविका का साधन, थोड़ा-सा ज़मीन का टुकड़ा बेचकर, उनका घर भरने के बाद। जातिवादी बिहार के कुटुम्ब अपने सम्बन्धियों को भूखा रखने का इन्तज़ाम कर उनका वस्त्र छीन अट्टहास करते हैं। मुट्ठियाँ भिंच जातीं वाणीधर की, क्रोध से शिराएँ फटने लगतीं; ऐसे समय कोई उसे देखता तो पहचान नहीं पाता। सदा सर्वदा मुस्कान का कोमल नवनीत आवेष्टित चेहरा कहीं ग़ायब हो जाता। चाची ने देखा कि वाणीधर कुर्सी की पीठ से टेक लगाकर बैठ गया है। आँखें भींच रखी हैं।

"क्या हुआ बेटा, तबियत ठीक है?" उन्होंने चिन्तित हो पूछा। अब वाणीधर साकांक्ष हुआ।

"अरे नहीं, नहीं चाची!" सहज हो आया।

"तुम्हारी आँखें लाल हैं; सरदर्द है क्या?"

"हाँ, दर्द है कनपटियों में।"

"मैं तुम्हें चाय पिलाती हूँ।" वे उठीं, वाणीधर अशक्त-सा बैठा रहा। यह उसके स्वभाव के प्रतिकूल था। थोड़ा मन बदलेगा चाची का, थोड़ी उदासी छूटेगी। सोचा उसने। चाय नाश्ता उसने अकेले नहीं किया। उनको भो करवाया। देर तक बैठा रहा उनके पास, तब तक जब तक घर के और लोग न आ गये। उनके आने पर संवाद का कोई सार्थक सिलसिला ही न बन पाया सो उखड़ा-उखड़ा रहा पूरा माहौल। वह चला आया। जैसे-जैसे दिन बीत रहे थे वाणीधर अपने काम में अधिक मसरूफ होता जा रहा था। जिन विभूति बाबू के सहारे गाँव से शहर आया था उनसे मिलना न हो पाता, जिन लोगों के बीच लॉज में रहता वे छूट गये। रह गया बस काम ही काम। ट्यूशन पढ़ाना बढ़ा दिया था, प्रूफ़ रीडरी अधिक करने लगा था, पढ़ाई करने की चाह के कारण पुस्तकालय तथा दिनेश जी की दुकान का चक्कर लगता रहता। डॉ. अज़ीम और निकिता के घर में इसके स्वागत का कोई उत्साह नहीं था। निकिता के अज़ीम से विवाह ने इसके अन्दर कुछ नये परिवर्तन किये, अपनेपन का एक धागा टूट गया था। उसने निश्छल भाव से उसे अपना बनाया था, निकिता ने कभी उसे अपना माना ही नहीं। कभी कुछ कहा नहीं। उसकी किसी योजना में निकिता साथ नहीं थी ऐसा अब उसे लग रहा है, न निकिता के जीवन के किसी अंश पर वाणीधर का तनिक-सा भी अधिकार था। उसे अपनी व्यर्थता का अहसास हुआ। यह क्या हुआ? निकिता क्या उसे अपना आज्ञाकारी सेवक मानती थी, छोटा भाई नहीं? परन्तु उसने तो किसी से राय-विचार नहीं किया, अपनी बहनों तक से नहीं। जो भी हो वह अब उससे अपने को अलग समझ रहा है। एक ख़ालीपन-सा रहेगा कुछ दिन फिर अपने आप भर जायेगा।

उस दिन शाम को प्रेस की ओर नहीं गया था वाणीधर। महुए की मोटी जड़ पर कोई किताब लेकर पढ़ता हुआ आलस्य में लेट गया था, किताब छाती पर औंधी पड़ी थी वह सो गया। लगा कोई तालियाँ बजाकर उसे जगाने की कोशिश कर रहा है। हौले से आँखें खोलीं तो उसे विश्वास न हुआ। वह यूँ ही पड़ा-पड़ा देखता रहा।

"उठिए भई, मैं देर से खड़ी हूँ, ग़ज़ब की गहरी नींद है आपकी।" सरिता ने हँसते हुए कहा। वाणीधर उठ बैठा। सरिता निकट के दूसरे मूल पर बैठ गयी। तब तक सामने की दुकान वाला छोकरा चाय का दो गिलास ले आया।

"आते वक़्त मैं ऑर्डर देकर आयी थी" चाय का गिलास छोकरे के हाथ से थामती कह उठी सरिता। एक वाणी को दिया दूसरी स्वयं पीने लगी।

"तुरत ही आँख लगी थी।" झेंप मिटाने को कहा वाणीधर ने।

"ज़ाहिर है" सरिता ज़ोर से हँस पड़ी। दोनों ने चाय ख़त्म की।

"यह किताब देख रही हैं?"

"देख रही हूँ।"

"इस किताब 'मछुआरे' की बहुत चर्चा सुनी थी। मैं एक साँस में पढ़ गया। ओह, क्या उपन्यास है। है तो छोटी पर बेमिसाल समझ लीजिए। सरिता जी, आप इसे पढ़िये ज़रूर। अरे, आपने पढ़ा होगा।"

"नहीं मैंने पढ़ा नहीं। नाम मैंने भी सुना है। तकषी शिवशंकर पिल्लई के उपन्यास 'चेम्मीन' का अनुवाद है न!"

"वही है। आप पढ़ ही लीजिए, फिर हम इस पर बातें करेंगे। लीजिए।" सरिता ने पुस्तक अपनी झोली में डाली।

"अब बताइये, आप आयीं कैसे?"

"बड़े फाटक से चलकर।" वाणीधर उसके इस सादे से उत्तर पर हँस पड़ा।

"वो तो ठीक है पर कोई ख़ास काम होगा?"

"यह सही और सटीक सवाल है। मैं आपसे एक राय-मशविरा करने आयी हूँ।" सरिता गम्भीर हो गयी सहसा।

"मुझसे? और राय-मशविरा?" वाणीधर चौंका।

"वाणीधर जी, आप मुझसे आयु में छोटे हैं ज़रूर पर लगते काफ़ी मैच्योर हैं। मुझे भरोसा है आप सही राय दे सकते हैं। आप से मैं खुलकर सब कुछ कह सकती हूँ। आप मुझे भरोसेमन्द लगते हैं।"

"ऐसा है तो कह डालिए। मैं भी अपना, स्वयं का इम्तहान ले डालूँगा कि कितना मैच्योर, कितना भरोसेमन्द हूँ।"

"मैं कवि जी से विवाह कर लूँ?" सीधे कहा उसने। वाणीधर हक्का-बक्का रह गया।

"वाणीधर जी, मैंने एक बार सपनों के बेचने की बात की थी न। वह समय आ गया है। कवि जी जी-जान से मुझ पर फ़िदा हो गये हैं। वे उतावले नहीं हैं, यह सब जानते हैं, नहीं तो अब तक कुँआरे क्यों रहते? उनके पास बिहारी स्टैंडर्ड से सब कुछ पर्याप्त है। मैं उनका उत्तर देना चाहती हूँ।" वाणीधर ग़ौर से देखने लगा सरिता को। कालिदास की किसी प्रेमातुर नायिका की भाँति शरबिद्ध नहीं दीख रही थी सरिता न ही हिन्दी फ़िल्म की नायिकाओं की भाँति अँगूठे से धरती कुरेदती कुछ कहने चली थी। एक तेजोमय भाव था उसके कहने में। बिहार के छोटे कस्बे की रहने वाली सरिता जो कुछ भी है अपने बल पर। पिता बिना पेंदे का लोटा था–यहाँ-वहाँ ठनगता सा, माता का वरदहस्त रहा, बस। स्वयं सावित्री सी सत्यवान की तलाश में निकली है।

"निर्णय हो चुका है, अब मात्र लगन मण्डप सजाना है। सलाह उसी के सम्बन्ध में लेना है न!"

"बिल्कुल नहीं। पहले आप मुझे यह बतायें कि कवि जी से विवाह करना सही है या नहीं?"

"आपकी अपनी मर्ज़ी है न?"

"मेरी इस वर्ष शादी करने की योजना है। क्या आप कोई वर तलाश सकते हैं कवि जी से बेहतर?" वाणीधर उलझ गया। उसकी समझ में यह बात आने लगी थी कि तलाशने से कोई वर कोई कन्या कहाँ मिलती है। माता-पिता, हित-परिजन सर पर पगड़ी बाँध पनही घिस लेते हैं तलाश में; अपना सब कुछ दाँव पर लगा देते हैं फिर भी नहीं जुटता है एक अदद सौजन्य युक्त पुरुष कवि जी की ओर ध्यान गया वाणीधर का। धीर-गम्भीर कोमल स्वभाव वाला, सम्पन्न, ऐसा प्यार करने वाला कहाँ मिलेगा सरिता को। सचमुच कोलतार की सड़क पर निछक्का धूप में चप्पलें चटकाती, बिना किसी सुरक्षा की घूमती कन्या के लिए कवि सुयोग्य वर हैं।

"अरे! मैंने कवि जी को कब दोयम दर्जे का वर कहा, मैं उनका बेहद सम्मान करता हूँ। स्वयं चलकर कहें तो विवाह की तिथि तय कर आऊँ।"

"सच! तो चलिए हम दोनों ही मिलकर तय कर आयें।"

"ऐसे नहीं, उन्हें आना पड़ेगा आपके घर, फिर हम तय करेंगे।"

"आप उनसे मिलकर समय ले लें।" सरिता आश्वस्त थी। प्रसन्नता का भाव उसके चेहरे पर गुलाबी आभा ले आया था। शाम गहरी हो चली थी।

"चलिए आपके मकान के गंगा किनारे चलें।"

"हा-हा-हा" ज़ोर से हँसा वाणीधर।

"अव्वल तो मेरा मकान नहीं है, मैं इस आउट हाउस के एक कमरे में रहता हूँ; फिर युगों से बहती असीम जलधारा वाली गंगा इस मकान की सम्पत्ति नहीं है। अब आगे बोलिये।"

"ओफ्फोह वाणीधर जी, आपको अच्छी तरह पता है कि मेरा मतलब क्या है? आप वाणीधर हैं, क्या वाणी अर्थ समझाने को पर्याप्त नहीं है कि अन्वय से लेकर समीक्षा तक की यात्रा पूरी की जाय।"

"चलिए, बात साफ़ हो गयी। पर आज अँधेरे में उधर नहीं जाना। चाँदनी रात नहीं है, उधर रोशनी नहीं आती कहीं से भी। किसी और दिन सही। हाँ, मृदुला दीदी से मिलना हो तो चलें।"

सरिता और वाणीधर मृदुला जी से मिलने चले। मृदुला जी थोड़ी देर पहले ही निकल चुकी थीं। सरिता ख़ुशी-ख़ुशी अपने आवास लौट गयी। उसका मन और शरीर दोनों हल्के हो आये थे। निश्चय पर वाणीधर ने मुहर लगा दी थी। वाणीधर सरिता को अपना सच्चा मित्र लगने लगा।

मृदुला जी के आते ही वाणीधर ने उनसे सरिता की सारी योजनाओं के सम्बन्ध में बताया। मृदुला ने शान्ति से सब कुछ सुना। स्वीकार किया कि एक अकेली लड़की के लिए अविवाहित रहकर समाज में फिरना आसान नहीं है। यहाँ किसी न किसी प्रकार के सहारे की ज़रूरत पड़ती है। यहाँ सरिता सरीखी लड़कियाँ पूर्णतः बेसहारा हैं। न अच्छी नौकरी, न पुश्तैनी सम्पत्ति, न पिता का मज़बूत साया, न समाज का कोई बन्धन, न कुछ...उसे कवि जी जैसा पति मिले तो फ़ौरन शादी करनी चाहिए। वाणीधर से उन्होंने कहा वे उस शादी में न सिर्फ़ शामिल होंगी बल्कि जिस प्रकार की सहायता चाहे करेंगी। बड़ा अच्छा लगा वाणीधर को। वाह, ये हुई न बात! ऐसी शादी होनी चाहिए।

बड़ी धूमधाम से हुई थी शादी। शहर के प्रत्येक तबके के लोग आये थे बधाई देने। मृदुला जी ने अपने घर पर विवाह का इन्तज़ाम किया था। आनन्द और वाणीधर के ज़िम्मे अतिथियों का स्वागत सत्कार था। सरिता जी अत्यन्त प्रसन्न नज़र आ रही थीं। कवि जी फूले नहीं समा रहे थे। यह विवाह नगरवासियों को सालों याद रहने वाला हुआ था। विवाह के दस दिन बाद एक दिन आनन्द और वाणीधर कवि जी और सरिता के सम्मिलित घर में पहुँचे थे। इन्हें देखकर दोनों खिल उठे।

"'अरे वाणीधर, तुम इतने दिन किधर थे भाई, और आनन्द तुम भी? सुनो जी सरिता, देखो कौन आया। आओ तो सही।" कवि जो ने उत्साह प्रदर्शित किया। उनका स्वर भावातिरेक से ओत-प्रोत था। सरिता चौके से पलटा उठाये दौड़ी आयी। इन्हें देख आनन्दित हुई।

"मैं अभी आयी।" कह वो फिर चौके में घुस गयी।

"हम लोग सही समय पर पहुँचे हैं न भइया।" आनन्द ने कहा, "बिल्कुल सही समय पर। अरे वाणी, भाई जाओ ज़रा नीचे उस कोने वाले हलवाई के यहाँ मलाई-पूड़ी अच्छी बनती है; ले आओ। लो पैसे।" उन्होंने बालिश्त के नीचे से निकाल बीस रुपये का नोट पकड़ा दिया।

"इसकी क्या ज़रूरत है।" कहने को कहा वाणी ने; परन्तु पैसे पकड़ लिए और सीढ़ियाँ उतर गया।

"मुँह तो मीठा करना चाहिए। पहली बार आये हो तुम लोग। अजी सुन रही हैं मेमसाहब, क्या पका रही हैं इनके लिए।" फिर आवाज़ लगायी।

उस दिन जश्न रहा। पूरी-सब्ज़ी के साथ मलाई-पूड़ी का नाश्ता किया सबों ने। चाय कई बार पी गयी। तरह-तरह की बातों का सिलसिला बनता-टूटता रहा। वाणी ने सरिता जी की बर्तन उठाने साफ़ करने में मदद की! वाणीधर को कवि जी के घर उतना ही अपनापन महसूस हुआ जितना मृदुला जी के घर होता।

आते-जाते एक दिन पूछ बैठा वाणीधर सरिता से—याद है मैंने आपको 'मछुआरे' पढ़ने को दिया था?"

"बिल्कुल याद है। मैंने पढ़ लिया है, अभी देती हूँ आपकी क़िताब।" सरिता अन्दर जाकर किताब ले आयी!

"देखिए; अच्छे पाठक, लेखक की पत्नी होने का सुख है कि आप अपनी रुचियों को यहाँ माँज सकती हैं।" वाणीधर ने प्रशंसा में कहा।

"हाँ।"—सरिता थी।

"वाणीधर, तुम्हारी पसन्द ऊँची है। तुमने 'मछुआरे' पढ़ा है, अब मुझे बताओ उसकी किस वस्तु ने आकर्षित किया?" कवि जी ने पूछा, "भइया, मैं 'मछुआरे' के एक-एक शब्द, प्रत्येक परिच्छेद की गुंफित घटनाओं, विवरणों, उनका निर्वाह—सबका कायल हूँ। मैंने कई-कई बार उसे पढ़ा है। आप सबसे मैं पूछना चाहता हूँ कि आप उस पुस्तक की विषयवस्तु से सहमत हैं या नहीं? क्या पुस्तक की आत्मा का सत्य महान साहित्यकार तकषी शिवशंकर पिल्लई के सिद्धान्त जिन्हें उन्होंने पूर्ववर्ती साहित्य में प्रतिपादित किया है, उससे मेल खाता है? क्या आपको उनके 'मछुआरे' का क्लाइमेक्स पसन्द आया? क्या आप उस क्लाइमेक्स से सहमत हैं?"

"सभी रचना स्वयं के सिद्धान्त को प्रतिपादित करे यह आवश्यक नहीं है।" सरिता ने कहा।

"रचना का अपना संसार होता है—साहित्य कला का संसार, वहाँ मात्र विचारधाराओं का निर्वाह करने को उसको नज़रअन्दाज़ नहीं किया जा सकता है।" कवि जी ने समझाया।

"यही सब मैं जानना चाहता हूँ। प्रतिबद्ध कहे जाने वाले साहित्यकार किस सीमा तक कला के जोख़िम उठाने को लोकोक्तियों, अन्धविश्वासों को अपने साहित्य में प्रश्रय दें। उन्हें अन्धविश्वास इस हद तक प्रभावित करे कि उपन्यास की पूरी विषयवस्तु का निचोड़ उसके समर्थन में खड़ा हो जाये?"

ऐसे विषयों पर विचार-मन्थन के शतरंज बिछ जाया करते; कला, साहित्य और प्रतिबद्ध-अप्रतिबद्ध सिद्धान्तों के पासे फेंके जाते। वह और उसी तरह की पुस्तकों का विवेचन हुआ करता। जार्ज लुकाच से लेकर देरिदा तक आकर सुस्ताते इनके बीच। कवि जी के मित्र सम्पादक जी के आकर बैठने से रौनक बढ़ जाया करती।

"तुमने बी.ए. पास कर लिया वाणीधर", एक दिन कवि जी ने अनायास पूछ लिया था।

"हाँ कर लिया।"

"आगे क्या योजना है?"

"मेरी अपनी इच्छा है पत्रकारिता करने की।"

"तुम्हारे योग्य होगा यह काम, मैं सम्पादक जी से तुम्हारी सिफ़ारिश करूँगा।" कवि जी ने सम्पादक जी से वाणीधर की पैरवी की—वह सम्पादक जी को अच्छा

लगा। अक्सर अगम्भीर, अपदार्थ व्यक्तियों के लिए लोग पैरवी करते पर यहाँ जहीन पात्र मिल रहा था। वाणीधर को राष्ट्रीय दैनिक के कार्यालय में प्रशिक्षु पत्रकार की हैसियत से काम मिल गया। काम भी मनलायक—साहित्य, कला-संस्कृति का संवाददाता। वह बेहद प्रसन्न हो उठा। काम मनोयोग से करने लगा। वाणीधर की एक अलग पहचान बन गयी। उसके साहित्य, कला-संस्कृति ज्ञान को मानो मान्यता मिल गयी हो। वाणीधर ने देखा... छात्र के रूप में वह आज से कुछ दिन पहले ही नादान समझा जाता था, उसकी बड़ी से बड़ी बात को अक्सर लोग अल्पज्ञानी, अपठित बच्चे की बात की तरह या तो टाल देते या हँसकर मान लेते। अब वैसा कुछ नहीं था। वाणीधर को सुना और गुना जाता।

वाणीधर के लिए उसकी नौकरी का महत्त्व कुछ और था। परिवार वाले प्रसन्न थे कि घर चलाना थोड़ा आसान हो गया था, बेटी की शादी में इसका असर पड़ने वाला था। वाणीधर इस सपने में डूबा रहता कि गाँव की ज़मीन जो रेहन थी उसे वह छुड़ा पाने में सक्षम होगा। पण्डित पिता ज़मीन जोतकर अनाज उपजाना चाहते हैं; अनाज से परिवार का पालन करना चाहते हैं, उनकी ज़मीन उन्हें वापस मिलनी ही चाहिए। ऐसा ही होता है गाँव के सीमान्त किसानों के साथ। बेटियों के विवाह में विपन्न होते जाते हैं। पण्डित लोग पुस्तक मात्र बतकूचन के लिए पढ़ते हैं इन दिनों। ज्ञान की गोमती में डुबकी लगाकर जो विद्या ढूँढ़ लाते हैं उनका चूरन बना चाटते रहते हैं, बस। क्या समाज बना है, वाह! अपनी नयी नौकरी, दिनेश जी की किताब वाली दुकान, मित्रों की बैठकी सब भूल जाता वाणीधर। बेहद छटपटाहट होती। तब उठता ज़ोरों का सरदर्द, जानलेवा तीखा मस्तिष्क का रेशा-रेशा, तन्तु-तन्तु धुनकी-सा धुनता दर्द।

अख़बार का दफ़्तर शुरुआती दिनों में बड़ा लुभावना लगता वाणीधर को। यह उन दिनों की बात है जब आनन्द के कहने से कुछ लेख; साक्षात्कार वगैरह देने आता था। अब जब प्रतिदिन अपने प्रभारी उपसम्पादक से काम लेने आता, संवाद लिखकर पहुँचाने आता तो असलियत का दूसरा ही रूप सामने आया। आपाधापी तथा क्षुद्र स्वार्थ का यहाँ नंगा नाच होता। अक्सर इसका लिखा बदल दिया जाता। घटनाओं, स्थितियों को तोड़-मरोड़ कर पेश किया जाता। सामने में सम्पादक प्रधान सम्पादक के आगे दरी की भाँति बिछ जाते, अन्दर ही अन्दर तलवार की धार बने रहते।

"सरिता जी, ये सारे सफ़ेद कॉलर वाले लोग अन्दर से कलुषित हैं।" एक दिन किसी पुस्तक विमोचन समारोह के अवसर पर वाणीधर ने सरिता से कहा था। वाणीधर की बोलचाल की भाषा तक प्रांजल शब्दों भावों से भरी होती। यह उसकी स्वाभाविक गति थी, सायास ओढ़ी नहीं।

"कैसे जाना आपने?"

"मैं इनके बीच अधिक निकट जाकर बैठने जो लगा हूँ। रिपोर्टिंग करने लगा हूँ न! इनकी मंशा रहती है अपने पक्ष में मुझे इस्तेमाल करने की। मुझे ही क्यों किसी भी रिपोर्टर को। अधिकतर कवि-लेखक गोष्ठीबाज़, क़ागज़ी शेर हैं।" हँसने लगा वाणीधर। "चलिए हमें इनकी असलियत का पता तो चलता है।" सरिता स्वयं एक अन्य स्थान पर पत्रकारिता करने लग गयी थी। वाणीधर बहुत प्रसन्न था। उसने सरिता को स्मरण दिलाया था कि एक बार कैसे वह पत्रकारिता की डिग्री लेना चाहती थी और वाणीधर ने उसे समय बर्बाद करने से रोका था। अब स्वयं सरिता स्वीकार करती है कि वह सब बेकार था।

इधर समवयस्क मित्र कवि-कलाकार रंगकर्मी सफदर हाशमी की हत्या से बेहद उद्वेलित थे। मृदुला जी ने वाणीधर को बुलाकर एक दिन पूछा, "वाणी तुम लोग क्या कर रहे हो अपने अग्रज रंगकर्मी के लिए? मात्र प्रदर्शन, धरने?" वाणीधर ने हामी भरी।

"वाणी, कुछ ऐसा करो जिससे शहादत का लहराता हुआ परचम प्रेरणा बन जाय।" वाणीधर की रगों में ख़ून पारा बन दौड़ने लगा। अपने तनावग्रस्त बेकाबू मन पर लगाम लग गया। यूँ हुआ उसकी अपनी नाट्य संस्था 'प्रेरणा' का निर्माण। स्थल उसका वही आउट हाउस, महुआ की जड़, गंगा का निर्बन्ध किनारा। मंच बना स्थायी गाँधी मैदान का पूर्वी किनारा। 'सफदर हाशमी-मंच'—एक मुक्ताकाश, स्थायी जीवन से जुड़ा मंच बना। वहाँ चन्द प्रियकर दर्शक बुलाये जाते, बाक़ी भीड़ का जुट जाना आम बात थी। चौंके सारे रंगकर्मी। कौन है यह दो टके का छोकरा वाणीधर। कविनुमा पत्रकार है, बुद्धिज्ञान से बोझिल विचारवान है; आज की व्यवस्था में किसी पार्टी से प्रतिबद्ध नहीं है परन्तु विचारधारा से संलग्न है, जातिवादी मण्डलीकरण में नहीं आता है। उसकी यह जुर्रत, हम सहन नहीं करेंगे। उसे दूध की मक्खी की तरह निकाल फेंकना है।

"कहो वाणीधर कैसा लग रहा है नया काम?" दिनेश जी की दुकान पर उस दिन कोई नहीं था सो उन्होंने इतमीनान से पूछा था।

"ठीक है।" वाणीधर ने उदास होकर सक्षिप्त उत्तर दिया, "तुम उदास क्यों हो? यह सब जीवन का अनुभव है। तुम्हें आगे बहुत कुछ करना है, कटु अनुभवों से शिक्षा लेनी पड़ेगी। रास्ते सीधे नहीं होते मंज़िल तक पहुँचने के।"

"सीखना क्या है दिनेश भाई, पहलवानों का दाँव बस।"

"पहलवानों का दाँव अखाड़े में आमने-सामने हुआ करता है, तुम्हें नहीं मालूम यहाँ तो गुरिल्ला युद्ध सीखना पड़ेगा।"

"कुछ-कुछ समझ गया हूँ, सीखना है या नहीं अभी नहीं कह सकता। सीखने का मतलब स्वयं प्रयोग करना नहीं है वाणीधर, कूट विद्या के दाँव को समझना

चाहिए। अकारण चित हो जाने की क्या ज़रूरत है? तुम्हारे जीवन की शुरुआत है। अपने आप को बेदाग रखो वही पाथेय होगा।"

"कोशिश कर रहा हूँ।"

"तुमसे एक गलती हुई है वाणीधर, मैं तुम्हें आगाह करना चाहता था, देर हो गयी। तुमने उस विवादास्पद पुस्तक प्रकाशन प्रकरण के मामले को अधिक तूल दे दिया। उसमें तुम्हारा नज़रिया मुझे किसी का पक्षधर लगा। किसी का पक्ष लेकर किसी पर कीचड़ उछालना, अच्छे पत्रकार का काम नहीं है। यह सस्ती लोकप्रियता तो दिला सकता है सम्मान कभी नहीं दिलायेगा।"

"मैंने उसमें कुछ नहीं किया दिनेश भाई, वह सब कारस्तानी मेरे प्रभारी उपसम्पादक की थी, नाम मेरा भी शामिल कर लिया गया था।"

"जानकार लोग जानते हैं कि विवाद का स्वरूप क्षेत्र विशेष के, परिवार विशेष की आपसी खींचतान से प्रभावित होता रहता है। प्रकाशक वगैरह नाहक बदनाम होते हैं।"

"दिनेश भाई, मुझे तो इस प्रकरण में कुछ अंडरहैंड डीलिंग का आभास हो रहा है।"

"कैसी डीलिंग?"

"परिषद् और प्रकाशक की डीलिंग।"

"वाज़िब है वाणीधर, बिहार में सब कुछ वाज़िब है। एक क़दम भी बिना कमाई के नहीं चलते हैं लोग। ख़ास कर इन छोटी-छोटी सरकारी इकाइयों मे। सौदागर हैं सब। तुमने सही पकड़ा है।"

"आप इस पर प्रकाश डालेंगे?"

"बिल्कुल नहीं, यह सब जानकर क्या करोगे? साहित्य-कला-संस्कृति से सीधा नाता रखना है...दिमाग़ इधर-उधर दौड़ाने से क्या लाभ? इतना भर जान लो कि ये पाक-साफ़ नहीं है।"

"आपके प्रकाशन में बैठकर काफ़ी कुछ जाना है दिनेश भाई! यह जगह स्वयं में एक समाचार-केन्द्र है।"

"चण्डूखाना, यही समझ लो। इस केन्द्र पर जो विचार प्रकट किये जाते हैं उनकी ओर ध्यान न ही दो तो अच्छा है। मैं बैठा-बैठा इन्सान और इन्सानी फितरत को पहचानने की कोशिश करता रहता हूँ। सच मानो वाणीधर, तुमसे डेढ़ गुना आयु का होने पर भी अब तक प्रतिदिन नयी-नयी जानकारियों से चमत्कृत होता रहता हूँ।"

"साहित्याकाश के जुगनुओं की चमक इधर राजनीति के ऊबड़-खाबड़पन को आलोकित करने चली है। आपका क्या ख़याल है।" बातचीत का रुख़ मोड़ा वाणीधर ने। दिनेश जी खुलकर हँसे।

“मृदुला जी के शहर में पुस्तकालय स्थापना के अवसर पर विनोद जी का तुम्हारे प्रति व्यवहार मुझे असह्य लगा वाणीधर। उन्हें यदि स्वयं उनकी श्रीमती डाँट नहीं देती तो मैं ही कुछ कर बैठता। तुम्हारा अपमान मुझसे बर्दाश्त नहीं होता।”

“दिनेश भाई, विनोद जी ऊपर से रूखे हैं दिल के बड़े अच्छे इन्सान हैं। उनकी किसी बात का मैं बुरा नहीं मानता। उस दिन की घटना का मैं क्यों बुरा मानूँ!”

“इतने आगन्तुकों के बीच उनका दुर्व्यवहार तुम्हें भले छू न गया हो, मुझे खरोंच गया।”

“आगन्तुकों के सामने मुझे भी उनसे अतिरिक्त आत्मीयतावश चुहल करने का दुस्साहस नहीं करना चाहिए। आख़िर वे मेरे बुजुर्ग हैं।”

“देखो वाणीधर, मृदुला जी तुम्हें सगी बहन का प्यार देती हैं, तुम स्वयं उनके भाई सरीखे हो। विनोद जी से आत्मीय न होगे तो किससे होगे। तुम अपने आपको छोटा न समझो, कतई नहीं। छोटे को छोटा समझना इनके सिद्धान्त के विरुद्ध है। मैं देख रहा हूँ शोषण के ख़िलाफ़ खड़े होने वालों के भी खाने और दिखाने के अलग-अलग दाँत हैं। वाणीधर, शोषित होना अपराध है।” दिनेशजी उत्तेजित थे।

“मैं सब समझता हूँ।” वाणीधर हँसने लगा। उसकी धुली-धुली निष्कलुष हँसी दिनेश जी को लुभा गयी। यही इसकी ताक़त है निश्छल हास। यह लड़का बहुत ऊपर जायेगा।

“भइया, आपकी बैठक में इधर राजनीति के खेल बनते-बिगड़ते रहते हैं।”

“यह स्थान किसका है, देख रहे हो न! हमारे मित्र मकान मालिक को इन दिनों राजनीति का चस्का लग गया है। साहित्य का चस्का उनका पुराना है। सत्ता के लोभ में हाशिये पर खड़े नेताओं के लिए कोई स्थान चाहिए ऐसा। बीच शहर में बियाबान यह मकान गुलज़ार हो उठा है, मुद्दई और गवाह दोनों चुस्त हैं। गहमागहमी है।” हँसी होती है दोनों ओर से।

“कई-कई दल साथ जुट रहे हैं, अच्छी मिली-जुली सरकार चलती है आपकी।”

“अब मेरा यह कक्ष किताबों का कक्ष है, गुट-निरपेक्ष। यहाँ कोई दल सापेक्ष भाव से नहीं आता है।”

“आते हैं सब।”

“हाँ सब आते हैं, कुछ गप सुस्ताते हैं, सादी रंगीन पुस्तकों की दुनिया को निहारते हैं। कई लोग अचरज तक प्रकट करते हैं—अरे तेरा के, कौन इतनी किताबें पढ़ता है?”

“आपको कहना चाहिए—दीमक और कौन?”—दोनों हँस पड़े।

“मैं पुस्तक विक्रेता हूँ, ऐसा कैसे कह सकता हूँ?”

चील झपट्टा की तरह सब कुछ हो गया। चुनाव की गहमागहमी थी। सारे रिपोर्टर चुनाव कार्य में लगे थे। साहित्य-संस्कृति का संवाददाता स्वयं वाणीधर राजनीतिक संवाद इकट्ठा करने के काम में लगा दिया गया था। सुदूर दक्षिण के देहात की ओर उसकी टीम गयी थी। चार जने एक साथ टैक्सी से थे। मध्य बिहार में आकर रात हो गयी। टैक्सी वाले ने गाड़ी रोक दी।

"क्यों भइया, गाड़ी रोक दी, एकाध घण्टे के रास्ते में ना ही रुके तो अच्छा है। ताज़ा समाचार मिल जायेगा हमारे अख़बार को।"

"नहीं साहब, मैं आगे नहीं जाऊँगा। अच्छा इलाका नहीं है।"

"क्या हुआ इलाके को?"

"नक्सल इलाका है।"

"नक्सल को हमसे कोई झगड़ा नहीं है चलो बढ़ाओ गाड़ी।"

"गड़बड़ होगी तो मुझे न कहना।" कहकर गाड़ी ले उड़ा टैक्सी ड्राइवर। पत्रकारों में नक्सल इलाके की समाज-व्यवस्था, अर्थनीति तथा राजकीय दबावों की चर्चा होती रही।

"मैं समाज को बदलने के लिए शस्त्र के उपयोग को सही नहीं मानता।" वाणीधर ने कहा।

"तो क्या शास्त्र का उपयोग सही है?" एक पत्रकार ने कहा।

"ऐसा होता तो ये सारी समस्याएँ उठती ही क्यों? शास्त्र से कहीं समाधान होता है?" वाणीधर था।

"तो फिर समाधान का रास्ता क्या है? क़ानून की किताबों के माध्यम से समाधान खोजना होगा कि सरकारी बन्दूक़ों के धमाकों से?"—दूसरे पत्रकार ने कहा।

"मेरा विचार सुनना चाहते हो तो सुनो—व्यावहारिक ज्ञान की घोर आवश्यकता है। जनचेतना की नयी करवट ने दकियानूसी अर्थव्यवस्था को चुनौती दी है। ज़मीन जोतदारों की है, मनुष्य मात्र ज़मीन के बड़े टुकड़े वाले घर में जन्म लेकर उसका स्वामी नहीं बन जाता। ज़मीन-जुताई, निराई, गुड़ाई, कटनी, दौनी वगैरह की मज़दूरी उचित हो। ये सारी माँगें थीं, अब उन्हें हथियाया जाने लगा है।" वाणीधर ने कहा।

"गुरु, अनायास यह कैसे हो गया? अनपढ़ गँवारों के भेजे में यह अकल आयी कहाँ से?"

"आप सब जानते हैं, बताने की ज़रूरत कहाँ है? पढ़े-लिखे विचार सम्पन्न नेताओं ने उन्हें समझाया-बुझाया, तैयार किया। तैयारी में जितना वक़्त लगना था लगा। साहस के लिए सीधा हथियार चाहिए। उसकी व्यवस्था हो गयी। लाल किताब और बन्दूक़ के धमाकों के नाते क्रान्ति पूरी हो गयी है भइया।"

"चलो, अब कैसी चल रही है क्रान्ति?"

“ओफ्फोह, रास्ता काटने का कोई और उपाय नहीं सूझता तुम लोगों को? ”—तीसरे साथी ने झल्लाकर कहा।

“इलाके की हवा ऐसी ही चल रही है। प्रत्येक स्थान का दाय देना होता है। गुज़र रहे हो इधर से; इसकी चिन्ता करनी पड़ेगी।”—पहला साथी था।

“ज़बर्दस्ती है क्या?”

“मजबूरी है।”

“अच्छा वाणीधर बताना, समाधान क्या है इसका?”

“सरकार ढूँढ़ रही है न समाधान।”

“तुम्हें विश्वास है समाधान कारगर होगा?”

“ईमानदारी से करना चाहें तो होगा?”

“ईमानदारी किस चिड़िया का नाम है बताओ।”

“वह कहाँ पायी जाती है?”

“किस रंग की होती है?”—तीनों साथियों की बारी-बारी से निकली कटुक्तियों का क्या जवाब दे वाणीधर।

“फिर क्या बनेगा इस प्रान्त का, इस सबसे अधिक उपजाऊ भू-खण्ड का, सर्वाधिक कर्मठ जांबाज बाशिन्दों का?”

“समाधान मैंने तुमसे करने को कहा था वाणीधर, तुम क्या सोचते हो?”

“यह मसला हल्की बातचीत से हल नहीं होगा। हमारी तुम्हारी तरह के नौजवान शोषितों के पक्ष में खड़े तो हो जाते हैं पर धीरे-धीरे कब वे स्वयमेव शोषक हो जाते हैं पता ही नहीं चलता।”

“वे कैसे उस जमात में शामिल हो जाते हैं?”

“शामिल नहीं होते; उसी जमात के तौर-तरीक़ों का इस्तेमाल कर उन्हें ही मात देना चाहते हैं।”

“क्या कहते हो?”

“यार, ये लड़ किससे रहे हैं; और क्यों? इनकी लड़ाई इनके स्वयं के हाथों में है?”

“गाँव के खेत परती छोड़ जोतदारों को परेशान करते हैं तो स्वयं भी भूखों मरने लगते हैं न। बाहरी सहायता से कब तक जीवित रहेंगे। भूख का आक्रोश बन्दूक़ उठवाता है। एक ओर वर्चस्व का भाव बुद्धि कुण्ठित किये रहता है दूसरी ओर अवैध हथियारों का जख़ीरा जोख़िम उठाने को प्रेरित करता है। हथियार आपूर्तिकर्ता के हाथों खेल रहे हैं ये। अनजान, अपढ़ भोले लोग नहीं जानते वे क्या कर रहे हैं।” वाणीधर काफ़ी बोल गया था।

“वाणीधर, यह वही बिहार है जहाँ शेरशाह सरीखा सम्राट हुआ था। युद्ध करते

उसका जीवन बीता। अपने शासन की अल्प अवधि में उसने इस देश को कितना कुछ दिया। यातायात के मार्ग दिये, भूमि सुधार को व्यवस्था दी, किसानों को खेतों में काम करने का अवसर दिया। पता है न!"

"पढ़ा है हमने भी कि शेरशाह की फ़ौज़ किसी किसान से तनिक भी दुर्व्यवहार करती तो उसे वह कड़ी से कड़ी सज़ा देता। कहता—तीर, तलवार, बन्दूक़, फ़ौलाद खेतों में गेहूँ—चावल नहीं उपजा सकते, गायों के थन में दूध पैदा नहीं कर सकते सरसों के पीले फूल नहीं खिला सकते। किसान यह सब अपने हल-बैल, हँसिए-फावड़े से कर दिखाते हैं। हमारे अन्नदाता हैं, हम उन्हें कुछ नहीं देते वे हमें खाना देते हैं। अरे, हम तो उन्हें अमन-चैन तक नहीं दे पाते, फिर भी वे कोई गिला-शिकवा नहीं करते। —शेरशाह के कुमुक का घोड़ा तक किसानों के खेत नहीं रौंदता, घास पूछ कर चरता, पानी देने पर पीता।"

"वाणीधर, शेरशाह की उपलब्धियाँ उसके शासनकाल की अल्प अवधि के बावजूद बहुत हैं, उसका सीधा कारण वही है। तुमने जो कही थी एक बात वह मैं बार-बार याद करता हूँ तो रोंगटे खड़े हो जाते हैं कि एक समय ऐसा आयेगा जब सारा समाज अराजकता का शिकार हो जायेगा। शासन-प्रशासन की पकड़ ख़त्म हो जायेगी। गोया मात्स्य-न्याय का दौर आ जायेगा।"

"मैं भविष्यवक्ता तो नहीं हूँ, पर देखना वह दिन दूर नहीं है। बस, आ ही चला।"

"मुझे तुम जो कह लो, मैं तो अब भी कहता हूँ गाँधीवाद के सिवा कोई रास्ता नहीं है।"

"मैं तुम्हें कुछ न कहूँगा। वह अच्छा रास्ता है। निर्माण करो।"

"निर्माण की क्या ज़रूरत?"

"अरे गाँधीवादी पगडण्डियाँ छोटे से छोटे गाँव तक जाती हैं; उन पर चलना बन्द कर दिया गया था। दूब, जंगली घास ऐसे उग आये हैं कि दिखाई नहीं देते, कैसे पहुँचोगे गन्तव्य तक? नया निर्माण करना पड़ेगा।" दूसरा साथी था।

"घासों, काँटों भरे रास्ते वर्षों से मज़बूत पदचाप की प्रतीक्षा में फिलसन भरे हो गये हैं, सँभलकर चलना होगा वरना व्यवस्था के झिलमिलाते रौरव में गिरकर डूब जाओगे आकण्ठ।" तीसरे चुप साथी ने मौन तोड़ा।

"शायद हम पहुँच रहे हैं।"

"रौनक दीख रही है।"

"अभी तो हर तरफ़ चुनाव प्रचार की रौनक है।"

टैक्सी वाला सीधे अख़बार के दफ़्तर तक पहुँच गया। रात काफ़ी बीत चुकी थी। इमारत के नीचे खासी भीड़ जमी थी। क्या बात है कुछ अनहोनी-सी हुई लगती है। सारे रात्रि-सत्र के कर्मचारी पत्रकार उत्तेजित खड़े हैं। चारों एक ही दिशा में सोच

रहे थे। अपने-अपने झोले कन्धों पर लटकाये उतरकर साथियों के क़रीब आये। सच्चाई जानकर सन्न रह गये। यह क्या हुआ, अचानक कैसे हो गया? स्वनामधन्य राष्ट्रीय अख़बार का दफ़्तर अचानक बन्द कर दिया गया। इस शहर की शाखा से पर्याप्त आय नहीं हो रही थी। स्विस यूनिवर्सिटी के एम.बी.ए. स्वामी-पुत्रों को फटीचर हिन्दी अख़बार का प्रादेशिक संस्करण नहीं रुच रहा था। सीमेंट, स्टील तथा टेक्सटाइल उद्योग की ओर क़दम बढ़ाने से अधिक आय होगी। सिलीकॉन वैली प्रोजेक्ट के ज़माने में दादाजी का आदर्शवादी फॉर्मूला नहीं चलेगा। अंग्रेज़ी अख़बार फिर भी कुछ तो रौब-रुतबे के योग्य है पर यह हिन्दी, छिः बेकार है उस पर दमड़ी गलाना। कोई सुराग नहीं, किसी प्रकार का कोई संकेत नहीं। अचानक छापामार दस्ता आया और सब कुछ उठाकर ले भागा। कम्प्यूटर टाइपराइटर सब। सारे लेख निबन्ध रिपोर्ट्स उठाकर तहखाने में फेंक दिये गये। कर्मचारी से लेकर पत्रकार तक एकबारगी सड़क पर आ गये। न कोई कहने वाला, न सुनने वाला। धरना-सत्याग्रह का दौर चला, स्थायी लोगों को तीन-तीन माह का वेतन देकर छुट्टी की गयी। रह गये वाणीधर सरीखे अस्थायी प्रशिक्षु जिनकी कोई ज़िम्मेदारी प्रबन्धन की नहीं थी। इमारत के पास यूँ ही खड़े पत्रकारों का हुजूम तनाव से त्रस्त हो गया था। उन पर जो गाज गिरी थी उसकी कोई दवा है क्या? वाणीधर थोड़ी देर विभिन्न गोलबन्दों में खड़े बैठे साथियों को देखता रहा फिर चहलक़दमी करता अपने आवास की ओर निकल गया। लगभग रात भर जगा रहा था। हौल सा घुस गया था कलेजे में। सीधा लेट गया अपने तख़्त पर। दिलोदिमाग़ बिल्कुल ख़ाली था। सुबह होने वाली थी... वाणीधर ने सुना चिड़िया चहक रही थी, देखा पूरब दिशा की खिड़की पर उजास दस्तक दे रही थी। बाँहें आँखों पर ले सो गया वाणीधर। छोटे भाई को हिदायत दी कि उसे न जगाये।

क़स्बे के इंटर कॉलेज से प्रथम श्रेणी में पास कर छोटा भाई शिवधर साथ रहने आ गया था। शिवधर के आ जाने से वाणीधर ने चौके चूल्हे का प्रबन्ध आउट हाउस में ही कर लिया था। ज़िम्मेदार बड़े भाई के रहते शिवधर निश्चिन्त होकर पढ़ता। वाणीधर स्वयंपाकी था, साथ मिलकर शिवधर ने पाककला स्वयं सीख ली। वाणीधर ने शिवधर से कोई अतिरिक्त काम नहीं करवाया था अब तक। मजबूरियों में जीवन-यापन के लिए किये गये काम को वाणीधर ने शिवधर पर नहीं थोपा। स्वयं शिवधर की अपनी कोई इस प्रकार की सोच नहीं थी। भइया थक गये हैं, रतजगा करके आये हैं नींद में कहीं खलल न पड़े ऐसा सोचा छोटे भाई ने और कमरे का दरवाज़ा उढ़का छोटा मीडियम बैंड का ट्रांजिस्टर ले बाहर निकल आया। लोहे की फोल्डिंग कुर्सी पर बैठ उसने समाचार सुनने को रेडियो चला दिया। समाचार सुन सकते में आ गया। भइया के चेहरे की निराशा उसे अब समझ में आयी। उसे अब

आभास हुआ कि थकान नहीं, नौकरी चले जाने का गम पुता था उनके चेहरे पर। भइया पर लाड़ उमड़ा शिवधर को। रेडियो बन्द किया उसने और हौले से उठकर आया। दरवाज़े को हल्का धक्का देकर खोला। देखा वाणीधर गहरी नींद में है। उसके हाथ आँखों से हट गये थे। बड़ी-बड़ी पलकें मुँदी थीं, गोरे गुलाबी चेहरे पर काली बरौनियाँ श्वासों की गति के साथ काँप रही थीं। उसके भैया निश्चिन्त सो रहे थे। शिवधर को आश्वस्ति सी मिली, दरवाज़े को पूर्ववत सटा, निकल आया, ट्रांजिस्टर चालू कर फ़िल्मी गाने सुनता आकाश निहारने लगा। फ़िल्मी गाने में खोया था शिवधर या नील-निरभ्र आकाश में कहा नहीं जा सकता। मृदुला जी हाथ में अख़बार ले पास तक पहुँचीं तब जाकर जान पाया।

"दीदी आप?" कुर्सी छोड़ खड़ा हो गया शिवधर।

"बैठिये दीदी।"

"नहीं ठीक है, क्या वाणी लौटा?"

"हाँ, भइया सो रहे हैं।"

"कब लौटा?"

"पौ फट चुकी थी।"

"तब जान गया होगा, बल्कि सब देख सुन भोग कर आया है वाणी।" मृदुला जी का स्वर चिन्ता में डूबा था। अच्छी भली नौकरी का जुगाड़ हो गया था। यह क्या हो गया।

"दो घण्टे हो गये उनकी नींद के; जगा दूँ क्या?"

"अरे नहीं भाई, सोने दो उसे। हड़बड़ी क्या है, मैं घर में ही हूँ। जगने पर भेज देना।" मृदुला जी चली गयीं। आनन्द और विनोद जी गाँव की ओर गये थे।

पूरे शहर में अफ़रातफ़री मची थी। ख़बरों की दुनिया में इसका स्थान सोवियत रूस के विघटन की भाँति चकित करने वाला साबित हुआ। अपने को स्वतन्त्र कहने वाले सीना तानकर चलने वाले पत्रकार पूँजीवादी व्यवस्था के बाज़ार में वैसे ही खो गये जैसे विश्व बाज़ार के बढ़ते पंजों के अन्दर रूस की साम्यवादी व्यवस्था। तत्काल यही दिखा कि कुछ नौजवान बेकार हो गये। दूरगामी प्रभाव भयंकर हुआ। पत्रकार जिन्हें चौथा खम्भा कहा जाता है जनतन्त्र का, उनकी हैसियत गिर गयी। राज्य सरकार से ठेका, परमिट और विज्ञापन लेने के लोभ-लाभ में जो इस्तेमाल हो सकते थे उनकी पौ बारह हो गयी। बेकार हो जाने की आशंका से डरे हुए पत्रकार अनेक हथकण्डे अपनाने लगे थे। यह सब उनकी उसी प्रकार की मजबूरी में शुमार हो गया जिस प्रकार की मजबूरी अक्सर नेताओं को पार्टी फण्ड इकट्ठा करने की होती, अफ़सरों से लेकर बाबुओं तक को बेटी ब्याहने की होती।

वाणीधर के पास अनायास समय ही समय था। इस समय का नियोजन वह करना चाहता था स्थिर चित्त से। चित्त तब स्थिर होता जब प्रूफ़ देखने का काम फिर से शुरू कर देता। शारदा प्रेस का विशाल फाटक उसके मालिक के हृदय की भाँति सदा खुला रहता। वाणीधर ने वहाँ जाना शुरू कर दिया। अब ट्यूशन पढ़ाने की इच्छा नहीं हुई। इधर-उधर के कुछ साक्षात्कार बटोरे थे उसी से काम चलने लगा। वाणीधर ने अपने आपको स्वतन्त्र पत्रकार के रूप में स्थापित करना चाहा। उसने देखा कि काम आसान नहीं था। एक स्थापित अख़बार से जुड़ा जाना पहचाना नाम ईर्ष्या का बायस बना। वाणीधर स्वतन्त्र पत्रकार के रूप में विफल रहा।

"भइया, मैं ट्यूशन कर लूँ?" सहमते डरते शिवधर ने एक दिन कहा। वाणीधर ने ग़ौर से देखा—शिवधर छः फ़ुटा जवान हो चला है। गोरे रंग का नुकीला चेहरा है, लम्बी नाक के नीचे घनी काली मूँछें हैं, भोली आँखों में आत्मविश्वास की ज्योति है। वह शायद वाणीधर का हाथ बँटाना चाहता है। हक़ है उसका, जीने के लिए आगे बढ़ने के लिए संघर्ष करना शिवधर चाहता है। वाणीधर नहीं रोकेगा। पथरीले राजमार्ग पर वह अपने पैरों से चलेगा, दूसरे के पैर वैशाखी हो जाते हैं। शिवधर ने दो ट्यूशन पढ़ाने का ज़िम्मा लिया।

ख़ाली बैठने का दिन जुगाली का होता है, आत्म-साक्षात्कार का होता है, नयी योजनाओं का होता है। गंगा तट पर वाणीधर बैठा था। तट और नदी की दूरी गहराई के कारण अधिक थी... कोई कंकड़ कोई पत्ती डाली नहीं जा सकती थी फिर भी वह छोटे-छोटे पत्थर उठाकर ज़ोर से फेंकने लगा, एक भी लक्ष्य पर नहीं पहुँचा। स्थिर जल में बादलों का अक्स देख अक्सर उसे लगता कि नीले-पीले हठीले बादल हैं जो बिना कसरत के जल में उतर आते हैं अपने पूरे वजूद के साथ।

"क्या हो रहा है भई वाणीधर।" दिनेश जी की भारी आवाज़ से चौका, "आइये दिनेश भाई, आइये।" दिनेश जी हाथों की पोटली रख बैठ गये। "यह क्या है?" पोटली की ओर इशारा किया।

"गेट के सामने भुंजा वालों का खोमचा लगा था, ले लिया चलो खाते हैं।"

"भुंजा मेरे कमरे में डब्बों में भरकर रखा है गाँव का।"

"ठीक है, ठीक है कभी-कभी बाज़ार का मिक्स भुंजा भी खायें हम।" वाणीधर हँसने लगा। उसने अपनी उदासी में भी हँसना नहीं छोड़ा था। "इधर मैं प्रतीक्षा करता रहा तुम आये नहीं। आगे की क्या योजना है?"

"कुछ नहीं दिनेश भाई, वैकुम है। ख़ाली बिल्कुल ख़ाली। विनोद भाईसाहब कह रहे थे पार्टी के पूर्णकालिक सदस्य बन जाओ। ट्रेनिंग लेने भेज देता हूँ। कहते हैं तुम्हारे जैसे पढ़े-लिखे लोग थिंक टैंक होते हैं।"

"अरे नहीं-नहीं वाणीधर, ऐसा न करना। इन लोगों के साथ तुम सुखपूर्वक हो तो

इनकी विचारधारा के पोषक होगे ही। इनका काम बाहरी व्यक्ति बनकर करते रहते हो पर कभी सदस्य न बनना। थिंक टैंक बनने चलोगे तो डूब जाओगे नामोनिशान न रहेगा। क्या देते हैं ये? कुछ भी नहीं। तुमने जो अपने घर की परिस्थिति बताई है उसमें क्या लगता है कि तुम इस तरह की राजनीतिक पार्टी के पूर्णकालिक सदस्य बनकर अपना आपा खो नहीं दोगे? तुम्हारे घर की उन आशाओं का क्या होगा जो तुम पर लगा रखी है। ऐसा न करो।"

"आप जो कुछ कहते हैं ठीक वैसा ही मैंने भी सोचा है। शिवधर को मैं यहाँ पढ़ने ले आया, अब मेरा ठिकाना न रहा। यदि इसे यहाँ छोड़कर दिल्ली वगैरह काम की तलाश में निकल जाऊँ तो कैसा रहेगा?"

"अच्छा रहेगा। शिवधर बी.ए. फाइनल में है—अकेला रह सकता है।"

"मैं विनोद भाईसाहब का प्रस्ताव ठुकराकर चला जाऊँगा तब इस कमरे में इसके रहने पर कहीं दुर्व्यवहार न हो। यह सहन कर पायेगा क्या? यही सोच रहा था बैठा-बैठा।"

"विनोद बाबू की छोड़ो, मृदुला जी से बातें कर लेना फिर मैं भी हूँ न! आनन्द तो समझदार लड़का है। शिवधर को कोई कष्ट न होगा।"

"आनन्द भाई की सारी योजना है। मैं उन्हें पसन्द आ गया था पार्टी के लिए, अब विनोद भाईसाहब को ऊद चढ़ी है।" हँसता है "छोड़ो ये सब बातें, तुम इन्हें दीखते हो न, इसलिए काम सौंप रहे हैं।"

"काम की तलाश में हूँ दिनेश भाई।"

"मेरी नज़र में छोटे-छोटे काम हैं। करोगे?"

"बताइये।"

"एक ग़ैर-सरकारी सेवा संस्था है। ढेरों काम की सूची है उनके पास। पर वे एक साक्षरता मिशन भी चलाते हैं, एक पत्रिका प्रकाशन की योजना उनकी है। तुम उसमें लग जाओ।"

"कहाँ है? कौन मुझे लगा रहा है?" हँसता है वाणीधर।

"मेरे पास आये थे उसके सचिव। उन्होंने मुझसे एक तुम्हारी तरह का युवक माँगा। मैंने दे दिया।" दिनेश जी मुस्कुराने लगे, वाणीधर की ज़ोरदार हँसी छूट गयी।

कौन है जो इसकी उलझन सुलझाता रहता है—एक अव्यक्त जिज्ञासा उठती वाणीधर के अन्तर्मन में। क्या है जो बाधाएँ पर बाधाएँ खड़ी करता है—सोचता रहता वाणीधर स्वरुचि कार्य। साक्षरता मिशन और पत्रिका प्रकाशन। दो-चार माह उत्साह से काम करता रहा। उत्तर बिहार के दौरे के वक़्त छोटे चाचा के यहाँ पहले गया। चीनी मिल से जुड़े क्वार्टर में परिवार सहित रहते थे। छोटी-सी आय में छोटा-सा परिवार चला रहे थे। वाणीधर की अच्छी ख़ातिरदारी की

चाची ने। नन्हे-नन्हे तीन चचेरे भाई-बहन चिपके रहे। वे वाणीधर की नीली जीन्स की टोपी लेकर मगन थे।

"वाणी, बेटे तुम यह क्या करने बैठे। गाँव-गाँव, नगर-नगर घूम रहे हो। प्रतिभा-सम्पन्न थे। प्रतियोगिता परीक्षाओं में बैठते हमारा दुःख दूर होता। भैया लोगों का दुःख मैं दूर कर सका, नाकारा जो हूँ। अपना परिवार किसी तरह घिसट कर चलाता हूँ, मुझे अन्यथा न लेना मेरे बेटे।" चाचा का स्वर विगलित हो उठा।

"अरे चाचा, आप व्यर्थ ही पीड़ा में जी रहे हैं। घर में सब आपकी मजबूरियाँ समझ रहे हैं। आप अपने परिवार का भरण-पोषण कर ले रहे हैं। उसी पर बड़का बाबू ख़ुश हैं। रही मेरी बात तो मैं कुछ न कुछ करूँगा अवश्य परिवार का दुख दूर करने को। आगे क्या होगा यह मैं नहीं कह सकता। अच्छे काम मिलने की सम्भावना होगी तो यह काम छोड़ दूँगा। ज़रा क़दम थमे तो।" वाणीधर ने आश्वस्त किया।

साक्षरता मिशन का सर्वेक्षण कर लौटने के बाद वाणीधर रिपोर्ट तैयार करने में संलग्न हो उठता। नयी-नयी पत्रिका का काम ज़रा कठिन था। पहले वाले अख़बार में रिपोर्ट देने के बाद इसकी स्वयं की ज़िम्मेदारी ख़त्म हो जाती। यहाँ पत्रिका छपकर आने तक की पूरी जवाबदेही थी। नाट्यमंच के लोग अक्सर आवास पर आते तथा नये-नये नाटकों पर काम करने की इच्छा व्यक्त करते! वाणीधर की अपनी इच्छाएँ तो होतीं परन्तु समय साध्य नहीं था। नाटक जारी था समयाभाव के होते। शायद इतना सब काम वाणीधर के अन्दर की हलचल... उसके तनाव को कम करता। पिछली बार जब वह तीन दिनों के लिए गाँव गया था, तब माँ ने उसका प्रिय भोजन अरवा चावल का भात, अरहर की दाल और उबले आलू का भुजिया खिलाया। भात में घी गरम कर डाला था। माँ के हाथ का भोजन और बड़ी माँ के हाथों का आम का अचार—वाणीधर कभी नहीं भूलता। बहनें बैठकर पंखा झल रही थीं। वाणीधर यह सब देख हँसता रहा। "अरी बुद्धिहीनो, व्यर्थ हाथों को कष्ट देती हो, मुझे झलकर क्या होगा। जाना ससुराल तो झलना अपने-अपने ससुर को।" बहनों को चिढ़ाया उसने। अन्य अवसरों की भाँति बहनें न लजाईं-सकुचाईं न लड़ाई लड़ीं। वाणीधर को अचम्भा हुआ। ग़ौर से देखा, गाँव के लिहाज़ से बड़ी हो गयी हैं। शादी का समय हो गया, हास्य व्यर्थ गया।

"शादी तो तुम्हारी करती, बबुआ उमर हो गयी है... पतोह घर में लाना है पर ग्रहशान्ति तो हो जाय।" बड़की माँ ने कहा।

"अब इसी कुआर से तुम्हारे ऊपर मारकेश लगा है बबुआ। तुम्हारे बाप-चचा कुछ समझते-उमझते हैं नहीं। वैसे भी तुम सतइसा में पड़े थे। बिना साइत के बाप ने मुँह देख लिया। अब छब्बीसवाँ शुरू हो गया तुम्हारा महामृत्युंजय कराना पड़ेगा।" बड़ी माँ ने समझाया।

"क्या बड़की माँ! तुम मुझे इतना प्यार करती हो कि सदा डरी-डरी रहती हो। न तो ग्रह से कुछ होता है न ग्रहशान्ति से। जो नियत है वही होता है। महामृत्युंजय जप में जो ख़र्चा आयेगा उससे अच्छा है बेटी के ब्याह का आयोजन हो।" हँसकर वाणीधर ने कहा।

"हँसकर बात को टाल सकते हो तुम लोग, ग्रह को नहीं। जब तुम्हारे बुजुर्ग नहीं मानते तो तुम क्या सुनोगे। तुम उनसे कई मामले में बड़े हो। नये ज़माने के लड़के हो।"

"ग्रह-नक्षत्र दिखाने की ज़रूरत ही क्या है। इन्हीं कारणों से तुम लोग मेरे होने के सुख को ठीक से उपयोग नहीं कर पायी हो, मेरे न होने के आतंक में डूबी हो।" खाना समाप्त कर हाथ-मुँह धोया वाणीधर ने और मनुहार से बड़ी माँ के आँचल में हाथ पोंछने लगा। निरा बच्चा है मेरा लाल, माँ ने सोचा। बड़ी माँ ने सर के बाल सहलाये।

"रन-वन छिछिया कर बबुआ काला हो गया है, केश कैसे रूखे-रूखे हैं, इस सुन्दर चेहरे पर दाढ़ी क्यों बढ़ा रखी है।" दोनों हाथों में उसका पतला पीलाभा युक्त गोरा मुखड़ा उठाकर कहा बड़ी माँ ने। माँ चुपचाप बैठी मुँह ताक रही थी, उदास बोलती-सी आँखें मनुहार भरी।

लौटकर आते ही अपनी संस्था के रंगकर्मियों ने बैठक रखी थी। सुखद संयोग था कि सरिता भी आ पहुँची थी। कवि जी मृदुला जी से गम्भीर मसलों पर बातचीत करने लगे थे। बैठक समाप्त होने के बाद सरिता ने वाणीधर से एक विशेष बात कही।

"आप कहाँ चले गये थे वाणीधर जी, मैं ढूँढ़-ढूँढ़ कर हार गयी थी। ढूँढ़ना भी चुपचाप था। आप तो जानते हैं, कवि जी मेरा जरा अधिक ही ख़याल रखते हैं।"

"बात क्या है सरिता जी?" वाणीधर उलझ गया।

"मैं नेशनल स्कूल ऑफ़ ड्रामा की प्रवेश परीक्षा में बैठना चाहती हूँ। आप फॉर्म मँगवा दें। आप ख़ुद भी भरें।"

"ओह, यह तो अच्छी कही। मैं पहले सोचे बैठा था कि प्रवेश परीक्षा में बैठूँ। ठीक है फॉर्म का प्रबन्ध करता हूँ।"

"पर वाणीधर जी, आप यह बात अपने तक सीमित रखियेगा। किसी के पास इसका ज़िक्र मत कीजियेगा।"

"क्यों?"

"मेरे पति को पसन्द नहीं है।"

"पसन्द नहीं है तब क्यों जाना चाहती हैं?"

"मेरी स्वयं की इच्छा है; मैं बचपन से इसके सपने देखती रही हूँ।"

"तब आपको विवाह नहीं करना था; क्योंकि अब आपका जीवन कवि जी का साझा है। उनकी अनुमति के बिना आप कैसे जा सकती हैं?"

"वाणीधर जी, मैं एक स्वतन्त्र स्त्री हूँ। कवि जी की बन्दिनी नहीं। वे मेरे पति हैं तो क्या हुआ, मेरा अस्तित्व समाप्त हो गया। अपनी रुचि का कोई काम ही न कर सकती? जिस ऊँचाई पर वे पहुँचे हुए हैं...मुझे उसी धरातल से दुनिया को देखना चाहिए। उनके क़दम से क़दम मिलाकर चलना चाहिए चाहे वे जितनी धीमी चाल में चलें। मैं घुटन में हूँ। मुझे खुला आकाश चाहिए।" आवेश में थी सरिता।

"यदि मेरे लिए आपका मात्र एक ही आदेश है कि मैं किसी को कुछ न कहूँ तो मैं वैसा ही करूँगा। आपकी घुटन के बारे में मुझे कुछ भी नहीं कहना है।" सरिता ने संवाद स्थापित करने की निष्फल चेष्टा की—कर नहीं पायी। वाणीधर अनमना-सा हो उठा।

दो फॉर्म दोनों ने भरे पर सरिता साथ नहीं जा सकी थी। वाणीधर अकेला परीक्षा देने गया था। प्रारम्भिक परीक्षा में चुन लिया गया। उसे आश्चर्य होता रहा वह कैसे चुन लिया गया। ढेर सारे अनुभवी कलाकार, रंगकर्मी छँट गये। सरिता जी नहीं मिली थीं। उसे सरिता जी की बातों का तथ्य समझ में आने लगा था। एक दिन दिनेश जी के प्रकाशन पर बैठकर कुछ कवि-लेखक गप्पा-गोष्ठी में संलग्न थे। मुँह में पान भरे एक कवि ने सरिता के सम्बन्ध में कहा—

"सुना चिड़िया कवि के पिंजड़े को तोड़कर उड़ने वाली है।"

"कैसे?" एक लेखक ने पूछा।

"सुना एन.एस.डी. के लिए छुप-छुपाकर फॉर्म भरा था।"

"हाँ जी वाणीधर, सरिता प्रवेश परीक्षा में शामिल हुई थीं?" दिनेश जी ने सीधे उसी से पूछा। बातचीत का तरीक़ा वाणीधर को ज़रा भी पसन्द नहीं आया। उसने असहमति में सर हिलाया।

"उसने परीक्षा कलकत्ता केन्द्र से दिया था। असफल हुई।" कवि ने पान थूकते हुए कहा।

"मारिए, किस बात को लेकर बैठे हैं।" दिनेश जी वाणीधर का उखड़ा-उखड़ा सा भाव भाँप गये थे।

"शादी के समय ही मैंने कइयों को कहा था...।" कवि उत्साह में था। वाणीधर उठ खड़ा हुआ।

"मैं चलता हूँ दिनेश भाई।"

"जाओ वाणीधर, ठीक है।" दिनेश भाई ने उसे विदा किया।

"इसे क्यों तीखी लगी?" लेखक जी ने कहा।

"अरे सरिता इसकी सखी है। घूमना-फिरना, गंगा-दर्शन, नौका-विहार इसके साथ, शादी कविया के साथ हुआ। क्यों न मिर्ची लगे?"

"बिल्कुल गलत बात है। आप जो कह रहे हैं वह सरासर झूठ है। यह उसका पुराना दोस्त है... कोई ऐसी-वैसी बात नहीं है। हो भी नहीं सकती। वाणीधर से वह बड़ी है, वाणीधर उसकी इज़्ज़त करता है। आप सब बकवास बन्द करें।"

"यल्लो, एक और हमदर्द। अरे भाई दिनेश जी" स्वयं कवि जी ने एक दिन मुझसे कहा था– "भई, आप लोग आते-जाते रहिए सरिता जी का मन लगेगा। मैं अकेला इन्हें बोर ही करता हूँ।"

"आप उनकी सिधई का मज़ाक़ उड़ाते हैं।"

"छोड़िये भी किस पचड़े में पड़ गये। किसी के नितान्त निजी मामले में दखल देना ठीक नहीं। बातचीत का विषय बदलिए।" लेखक मित्र ने कह कर पटाक्षेप किया। दिनेश जी का मिज़ाज ख़राब हो गया था। दुकान छोड़कर वे बाहर निकल गये थे। कवि ने कन्धे उचकाये और मुड़े पत्ते के दोनों से पान का एक बीड़ा निकाल मुँह में रख लिया। चूना चाटकर पत्ता लापरवाही से फ़र्श पर फेंक दिया। कुर्सी की पीठ से टेक लगाकर आँखें बन्द कर लीं। कवि आनन्द में डूब गये थे। दिनेश जी बाहर सड़क पर चहलक़दमी कर के कुढ़ रहे थे। ये लेखक कवि जितने ही इनके लिए आवश्यक हैं उतने ही उबाऊ भी हैं। इनसे निजात पाना इनके लिए कठिन है। चण्डूखाना बना रखा है दुकान को। उफ़्!

वाणीधर के दिल में तूफ़ान मचा था। सरिता जी ने फॉर्म भरते समय जो कुछ उससे कहा था क्या किसी और से भी कहा? यदि नहीं कहा तो कवि जी कैसे जान रहे हैं सब कुछ? सरिता से अभी जाकर मिलना ठीक होगा क्या? क्या-क्या कह रहे थे वे, कहीं सरिता के पति को पता चलेगा कि वाणीधर ने फॉर्म भरने में सरिता की सहायता की तो बुरा मान जायेंगे। बुरा मानने को बैठे हैं वे। आज तक वाणीधर ने अपने जीवन में कोई ऐसा काम नहीं किया कि किसी से छुपाना पड़े। ये सरिता जी भी अजीब हैं–एक बार मुझसे अपना गोप्य साझा किया था कि वे अपने सपने बेचना चाहती हैं, दूसरी बार कवि जी से विवाह का निर्णयनुमा परामर्श चाहा था, तीसरी बार यह फॉर्म भरने और एन.एस.डी. की प्रवेश-परीक्षा का चक्कर है। क्या करे वह! कवि जी के पास जाते झिझक होती है अपने मन की किससे पूछे, किस से कहे? मृदुला दीदी को कह नहीं सकता, उनसे वह बहुत निकट है, पर इतना नहीं कि सरिता जी की कठिनाई का हल पूछे। दिनेश जी? नहीं। कहीं उन्होंने डाँट दिया तो? यदि कहें कि तुम्हें क्या पड़ी थी फॉर्म भरने की तब?

निकिता दीदी याद आयी। अरसा हो गया निकिता से नहीं मिला। उनसे

अधिक कौन अपना है इसका! वह तो इसकी सगी बड़ी बहन हैं। दीन-दुनिया की संगत-असंगत परिस्थितियों से कैसे जूझा जाता है उसका तजुर्बा है उनके पास। वाणीधर का मन हल्का हो आया। अब तक उसे निकिता की याद क्यों नहीं आयी थी? स्वतः ही साइकिल के पैडिल पर पैर तेज़ी से मारने लगा। वह निकिता की गली में मुड़ गया, जाने को तैयार था विधुभाल। नीली जीन्स पर खुरदुरा खादी का कुरता। जूट के फोलियो बैग में रोज़मर्रे का सामान, कुछ किताबें बस।

"पप्पू, आ बेटा पास आकर पीढ़े पर बैठ। पानी घड़े से निकाल ले। मैं तेरी पसन्द की लाल जनेरे वाली रोटी सेंकती हूँ। आ जा।"

अम्माँ ने आटे में गरम पानी डाला। पलटे से अलट-पलट कर आटा मिलाया। लकड़ी के चूल्हे पर मिट्टी की कड़ाही चढ़ा दी। आटा मलने लगी।

"माँ, कहाँ से ले आयी मिट्टी वाला तवा। क्या अब भी बनता है?"

विधुभाल चकित विस्मित था।

"सब कुछ बनता है। अपने गाँव में अब भी ग़रीब-गुरबा हैं। चाक है कुम्हार हैं। सारा कारोबार बन्द तो नहीं हो सकता।"

"मैं कहीं निकला नहीं माँ! उधर उस टिकुलहार टोली की जो एक तुम्हारे मायके वाली सहेली थी उसका क्या हुआ? अच्छी तो हैं न वो मौसी मेरी? अबके दिखाई न दीं?" बेटे ने पूछा।

"उनकी कथा बड़ी दर्दनाक है बेटे, मैं सुनाती हूँ पहले उस स्टील के डब्बे को खोल, यह ले रोटी और यह तेरी बाँस की तीली। यह रही दानेदार घी की कटोरी।"

चिकनी दो बित्ते की तीली थी उनके हाथों में। विधुभाल को याद आया, वह इसी तीली से मोटी रोटी की पपड़ी चीरता... रवा गुड़ और दानेदार घी उसमें भर उनका पिघलना देखता रहता फिर उन्हें देर तक एकरस होता देखता रहता... फिर स्वाद ले-लेकर खाता। अम्माँ कई बार उसकी इस आदत पर खीझ उठती। कहती यह लड़का जान-बूझकर देर करता है वरना घी-गुड़ थाली में मिलाकर दो-तीन रोटियाँ खा लेता इतनी देर में। आज स्वयं उसने वही पुरानी तीली निकाल कर दी है। विधुभाल को याद आया, अम्माँ ने एक बार उससे यह तीली छीन कर आग में झोंकने का स्वाँग किया था। हाँ, वह स्वाँग ही था। यह वही तीली है जो उसने गाँव के बढ़ई से बनवाई थी... आगे से नुकीली पीछे तीन घुण्डियाँ।

"अम्माँ, मेरी प्यारी माँ तुम कितनी अच्छी हो?" विधुभाल अम्माँ से लिपट गया।

"चल हट खा ले पहले फिर लाड़ लड़ाना।" विधुभाल खाने लगा...अम्माँ निहारने

लगी। अब यह जल्दी-जल्दी खाता है पहले की तरह धीरे-धीरे नहीं। तीसरी रोटी थाली में दे हाथ धोने लगीं।

"माँ, क्या हुआ टिकुलहारी मौसी के घर?" विधुभाल के मन में कुछ घुमड़ रहा था।

"बेटा, तू तो जानता है टिकुलहारों का पूरा मुहल्ला एक ही रंग में रँगा है। बच्चे से बूढ़े तक सभी हाफपैंट पहनकर सभा में जाते हैं। अपने नेताजी भी उसी टोले के हैं। हैं न!"

"हूँ।" यह क्या प्रसंग ले बैठी अम्माँ। उन लोगों के बारे में सोचते ही कलेजा फुँकने लगता है इसका। वे ही तो सबसे बड़े वर्गशत्रु हैं। ख़ैर!

"तुम्हारी मौसी का बेटा निताई पहले तो नेताजी का शागिर्द बना फिर उनसे आगे निकल गया। उसकी पूछ बढ़ गयी थी। लोग-बाग कहते कि उसे अपनी पार्टी का टिकट मिलने वाला था। नेताजी ढीले पड़ने लगे थे। गर्मियों के दिन थे, लोगों का झुण्ड बाग़-बगीचों में आम की रखवाली को सोते थे। कहते हैं निताई अपने साथियों के साथ शहर से आ रहा था किसी ने बटमार समझ उस पर गोलियाँ दाग दीं। वह मारा गया। हाय बेटे! तेरी मौसी का एक ही तो सहारा था।" माँ की आँखें बरसने लगीं। अपने एक वर्गशत्रु का मारा जाना इसे ख़ुश न कर सका, वह स्तब्ध रह गया। अब याद आया...इसने कहीं पढ़ा था...सिवान का नित्यानन्द एक उभरता हुआ राष्ट्रवादी नेता बटमार के भ्रम में मारा गया। किसने ऐसा भ्रम पैदा किया... क्यों मारा गया वह? यूँ ही मारा गया। किसी वर्गयुद्ध की भेंट नहीं चढ़ा, भ्रम की भेंट चढ़ गया। अम्माँ सपाट ढंग से जो कुछ कह गयी थी... उसी से संकेत मिल गया विधुभाल...को बुज़ुर्ग नेताजी को निताई का आगे आना नागवार गुज़रा होगा। उनका स्थानापन्न उनका ही कोई शिष्य क्यों हो? वह इसे कैसे बर्दाश्त करते? सो अपनी ही विचारधारा का युवा नेता बटमार बनकर मारा गया।

पाँच

बस पर बैठकर राजधानी के रास्ते में पुरानी यादें हरी होने लगीं, जीवनयात्रा लम्बी दूरी नहीं तय कर पायी है, रंग कई गुज़रे हैं आँखों से। यात्रा क्षिप्र गति से चलती रही है—बार-बार पटरियाँ बदलती। आँखें बन्द कर टेक लगा लिया विधुभाल ने सीट पर। नूरी से वह प्यार करने लग गया था, नूरी उससे प्यार करती थी। समय कम दिया नूरी ने उसे। इस तरह मोह-माया का बन्धन तोड़कर चली गयी। कहने के, प्रकट करने के अनेक रास्ते थे, भ्रमपूर्ण रास्तों से होकर शुद्ध प्यार नहीं पाया जा सकता। प्यार मरता नहीं है, कहीं अन्तस में ज़िन्दा दफ़न हो जाता है। गाँव आने से पहले उसने सोचा था नूरी का पता लेकर उसे एक पत्र लिखेगा। न जाने क्या सोचकर छोड़ दिया। माँ के पास आ गया। ज़ोर का धक्का लगा; सीट पर विधुभाल उछल गया। आँखें खोलकर बैठ गया। ऐसी जर्जर टूटी-फूटी सड़क से गुज़रने वाली दुस्सह यात्रा में आँखें खोलकर बैठना चाहिए। सड़क की ओर देखते रहने से शरीर को साधे रखेगा। इस तरह शरीर छोड़ देने से बस में बैठे-बैठे हड्डियाँ टूट जायेंगी; कम-से-कम खिसक तो जा ही सकती है।

क्या वह फिर प्यार करने का कोमल भाव स्वयं के हृदय में पनपा सकेगा? सोचता है। एक बार सब कुछ ख़त्म हो जाने के बाद अन्दाज़ा लगता है कि यहाँ कुछ नहीं होगा। परन्तु जैसे हारा हुआ मुक्केबाज़ फिर मुक्केबाज़ी से बाज़ नहीं आता वैसे ही पशेमान प्रेमी फिर अपना गुँजलक खोलता है। अँगड़ाई लेकर उठ खड़ी होती हैं भावनाएँ। अपनी इस सोच पर मन-ही-मन मुस्कुराया विधुभाल। स्वयं सोचने लगा कि क्या यह बिम्ब सही रहा? प्रेमी की पहलवान से तुलना कर क्या ठीक किया इसने? फिर अपने-आप उत्तर देने लग पड़ा—'हाँ क्यों नहीं?' जितनी शिद्दत से प्यार किया जाता है उतनी ही बेज़ारी से नफ़रत की जाती है। तुलना अपने आप में ठीक है। आश्वस्त होकर फिर आँखें मूँद कर टेक लिया विधुभाल ने—फिर-फिर धक्का खाने के लिए।

उधर उसके साथियों की डिग्री लेने की प्रक्रिया ख़त्म हो रही थी, इधर वह बीच राह में था। भटके हुए राही की तरह गन्तव्य पाने में समय लग रहा था।

शिक्षा पाने का कोई शॉर्टकट नहीं होता, डिग्री पाने का तो अधिक लम्बा रास्ता ठहरा। राजधानी से शायद मन उचट गया था, विधुभाल अपने गाँव के अधिक निकट वाले विश्वविद्यालय में विधिवत दाख़िल हो गया था। ऐसा लगने लगा मानो उसने मनोयोग से पढ़ाई शुरू कर दी है। पार्टी-दफ़्तर में रहता, यथासाध्य काम करता। विधुभाल ने देखा पुराने ज़मींदारों की भाँति यह स्थान भी एक ढर्रे में क़ैद हो गया है। अन्य सभी राजनीतिक पार्टियों की भाँति यहाँ भी कलफ लगे श्वेत कपड़े मैले होने की अधिक चिन्ता रहती कॉमरेड बन्धुओं को। सुगन्धित जीवन के अभ्यस्त होने के कारण लगातार पाले बदलते कलाबाज़ी खाते रहते वे लोग। सत्ता का सीधे-सीधे सुख भोगने का अवसर पाना—उनकी अदम्य लालसा होती। एकजुटता का प्रसाद जो निरीह भोली ग्रामीण व शहरी जनता ने उन्हें दिया उसका दुरुपयोग स्वार्थी, भ्रष्ट, लोलुप राजसत्ता के समर्थन में करते वे तनिक नहीं हिचकिचाते। किसी भी व्यवस्था के अन्दर रहते-रहते उसकी असलियत का भान होने लगता है। वही हुआ। विधुभाल का मोहभंग होने लगा। सत्र बीतते न बीतते उसे लगने लगा कि जिस लड़ाई में वह शामिल है वह छद्म है। उसके हाथ के हथियार खोखले हैं; उसकी धार भोथरी हो चली है किसी को उस पर पानी चढ़ाने की फ़िक्र नहीं है, कोई ज़िम्मेदारी समझता ही नहीं है। ऐसे ही समय विधुभाल खण्डित पथ पर भटके बिहार को छोड़कर भारत की यशस धरती पर चला गया। कहना न होगा कि जितना बड़ा आकाश उतनी ऊँची उड़ान, उतना उसका फैलाव। यह क्या बार-बार कहने की चीज़ है?

ढेर सारे प्रत्यारोपित पौधे वृक्ष बनकर लहरा रहे थे दिल्ली के जवाहरलाल नेहरू विश्वविद्यालय परिसर में। विधुभाल ने एक लीक पकड़ ली थी। एम.फिल. करने आ गया था। नामांकन हो गया था, विधुभाल ने पटना की अपनी यात्रा में किसी से मुलाक़ात न की। संयोगवश जंक्शन के प्लेटफ़ॉर्म पर अमृत ने उसे देख लिया। अमृत किसी को छोड़ने आया था। विधुभाल सिकुड़ा-सा अपनी बर्थ पर बैठा जाने किधर देख रहा था। अमृत लपककर पास आया।

"विधु, कब आया, कहाँ जा रहा है?" उत्कण्ठा तथा अचरज से लबरेज था। विधुभाल मुस्कुराया अपनी मनमोहिनी मुस्कान में। उसकी सफ़ेद कोयों वाली काली आँखों में लाल डोरे गहरे हो रहे थे। शायद अच्छी नींद नहीं आयी हो, ऐसा लगा अमृत को।

"जे.एन.यू." गाड़ी ने खिसकना शुरू कर दिया था। अमृत लपककर नीचे उतर आया। गाड़ी ने रफ़्तार पकड़ ली। विधुभाल ओझल हो गया नज़र से।

विधुभाल नज़र से ओझल हो गया था। ओझल होना दूरी का बढ़ना है। अमृत सोचता है अब उस पर उसके मन पर यह अपराध-बोध नहीं रहेगा कि एकाकी पतिविहीना माँ के आँचल के दीप को अँधेरी गुफा में रख आने का दोष इसी का है। अनुशासन की आँच से छिटककर बाहर आयी चिड़िया की तरह अपने झुलसे पंख से उड़ान भरने लगा है विधुभाल। अमृत ने मात्र अपनी उड़ान का दाँव दिखाया था...न तो कुछ सिखाया था, न भरमाने चला था। विधुमाल के निर्लिप्त भाव से बैठे होने, कटे होने का एहसास देते हाथ हिलाने का सायास प्रयास करने से सहम गया अमृत। अग्निकुण्ड से निकला झुलसे पंखों वाला यह पाखी चालाक बहेलियों के द्वारा कहीं शिकार न कर लिया जाय। देर तक यूँही खड़ा रहा अमृत। उदास होना इसकी फितरत नहीं थी पर यह एक असाधारण-सी घटना थी। विधुभाल आया और इससे बिना मिले चला गया। अपने आपको प्रसन्न किया अमृत ने—यह सोचकर कि अन्ततः गन्तव्य सही है विधुभाल का।

प्लेटफ़ॉर्म और शहर के घर छूटते जा रहे थे। अपने प्रिय शहर सीवान में कभी नहीं रहा जी भरकर विधुभाल पर सीवान उसके साथ रहा सदा-सर्वदा। बिहार का सीमान्त प्रदेश, नदी की छाड़न से बना, जंगलों के कटने से बसा, राज्य का ही नहीं देश का सीमान्त है अगली सदी की ओर अपने बढ़े क़दम बढ़ाते बीसवीं सदी के आख़िरी दशक में स्वप्नदर्शी सुसंस्कृत युवक बेदिल दिल्ली की ओर रवाना हो गया। ख़ूब किताबें पढ़ेगा और तरह-तरह की फ़िल्में देखेगा। फ़िल्म देखना विधुभाल की हॉबी थी। उस हॉबी को उसने अपने निर्माण का अंश बना रखा था। फ़िल्म की कथाएँ, उसका निर्वाह, उसका संगीत इसे गहरे छूता, उद्वेलित करता, सोचने को मज़बूर करता, अच्छी सार्थक फ़िल्म इसे अधिक प्रिय थी। प्रत्येक वर्ष कितनी फ़िल्में डब्बा बन्द हो जाती हैं। दर्शकों तक नहीं पहुँच पातीं अब उन सबको देख सकेगा विधुभाल। ज्ञान-पिपासा से आकण्ठ डूबा पहुँचा जे.एन.यू. के परिसर में। अख़बारी दफ़्तरों के चक्कर काट कुछ लेख लगातार लिखने, कुछ स्तम्भ प्रारम्भ करने की प्रेरणा तथा निर्देश लेकर आया विधुभाल। अंग्रेज़ी का अच्छा ज्ञाता होने के बाद भी वह सम्पूर्ण हिन्दी आत्मा है...हिन्दी के अख़बार में लिखेगा—पहला संकल्प। सोचने लगता है—आज़ादी के बाद की प्रभुत्वशाली सांस्कृतिक धारा और इसके अनेक वैचारिक पूर्वाधारों के निर्णायक अन्त के बाद अब यह ज़रूरी हो गया है कि हिन्दी क्षेत्र का नवजागरण जो प्राथमिक रूप से साहित्यिक परिघटना थी के सांस्कृतिक मूल्यबोध का पुनर्मूल्यांकन किया जाय। मगध से भोजपुर अंचल तक खेतों की यकसाँ तृप्त करने वाली हरियाली की क्या कमी है इस बहुरंगी बिहार में। बिहार पूरा भारतवर्ष है बृहत्तर भारतवर्ष—संघर्षशील बिहार आत्मसंघर्ष में छीज रहा है। विधुभाल की आँखें भर आयीं। फूल से कोमल मन का व्यक्ति संघर्ष की

आँच में तपने लगता है। सीवान की फुलपाँक उस आँच में पककर कठोर प्रस्तर का रूप धारण कर लेती है।

वैसे भी इधर अमृत के संसर्ग में हिन्दी साहित्य के प्रति घोर रुझान हुआ था विधुभाल का। लगातार बातचीत कथा-कथान्तर से उपजी जिज्ञासा ने अध्ययन की प्यास जगा दी थी। खेत की मेंड़ पर घास काटती बेलौस ग्रामीण स्त्रियाँ, भैंसों को नहलाते गीत गाते किसान कीचयुक्त उथले वर्षा-जल में आनन्दातिरेक से भरे उछलकूद मचाते बच्चे, सफ़ेद कुमुदिनी के फूलों की जड़ में लगे रामदाना के फल ढूँढ़ती बालायें... साक्षात् कविता-संस्कृति का मूर्त्त दीखती हैं विधुभाल को। यह सब किसी अदृश्य के हाथों लिखी कविता नहीं है क्या? सोचता है विधुभाल।

आज हिन्दी साहित्य, विशेषकर कविता सबसे निचले स्तर पर पहुँच गयी है। निस्सन्देह व्यक्तिगत स्तर पर अच्छा काम किया जा रहा है मगर कोई सामाजिक धारा यहाँ तक कि मध्यवर्ग में भी नहीं बन पा रही है। नाटक और समीक्षा लुप्तप्राय है। सामाजिक यथार्थवाद और अवाँगार्द प्रयोगवाद के साथ आया हुआ सिनेमा मृतप्राय है। लोक कलाओं में बची हुई जीवन्त धाराएँ दम तोड़ रही हैं। अतीत की श्रद्ध ास्पद आकृतियाँ अब पुराने स्वप्नों को नहीं जगातीं। उदार गाँधीवादी, आदर्शवादी, मध्यमार्गी-धर्मनिरपेक्ष और अन्य प्रवृत्तियाँ मैदान छोड़ रही हैं और सामाजिक जनवाद अथवा उदारवाद का 'सामाजिक सरोकारों' के साथ मिलकर तैयार किया गया मिश्रण तेज़ी से अप्रासंगिक हो रहा है।

जनसमूह के स्तर पर सीधे-सादे भारतीय लोगों और उनकी परम्पराओं के 'मासूमियत के युग' का खात्मा हो गया है। नये सामाजिक विभाजन, स्वतन्त्र उभार के अनेक स्तर और सभी समुदायों, जातियों तथा समग्रता में पूरे के पूरे समाज में हुए वर्गीय विभाजन ने एक नयी दुनिया के आगमन की घोषणा कर दी है। यद्यपि अन्धविश्वासों, दुर्बोध और अनुदार विचारों की भी वापसी हो रही है। यहाँ सवाल उम्मीद अथवा नाउम्मीदी का नहीं बल्कि एक युग के अन्त और उसके द्वारा उठाये गये मुद्दों की ठोस पहचान का है। नवउदार अकादमिकों, मध्यवर्गीय बुद्धिजीवियों और साहित्यिक पण्डितों द्वारा चित्रित अबाध उदासी या भविष्य की आसक्त आशाओं की परम्परागत तस्वीरों से परे आज की सच्चाई आश्चर्यजनक हदों तक विस्तृत सांस्कृतिक वैपरीत्यों, प्रकारों और सृजनात्मकता के स्तरों के साथ आ रही है।

बहरहाल, हम भारतीय जनजीवन के सभी आयामों को समेटने और एक विशिष्ट दृष्टिकोण के अनुरूप उनकी व्याख्या करने वाले दौर के निर्णायक अन्त के साक्षी हैं।

गाड़ी की गति से भी अधिक क्षिप्र गति से विधुभाल का विचार दौड़ लगा रहा था। जे.एन.यू. पहुँचकर शुरुआत ठीक वैसी ही हुई जैसी विधुभाल ने सोच रखी

थी। भारतीय भाषा केन्द्र के छात्रों के शोध प्रबन्धों को पलटना, उसपर होने वाली मौखिकी में बैठकर बात करना अपनी आदत में शुमार कर लिया गया था उसके द्वारा। साहित्य और कला अधिक दिनों तक उलझाकर नहीं रख सकती—विधुभाल की तरह के क्रान्तिकारी अति संवेदनशील व्यक्ति को।

राष्ट्रीय रक्षा अकादमी से आने के बाद उसने कॉमरेड सत्य से चेग्वेवारा के सम्बन्ध में जानकारी चाही थी। चे का नाम ज़ुबान पर लाते ही वह खिल उठता। मुजफ़्फ़रपुर के 'चन्द्रशेखर भवन' में पार्टी स्कूल चलता था। विधुभाल भी वहाँ एक छात्र था। मोंटे विडियो (उरूग्वे) से प्रकाशित 'मोर्चा' के सम्पादक कार्लो क्युइजानो को चे द्वारा लिखित पत्र उसके मनोमस्तिष्क में घूमता रहता। विशेषकर उसकी निम्नांकित पक्तियाँ और अधिक याद आतीं—"सच्चा क्रान्तिकारी प्रेम की उत्कट भावनाओं से संचालित होता है, इस गुण के बिना किसी विश्वसनीय क्रान्तिकारी की कल्पना असम्भव है।"

एक प्रश्न रह-रहकर उसके मस्तिष्क में कौंधता "क्या भावगत स्थिति वस्तुगत परिस्थिति को पैदा कर सकती है? क्या वस्तुगत परिस्थिति के परिपक्व हुए बगैर भावगत स्थिति पैदा हो सकती है? और दोनों के क्या अन्तःसम्बन्ध हैं?" ज़ाहिर है विधुभाल का मस्तिष्क क्रान्ति की रणनीतिक लाइन तय करने में उलझा हुआ था। उसे अपनी पार्टी की तलवार भोथरी दिखने लगी थी। मौजूदा नेताओं के पास साहस की कमी नज़र आती थी। जे.एन.यू. आते ही उसने अधिक धारदार, अधिक जुझारू, बेहद महत्त्वाकांक्षी दल को पसन्द कर लिया था। आइसा में दाख़िल हो उसने चुनाव लड़ा और जीत गया। परिसर में राजनीतिक कर्म को आपद्धर्म के रूप में लेने वालों की अधिक संख्या है। उनकी राजनीतिक सक्रियता चुनाव तक अपने प्रत्याशी के प्रचार तक हुआ करती। चुने गये नेता की भी प्रतिबद्धता चिरस्थायी नहीं होती। छात्र राजनीति की तरह क्या छात्र-छात्रा प्रेम भी चिरस्थायी नहीं होता? प्रेम का पुजारी विधुभाल फिर प्यार कर बैठा। चौड़े गोल चेहरे वाली बंगाली बाला की बड़ी-बड़ी काली आँखें उसे शायद नूर की याद दिलातीं। वह फिर से ज़िरह बख़्तर बाँध कूद पड़ा युद्ध के मैदान की तरह प्रेम के सागर में।

'टाइट जीन्स और लूज कुर्ते' में सजी-बजी कैम्पस की अधिकांश लड़कियों सी नहीं थी काजल। सलवार-कुर्ते में अपने को सुविधाजनक पाने वाली काजल अक्सर साड़ी बाँधे मिलती। अपनी धरती, अपने लोग सबसे अधिक अपनी भाँ प्रत्येक पुरुष को प्रभावित करती है। लम्बे बालों की ढीली चुटिया बनाने वाली काजल उसे सहज लगी। आकर्षण का कारण स्पष्ट था। डायरी में उसने स्वीकार किया। क्या एक-दूसरे का साथ हमें सचमुच सुखद लगता है या यह महज एक विस्थापन है जिसने हमें

एक ही नौका में संयोग से साथ-साथ बिठा दिया। यह एक-दूसरे के प्रति प्यार और सम्मान से अलग कुछ है, न कि वह प्यार हमारे एक-दूसरे को खोजने और पाने को परिभाषित करता है? नियतिवादियों की तरह हमने ज्वार पर ही यह छोड़ दिया है कि वह फ़ैसला कर दे। क्या यह अन्तहीन खोज वैसी ही नहीं है? क्या हम 'क्षणवादी' जो 'आनन्द, दुःख और वेदना' के लम्हे खोजते हैं, क्योंकि ये अवश्य हमारे लिए विशुद्ध कोटियाँ हैं जिन्हें अपने अमरत्व के लिए हमें पाना है। इस तरह हम एक लम्बी अनजान यात्रा पर चल पड़े हैं जो वार्द्धक्य में ख़ुद को अभिव्यक्त करती है? हम क्या करना चाह रहे हैं?

यह महज एक 'पाठ' (टेक्स्ट) को पढ़ने का सवाल है। हमारे पढ़ने में हालाँकि यह सम्भावना है कि वह 'पाठ' को अर्थ दे दे, लेकिन यह अर्थ जो स्वीकृत है वही रास्ता बना ले जाता है और दरअसल वही सिग्निफायर है सिग्निफायड का और तब चीज़ें घाव की तरह हरी, सवाल के घेरे में बनी रहती हैं, जब तक कि वह भविष्य जो अतीत बन जाता है या वे कर्म जो ऐतिहासिक प्रवाह में शब्द बन जाते हैं उनका उद्धार न कर दें (आशीष न दे दें)।

दिल और दिमाग़ की आपसी खींचतान चलती रहती है परन्तु विधुभाल का दिल एक कश्मकश में फँसा रहता सदा सर्वदा। स्त्री को प्यार करने का सिलसिला ज्योंही शुरू करने की सोच रहा होता कि एक अहम समस्या सामने आ जाती। अब भी वही हुआ। आन्ध्र के एक दलित भूमिहीन छात्र ने एम.ए. में पचपन प्रतिशत अंक नहीं पाये। उस छात्र का एम.फिल. तथा पीएच.डी. उत्कृष्ट बन पड़ा था किन्तु पचपन प्रतिशत अंक के बिना वह कहीं व्याख्याता की प्रवेश परीक्षा में शामिल भी नहीं हो सकता था। अन्य विश्वविद्यालयों में पुनःपरीक्षा की सुविधा थी, जे.एन.यू. में नहीं। विधुभाल के नेतृत्व में उस दलित भूमिहीन परिवार के छात्र के बहाने एकेडमिक काउन्सिल से लड़ी गयी लड़ाई कारगर हुई, प्रशासन की तमाम हठधर्मिता के बावजूद यह जीत हुई। विधुभाल के चारों तरफ़ बिहार के छात्रों का हुजूम दीखता, कुछ तो बिहार में शैक्षणिक अराजकता का माहौल, सत्र का विलम्बित गति से चलना और कुछ जे.एन.यू. की ख्याति छात्रों को इधर खींचती। यह सच है कि बाहरी परीक्षाओं में भी गड़बड़ियों की यहाँ अक्सर शिकायतें मिलती रहतीं पर परीक्षा केन्द्र ही यहाँ से हटा दिये जायें—यह उचित नहीं लगा विधुभाल को। आख़िर बिहार के प्रतिभाशाली, ग़रीब इच्छुक छात्रों का क्या होगा? क्या बिहार भारत का अंग नहीं है? यह सत्य है कि अपनी सामन्तवादी मूल प्रवृत्तियों में जकड़ा बिहार सुधार के रास्ते पर सरपट नहीं दौड़ रहा परन्तु परिवर्तनकामी तो है। व्यवस्था बदलने की सबसे अधिक कशमकश वहीं है। रणक्षेत्र पर आगे-आगे सीना तान कर चलने वाला बिहार अकेला क्यों वंचित हो? नहीं हुआ वंचित।

विश्व बाज़ार के भारत आने की पूर्व पीठिका तैयार होने लगी। एक मुहिम चल पड़ी शिक्षण संस्थाओं के निजीकरण करने की। सबसे पहले प्रतिष्ठित जे.एन.यू. के निजीकरण का प्रस्ताव लाया गया। शासक वर्गों की चाल थी कि जे.एन.यू. का निजीकरण कर उसे मॉडल के रूप में पेश किया जाय। विधुभाल के नेतृत्व में परिसर का सबसे बड़ा आन्दोलन हुआ। तमाम तरह की शक्तियाँ इस मुख़ालफ़त का विरोध कर रही थीं, विधुभाल एक समय में अकेला पड़ गया था परन्तु उसकी लगातार की गयी तकरीरों ने मुश्किल आसान बनाया। क्लासिकीय ज्ञान सामान्य जनता के अनुभवों; अचूक मारक क्षमता और उद्‌बोधनात्मक आदर्शवाद से युक्त होते उसके भाषण। विधुभाल जब फॉर्म में होता तो अन्तर्भाव की गहराइयों से बोलता, अंग्रेज़ी में सबसे अच्छा बोलता, हिन्दी और भोजपुरी पर भी उसका अधिकार किसी से कम नहीं होता। निजीकरण की सूची से अपने प्रिय विश्वविद्यालय को हटाकर सबसे बड़ी जीत दर्ज की उसने।

प्रेम, युद्ध और राजनीति तीनों के मामले में विधुभाल निष्कवच मैदान में उतर जाता। अपना सब कुछ दाँव पर लगा देता। जब परिसर में संघर्ष कर रहा होता, आइसा की अन्दरूनी राजनीति कर रहा होता तब काजल का प्रेमल हाथ उसकी मज़बूत हथेली में पसीजता होता। काजल की संज्ञा को परिभाषित करती कजरारी आँखों में संघर्ष की उग्र लपट नहीं प्यार की ज्योति है, यह विधुभाल के ध्यान में था ही नहीं। सुकण्ठी काजल एक ही स्वर से पुराने बांग्ला फ़िल्मी गीत गाती तो नजरुल का उद्‌बोधन भी। यह विधुभाल सोच नहीं पाता कि दो प्यार करने वाले एक-दूसरे से कुछ चाहते भी हैं। वह तो स्वयं को एकात्म पाता, काजल अभी कहीं दूर ठिठकी खड़ी थी। विशुद्ध भावपूर्ण बाला जब किसी निविड़ एकान्त में गाने लगती—

"तुमि जे आमार, एक बार शुधु बॉलो,
तुमि जे आमार।"

तो तुरत विधुभाल उसे रोक कर कहता—

"काजल, नजरुलवाला वह उद्‌बोधन गाओ।" गीत गुनगुनाहट में बदल देती काजल और अपने को सुव्यवस्थित करती—

"चल-चल-चल ऊर्ध्व गगने-बाजे मादोल
निम्न उतले धारोणी तल
अरुण प्रातेर तरुण दल, चल रे चल रे चल।"

आँखें अर्द्धनिमीलित हो जातीं विधुभाल की, उसके कान में मादल का स्वर गूँज उठता। इस देश की आज़ादी के पचास वर्ष होने जा रहे हैं, हमारे प्यारे देशवासियों का अधिकांश म्लान है, हम आज़ाद हैं क्या? हमें क्यों संघर्ष में उतरना पड़ रहा है? काजल का स्वर ऊँचा हो जाता—

"शोन रे नौजवान, शोन रे पातिया कान
मृत्यु-तरुण दुआरे-दुआरे जीवनेरेर अवगान
भाँग रे भाँग आगोर,
चल रे चल रे चल।"

आसमानी टांगाइल की दस हज़ार सफ़ेद बूटियाँ किस काम की जिसे विधु ने न देखा। आकाश पर बिखरे श्वेत मेघखण्ड से आँचल को परचम बना डालने की प्रेरणा दूसरों के लिए सुखदायी हो सकती है स्वयं काजल भूलभुलैया में फँस गयी थी। शेली और कीट्स की प्रेम कविताएँ सुनाता विधुभाल अनायास उरुग्वे के जंगलों में गुम हो जाता। बंगाल के ठहरे हुए पानी से साम्यवादी प्रशासन का रूमान तो उसे अच्छा लगता, बिहार की न्यूनतम मज़दूरी के हक़ की लड़ाई उसे आउट ऑफ़ डेट लगती।

"मैंने तुम्हारी डायरी पढ़ी है विधु, तुम अपने भावों को साहित्य के माध्यम से व्यक्त कर सकते हो। तुम्हारी तरह का ज़मीन से जुड़ा मनस्वी, बहुपठित विद्वान लेखक कम है इस पीढ़ी में। तुम बैठकर लिखते क्यों नहीं?" काजल ने सलाह दी थी।

"कोशिश तो कर रहा हूँ।"

"ख़ाक कोशिश, तुम सदा लड़ाई की अगली पंक्ति में खड़े हो जाते हो; अपना समय जुलूसों, नारों और प्रदर्शनों को कम दो लिखने को अधिक दो। जुलूस वाले ढेरों मिल जायेंगे...बुद्धिजीवी साहित्यकार कहाँ ढलते हैं किसी फैक्ट्री में। वक़्त की नब्ज़ पहचानो। अपने आपको लौटाओ।" काजल विधुभाल की चुप्पी से स्वयं उत्साहित हो चली। लिखने की उपयोगिता पर लम्बा-चौड़ा भाषण दे डाला।

"सब होगा, सब काजल, घबराती क्यों हो।" कहने को कह गया विधुभाल... मन-ही-मन समझ गया, यह सूत्र अतिरिक्त स्निग्ध है...थाम कर नहीं रखा जा सकता।

जे.एन.यू. का कैम्पस उस समय संक्रमण के दौर से गुज़र रहा था, कैम्पस में लोकतन्त्र की अपील तो थी लेकिन समाजवाद के ढहते हुए आधार और थ्येनमानमेन की छात्र विरोधी घटना कैम्पस में वामपन्थी विचारधारा के प्रति संशय को जन्म दे रही थी। बौद्धिक जगत और अकादमिक क्षेत्र में मार्क्सवाद की प्रासंगिकता को लेकर बहस छिड़ी हुई थी। कई नामी गिरामी मार्क्सवादी विद्वानों के पैर ज़मीन से उखड़ने लगे थे। ऐसी प्रतिकूल परिस्थिति में विधुभाल 'आइसा' का संयोजक था। उस समय निश्चय ही वह वैचारिक अमूर्त्तता का शिकार था पर क्रान्ति और परिवर्त्तन की निश्चयता, जनता और जनान्दोलन के प्रति अटूट आस्था से ओतप्रोत था। यही वह पूँजी थी जिसने विधु को नयी पीढ़ी के लिए अनुकरणीय आदरणीय कम्युनिस्ट बनाया। वर्चस्व की लड़ाई में विधुभाल ने विरोधी विद्यार्थी परिषद को मुँहतोड़ उत्तर दिया। 'आइसा' के तेज़ी से विस्तार में फ्री थिंकर्स के बीच की वामपन्थी धारा सॉलिडैरिटी यूनियन के सकारात्मक सक्रिय समूहों और प्रोग्रेसिव एकेडमिक समूहों

का जो समर्थन मिला वह समय की देन तो था लेकिन समय के उस बिखरे शोरनुमा संगीत को समेट कर सिंफनी का रूप देने वाला विधुभाल था।

पद, प्रतिष्ठा, धन उसे लुभा नहीं पाता। उसने अपने निजी ख़र्चे के लिए दैनिक 'हिन्दुस्तान' में स्तम्भ ले लिया था। एक लेख के उसे 250 रुपये मिलते थे। लेख काफ़ी सराहे गये। फ़िल्म की समीक्षा, नाटक पर विचार, पुस्तक-समीक्षा अनेक विषय थे जिन पर कलम चलाता। काजल कलकत्ता से लौटी नहीं थी। इधर कोई पत्र नहीं आया था। विधुभाल अक्सर उसके ख़यालों में खो जाया करता। आँखें बन्द करते ही कभी गुलाबी लखनवी सलवार-कुर्ते में आकर खड़ी हो जाती सामने, कभी हाथी दाँत के रंग की साड़ी की चौड़ी नारंगी रंगों वाली किनारी सँभालती दीखती। उसकी गहरी काली आँखें चौड़े काजलरेख से सुसज्जित होतीं, सब पर हावी होती उसकी स्वर लहरी सुनाई देती—नजरुल का गीत 'ऊर्ध्व गगने'। विधुभाल क्या चाहता है, उसे नहीं पता। जीवन से संघर्ष चाहता है, माँ से प्यार चाहता है, काजल से पूर्ण सहयोगी की अपेक्षा रखता है। अपने लिहाज़ से नितान्त निरामिष इच्छाएँ पाले बैठा है विधुभाल। यही तो प्रत्येक युवक चाहता है। ये ही तो मंज़िल के रास्ते हैं।

धमाके की तरह पत्र आया काजल का। दरक गया विधुभाल, सिकुड़ गया थोड़ा और अपने आप में पीड़ा आँखों से नहीं बहने दी। भीतर ही भीतर लहूलुहान होकर रह गया। अबके लहू थोड़ा अधिक टपका। प्यार की अनुभूति के बाद बिछोह का दर्द उसके लिए असह्य हो गया। मन पर हरदम एक बोझ सा बना रहता मानो दमा के मरीज़ से उसके फेफड़े की दवा किसी ने छीन ली हो और उसका दम घुट रहा हो। यह ऐसी स्थिति होती है जब एक तस्वीर दिमाग़ में कौंधती है। दिखता है जैसे किसी मांस के टुकड़े, जो दरअसल दिल होता है, में कोई काँटा चुभा हुआ है और वहाँ एक घाव हो गया है। घाव धीरे-धीरे पक रहा है। घाव टभ-टभ टीस मारता है और बीच-बीच में मानो उस काँटे को आकर हिला जाता है जो दर्द को एकाएक तेज़ कर जाता है। विधुभाल अभी तक इस घाव और काँटे के रिश्ते को नहीं समझ पाया है। उसे लगता है फ़िल्म के अन्तिम शॉट बल्कि कहा जाय तो अन्तिम सीन को नहीं तय कर पाया है। उसे यह भी लगता है कि अगर काँटा यूँ ही फँसा रहा तो उसका दिल सड़कर गल जायेगा और वह मर जायेगा। अपना अन्त इतना दारुण और बेचारगी भरा नहीं चाहता वह। विधुभाल की कहानीं एक लम्बे अन्तहीन नाटक-सी बढ़ती जा रही है। नाटक में ठहराव नहीं है। नाटक में एक नदी है, उफनती पहाड़ी नदी जो तट की ओर बस निहार भर सकती है अपने बहाव से बेबस। किनारे के साये उभरते लुप्त होते दिखते हैं और धार अपने अकेलेपन को नियति मानकर चलती है। पत्थरों के भार के अब कोई मायने नहीं हैं, वे बस हैं और अपने होने

का बोध तट को करवाते हैं—गर्दन उठाकर या नदी की धारा से धीरे-धीरे घिसकर बिखरते अवशेषों के जलमग्न होते खण्डों की मार्फत। प्रयासों का यही कोई अर्थ नहीं, विध्वंस और सृजन का महाताण्डव गुज़रता है बस अपने भीतर से हाहाकार उडेलता सा। कवियों की पंक्तियों में छुपा हुआ नदी का तथाकथित कलरव एक अपेक्षित धोखा है—जीवन को आसान करने का एक महाशर्त्त का तर्कसंगत भाष्य। विधुभाल भँवरों को देख रहा है, उसमें डूबने की आशंका से सिहरता भी है। लेकिन उसे अपनी मल्लाह भुजाओं पर यक़ीन है और अपनी जंघाओं की तनी हुई नसों का भी वह गवाह है। उसे अपने फेफड़ों पर भी यक़ीन है—इतना कि वह ख़ून वमन कर के भी बच निकल सकता है। ऑक्सीजन की वैसी कमी नहीं है क्योंकि वह नदी तल के ऊपर है और उसका आकार भी घड़ियाल का नहीं हुआ है। वात्याचक्र की भाँति कभी काजल की आकृति, कभी उसके लिबास, कभी उसके गीत चक्कर काट रहे थे उसके मस्तिष्क में—"भाँग रे भाँग आगोर, चल रे चल रे चल।"

"छोड़ दे रे तरुण घर छोड़ दे, मेरे साथ चल।"—'हुँह' हँसता है विधुभाल यह बिगुलनुमा गीत नजरुल ने सिरजा है, काजल का मात्र स्वर था, आत्मा तो विधुभाल ने उड़ेली थी उसमें। व्यर्थ ही भावभूमि तलाश रहा था। सपनों का महल विस्तृत नभ के किसी कोने पर निर्मित हो तो हो, अपना नहीं हो सकता। विधुभाल ने कब अपने लिए सपने देखे! जो है उसके न होने का बोध और जो नहीं है उसे पाने की इच्छा ...ज़िन्दगी इसी तरह के पैराडॉक्सेज़ में बीत रही है। ध्यान से देखने पर उसे लगता है कि वह और ज़्यादा कन्फ्यूजन का शिकार हो चला है। अगर निश्चितता है तो मार्क्स की पुस्तकों में। शायद इसलिए भी कि उसमें क्षणों के लिए जगह ही नहीं है। सब कुछ से अलग हटकर कहीं दूर से लीलाओं को देखना और यह समझना कि ये लीलाएँ किसी समुद्र का हिस्सा हैं पार्ट ऑफ़ हिस्टॅारिकल प्रोजेक्ट। प्रासेस जिनमें सदियों का महत्त्व क्षणों जैसा है... यही चित्त स्थिर कर पाये शायद। तब खुद को सदियों में एक व्यक्ति की तरह स्थापित करने में परेशानी हो और तभी 'स्व' के इस ओवर ह्वेल्मिंग बोध से निकलने में मदद मिले। तब ही शायद कई सारे दूसरे व्यक्तियों के साथ जुड़ना भी महसूस हो पायेगा। विधुभाल एकान्त खोजकर बैठा यह सब सोच रहा था। सोचने-विचारने की अनवरत प्रक्रिया चलती रहती थी उसकी। अक्सर भीड़ में...कभी-कभार निविड़ एकान्त में।

"क्या हो रहा है यार तुम्हारे बिहार में, इस मारपीट का अन्त है कहीं?" एक साथी ने कैंटीन में बारा नरसंहार के बाद कहा था।

"दुनिया बराबर होने तक चलता रहेगा यह सब।" दूसरे साथी ने उत्तर दिया।

"यही तरीक़ा है दुनिया-बरोब्बर करने का, ज़ाहिलों की मानिन्द?"

"कौन-सी ज़ाहिलाना हरक़त है मुझे बताइये।" भारी स्वर था विधुभाल का।

"क्रान्ति के नाम पर हत्याएँ करना क्या अक्ल का काम है।"

"अक्लमन्दी के नाम पर हलाक़ होने को क्या संज्ञा देंगे आप?"

"संज्ञा-सर्वनाम के पचड़ों में मैं नहीं पड़ता किन्तु आप लोग सीधे-सादे गाँव के मज़दूरों को ख़ास तरह की आइडियोलॉजी का पाठ पढ़ाते हैं फिर उसे ट्रेनिंग देकर हथियार थमा देते हैं। आइडियोलॉजी अनपढ़ गँवार क्या जानो-बन्दूक़ तमंचे चलाना सीख लेते हैं। कालान्तर में वे डकैती करने लगते हैं।"

"भूखों को अनाज चाहिए, जोतने को ज़मीन चाहिए, उनकी इज़्ज़त बची रहे उसका आश्वासन चाहिए। प्रशासन, राजसत्ता, लोकशिक्षण का कार्यक्रम यहाँ तक कि आपका गाँधीवाद वहाँ विफल हो गया है। दिल्ली में बैठकर आप नहीं जान सकते उनकी सरज़मीं का दर्द। अपनी बात वापस लीजिए।" विधुभाल क्रोध से लाल हो उठा था। सारे साथी उसकी कड़कती आवाज़ सुन सकते में आ गये।

"यार मैंने तो यह कहा कि मार-काट का कहीं अन्त है? एक आक्रमणकारी बाहर से घोड़ा, रथ पर सवार होकर तीर-तलवार से लैस होकर झपट्टा मार युद्ध करता था। प्रायः वह लूट-मार कर भाग जाता था। लूट के माल से अधिक उसकी मंशा कुछ नहीं होती थी। पर जो साथ-साथ रहते हैं...ज़मींदार कहलाते हैं...वे भी जोतने वाले हैं ये भी; उनके बीच ऐसा होते रहने से कैसे चलेगा? क्या हिंसा से अन्न उपजाया जा सकता है? क्या मज़दूर ज़मीन छोड़कर भाग जायेंगे? क्या सारे किसान विस्थापित हो जायेंगे? फिर क्यों नहीं कोई और रास्ता चुनते हो तुम लोग?"

"रास्ता चुन लिया है हमने। अब हम संसदीय लोकतन्त्र में विश्वास करने लगे हैं। लोकतन्त्र में भी हमें ही विश्वास है भाईजी, उन्हें नहीं। नहीं तो चुनाव के समय हमारे ही शहर सीवान में तीन कार्यकर्त्ताओं को सरेआम भून डाला। आप इसे क्या कहते हैं?" सारे वादी प्रतिवादी चुप हो गये। कुछ तो है जिसका उत्तर नहीं है उनके पास...बिहार के जंगलराज के सम्बन्ध में बिहार से बाहर के लोग क्या कह सकते हैं। यह तो उनकी अपनी पैदा की हुई समस्या है। वे स्वयं उसका निदान करें।

"विधु, बड़ा हाइ-रिस्क काम है यह। बुद्धिजीवियों को इस तरह फील्ड पर जाकर अपना सर कलम करवाने की क्या ज़रूरत है?" काजल ने एक दिन कहा था।

"क्यों, जनता के सामने अपना पक्ष कौन प्रस्तुत करेगा? फील्ड में नहीं जायेंगे तो काम कैसे होगा? मेरे हाथ में कोई हथियार तो नहीं है, फिर मेरा सर उनकी गोलियों का निशाना क्यों होना चाहिए? यदि हो ही गया तो क्या? बलिदान के बिना अपना हक़ भी तो नहीं मिलता?"

"तुम्हें लोगों के हक़ की चिन्ता है न, तो उसके लिए प्रयास करो। यह सोचो कि इतने अधिकार सम्पन्न हो जाओ ताकि नीति-निर्धारण तथा उसका इम्पलीमेंटेशन कर सको।"

"मैं भी यही सोचता हूँ। अब हमारी पार्टी चुनाव में हिस्सा ले रही है, हम सीधे-सीधे नीति-निर्धारण से जुड़ रहे हैं।"

"बड़ा लम्बा रास्ता है विधु। प्रतिस्पर्धा भयंकर है। तुम क्यों नहीं प्रतियोगिता परीक्षाओं में बैठते हो? वहीं असली काम होता है। तुम्हारे जैसे लोग प्रशासन में आयें, कुछ तो बर्फ़ पिघलेगा।" काजल के इस कथन से विधुभाल भौचक्का रह गया था। क्या कह गयी काजल। विधुभाल का अन्तरंग नहीं जान सकी वह। विभ्रम में पड़ा था। परत-दर-परत उदासी थी। समझतीं क्यों नहीं ये लड़कियाँ, क्यों अपने सुख के लिए सिद्धान्तों का गला घोंटने को उद्यत रहती हैं। उसे निकिता की याद आयी। कितनी सुलझी हुई कर्मठ साथी है? स्पष्ट और पारदर्शी विचार हैं उसके। निकिता किसी भी साथी कॉमरेड के लिए वांछनीय है। उसकी बड़ी-बड़ी भावपूर्ण आँखों में समझदारी के साथ-साथ प्यार का सागर लहराता है। उसे प्रेम करने वाला डॉ. अज़ीम बड़भागी है! लम्बी साँस खींची विधुभाल ने। सब को प्यार करने वाले नहीं मिलते। अपने घने काले केश स्वयं अपने हाथों सहलाये विधुभाल ने। वह ऐसा कैसे सोच सकता है, उसके सारे मित्र उसे बेहद प्यार करते हैं। प्यार से उसे 'प्रिन्स' कहते हैं। वह सबका दुलारा है। काजल का प्यार ठोस सत्य नहीं था। विधु फिर सोचता है प्यार कभी मरता नहीं। कहीं गहरे सो जाता है विलुप्त नहीं होता। मन में आता है 'लव इज़ जस्ट ए फ़ोर लेटर वर्ड' विधुभाल की आँखों में सपने तैर उठते। उसे याद आती है एक फ्रेंच फ़िल्म 'चिल्ड्रेन ऑफ़ पैराडाइज़' जिसमें एक प्रेमी और प्रेमिका कई वर्षों बाद मिलकर फिर से जी उठते हैं। अपने तमाम पूर्वाग्रहों से मुक्त। प्यार है तो लेकिन उसे शब्दों में बाँधना मुश्किल है। सिर्फ़ दो दीप्त बदन और साँसों का उठना गिरना ही उसका पैमाना है, बाक़ी सब कुछ लिखा और बताया एक भ्रम है। पता नहीं कितनी रॉयल्टी मिली और कितने सिनेमा टिकट बिके हैं इसी बहाने। विधुभाल इन सबको प्यार का निषेध मानता है। क्या खुले आसमान का विस्तार म्यूनिसिपैलिटी की नाली में प्रतिबिम्बित होकर रह सकता है। नाली हालाँकि हक़ीक़त है लेकिन आसमान भी तो है। आस्तीनों में हाथ चुराने का कुछ अर्थ है क्या? आँखों को सब कुछ देखने दो और साँसों को सब कुछ सूँघने दो। विधुभाल ज़िन्दा रहना चाहता है।

सरसों के फूलों सी खिली धूप सूखी भूरी तृणमूलों से देर तक लटपटी करती रही। अपने सोच-विचार में उलझा विधुभाल यह जान ही न पाया कि कब वह हठीली पत्थरों पर बिखरी गुलाबी लाल बेगनबेलिया की भरपूर फूलों वाली लतर से दो-चार होती कृष्णचूड़ के सुआपंखी महीन पत्तियों पर अटक गयी है। अभी इसकी कलियाँ नहीं चटकीं। पर कलियों के चटकने से पहले का रूप विधुभाल को दरका जाता है। यह हरा-भरा पुष्ट वृक्ष उसके खिले लाल-लाल फूल उस पर बैठे सुग्गे उसे

अपने प्रदेश की याद दिला जाते। अम्माँ याद आती। किसी शोर से चौंक फुर्र से उड़ते तोते की भाँति भटक जाता।

अम्माँ को अभी पत्र लिखेगा विधुभाल, उठ खड़ा होता है। क्या लिखेगा? अम्माँ को सबसे पहले प्यार लिखेगा, फिर दीन-दुनिया की ख़बर लिखेगा। गंजी, लुंगी, पाजामा-कुर्ता, जूता-छाता सब कुछ साबुत है उसके पास, उसकी सूचना देगा। मौसम का हाल पूछेगा, दिल्ली की सूखी गर्मी का बखान करेगा। फिर लिखेगा—

"माँ, तुम जानती हो कि इस संसार से सिर्फ़ तुम्हारे कारण मेरा सम्बन्ध है और पता नहीं जीवन में किसी सम्बन्ध में मैं इतनी गर्माहट और निश्चिन्तता पा सकूँगा। इसलिए अगर तुम्हारी इच्छा है कि तुम मेरा विवाह करना चाहती हो तो ठीक है। जीवन में बहुत सारी दिक़्क़तें हैं, इसी में लड़ते हुए दिन गुज़रने हैं। मैं भी सोचता हूँ कि वहाँ कोई हमारी देखभाल करने वाला हो तो अच्छा रहेगा। पढ़ी-लिखी या अनपढ़ लड़की की जहाँ तक बात है उससे अधिक फ़र्क़ नहीं पड़ता, बस लड़की का स्वभाव अच्छा होना चाहिए, समझदारी होनी चाहिए। जीवन का बोझ हर आदमी को जीना सिखा देता है। ज़िन्दगी में सब कुछ हम लोग पहली बार ही जान पाते हैं या कर पाते हैं। सब कुछ बना-बनाया मिलता भी तो नहीं।"

अपने अस्त-व्यस्त कमरे में आते ही उसने मेज़ पर से काग़ज़ और कलम निकाला तथा पत्र का पहला अंश लिख डाला। फिर अगले खण्ड का स्वर यह था— "आदमी सपनों की दुनिया में नहीं जी सकता। कम्युनिस्ट पार्टी में अब भी मेरी आस्था है लेकिन उन्हें भी खुश देखना चाहता हूँ प्यारी माँ। इसलिए व्यक्तिगत जीवन में भी मैं कुछ सुरक्षा की चाहत करने लगा हूँ। तुम कभी मत सोचना कि देर से मेरी चिट्ठी लिखने का मतलब है कि मैंने तुम्हें भुला दिया है। मैं हरदम तुम्हारे और अपने सम्बन्ध की अटूटता के बारे में सोचता रहता हूँ और दुनिया में सिर्फ़ तुम्हारे लिए ही मैं चिन्तित हूँ। व्यक्तिगत सम्बन्धों के परे भी महसूस करता हूँ क्योंकि मेरे पास तुमसे छुपाने के लिए कुछ नहीं है जो अन्य सम्बन्धों में मुझे हासिल हुआ नहीं है। मैं चाहता हूँ कि तुम हमेशा खुश रहो क्योंकि तुमको मानने वाला तुम्हारा बेटा इतना मानता है जैसा कि किसी दूसरे बेटे ने अपनी माँ को नहीं माना होगा। चिट्ठी का जवाब देना। खुद चिट्ठी लिखना... मैं तुम्हारा लिखा अच्छी तरह समझकर पढ़ लेता हूँ। हाँ, पता किसी दूसरे से लिखवा लेना। बहुत दिन हुए जब तुम अपने बेटे से सीधे-सीधे बात कर पायी हो। तुम्हारी कमी मुझे इस बड़े शहर में बहुत खलती है इससे उबरने के लिए मैं अपने आसपास एक नकली रिश्तों की दुनिया बुनने की कोशिश करता हूँ। तुम कितनी अच्छी हो माँ। चिट्ठी ज़रूर लिखना, जल्दी।"

पत्र लिखकर स्वयं को हल्का महसूस किया विधुभाल ने। घड़ी देखी तो सुबह के मात्र नौ बज रहे थे। सुबह नौ बजे ही खासी गर्मी हो गयी थी। उसे हैरत हुई

विचारों की आँधी सी चली थी उसके अन्दर...शायद वह सात बजे टहलता निकला था। सामने एक पत्थर आ गया था। उससे टकराते-टकराते बचा था फिर वहीं टेक लगा कर बैठ गया था। रात को पी गयी शराब का ख़ुमार दिल के दर्द को कम नहीं कर पाया था। दो घण्टों में दो लोक धरती माप आया विधुभाल। वाह! उसे याद आया रात उसने एक कथा लिखनी चाही थी। बिखरे काग़ज़ के पन्नों से एक टुकड़ा खोज निकाला और पढ़ने लगा।

"वह आधे नशे में है। शायद इस स्थिति को समझाने पर आप समझ जायेंगे। उसे लिखने का ज्ञान है। अपने शब्द चयन का ज्ञान है लेकिन नज़रों के सामने कुछ धुँधलका-सा है इसलिए आधे नशे में है।

कथा लिखने से पहले वह एक बीड़ी जलाना चाहता है। प्यास भी लगी है, इतनी तेज़ कि कण्ठ और होंठ दोनों सूख रहे हैं। लेकिन वह बीड़ी पीना चाहता है और पीने भी लगता है। फिर सिर के ऊपर गुज़रते हवाई जहाज़ की आवाज़। बाजू में चलने वाली घड़ी के समय की टिकटिक और बरामदे में गिर रहे पानी की धार उसको विखण्डित किये हुए है। वह आवाज़ों से बचना चाहता है लेकिन बहरा नहीं है इसलिए उसे भोगना है अपने दायरे की आवाज़ों को। वह भाग भी नहीं सकता—आख़िर जायेगा कहाँ? इसलिए वह जी रहा है क्योंकि उसे जिलाये रखने के लिए एक पूरी प्रणाली बना दी गयी है। इसलिए अगर कोई कहे जैसा अभी मेरे एक मित्र ने कहा कि व्यवस्था के अन्दर घुसकर उसे तोड़ो तो उससे ज़्यादा मूर्खतापूर्ण बात और कोई हो नहीं सकती! यह दरअसल ख़ुद को दिलासा देने की बचकानी कोशिश है जो छुपाये नहीं छुपती।

इतना कुछ कहने के बाद उसे लगता है कि वह या तो उन जर्मन कहानियों की भाषा और शैली का प्रयोग कर रहा है जिनमें संवेदनाओं के टुकड़े इकट्ठे किये गये हैं। क्षणों के समवेत प्रयास से टूटे-टूटे या फिर कि उसकी ख़ुद की मनःस्थिति ऐसी है कि अब बस टुकड़ों में ही जिया जा सकता है क्योंकि कुछ भी निश्चित नहीं है। ये दोनों बातें वैसे ही हो सकती हैं। सही होने का इनका पैमाना यही है कि जर्मन कहानी की शैली पसन्द आयी (या फिर उसे अपनाना पड़ा) क्योंकि और कोई शैली अभिव्यक्ति के स्तर पर पूरी नहीं लगी यानी कि वह छितरा गया है।

उसे नशा इसलिए प्रिय है कि अन्दर का दबाव निष्कपट होकर निकल आता है बिना किसी भय के। लगता है कि खोने के लिए कुछ बचा ही नहीं है। ऐसे में उसे यह प्रश्न बार-बार सताता है कि अगर विखण्डन ही सत्य है तो मृत्यु का आलिंगन इसी क्षण सत्य क्यों नहीं लगता? जीने की लालसा आख़िर क्यों? क्या सिर्फ़ कायरता इसका कारण है? शायद हो लेकिन इससे भी ज़्यादा महत्त्वपूर्ण है चीज़ों से और व्यक्तियों से लगाव। इससे अभिभूत होकर वह 'मोह' कहता है; दूसरों के प्रति जो

दरअसल अपने प्रति भी है। अभूतपूर्व विलगाव और अलगाव की स्थिति में भी ज़बर्दस्त शिद्दत से जीने की चाहत कि सब कुछ ठीक हो जायेगा, जैसे आप किसी सुन्दर सपने की कामना करते हैं।

कहानी अब चल नहीं पाती है क्योंकि बीड़ी के धुएँ ने उसके फेफड़ों को सराबोर कर रखा है जैसे दमा के रोगी को दौरा पड़ गया हो। वह सोना चाहता है।

पाठक बन्धु, यही है हमारे नये दौर की विडम्बना, हमारे पास इतना समय और ऐसी जगह भी नहीं है कि हम खुलकर साँस ले सकें और अपनी बात पूरी कर सकें। हम जीना चाहते हैं लेकिन जीने की जगह कितनी कम है!"

पढ़कर कहानी मेज़ पर रख दी। सोचने लगता है कि क्या कहानी बनी? लघुकथा का यह प्लाट है या कथा? अपने में हँसा विधुभाल। लगे रहो प्यारे कथा लेखक भी बन जाओगे। उसे याद आया दोस्तों की सोहबत में जैसे खाना-पीना शुरू हुआ वैसे ही कविता लिखना शुरू हो गया था। आज अपने अन्दर झाँकने का दिन है। अपना आकलन स्वयं करने बैठा है। वह क्या-क्या कर सका जीवन में... क्या-क्या कर सकता है? हाथ बढ़ाकर कत्थई जिल्द वाली लम्बी सी डायरी उठा लेता है विधुभाल, स्वरचित कविता को सस्वर ठीक वैसे ही पढ़ता है जैसे वह अन्य प्रतिष्ठित कवि की रचना को पढ़ता, उसे हैरत हुई कि कविता पाठ में रस आने लगा।

"हम ठिठुर रहे हैं
क्योंकि नहीं ओढ़ पायेंगे पैसा
गर्मी में काली चमड़ी ओढ़ रहे हैं
कि नहीं है पैसों की छत
ऐसा ही किया था मनु ने
हमारे पुरखों के साथ
कि हाथ में कुदाल लिए
बीनते पकुआ के फल
उनके पास भी नहीं था पैसा
कि खा सकते उसे
और मैं
उनको अर्घ्य देने वाला
भयभीत हूँ पैसों से
अपने गाँव की सड़क पर
रिक्शा चलाती हुई

फूली जंघाओं की नस
और दन्तहीन मुख में झाँकता
मेरा महानगरीय दम्भ
हूक सी उठती है
बिना किसी श्रोता के
मैं दुःस्वप्न से गुज़रते
पागल की तरह
चिंघाड़ना चाहता हूँ
कि कोई हमें बचा ले
लेकिन पैसे की माया
मुझे बाँधे है
और मैं
प्रेम के अर्थशास्त्र को
समझकर भी गूँगा हूँ।"

'प्रेम के अर्थशास्त्र को' बार-बार दुहराता है विधुभाल। उफ़, बार-बार एक ही बात उमड़-घुमड़ कर आती है। तनकर खड़ा होता है विधुभाल। अपने हाथ-पैर तान-तानकर चटकाता है फिर तौलिया कन्धे पर रख स्नान करने चल पड़ता है।

अभाव, क्रान्ति और मांसल प्रेम का त्रिकोण घुल-घुल कर बहता रहता है या कि नयी चमक लेकर निखर उठता है स्नान के बाद—यह कहना मुश्किल है। हल्का हो आया था मन। उसके कमरे का दरवाज़ा पूरी तरह खुला था। उसे हैरत हुई। उसने उसे भेड़ रखा था कहीं से हवा भी तो नहीं चल रही थी कैसे खुला? अन्दर जाकर देखा तो अधिक आश्चर्य हुआ। लम्बे खुले बालों वाली दक्षिणी लड़की कावेरी ने उसके बिस्तरे को ठीक कर दिया था, अब किताबों को तरतीब से सजा रही थी। अपने नंगे बदन के कारण विधुभाल थोड़ा-सा शरमा गया। भीगे तौलिये से देह को ढँकने की कोशिश की।

"आइये, आपका ही कमरा है।" कावेरी ने ख़ूबसूरत अन्दाज़ में इससे कहा।

"हूँ।" यह विधुभाल का शर्माया हुआ स्वर था।

"मैं आँखें बन्द कर लेती हूँ आप जल्दी कपड़े पहनिये, पाँच गिनती तक।" उसने आँखें बन्द कर लीं और गिनती गिनने लगी। विधुभाल ने आज्ञाकारी बच्चे की भाँति झट से शर्ट डाल दी। जीन्स उठाकर ज्योंही पैर घुसाने लगा कावेरी ने टोक दिया, "नहीं जीन्स नहीं, पाजामा पहनिये गर्मी बहुत है।" उसने जीन्स फेंक पाजामा पहन लिया और नकली गुस्से में कावेरी से लड़ने लगा।

"तुमने आँखें बन्द नहीं रखीं, यू चीटर।"

"बन्द तो थीं।"

"कैसे देखा फिर कि मैं जीन्स पहन रहा हूँ?"

"उस समय पाँच की गिनती पूरी हो गयी थी।"

"जल्दी-जल्दी क्यों गिना?"

"अरे यार!", कावेरी ने दोनों हाथ जोड़ दिये और धम्म से कुर्सी पर बैठ गयी।

"आपको पता है विधु साहब कि मैं सुबह से तीन चक्कर लगा गयी आपके कमरे का?"

"अभी आयीं यह पता चला।"

"मैं तीसरी बार आयी अभी। तब सोचा अब मिलकर ही जाऊँगी। कमरा क्या था बिल्कुल कबाड़ा, मैंने सोचा क्यों न इसे ठीक करने में समय काटा जाये। आप अभी तो स्नान करने गये थे पहले किधर थे?"

"इधर-उधर कैम्पस में ही भटक रहा था।"

"अच्छा?"

"और नहीं तो क्या? क्या हवाखोरी बुरी बात है?"

"बिल्कुल नहीं, इस गर्मी में दस बजे दिन तक हवाखोरी हो सकती है यह नहीं सोचा था। कुछ चाय-वाय चली?"

"नहीं, पर सुबह-सुबह सत्तू का एक गिलास ज़रूर पी लिया।"

"चलो कुछ तो हुआ। आप एक दिन अपने सत्तू का गिलास मुझे नहीं पिलायेंगे?"

"क्यों नहीं, अभी पिलाता हूँ।" विधुभाल तत्पर हो उठा।

"मुझे बताइये, मैं आपको दिखा दूँ कि मुझे भी तैयार करना आता है।" कावेरी ने गिलास चम्मच उठाया, सत्तू के डिब्बे से एक चम्मच सत्तू निकाल गिलास में डाला और फिर नमक जीरे का बूरा उसमें डाल जग से पानी उडेला। दूसरे गिलास में फेर कर मिलाने लगी। विधुभाल उसे चकित होकर देखता रहा।

"क्या देख रहे हैं; मेरी दोस्ती ढेरों बिहारियों से है। वो निरुपमा है न, रोज़ सत्तू पीती है।"

"अच्छा।" बेसाख्ता हँस पड़ा विधुभाल। दोनों ने सत्तू एक बार फिर पीया। अबके ठण्डक अधिक पहुँची, लगा प्यासा मन भर आया है। भाग्यशाली है विधुभाल। उसे प्यार करने वालों की कमी नहीं है।

"तुम क्यों मुझे ढूँढ़ रही थीं कावेरी? क्या ख़ास काम था?"

"कोई ख़ास काम नहीं। मैं क्या यूँ ही तुमसे मिलने नहीं आ सकती।"

"आ सकती हो पर बार-बार...।"

"तुम मुझे इन दिनों कुछ दुखी, कुछ उदास लगे, जी में आया तुम्हें पूछूँ। हुआ क्या है?"

"जब भारत की साढ़े तीन हिस्सा आबादी दुखी और उदास है...।"

"भाषण नहीं। मैं व्यक्तिगत उदासी का कारण पूछ रही हूँ। भारत के दुख से दुखी विधुभाल से मुझे उत्तर नहीं चाहिए।" विधुभाल मुस्कुराता है।

"मैं व्यक्तिगत रूप से दुखी नहीं हूँ। तुम्हें कोई ग़लतफ़हमी हुई है।"

"अच्छा, काजल जे.एन.यू. छोड़ रही है क्या?" सीधा प्रश्न किया विधुभाल से कावेरी ने।

"मुझे ठीक-ठीक नहीं पता।" अपनी बड़ी-बड़ी आँखें नीची कर लीं विधुभाल ने।

"वह तो तुम्हारी...।"

"थी, अब नहीं। उसके विचार बदल गये हैं। अब समाचार यह है कि काजल शादी कर रही है; उसका पति अमेरिका में इंजीनियर है।"

"ऐसा क्यों और कैसे सम्भव हुआ?"

"हो गया।"

"क्यों हुआ यह जानना चाहती थी; वह आपसे शादी करना चाहती थी ऐसा मुझे लगता था।"

"उसकी चाह ऊपरी होगी।"

"आपने उससे जान-बूझकर तो पीछा नहीं छुड़ाया?"

"क्या तुम्हें लगता है मेरे में ये कूबत है?"

"बिल्कुल लगता है, तुमने उदासीनता दिखाई होगी। वह एक तो लड़की दूसरी बंगालिन, उसे कैसे बर्दाश्त होता।"

"कयास लगाती चलो। कहीं-न-कहीं सच से टक्कर हो ही जायेगी। वह एक सुखी संसार बसाना चाहती थी, मेरे साथ यह सम्भव नहीं हुआ, कहीं और सम्भव दीखा उसने वही राह पकड़ ली—प्लेन ऐंड सिम्पल।" अपने बिस्तरे पर दीवार से टेक लगाकर बैठा विधुभाल कावेरी को ऊपर से शान्त दीख रहा था। कावेरी क्यों विह्वल है?

निकिता उसी वक़्त अपने दफ़्तर से आयी थी। बड़े से चमड़े के झोले को सोफ़ा पर रख बच्चे की ओर मुड़ी ही थी कि वाणीधर आ पहुँचा।

"अरे, वाणीधर कब आये? चुपचाप खड़े हो?" कहती बच्चे को गोद में उठा लिया। झूले के पास खड़ी सहायिका लड़की चौके की ओर चली गयी।

"आपके पीछे-पीछे आया हूँ। आप रिक्शे से उतरकर ऊपर चली; मैं साइकिल में ताला मारने लगा बस!"

"अच्छा, देख बेटा तेरे मामा को सुधि आयी तेरी।" बच्चा उनींदा सा था उसे गोद में लेकर सोफ़े पर बैठ गयी निकिता।

"डॉक्टर साहब कहाँ हैं?"

"अभी अपनी क्लीनिक में होंगे, यहीं पास में हैं, क्या उनसे कोई काम है?"

"अरे नहीं दीदी" वाणीधर हँसने लगा।

"श्योर?" वाणीधर ठहाका देकर हँसने लगा।

"अच्छी रही, जीजाजी डॉक्टर न हुए साला बीमार, क्या?" निकिता के हँसने की बारी अब आयी। तब तक चाय आ गयी थी। दोनों पीते-पीते बातें करने लगे।

"बाबू को देखा न था, बिल्कुल आपके ऊपर गया है। नाम क्या रखा?"

"पुश्किल"

"अरे?"

"अरे क्या?"

"मान गये दीदी आपको, अपने इस भारत देश में कोई नाम नहीं था क्या?"

"था क्यों नहीं? परन्तु यह दुनिया भी तो अपनी है। मैं सोचती थी कम-से-कम तुम्हें अच्छा लगेगा, लेखक का नाम जो है। विदेशी राजनेता के नाम से अच्छा है न यह।"

"क्योंकि लेखक सार्वभौम होता है।" वाणीधर ने अभिनय कर भारी स्वर में कहा– "और भारत में कोई सार्वभौम..."

"नहीं, ऐसा नहीं। अब इस विषय को आज छोड़ ही दो फिर कभी बहस करेंगे। मेरा आज मूड नहीं है, अपनी सुनाओ।" वाणीधर ने सोचा शायद झंझट से छुटकारा पाने को ऐसा नाम रखा गया है। जितने भी निरपेक्ष हो लें कुछ तो कहीं खटकता होगा। शायद एक को प्रेमचन्द नाम भाता दूसरे को इब्ने इंशा। सर्वसुलभ, सर्वमान्य हल निकला पुश्किल नाम रखकर। अपनी विचारधारा का बघार भी लग गया, सोंधी खुशबू आने लगी।

"तुम कमज़ोर दीखते हो वाणीधर।"

"अब फिजिशियन्स सैम्पल का टॉनिक मत थमाइयेगा। मैं बिल्कुल ठीक हूँ।" निकिता उसके पीले चेहरे को देख सचमुच चिन्तित हो उठी थी, वाणीधर उसकी चिन्ता पर ध्यान नहीं देना चाहता था।

"काम तुम्हारा थकाने वाला और कठिन है न वाणी?"

"दीदी, आप स्वयं रिपोर्टर हैं, बच्चा और घर देखती हैं; उससे मेरा काम कठिन नहीं है। आपका भाई किसी काम में तन-मन से लग सकता है। मेरा मन लग रहा है, अच्छी और नयी-नयी जानकारियाँ मिल रही हैं। ग्रामीण होते हुए भी ग्रामीण समस्याओं से एक नया साक्षात्कार हो रहा है। लोग गाँव से ऊब गये हैं उनका मन नहीं लग रहा है वहाँ, उनका जीवन का रस सूख रहा है।"

"ऐसा क्यों हो रहा है? तुम्हें क्या पता लगा?"

"कई तरह का असन्तोष है दीदी। संसारी साधनों ने ग्रामीणजनों को यह समझा दिया है कि बाहर दुनिया रंगीन है, बिजली की रोशनी है, सड़कें हैं, अस्पताल हैं, स्कूल और कॉलेज हैं। वे अँधेरे में हैं, अशिक्षा का घना कोहरा है पाँच वर्षों में एक बार धूल उड़ाती गाड़ियाँ आती हैं; इन्हें सपने बेच कर चली जाती हैं..." चुप हो गया वाणीधर। सपने बेचने की बात से इसे ख़याल आया कि यह किस काम से यहाँ आया था। कौन-सी गुत्थियाँ सुलझाने पहुँचा था।

"क्या हुआ? अचानक चुप क्यों हो गये?"

"दीदी, मैं एक और बात तुमसे करना चाहता था, जिस लीक पर हम अभी चलने लगे थे वह अन्तहीन कथा है; अभी मैं एक व्यक्तिगत प्रश्न करना चाहता हूँ।"

"क्या?"

"दीदी, ये जो सरिता जी हैं न!"

"हूँ" निकिता उसे ग़ौर से देखने लगी।

"कुछ ऐसी वैसी बात न सोचिये।"

"अच्छा, तुममें अब यह समझ भी आ गयी कि ऐसी वैसी बात भी सोची जा सकती है।" वाणीधर हँसने लगा।

"सुनिये तो।"

"सुनाइये तो।"

"उन्होंने मुझसे एन.एस.डी. का फॉर्म मँगवाया और भरा। उन्होंने मुझसे यह बात छुपाने को कही। मैंने जीवन में पहली बार यह बात छुपाई। आज आपसे कनफेस कर रहा हूँ। वो चुनी भी नहीं गयीं। लेकिन पूरे शहर में शोर है। लोग उनके और उनके पति के बारे में ऊलजलूल बक रहे हैं। मुझे अच्छा नहीं लगता।"

"तुम्हारे अच्छा लगने या न लगने से क्या होगा? अस्वाभाविक तौर पर लीक से हटकर विवाह करने वालों के सम्बन्ध में लोग बातें करेंगे ही। तुम क्या कर लोगे? मेरे बारे में भी लोग करते होंगे।"

"नहीं, मैंने नहीं सुना। आपका विवाह लीक से हटकर है, सरिता जी का तो नहीं। यही न कि उनके बीच आयु का अन्तर है?"

"फिर मुश्किल क्या है?"

"उनके पति उनको एन.एस.डी. में जाने की सलाह नहीं देते। वह जाना चाहती हैं। उन्हें मैंने समझाया था कि परिवार की सफलता के लिए आप अपनी इच्छा का त्याग करें। वो इस बात के लिए तैयार ही नहीं हैं।"

"तुमने कहा था कि वो अपने सपने बेचना चाहती हैं। कवि से विवाह कर एक सीढ़ी लगा ली। अब पायदान दर पायदान चढ़ना चाहती हैं। क्या हुआ, ऊपर जाना चाहती हैं क्यों न जायें?

"यह तो है, कवि जी इतने कृतकाम से दीखते हैं कि अब उन्हें जीवन से कुछ भी न चाहिए। लिखने के मामले में भी एक अलस भाव से ग्रसित रहते हैं जबकि सरिता जी छलछलाती ऊर्जा की स्रोत हैं, उन्हें बहुत कुछ पाना है बहुत ऊपर जाना है।"

"ठीक ही तो है, उम्र का अन्तर यही दिखाता है।"

"लेकिन, क्या सबकुछ उनको कवि जी से खोलकर कहना नहीं चाहिए।"

"तुम दोस्त किस बात के हो, उन्हें समझाओ... उन्हें बताओ छुपाने बचाने का काम शुरू करेंगी तो उस जाल में फँस जायेंगी। अपनी गाँठें खोलकर एक-दूसरे को पाया जाता है, घुलना-मिलना न हो तो पति-पत्नी का सम्बन्ध कैसा?" —वाणीधर निकिता के एक-एक शब्द उससे निकले भाव का निहितार्थ समझ रहा था। उसे एक तरह से आत्मसात कर रहा था। उसने निश्चय किया ठीक इन्हीं शब्दों में निकिता दीदी का हवाला देकर समझायेगा सरिता जी को। मुक्त हो आया।

"अच्छा दीदी, आपने तकषी शिवशंकर पिल्लई का उपन्यास 'मछुआरे' पढ़ा है?"

"हाँ पढ़ा है, क्यों?"

"आपको कैसी लगी वह कृति?"

"क्या कहने? शिवशंकर पिल्लई के उपन्यास पर बोलने की अधिकारिणी मैं अपने को नहीं मानती पर तुम्हें बता सकती हूँ। उनका यह उपन्यास मुझे बेहद रोचक और भावपूर्ण लगा। विश्व साहित्य के प्रतिमानों पर खरा उतरता।"

"हूँ, दीदी! उस उपन्यास से सहमत हैं?"

"क्या मतलब?"

"मतलब यह कि जिस अन्धविश्वास के इर्द-गिर्द उस अमर कृति का ताना-बाना बुना गया है; उससे आप सहमत हैं?"

"मेरी असहमति का क्या है? केरल के समुद्र तटीय मल्लाहों के जन-जीवन की कथा है, संघर्ष कथा उसमें मेरी असहमति क्यों होने लगी।"

"निकिता दीदी, अन्धविश्वास के इर्द-गिर्द जो कथा चलती है, मैं उस सिद्धान्त की बात कहता हूँ। उपन्यास के अमर, अविस्मरणीय होने को कहाँ चुनौती देता हूँ। मैंने स्वयं उसे बीसियों बार पढ़ा है, उसकी वाक्यावलियाँ कण्ठस्थ हैं। सुनाऊँ?"

"सुनाओ, शायद मैंने ध्यान न दिया।"

"उपन्यास की नायिका करूत्तम्मा मछली के सौदागर परी मोतलाली के साथ नाव के पास खिलखिलाकर हँस रही थी। अपने झोंपड़े में जब वह वापस आयी तो उसकी माँ ने उसे यह कहकर बरजा—

'प्रथम मल्लाह जब पहले-पहल लकड़ी के एक टुकड़े पर चढ़कर समुद्र की लहरों और ज्वार-भाटे का अतिक्रमण करके क्षितिज के उस पार गया तब उसकी पत्नी ने

तट पर व्रत निष्ठा के साथ पश्चिम की ओर देखकर खड़े-खड़े तपस्या की। समुद्र में तूफ़ान उठा। शार्क मुँह बाये नाव के पास पहुँची, ह्वेल ने नाव को पूँछ से मारा और जल की अन्तर्धारा ने नाव को एक भँवर में खींच लिया। लेकिन आश्चर्यजनक रूप से वह मल्लाह सब संकटों से बचकर एक बड़ी मछली के साथ किनारे पर लौट आया। उस तूफ़ान के ख़तरों से वह कैसे बचा! शार्क उसे क्यों नहीं निगल गयी। ह्वेल की मार से उसकी नाव क्यों नहीं डूब गयी? भँवर से उसकी नाव कैसे निकल आयी? यह सब कैसे हुआ? समुद्र तट पर खड़ी उस पतिव्रता नारी की तपस्या का ही फल था।' करूत्तम्मा की अम्माँ चक्की ने अपनी माँ से सुनी यह जनश्रुति उसे सुनाते हुए कहा—इस महासागर में सब कुछ है बिटिया, सब कुछ। इसमें जाने वाले लोग कैसे बच कर आते हैं यह तुझे क्या मालूम! वे पवित्रता का पालन न करें तो मल्लाह नाव सहित भँवर में पड़कर ख़त्म हो जाय। मछुआरों का जीवन वास्तव में तट पर रहने वाली उनकी स्त्रियों के हाथ में है। याद आया?" वाणीधर ने पूरी बानगी सुना दी।

"याद आया। यह केरल के मल्लाहों के बीच प्रचलित जनश्रुति है। जनश्रुतियों में अक्सर अन्धविश्वास रहता है। लहरों के सहारे डोलते नाविक अपना भाग्य सुदूर से दौड़ाते भागते तूफ़ान, बड़वाग्नियों के भँवर तथा खाधुर दन्तुल मछलियों के जबड़े की भेंट से बचने के लिए अपनी पत्नियों के हाथ में अमानत के रूप में सौंप आते हैं। महान लेखक ने उनकी असुरक्षा की भावना को समझा है स्त्री को सुरक्षा कवच के रूप में पेश किया है तो इसमें अस्वाभाविक क्या है?" निकिता ने मुस्कुराते हुए पूछा।

"मैं जब से आया हूँ, आपको बोलने पर मजबूर कर रहा हूँ। आप स्वयं थक कर आयी हैं; पर दीदी मेरी गुज़ारिश है आप कम-से-कम एक बार और 'मछुआरे' को पढ़ें—इस दृष्टि से कि अन्धविश्वास के आधार पर संवेदना जुटाना महान लेखक के लिए क्यों आवश्यक था? क्या और कोई अन्त नहीं हो सकता था?" कहकर वह उठ खड़ा हुआ। उसे तृप्ति मिली निकिता के यहाँ आकर। उसने सोये बच्चे को दुलराया और विदा ली। मन की चंचलता मिट गयी थी; निकिता के पास आना सार्थक हुआ। उफान लेते दूध पर ज्यों ठण्डे पानी का छींटा मार दिया जाय वैसे ही निकिता के सुतर्क समाधान का मार्ग खोल देते। परन्तु 'मछुआरे' पर बात पूरी नहीं हो सकी। अब फिर एक बार पढ़ ले उपन्यास को तब उससे होंगी बातें, चोंचें लड़ेंगी। अपनी धुन में पैडल मारता कब वह सरिता जी के दरवाज़े आ लगा—भान ही न हुआ। साइकिल में ताला लगा सीढ़ियाँ चढ़ गया। अन्दर जाकर देखा, सरिता जी किसी बात पर बेहद नाराज़ थीं, तेज़-तेज़ आवाज़ में कुछ कह रही थीं कवि जी चुप थे।

"यह देखो आया अपना वाणीधर!" मानो कवि जी ने साँस ली। सरिता ने तमक कर वाणीधर की ओर देखा और बाथरूम की ओर चली गयी। ज़ोर से दरवाज़ा बन्द किया। वाणीधर हतप्रभ रह गया।

"आओ बैठो वाणीधर," कवि जी ने सरल स्वाभाविक मुस्कान के साथ कहा—"थोड़ी गरम हो गयी है, तुरत ठण्डी हो जायेगी।"

"क्या हुआ!" वाणीधर अप्रतिभ सा था। उसे लग रहा था यह रार-दुलार इनका निजी है, उस निजता में उसे दखल देने का कोई अधिकार नहीं है। नाहक मुँह उठाये चला आता है। कवि जी का स्नेह ही ऐसा है। वाणीधर को कवि निश्छल लगते। सरिता जी ने तो साफ़ शब्दों में कहा था कि वह अपने सपने बेचना चाहती है, कोई ख़रीदार तो मिले न! सरिता जी ने कवि जी जैसे भोले-भाले संवेदनशील इन्सान को क्यों चुना अपने लिए?

"क्यों? क्या हुआ? तुम तो सोच में पड़ गये बन्धु, गिरस्ती चीज़ ही ऐसी है, गृहिणियों का यह सब रमन-चमन है। कहावत है न—रानी रूठेंगी अपना सुहाग लेंगी।" सुहाग की गुलाबी रंगत पुत आयी थी उनके चेहरे पर! वाणीधर अबूझ-सा उन्हें निहार ही रहा था कि खट् से दरवाज़ा खुला और चम्पा फूल सी खिली गमकती सरिता जी निकल आयीं।

"बहुत दिनों के बाद हमारी याद आयी, क्यों? इंटरव्यू में दिल्ली कब जा रहे हैं?" आँखें अस्वाभाविकता से मटकायीं सरिता जी ने। फिर भी वाणीधर हल्का हो आया।

"एक हफ़्ते बाद जाना है।"

"पहले ही बधाई दे दूँ?"

"अरे नहीं।"

"हाँ भई वाणी तुम एन.एस.डी. में जाना चाहते हो?"

"हाँ भाई जी।"

"अच्छा रहेगा, ये भी जाना चाहती थीं। मैंने ही ध्यान नहीं दिया, मैंने फॉर्म ही नहीं मँगवा दिया। ये बिचारी पीछे कोशिश करके हार गयीं... नहीं जा सकीं; सब मेरे कारण हुआ।" कवि जी अपने कथन में ईमानदार थे। वाणीधर ने दोनों से आँखें चुरायीं—यह कैसी विडम्बना। देर तक कवि जी वाणीधर को एन.एस.डी. की कार्यशाला वाली परीक्षा का गुर समझाते रहे। फिर पूछा; "वाणीधर, क्या तुम सचमुच रंगमंच से इतना अधिक लगाव रखते हो? मुझे लगता है कि साहित्य और पत्रकारिता से तुम्हारा अधिक जुड़ाव है।"

"है भाई जी, साहित्य संस्कृति से समान रूप से जुड़ाव है। पेशा किसको बनाया जाय और किसे भावनाओं को पुष्ट करने के लिए छोड़ा जाय—यह कहना मुश्किल

लगा। एक समय में पत्रकारिता वृत्ति बन रही थी। अभी तक वही है। अब यदि सम्भव हुआ... मैं एन.एस.डी. में चुन लिया गया तो इसे ही पेशा बनाऊँगा।"

"तुम चुन लिए जाओगे।"

"पटना के या यूँ कहें पूरे बिहार के 'अ', 'आ', 'इ' 'ई', इत्यादि रंगमंच के स्वनामधन्य कलाकार जाते हैं प्रतियोगी बनकर...मैं उनमें कहीं नहीं ठहरता।"

"अपने आप पर भरोसा रखो, सब होगा।"

"आत्मविश्वास ही मेरा सम्बल है पर अतिरिक्त आत्मविश्वास नहीं है।" सरिता जी ने लाल चने की घुघनी और भुना हुआ चिवड़ा लाकर तीन प्लेटों में रख दिया। एक प्लेट में नमक, कटे हुए कच्चे प्याज और हरी मिर्च भी रखी। तीन गिलास पानी रखकर अन्दर चौके में चली गयीं।

"सरिता, आइये पहले नाश्ता कर लीजिए फिर चाय मैं बना दूँगा।" कवि जी ने प्यार से आवाज़ दी।

"हाँ-हाँ, आइये एक बार मेरी बनाई चाय भी पी लें।" वाणीधर ने कहा। सरिता निकल आयी।

"वाणीधर! आपकी बनाई चाय मैं आपके यहाँ जाकर पी चुकी हूँ...कवि जी ख़ास चाय बनाते हैं। मैंने पानी गर्म करने चढ़ा दिया है। नाश्ता कर उठेंगे तो बना लेंगे। है न!"

"हाँ-हाँ मैं स्वयं बनाऊँगा।"

"सरिता जी, इधर काफ़ी दिनों से आप मेरे हाथ की चाय नहीं पी सकी हैं। अक्सर मृदुला दीदी की चाय पीती हैं। यह नहीं होगा। भाई जी, एक दिन सीधे मेरी कुटिया में पधारिये।"

"यह भी कोई कहने की बात है, कल ही आता हूँ। गाँधी संग्रहालय में एक काम भी है।"

"पक्का रहा, क्यों सरिता जी?"

"पक्का, बल्कि जब तक ये गाँधी संग्रहालय में काम करेंगे मैं आपके पास आ जाऊँगी। आप रहेंगे न?"

"रहूँगा। अभी-अभी फील्डवर्क से लौटा हूँ। रिपोर्ट तैयार करनी है, कमरे में ही रहूँगा।" नाश्ता चाय करके वह आ गया अपने दड़बे में। पड़ा-पड़ा सोचने लगा।

फैलती सिकुड़ती ज़िन्दगी ने अब तक कोई आकार ग्रहण नहीं किया है। ग़रीब घर का एक लड़का इस शहर में आया था अपने आप को कुछ बनाने, कहीं स्थापित करने। पिता के मित्र के सहारे बड़े वातावरण में बड़ा बनने...बड़ा काम करने। घर की एक अहम समस्या थी ग़रीबी। ग़रीबी दूर करने का एकमात्र उपाय था पढ़-लिखकर नौकरी करेगा—यही अभीष्ट रहा। शिखर से सागर की ओर बहती

नदी की धारा की भाँति जीवन धारा को भी जहाँ जैसी भूमि मिली वैसी गति पायी। शायद वह राष्ट्रीय नाट्य विद्यालय के लिए चुन लिया जाय। तब जीवन की धारा का रुख़ क्या होगा? उसने मात्र अपने लिए कहाँ कभी कोई सपने देखे? वह अपनी आशान्वित बड़ी माँ और माँ की आँखों का सपना है, वह अपनी बहनों का विश्वास है सदेह, वह अपने छोटे भाई की प्रेरणा का सम्बल है, साथियों की ऊर्जा है। सपने कभी बिकने नहीं देगा, विश्वास घायल न हो, सम्बल अक्षुण्ण रहे, ऊर्जा चुके नहीं ऐसी शक्ति पैदा करेगा अपने अन्दर।

"भई वाणीधर, अन्दर हो क्या?" दिनेश जी की आवाज़ थी। इतनी रात गये इधर कहाँ आ गये? कहीं मेरे उखड़े मूड को देखकर तो नहीं आये, वाणीधर ने सोचा। आज का दिन भी अजीब था। अनेक घटनाओं से परिपूर्ण दिन के कोष में वर्षों का उपहार मिला। कई नये तथ्यों से आमना-सामना हुआ। नये-नये अनुभवों से गुज़रा वाणीधर।

"आइये-आइये भाई जी," वाणीधर ने दिनेश जी की अगवानी की।

"अरे भई यह अच्छा किया, कमरे में मरकरी का एक ही रॉड लगा देने से कायाकल्प हो गया। शायद कमरे की रँगाई-पुताई भी हुई है।" चारों ओर निहारते कह उठे दिनेश जी।

"हाँ! हुआ है, सरकारी चूना लगा है, यह मरकरी भी मृदुला दीदी ने ही लगवा दिया। बचत भी है।"

"हूँ।"

"बैठिये दिनेश भाई! मैं यहाँ से उठकर कई जगह गया।"

"क्या सरिता जी के यहाँ गये थे?"

"नहीं-हाँ"

"इसका क्या मतलब?"

"सबसे पहले निकिता दीदी के यहाँ गया, अपने भांजे को देख आँखें जुड़ाईं।" हँसने लगा!

"वाह भई, अच्छा किया। मेरे घर भी तुम्हारी भाभी तुम्हें याद कर रही थीं। बच्चे भी पूछ रहे थे कि 'समुद्र' अंकल क्यों नहीं आते?"

"आऊँगा। ज़रूर आऊँगा। वे भी कमाल के बच्चे हैं...भला मुझे समुद्र अंकल क्यों कहते हैं?"

"शायद समुद्र सी विशालता दीखती हो तुममें उनको। बच्चे हैं न, शायद वे भाँप गये हों कि तुम बड़ा काम करोगे।"

"व्यंग्य करते हैं भाई जी।"

"नहीं शुभकामनाएँ दे रहा हूँ। मेरे मन में एक बात आयी है।"

"क्या?"

"यही कि जब तुम दिल्ली वर्कशॉप के लिए जाने लगो तो मुझसे एक पुस्तक ले लेना, वह ट्रेन में पढ़ते जाना। शायद तुम्हें काम आये।"

"कौन-सी पुस्तक?"

"सुरेन्द्र वर्मा की 'मुझे चाँद चाहिए।' तुम उसे पढ़ते जाओ, ज़रूर चुने जाओगे। तुम पुरुष वर्षा वशिष्ट बन जाओगे।"

"अरे बाप रे! दिनेश भाई, आपकी कल्पना बड़ी ऊँची उड़ान भर रही है।"

"कल्पनाएँ ही ऊँची उड़ान भरती हैं।"

"अकारण अनजाने आकाश में उड़ने से पंख झुलस जाते हैं, भाई जी।"

"तुम्हारी उड़ान अकारण नहीं होगी वाणीधर, न ही आकाश की ऊँचाई किसी परिन्दे की थाही हुई होती है। अनजान डगर का उद्घाटक कोई राही ही होता है। जो डरकर डैने सिकोड़ बैठे वह क्या उड़ान भरेगा, कौन-सी ऊँचाई पर पहुँचेगा।"

"मैंने उस पुस्तक की समीक्षाएँ पढ़ी हैं, जहाँ तक मुझे अन्दाज़ा है नायिका के चारों ओर समाज के कठोर बन्धनों का हौवा है ज़रूर, परन्तु किसी प्रकार का उत्तरदायित्व नहीं है। अर्थात् अपने परिवार के किसी संकट को सोचने की आवश्यकता ही नहीं है।"

"क्या मतलब?" दिनेश जी के प्रश्न पर हँसा वाणीधर।

"अब भाई जी, आपने मेरी तुलना वर्षा वशिष्ट से कर ही दी है तो मैं आपको याद दिलाता हूँ। वर्षा वशिष्ट के ऊपर अपने परिवार के बड़े पुत्र होने का उत्तरदायित्व नहीं है। आर्थिक रूप से विपन्न पिता की सन्तान यदि लड़की होती है तो उसकी शादी की ज़िम्मेदारी बाप-भाई पर होती है, लड़की को मात्र एक सफल पत्नी बनने की चाभी सौंपी जाती है। लड़की यदि कुलबोरनी हुई तो चाभी फेंक अपनी राह पर चल पड़ती है। समाज उस पर थू-थू कर अपनी राह चल देता है। घर-बार या समाज की अर्थव्यवस्था का कुछ कहीं बिगड़ता पर मेरी तरह का अपनी पीढ़ी का बड़ा लड़का यदि चाँद पाने की राह पर बिना सोचे समझे चल पड़े तो फ़र्क़ पड़ता है दिनेश भाई, अर्थव्यवस्था चरमरा कर टूट जाती है।"

"तुमने सौ फ़ीसदी सच्ची बात कही है परन्तु प्यारे! मुझे तुम पर विश्वास है... तुम चाँद पाओगे, ज़रूर पाओगे।"

"आपके मुँह में घी शक्कर।"

"चलो ठीक रही। क्या हाल है कवि जी का और सरिता का?"

"अच्छे मूड में थे। नाश्ता कराया, चाय पिलायी।"

"और कोई बात नहीं हुई?"

"हुई। कवि जी पश्चात्ताप कर रहे थे कि उन्होंने सरिता जी के लिए फॉर्म क्यों नहीं मँगवा दिया। सरिता जी जन्मना कलाकार हैं, उन्हें एन.एस.डी. में होना चाहिए।"

"धत् मज़ाक़ करते हो।"

"नहीं भाई जी, सच कहता हूँ। वे भी मज़ाक़ में नहीं कह रहे थे।"

"तब तो अच्छी बात है। अगले वर्ष सरिता जी कोशिश करेंगी।"

"ज़रूर करेंगी। उसमें आ जायेंगी।"

"मेरा ख़याल है, इस वर्ष वे फिर पूरी तरह पति-पत्नी का सुख एकान्त भाव से प्राप्त करना चाहते हैं। शायद अगले वर्ष उस लोभ से मुक्त हो जायें।"

"हो सकता है।"

छह

'मुझे चाँद चाहिए' लेकर चला वाणीधर दिल्ली की ओर। सचमुच रास्ते भर दिनेश जी के निर्देशानुसार उसे आद्योपान्त पढ़ गया। उसमें उपन्यास की पठनीयता का भाग शामिल था, जिस दुनिया की ओर वह जा रहा था और जो किसी के लिए भी काम्य हो सकता है वह सब कुछ पढ़कर बेहद उत्साहित हुआ। पढ़ते-पढ़ते वह हँसने लगता मन-ही-मन...दिनेश भाई ठीक ही तो कहते हैं...यदि वाणीधर चुन लिया गया तो वह पुरुष वर्षा वशिष्ट हो सकता है। छोटे से गाँव का वाणीधर राजधानी आकर अपने आपको स्थापित करता है फिर भारत की राजधानी में संसार के सर्वश्रेष्ठ में से एक संस्था में प्रवेश पाता है तब धरती उसके पैरों तले नहीं होगी? पुलकित हो उठा वाणीधर...अपने घर का दैन्य हर लेगा। अपने पिता की गिरवी रखी ज़मीनें छुड़ा लेगा। अपनी छोटी बहनों की शादी में ऋण नहीं लेने देगा पिता को। तारों भरे आकाश का सपना आँखों में तैर आया, काली अमावस की रात में तारों भरा आकाश रौशनी देता सा लगा। अधिक दिन बाक़ी नहीं हैं कि वह दूज का चाँद देखेगा।

कार्यशाला के कँटीले गाँठ वाले दिन बिताये नहीं बीत रहे थे। मनोयोग और आत्मविश्वास काम आया। परीक्षाफल देख अपनी ही आँखों पर विश्वास नहीं हुआ। वाणीधर अकेला अपने प्रदेश से चुन लिया गया। साथ आये अन्य साथियों की हिकारत भरी नज़रों को झेलता वह लौटती गाड़ी में सवार हो गया। लौटते में फिर उसने 'मुझे चाँद चाहिए' पढ़ना शुरू किया। अबके दूसरी दृष्टि से पढ़ने लगा। कार्यशाला में दीखे एक-एक स्थल पर जाकर ठहर-ठहर जाता मन मिज़ाज। वर्षा वशिष्ट की अभिनेत्री बनने की प्रक्रिया, ऊँचे और ऊँचे जाने की उत्कट अभिलाषा की ओर मन ललच जाता। ऊँचाई प्राप्त करने के क्रम में जीवन का सुख गँवा देने की उसकी त्रासदी सिहरा गयी एकबारगी। नहीं; मध्यम मार्ग पर चलना अच्छा होता है। रंगमंच पर गया है कुछ सीखने तो उसके प्रति निष्ठा रखनी चाहिए। यह सच है कि जीवन में सीढ़ी की ज़रूरत होती है पर पायदान पर पायदान चढ़ते चले जाने की, साथ ही पिछले पायदान को गिरा देने की क्या आवश्यकता होती है? वाणीधर ने ऐसा तो नहीं किया है। अलबत्ता इसके पैरों के नीचे की ज़मीन छिनती रहती है,

कहीं से नयी पर जा पहुँचा। अभी तक भीड़ नहीं जुटी थी। टेबुल के पीछे कुर्सी पर दिनेश भाई बैठे थे, उनके पार्श्व में कुर्सी पर सटकर बैठे कथाकार मित्र थे। दोनों में गहन विचार विमर्श चल रहा था। यद्यपि वहाँ तीसरा कोई नहीं था तथापि वे धीमी आवाज़ में बातचीत कर रहे थे। वाणीधर को देख दोनों की आँखों में चमक आ गयी।

"आओ भई आओ! वाणीधर, हम तुम्हारी प्रतीक्षा कर रहे थे।" मित्र ने कहा। कोने में मोड़कर रखी कुर्सी उठायी।

"बैठने से पहले चाय के लिए कहकर आओ वर्षा वशिष्ट!" दिनेश जी ने कहा। बैठते-बैठते उठकर खड़ा हो गया वाणीधर। हँसता हुआ सामने वाली चाय की दुकान पर तीन चाय के लिए कहकर आ गया।

"आप ऐसे क्यों देख रहे हैं?"

"नहीं सुन रहा हूँ।" आँखों पर से मोटे शीशे का सिलींड्रीकल चश्मा उतार रूमाल से पोंछते कथाकार मित्र ने कहा।

"क्या?" दिनेश जी के होठों पर शरारत भरी मुस्कान थी।

"वही जो आपने कहा।" कथाकार ने वाणीधर की ओर देख एक बेहद महीन कौतुक पूर्ण मुस्कान में लपेट यह वाक्यांश सरकाया। वाणीधर दोनों के कथोपकथन का केन्द्र-बिन्दु था। सब समझते हुए निर्लिप्त दीखने की चेष्टा में गम्भीर बना हुआ था।

"आपने क्या सुना?" दिनेश जी की मुस्कान चौड़ी हुई।

"तुम्हीं बताओ वाणीधर, क्या कहा इन्होंने?" चश्मा आँखों पर चढ़ा देखा उसकी ओर। उनके देखने का अन्दाज़ ऐसा था कि वाणीधर फूटकर हँस पड़ा। तीनों साथ ठहाका लगाते रहे। तभी चाय आ गयी।

"दिनेश भाई की शुभाशंसा कि मुझे आकाश में देखना चाहते हैं।"

"पंख जिसके हों वही तो उड़ेगा। तुम्हारी सम्भावनाओं को देख हम कुछ भी कहते हैं।"

"शहर के कई लोगों को नागवार गुज़री तुम्हारी सफलता।" कथाकार की इस प्रतिक्रिया पर वाणीधर चुप हो रहा।

"मारिये दुष्ट हैं सब!" दिनेश जी ने नाक सिकोड़कर कहा।

"वाणीधर, तुम साहित्य-संस्कृति के गम्भीर अध्येता हो। मेरे जैसे लोग तुम्हें बुद्धि जीवी मानते हैं। मंच पर मैंने काफ़ी काम किया है ज़मीन प्राप्त होती रहती है।"

ऐसा ही होता है जब इन्सान किसी बड़े लक्ष्य को प्राप्त करना चाहता है, उस दिशा में बढ़ते उसके क़दम अनेक शंका-कुशंकाओं को जन्म देते हैं। अपने-पराये स्पर्द्धा उसी से रखते हैं जिनकी बढ़त की सम्भावना होती है। सांस्कृतिक कहे जाने वाले संस्थानों में चर्चा का विषय हो चला था वाणीधर।

"कैसे इसका चुनाव हो गया है?"

"कभी किसी उल्लेखनीय नाट्यकर्म में देखा गया कभी?"

"किसने इसे रिकमेंड किया था, पता लगाया जाय।"

"संस्कृति पर अख़बारों में टिप्पणियाँ लिखने को जिसने इसकी उपलब्धि मानी उन्होंने।"

"बहुत अच्छा वाणी तुम आगे ही आगे बढ़ते जाओगे।" मृदुला दीदी ने पीठ ठोंकते हुए कहा था।

"मेरी मंशा तुम्हें पूर्णतया अपनी जमात में शामिल करने की थी, तुम्हारे जैसे पढ़े-लिखे लड़के हमें चाहिए। तुम यहाँ भी आगे ही आगे बढ़ते चले जाते। वैसे जहाँ गये हो वह जगह भी बुरी नहीं है; बस एक ही बात मुझे नहीं भाती पहले रोटी की लड़ाई जीती जाय यह सब भुलाकर मंच पर ठुमके लगाने से क्या मिलने वाला है? तुमने लड़ाई का रास्ता छोड़ लड़ाई की हँसी उड़ाने वालों की जमात में जाने का, शामिल होने का फ़ैसला किया है... यह मैं गलत समझता हूँ।" विनोद बाबू ने कहा। वाणीधर मुस्कराता रहा। चुप रहने को उसने अपना एक हथियार बना लिया। विनोद बाबू के प्रश्नों का उत्तर मृदुला जी ने दिया।

"आपके विचार से साहित्य-संस्कृति का कोई स्थान किसी लड़ाई में नहीं है?"

"लड़ाई के योग्य साहित्य को मैं कहाँ नकारता हूँ।"

"और संस्कृति?"

"बेकार है सब"

"आपसे बातें करना सम्भव नहीं।"

"मैडम, मैं ठहरा अपनी विचारधारा का एक कामगार...आप सब हमारी लड़ाई में पस्त हो जाती हैं। आप सत्ता सुख भोगिये।"

"क्या आप सत्ता सुख नहीं भोगते?"

"हम सत्ता में रहकर भी उस सबसे ऊपर हैं। ये साहित्य-संस्कृति और उसका पेंच समझना चाहते ही नहीं पहले रोटी..."

"कहीं कोई पेंच नहीं है, आप बार-बार रोटी की चर्चा कर क्या साबित करना चाहते हैं? रोटी कमाकर खाने वालों ने क्या अपनी संस्कृति छोड़ दी है? रात-रात भर होली-चैता-विदापत गाते नाचते हैं या नहीं? आपकी सुनी जाय तो साँस लेना दूभर हो जाय।"

"जैसा अपने यहाँ वे करते हैं करें, कौन मना करता है?"

"वे करें, हम उन्हें न देखें, न कुछ जोड़ें न उनसे कुछ ग्रहण करें, हम एक-दूसरे की संस्कृति को समृद्ध न करें—यही आप कहना चाहते हैं न!"

"अरे महराज, हम क्या-क्या कहना चाहते हैं... आप कहाँ समझ रही हैं। मोर पाँख लगाकर राजभवन में नचवाइये वनवासियों को।"

मृदुला जी रोष से भर उठीं। वाणीधर ने अपने ऊपर से विवाद हट कर वार कहीं और जाते देखा। उनके बीच में वह अनायास कूद पड़ा।

"दीदी मुझे आपसे कुछ विशेष बात करनी है।" विनोद बाबू को राहत मिली। पता नहीं कौन-सा ज़हर उनके अन्दर उबल रहा था। उन्होंने तक-तक कर तीर छोड़े थे। अब पलटवार सहने को प्रस्तुत नहीं थे।

"बात करिये, मैं गाँव जाने के लिए तैयार होने जाता हूँ।" कहकर वे तेज़ी से अन्दर चले गये। मृदुला जी फुँकती सी चुप रहीं। वाणीधर ने साहस कर पूछा—

"दीदी, जाने के पहले ढेर सारी औपचारिकताएँ पूरी करनी हैं। कुछ तो अपने यहाँ के कलेक्टर से काम पड़ेगा, कुछ आपसे। फिर कलेक्टर साहब को आप ही फ़ोन कर देंगी न!" —मृदुला जी प्रकृतिस्थ हुईं।

"आपको बांड भर कर मेरा जामिन बनना होगा।"—दोनों हँसने लगे। वाणीधर को अच्छा लगा। मृदुला जी फिर सामान्य हो आयी थीं।

"दीदी शिवधर यहीं रहकर पढ़ेगा।"

"इसमें कहने की क्या बात है? उसे पढ़ना है तो रहना है।"

"आज मुझे अपने दफ़्तर जाकर हिसाब-किताब कर लेना है। कल मैं गाँव चला जाऊँगा फिर कब मिलना हो। आनन्द भाई से मुलाक़ात नहीं हुई।"

"वाणी, आनन्द इधर कम आता है। उसने एम.एल. ज्वाइन कर लिया है। ज़्यादातर गाँवों की ओर रहता है। हथियार का प्रशिक्षण दे रहा है लोगों को।"

"उनका स्वर मैं समझता था। उससे कम पर कहाँ मानने वाले थे। मैं एक छोटी मुँह बड़ी बात कहूँ दीदी?"

"कहो।"

"आपकी विचारधारा ख़ासी जुझारू है, हक़ की लड़ाई लड़ती हैं, जर-ज़मीन की... रोटी की लड़ाई पहले से है...फिर आपके यहाँ से छिटककर क्यों कॉमरेड ख़ूनी क्रान्ति वाले दस्ते में शामिल हो जाते हैं? अपने आप पर से विश्वास उठ जाता है...जिस महान जनोन्मुखी विचारधारा का गुण गाते नहीं थकते आप उसकी ताक़त चुकती लगती है...तभी बन्दूक़ की गोलियों पर भरोसा कर बैठते हैं।"

"देखो वाणी, तुम जो कहते हो उस पर मेरी भी आस्था है, जब विचारधारा कुछ न कर पाये तब बन्दूक़ कार्बाइन क्या कर लेगा? लेकिन सामने वाला अन्यायी है, वे आग्नयास्त्रों से लैस रहते हैं, पेट भर भोजन जिन्हें नहीं मिलता, उनकी इज़्ज़त आबरू तक महफ़ूज नहीं रहती, अपने अधिकार का ज्ञान इन्हें हुआ है तो पलटवार करते हैं। वर्गशत्रु से ऐसे नहीं लड़ोगे तो पीछे रह जाओगे।"

"नहीं दीदी, हज़ारों साल के सामन्तवादी सोच से लड़ने का यह तरीक़ा कारगर नहीं है। गोली-बम का प्रत्युत्तर गोली-बम ही है। मनुष्य के जीवन का मोल नहीं

रहा। मैं पूछना चाहता हूँ कि एक ही सिद्धान्त को मानने वाले अलग-अलग गुट में क्यों हैं?"

"आनन्द से पूछ लेना। वही कह सकता है।"

"उनसे मेरी बातें होती रही हैं। मैं जानता हूँ उन्हें अधिक धारदार अधिक मारू हथियार की तलाश थी, मैंने उन्हें समझाने की कोशिश की थी।"

"क्या समझाया था?" मृदुला जी मुस्कुरा रही थीं वाणीधर हँसा।

"सारे संसार के सामने हमारे देश के एक लँगोटी वाले ने रास्ता दिखाया है। सेवा, शान्ति-समानता का। उससे बड़ा प्रयोग करने वाला कौन हुआ? हम क्यों भटक रहे हैं?" मृदुला जी खिलखिलाकर हँस पड़ीं।

"क्यों हँस रही हैं दीदी?"

"अब यह भी पूछने की कोई बात है? गाँधी जी की प्रयोगधर्मिता से उनके स्वयं के अनुयायी ही दूर चले गये हैं। संसार को उनका आउट ऑफ़ डेट सिद्धान्त अजूबा लगता है—उसी कारण आकर्षित हैं। तुमसे मैं एक बार फिर कहूँगी यह सब सोचना छोड़ो।"

"प्लीज़ दीदी, गाँधी के सिद्धान्तों को आउट ऑफ़ डेट न कहें। आउट ऑफ़ डेट तो यह जंगल सिद्धान्त है। इसको मारो, उसको काटो, इसका छीनो, उसका झपटो। वह मार-काट सामन्त करे या मज़दूर—निहायत गिरा हुआ और पीछे घसीटने वाला काम है। मैं तो समझता हूँ सिद्धान्तहीनता ही है सभी गुटों में। तभी तो वैसे आधार को लेकर गठित देश का देश धराशायी हो जाता है।"

"सोवियत रूस का उदाहरण दे रहे हो तो जान लो वह अपने सिद्धान्त से स्खलित हो गया था। उसकी आग बुझ गयी थी।"

"दीदी, यथार्थ की धरती पर आपके क़दम नहीं पड़ते। आप सब एक काल्पनिक वर्ग शत्रु से युद्ध करते रहते हैं। सीमान्त व्यापारी, लघु वर्गभेद और सीमान्त किसान आपको क्यों शत्रु दीखता है? छोटे-छोटे नेताओं का गला काट कर क्या होगा? उनकी स्त्रियों और बच्चों को मार कर क्या होगा? आप तो इसे बदल सकती हैं, आपने सीधे-सीधे भोगा है। आपकी क्या मज़बूरी है वर्गशत्रु को तलाश कर ललकारने की? आप अपने शत्रु को सीधे पकड़कर क्यों नहीं कह देतीं कि आओ हम मित्र बन जायें। दीदी मुझको लगता है कहीं आप स्वयं के वर्गमित्र से तो आतंकित नहीं हैं?"

"तुम्हारे प्रश्नों के उत्तर हैं मेरे पास। कुछ तो मैं अपने स्वयं की गिरफ़्त में क़ैद होने के कारण कहने से बाज आऊँगी और कुछ का धीरे-धीरे तुम्हें स्वयं उत्तर मिल जायेगा। बहरहाल, तुम अपनी तैयारियाँ करो।" वाणीधर के चेहरे पर सन्तोष का भाव पुता था। उसे लग रहा था उसने दीदी को निरुत्तर कर दिया है।

साँझ ढलने से पहले वाणीधर सरिता के घर पहुँचा। कवि जी और सरिता कहीं

जाने की तैयारी में थे। वाणीधर को देखकर बैठ गये। वाणीधर ने उन्हें जाने को प्रेरित किया। वे नहीं माने।

"भैया वाणीधर, तुम मेरी नज़रों में ऊँचे उठ गये हो। देखो, मैं सालो-साल से देखता आ रहा हूँ। राष्ट्रीय नाट्य विद्यालय के लिए कोई न कोई चुना जाता है। प्रशिक्षण पूरा कर निकलता है। नाम और पैसा कमाता है; पर तुम्हारा वहाँ जाना मुझे बहुत-बहुत अच्छा लगा। सरिता जी, चाय तो पिलाइये।" सरिता का वहाँ से उठकर जाने का मन नहीं कर रहा था। कवि जी ने समझा; वाणीधर अब यहाँ कुछ दिन ही रहेगा। वह दिल्लीवासी हो जायेगा शायद सरिता जी इसीलिए एक-एक पल वाणीधर के साथ बिताना चाहती हैं। वाणीधर ने सोचा कि सरिता जी स्वयं जहाँ प्रवेश पाना चाहती थीं वहाँ वाणीधर जा रहा है, इच्छा-आकांक्षा का साकार रूप वाणीधर में देखकर वह अनुभव को गहराई देना चाहती थीं। और सरिता ने क्या समझा अपने वहाँ बने रहने को? वह समझ ही न पायी कि खिंचाव क्यों है? बेमन से उठकर चाय का पानी चढ़ा आयी। रसोई में खड़ी उनकी बातें सुन सकती थी परन्तु पास आकर खड़ी हो गयी। आज उसे वाणीधर नया-नया सा लग रहा था; रश्क करने लायक हो गया ऐसा लगता। इस शहर की ऊबड़-खाबड़ सड़कों पर साइकिल पर पैडल मारता युवक यक-ब-एक जगमगा उठा था। चाय के तीन गिलास ट्रे में लेकर चलने लगी तब ध्यान आया कि कुछ और बना लेना चाहिए। कुछ सोच कर डब्बे से बिस्किट निकाला और प्लेट में रखकर ले आयी।

"कुछ और नहीं बना लिया सरिता जी?" कवि जी ने स्नेह से टोका। सरिता झेंप गयी। उसने भी यही सोचा था।

"मैं जाने से पहले एक पूरा दिन आपके साथ बिताऊँगा भाई जी, अपने हाथों से खाना पकाकर खिलाऊँगा।" वाणीधर ने हँसकर कहा। सब मुक्त हो उठे। सरिता का आत्मालाप ख़त्म हुआ। वातावरण सहज हो गया।

तीनों साथ निकले। वाणीधर साइकिल से और सरिता तथा कवि जी रिक्शे से। दोनों का गन्तव्य अलग-अलग था। वाणीधर को निकिता के घर जाना था। वह तेज़ी से साइकिल पर पैडल मारता चला गया। चौराहे पर ट्रैफ़िक जाम था। खड़े-खड़े वाणीधर द्वैध में फँस गया। निकिता के घर जाय कि दिनेश भाई के प्रकाशन पर। निकिता के घर जायेगा तो पता नहीं मिलेगी कि नहीं, उसकी ड्यूटी का समय क्या है इसने पता ही नहीं किया है। दिनेश भाई के प्रकाशन पर कोई न कोई रहता ही है, शाम के वक़्त ख़ासी भीड़ जुटती है। एक साथ कइयों से मुलाक़ात होगी। दिनेश भाई जब दुकान बन्द करेंगे तब उन्हें लेकर आवास में आ जायेगा। उनसे पहले मिला जाय। चौराहे का ट्रैफ़िक जाम ख़त्म हुआ। चार क़दम आगे बढ़कर गली में मुड़ गया। एक स्थान पर रुक कर अपनी नीली डेनिम की टोपी ठीक की। धूप के कारण उसे झुका कर पहन रखा था। जेब से रूमाल निकाल धूल और पसीना

पोंछा, पैडल मारता हुआ प्रकाशन की दुकान पर जा पहुँचा। अभी तक भीड़ नहीं जुटी थी। टेबुल के पीछे कुर्सी पर दिनेश भाई बैठे थे, उनके पार्श्व में सटकर दूसरी कुर्सी पर बैठे कथाकार मित्र थे। दोनों में गहन विचार-विमर्श चल रहा था। यद्यपि वहाँ तीसरा कोई नहीं था तथापि वे धीमी आवाज़ में बातें कर रहे थे। वाणीधर को देख दोनों की आँखों में चमक आ गयी।

"आओ भई, आओ वाणीधर! हम तुम्हारी प्रतीक्षा कर रहे थे।" मित्र ने कहा। कोने में मोड़कर रखी कुर्सी उठाई वाणीधर ने और सीधा कर बैठ गया।

"मैंने भी मंच पर काम किया है वाणीधर" कथाकार ने कहा।

"इसमें क्या शक़ है? आप हमारी प्रेरणा हैं।"

"मैं दूसरी बात कहना चाहता हूँ। तुम्हारी तरह के सम्पूर्ण मनुष्य वास्तविक बुद्धिजीवी, बहुपठित, बहुश्रुत, लोकजीवन में रचा-बसा, समाज की चिन्ता करने वाला व्यक्ति जब उस प्रतिष्ठान में गया है तब वह अनूठा निकलेगा। तुम अपना सब कुछ बचाये रखना साथ ही वहाँ से सर्वोत्तम ग्रहण करना, उच्छिष्ट छोड़ देना। बहुत ऊपर जाओगे।"

"ये ठीक कह रहे हैं, तुम पर हमने आशाएँ सँजो रखी हैं।" वाणीधर चुप रह कर सब कुछ ग्रहण कर रहा था।

"उत्तर बिहार के पण्डित परिवार के हो न।"

"हाँ आपका जवारी हूँ।"

"सो तो है, एक बात पूछना चाहता हूँ। शादी तो नहीं की?"

"नहीं।"

"हड़बड़ी में शादी मत कर लेना।"

"सवाल ही नहीं उठता।"

"तुम्हारे यहाँ मूँछें आयी नहीं कि शादी का चक्कर शुरू हो जाता है।"

"हाँ होता है, पर मेरे यहाँ ऐसा नहीं होगा।"

"ऐसी भी क्या बात है? परिवार ग्रामीण है न।"

"मेरी कई बहनों की शादी बाक़ी है। सबसे आवश्यक काम वह है।"

"अच्छा-अच्छा।"

"मैं चलूँ भइया, एकाध जगह मिलने जाना है। फिर घर की ओर चला जाऊँगा।"

"दिल्ली जाने की ख़ुशी में टिकट लेना न भूल जाना, वरना मिलेगा नहीं।" दिनेश जी ने व्यावहारिक सलाह दी।

"हाँ भई, छुट्टियाँ बीतने के समय छात्रों की भारी भीड़ रहती है।"

"ले लूँगा" हँसता हुआ चला गया वाणीधर। अभी तक प्रकाशन की दुकान सूनी थी। कोई तीसरा नहीं आया था।

"दिनेश जी मैं जब-जब इस लड़के की ओर देखता हूँ—इसके विकास की यात्रा को देख दंग रह जाता हूँ।"

"बहुत सही दिशा में जा रहा है यह, अपने प्रदेश का नाम ऊँचा करेगा।"

"सुना है कि इसके चुने जाने की ख़बर से किसी एक नाट्य संस्था के लोगों को बहुत धक्का लगा था।"

"धक्का तो कई संस्थाओं के सदस्यों को लगा था परन्तु एक संस्था ने अपना चलता हुआ रिहर्सल रोक दिया था। सुना वहाँ बाजाप्ते शोकसभा कर डाली उन्होंने।"

"यह तो हद हो गयी।"

"उनका कहना है कि वाणीधर ने कहीं कोई अभिनय नहीं किया है, उल्लेखनीय नाट्य मंच से जुड़ा नहीं है, स्वयं की एक टुटपुंजिया संस्था बना ली बस। इसी बात पर एकमात्र वहाँ क्यों चुना गया हममें से कोई क्यों नहीं चुना गया। हम जो राष्ट्रीय स्तर की संस्था के मान्य सदस्य हैं, हम जो साहित्य-संगीत के पारंगत तो नहीं हैं पर अभिनय के बादशाह हैं, हमने अपना सारा समय वही सपने देखकर काटे...हमें वहाँ होना चाहिए।"

"उन्हें रोकता कौन है? परन्तु उन्हें शोकसभा नहीं करनी चाहिए। यह बैड टेस्ट हुआ।"

"छोटी-छोटी उपलब्धियों में सीना फुलाये यहाँ के मंच के सम्राट अपने सामने किसी को कुछ समझते हैं क्या? उनके सामने पाठक, कवि-लेखक यहाँ तक कि दर्शक भी पूरी तरह से अस्तित्वहीन हैं। जो हैं सो वे स्वयं-हम हैं तो यह ज़माना हैं का भाव रहता है उनके चेहरों पर।" दिनेश जी ने उत्तेजना में आकर कहा।

"बड़ी गलती कर रहे हैं, छोटी-छोटी गुटबाज़ियों में उलझकर।"

"अब आपके साथ क्या किया था उन्होंने! एक भविष्णु साहित्यचेता को लगभग मंच से दूर फेंक दिया गया। आपने नाटक लिखने की ओर से मुँह मोड़ लिया।"

"नहीं! मैं क्या लिखूँ नाटक—वह एक समय था। अपनी लड़ाई तो लड़नी पड़ती है—अस्तित्व की लड़ाई। वह समझिए एक फेज़ था। अपना लेखकीय अस्तित्व साबित कर देने के बाद में मुझे लगा, बेवजह उलझ कर क्रियेटिविटी मारी जाती है। तुम अपने रास्ते चलो मैं अपने रास्ते हूँ।"

"आपने सपाट ढंग से यह कह दिया क्योंकि आप फिर भी कथाकार हैं, उपन्यास लिखने जा रहे हैं। मान्य साहित्यकार हैं। मेरा कहना बस इतना है कि अपने यहाँ की लोक संस्कृति को साहित्य तथा मंच के माध्यम से पूरे देश के सामने रखने का, मान्यता दिलाने का जो काम कर रहे थे; उसे बीच रास्ते में छोड़ देना पड़ा। मेरी समझ से आपके दृश्यपटल से हट जाने से एक बड़ा झटका लगा।"

"अन्य लोग कर रहे हैं दिनेश जी। आप देखिये, किसी एक लेखक के मंच से

जुड़े रहने से कोई फ़र्क़ नहीं पड़ता है। कण-कण में बिखरे संस्कृति सन्दर्भों के बिखरे मोती जो चाहे चुन ले। परख होनी चाहिए।" सामने एक कार आकर रुकी। उसमें से चार व्यक्ति उतरे और सीधे दुकान के अन्दर आ गये।

"आइये-आइये..." दिनेश जी ने अगवानी की। ये लोग रोज़मर्रे के बैठकबाज़ थे। इस प्रकाशन पर बैठकर कितनी पार्टियाँ गठित हुईं। यहीं बैठकर प्रायः एक पार्टी का राज्य स्तरीय मन्त्रिमण्डल बनता, मन्त्रिपरिषद के सदस्य चुने जाते, विभाग बँटते, कार्यक्रमों की रूपरेखा तय होती बड़े विश्वास के साथ। यहीं बैठे-बैठे सरकार गिर भी जाती। कथाकार मित्र उठ खड़े हुए, आँखों ही आँखों में विदा ली और चल पड़े।

"हमारे आते ही आप उठ गये?" एक आगन्तुक ने कहा। "ड्यूटी का समय हो गया।" –घड़ी देखते व्यस्तता दिखाते कहा उन्होंने और आकाशवाणी की ओर मुड़ लिये।

"भइया नहीं हैं?" एक आगन्तुक ने मालिक मकान के सम्बन्ध में जिज्ञासा की। बातचीत में तुर्शी उनके रहने से आती। लम्बे-लम्बे वाक्य और बड़ी-बड़ी बातें चिन्तक के अन्दाज़ में वे यूँही कर जाते। कवि लेखक तथा विचारक अनायास हैं, राजनीति की धाराओं की शुरुआत बीच शहर के उनके ख़ाली मकान की गहमागहमी बनी। परिवार राजनीति और साहित्य से आक्रान्त रहा है। ये भी रहे हैं। तुनकमिज़ाज होने के कारण ज़रा भी विचार-वैभिन्य हो तो ये तुरत पाला बदल लिया करते हैं। इन दिनों कॉमरेड कहलाने का शौक़ पाल लिया है। शौक़ कहना अधिक सही होगा। आराम से विशाल मौरूसी भूखण्ड की खेती करते, व्यवसाय से समय निकालकर कविताएँ लिखते हैं, सभाओं की सदारत करते हैं फिर उससे बचे समय में सामन्तवाद तथा पूँजीवाद के ख़िलाफ़ जिहाद बोलने वाली पार्टी की राजनीति करते हैं। एक साथी साहित्य सेवी के शब्दों में कहा जाय तो उनकी यह राजनीति शुद्ध राजनीति है और कुछ नहीं। वे कहते हैं–"एथुआ उस पार्टी के सक्रिय सदस्य न रहेंगे तो उनकी विस्तृत खेती कैसे होगी? अपने इलाके के पुराने सामान्तों में उनसे अधिक खेत वाला कौन है? कम ज़मीन वाला लोग ज़रा चूँ-चपड़ करता है तो ई लोग उसका महमण्ड फोड़ देते हैं। ई जवान तो पक्का पॉलिटिशियन है।" साथी का बयान सुन भइया जी अपनी खिचड़ी फ्रेंचकट दाढ़ी पर हाथ ले जाते, चश्मे के भीतर से आँखें तरेड़ने का नाटक करते ठठाकर हँस पड़ते हैं। ऊपर से दो की चार सुनाते हैं पर भीतर ही भीतर पुलकित होते हैं, "ठीके कहता है।"

"न, नहीं हैं। गाँव की ओर निकले हैं।" दिनेश जी ने सूचना दी। दिनेश जी का मन आज घर जल्दी लौटने का था। ये लोग जब तब बरसाती नदी की भाँति उमड़ पड़ते हैं प्रकाशन में आकर। अनियन्त्रित विचारों की बाढ़ से जल-थल एक

कर देते हैं। आज काम करने वाला लड़का भी नहीं आया; आता तो उसे दुकान बन्द करने का ज़िम्मा देकर घर चले जाते। उठ खड़े हुए। दुकान से बाहर सड़क पर चहलक़दमी करने लगे। मुख्य सड़क से अन्दर की ओर आती गली की शाखा है यह। इनकी दुकान के बाद लगभग दस क़दम की दूरी पर रास्ता बन्द है। सामने दो-चार चाय और लिट्टी की दुकानें हैं। एक गली बड़े सरकारी बाज़ार 'मौर्यलोक' की ओर जाती है। उस गली को गाय-भैंसों के तबेले ने बन्द कर रखा है। शुरू-शुरू में दिनेश जी बिल्कुल खुली छोड़ी गयी गायों से डरते थे अब नहीं डरते, गोबर की सड़ाँध की आदत लग गयी है, नाक पर रूमाल भी नहीं ले जाते। टहलते हुए सोच रहे थे– ऐसा न हो कि चार बन्धु और आ टपकें और कैबिनेट के निर्माण की प्रक्रिया शुरू हो जाय... तब रात के नौ बजे जायेंगे। कई बार अनचाहे इन्हें गवाह की भूमिका निभानी पड़ती; अनायास ये राज्यपाल हो जाया करते। खीझ में भरे थे कि फिर हँसी आ गयी। इस कैबिनेट के गठन की सम्भावना समय पलटने पर हो भी सकती है, दिनेश जी को कोई राज्यपाल नहीं बना सकता। ऐसी चिरकुट बैठकें अक्सर इस राज्य को मन्त्री, मुख्यमन्त्री देती रही हैं, पर बैठक की त्रासदी भोगने वाले स्थान के मालिकों ने वहाँ कुछ पाया है कभी? पाया क्यों नहीं है, अपने एक प्रकाशक सम्माननीय सदस्य रहे हैं पार्लियामेंट के; परन्तु वे तो स्वयं राजनेता, साहित्य प्रणेता रहे हैं। उनके यहाँ की बैठकें चाहे जितनी सार्थक निरर्थक हुई हों वे अपने आप में कामयाब रहे। परन्तु राज्यपाल नहीं बन सके। यह राज्यपाल प्रसंग उनके मन में तीर की भाँति गड़ा है। बड़ी भद्द पिट गयी थी। हम हतप्रभ रह गये थे– सोचा दिनेश जी ने। कैसी दुनिया है उन्हें उस पायदान पर चढ़ने नहीं दिया। एक कार की तेज़ रौशनी से आँखें चुँधिया गयीं–परे हट गये। कहाँ से कहाँ निकल गये सोच में। इस नकली कैबिनेट के नकली राज्यपाल से असली कैबिनेट के असली राज्यपाल तक की यात्रा हो गयी। विनम्रतापूर्वक उनसे कहें कि मैं दुकान बन्द करना चाहता हूँ– यह सोचते सीढ़ियाँ चढ़ने लगे।

"आइये, दिनेश भाई बैठिए, कहाँ चले गये थे...। हमें एक ज़रूरी बैठक में जाना है। आप नहीं थे सो हम बैठे रह गये।"–एक ने कहा। दिनेश जी ने राहत की साँस ली। चारों फ़ौरन उठ गये। उनके जाने के बाद दुकान बन्द की। सीधे घर जाने की इच्छा थी, बच्चों को बताना था, पत्नी भी जानकर प्रसन्न हो जायेगी कि वाणीधर दिल्ली जा रहा है। सब उसे बेहद प्यार करते हैं।

वाणीधर दिनेश भाई की दुकान से निकलकर गली के मुहाने पर आ गया था। ट्रैफ़िक की ज़ोरदार रेलमपेल थी। एक पैर से धरती टेके खड़ा था वाणीधर कि आनन्द पर नज़र पड़ी। उसके कन्धों से बैग लटक रहा था, शायद अभी-अभी देहात की ओर से लौटा है। वाणीधर उमंग में साइकिल से उतर पड़ा और कार, तिनपहिया

तथा रिक्शे से बचता-बचाता सड़क पार कर गया। आनन्द से इसकी मुलाक़ात घर में होती ही पर वह उतावला हो गया। जाने क्यों आनन्द के साथ वह एक विशेष प्रकार का लगाव महसूस करता।

"अरे वाणीधर, तुम आ गये?" —आनन्द विस्मित-सा था।

"क्यों? आपको क्या पता चला है मेरे बारे में।" वाणीधर ने साइकिल खड़ी की और चाय की छोटी-सी दुकान पर आनन्द का हाथ पकड़कर बैठने का इशारा करते हुए कहा।

"जहाँ भी रहता हूँ तुम्हारी ख़बर रखता हूँ। तुम दिल्ली किसी काम की तलाश में गये थे न!"

"नहीं भइया, मैं नेशनल स्कूल ऑफ़ ड्रामा में भर्ती के लिए कार्यशाला में गया था। आपको जानकर ख़ुशी होगी कि मैं चुन लिया गया।"

"अच्छा तो यह बात है? भई बधाई हो! आप पूर्णकालिक संस्कृतिकर्मी बनेंगे। मैं तो सोचता था हमारी मुलाक़ातें गाँवों, जंगलों और बियाबानों में होंगी।"

"क्यों? ऐसा क्यों सोचा आपने?"

"मैंने सुना तुम्हारा अख़बार बन्द हो गया। तुम किसी साक्षरता मिशन की पत्रिका में काम करते हो। तुम्हारे गाँधीवादी विचार मैं जानता था, मुझे लगा तुम भी फील्ड में उतर गये हो, हम एक ही क्षेत्र में समानान्तर काम करते रहेंगे। समानान्तर ही! क्योंकि गाँधीवादियों से टकराना कहीं चाहते!" —वाणीधर ग़ौर से सुन रहा था आनन्द की बात। 'आप क्या टकरायेंगे' सोचा मन-ही-मन। यहाँ बैठकर क्या बात करें? अब आवास पर करेंगे। इधर वाणीधर बहस से बचने लगा था। उसे लगने लगा था उसकी कॉम्मरेड साथियों से हुई बहसों का कोई प्रतिफल नहीं निकल रहा है। वयस्क हो जाने पर यह जान गया था कि उन बातों का दीन-दुनिया से कुछ लेना देना नहीं। साक्षरता मिशन के काम ने उसे दैन्य, जहालत वगैरह को निकट से जानने में मदद की। गाँधीवादी सिद्धान्तों के प्रयोग करने वालों में नवयुवक नवयुवतियाँ नहीं थीं। उसका मन उधर खिंचता ज़रूर था लेकिन बड़का बाबू जी का कहा याद आता—एक परिवार का दुःख-दैन्य दूर करना भी छोटा काम नहीं है। कम-से-कम वही कर दिखाओ फिर बनते रहना गाँधीवादी या माओवादी। पिता ने कभी कुछ नहीं कहा। जीवन एक चट्टानी नदी है ऐसा सोचने लगा वाणीधर। रुकती...थमती बाधाएँ पार करती... बहती रहती। चट्टानी बाधाओं के कारण अक्सर रुख़ बदलती रहती। वाणीधर स्वार्थी है, स्वयं का स्वार्थ सिद्ध करने निकल पड़ा है—समाज को छोड़कर। आनन्द सच कह रहा है, सच कहते हैं विनोद भाई साहब। रोटी कपड़ा और मकान है नहीं, चले हैं संस्कृति की बिसात बिछाकर बैठने। मन खिन्न हो उठा। चाय पीकर दोनों साथ लौटे। कहीं और जाने का कार्यक्रम रद्द कर दिया।

तड़के ही गाँव निकल गया। बड़का बाबू और पिता को सारा हाल कह सुनाया। वे पढ़े-लिखे थे, पत्र-पत्रिकाएँ तथा अख़बार पढ़ा करते थे सो अनभिज्ञ नहीं थे, परन्तु उन्हें यह सब अधिक रास नहीं आया।

"तुम स्वयं समझदार हो—सब कुछ जानते-समझते हो, हम क्या कह सकते हैं। सम्भावना का द्वार तुम्हारे लिए खुले—यह हम चाहते हैं, तुम हमारा ख़याल रखना। गाँव में हम तुम्हारी राह देख रहे हैं, यह याद रखना।" बड़े बाबूजी ने संजीदगी से कहा।

"दिल्ली कोई दूर तो नहीं अब!" वाणीधर ने कहा था।

"दिल्ली दूर नहीं है, तुम्हारी यह शिक्षा तुम्हें हमसे दूर न कर दे। मैं जानता हूँ इसमें जाने के बाद लोग गाँव-घर से छिटक जाते हैं।"

"ऐसा नहीं होगा बड़के बाबू जी।" वाणीधर ने उन्हें और प्रश्नवाचक दृष्टि से ताकते अपने पिता को आश्वस्त किया। कच्चे चौके में कपाल तक घूँघट खींचे माँ बैठी थी, बड़की माँ के सर को पल्लू आधा ढँके था। वाणीधर ने देखा—उनके सर के बाल सितारों भरे आकाश से दीख रहे हैं, आधे काले, आधे चमकते हुए सफ़ेद। बहनों की आँखों में भइया के लिए हसरत थी, श्वेत-श्याम टेलीविज़न इनके घर में था। पढ़ती-लिखती लड़कियों ने सुन रखा था...कौन-कौन सुप्रसिद्ध अभिनेता-अभिनेत्री राष्ट्रीय नाट्य विद्यालय से आते रहे हैं। मेरे भइया उनमें से एक हैं, ईश्वर करे वे भी रोज़ हमें दूरदर्शन पर दीखें। इतना ख़ूबसूरत है मेरा भाई। वे मन-ही-मन गर्व करतीं।

गाँव से लेकर ब्लॉक, ब्लॉक से लेकर ज़िला मुख्यालय तक का चक्कर काटता रहा कई दिनों तक वाणीधर।

"बबुआ करिया गये हैं दौड़-धूप के।" बड़की माई ने कहा "हूँ।" माँ ने कहा और निहारने लगी बेटे का मुखड़ा।

"यह लग्न भी बीत गया, बुचिया का कहीं डौल नहीं बैठा। तुम्हारे बड़का बाबूजी गाँव-गाँव भटकते रहे।" माँ ने वाणीधर के सामने अपनी शाश्वत चिन्ता रखी।

"जब समय आयेगा तो आप से आप सब कुछ होगा।" बड़की ने कहा।

"एक जगह तो ठीक ही हो गया था, बस उनकी शर्त नहीं मानी।"

"देख छोटकी, उस बात को बराबर मत दुहरा। जो न होने वाला हो उसे क्यों दुहराना।"

"क्या माँग थी माई?" वाणीधर ने पूछा।

"छोड़ बचवा; जाने दे।"

"वे गोलट करना चाहते थे। उनकी बेटी क्वारी थी वे तुमसे ब्याह करना चाहते थे अपनी बेटी का बदले में अपना बेटा देते, बेटा बिजली विभाग में काम करता है, सरकारी नौकरी है।" माँ ने खोलकर कह दिया... वाणीधर सकते में आ गया।

"तू क्यों उदास होता है, तेरी मर्ज़ी के ख़िलाफ़ कोई तेरा ब्याह नहीं करेगा।

सब अपना-अपना भाग्य लेकर आते हैं। किसी का कर्म किसी से क्यों बँधे?” बड़की माई ने आश्वस्त किया। वाणीधर की उदासी नहीं छँटी बल्कि वह सोच में डूब गया। जाने कब वह इनके काम आयेगा। अब तक कुछ कर नहीं सका। छब्बीस वर्ष का जवान है, स्वयं अपने लिए जीता चला जा रहा है। मन-ही-मन संकल्प लिया शीघ्र ही अपने घर के लिए कुछ करेगा, कुछ ही क्यों बहुत कुछ करेगा।

टुन्नू आया था वाणीधर को अपने साथ खेतों की ओर ले जाने। वाणीधर ने अपने आपको घरऊ सोच से उबारा और उसके साथ गाँव के सीवान की ओर चल पड़ा।

“अब तुम कभी नहीं लौटोगे क्या?”

“पगला है, मैं दिल्ली जा रहा हूँ छुट्टियों में लौटा करूँगा। ढेरों लोग देस-परदेस जाते हैं कि नहीं? पटना में रहकर कौन-सा हर हफ़्ते गाँव आता था। इसी जाड़े भी फिर धमकूँगा।”

“जो भी कहो, मुझको लगता है तुम बहुत दूर जा रहे हो। पटना में थे तो लगता था पास हो।”

“क्या यार, मन दुःखी करोगे तो मैं रोने लगूँगा।”

“धत्, मैं खुश हूँ। वह सब कहने को कह गया। अब कभी दिल्ली घूमने आऊँगा। तुम घुमाओगे।”

“पहले मैं तो घूम लूँ। हम किधर चल रहे हैं?”

“गाँव के सिमान पर, नट आये हैं—सिरकी गिरी है। याद है हम बचपन में कितने शौक़ से देखने जाते थे?”

“याद है।” उस दिन साँझ ढलने के बाद वे घर लौटे। खाना खाने के पहले ही वाणीधर ने एक ख़ासी कविता लिख डाली।

दूर तक फैले खेतों के किनारे
पहाड़ियों के सिर क्षितिज में
टकराते हैं।
सुबह होने के काफ़ी देर बाद तक
उनके पहलू में छिपा रहता है अँधेरा
और शाम होने के बहुत पहले से ही
खेतों पर पसर जाती है उसकी स्याही
कौओं का झुण्ड का झुण्ड
गौरैयों का विशाल परिवार
बगुलों की कई कतारें।
कोयलों, पपीहों, उल्लुओं और
अनेक जानी-अनजानी चिड़ियों की

एक सुरीली और रंगीली दुनिया
क्षण में बसती है और सुबह
किसानों के जगने से पहले ही हर दिशाओं में
बिखर जाती है...

कविता लम्बी होती जा रही थी, उसमें जीवन की हलचल थी, माँ थी, रात की रानी की ख़ुशबू थी, सीधे खड़े वृक्ष थे तपस्वी की भाँति, पहाड़ी का सन्नाटा था, बंजारों की आहट थी। अपनी निराशा का विवरण था, बंजारों की मज़बूत भुजाएँ सहारे के लिए थीं। एक अदम्य कामना थी।

काश मैं बंजारा होता
चलता रहता लगातार
पार करता नदी नाले झरने।
पहाड़ रेगिस्तान
कहीं ठहरने की चाह न होती
न होता मेरी यात्रा का अन्त
कहीं थकता या रुक जाता
दूर से पुकार लेती मुझे बंजारे की
कलाबाज़ लड़की
और मैं उसके साथ पार कर लेता
वो सारे बीहड़
जिनमें मैं लगातार उलझता गया हूँ।

रात भर कविता की कई-कई आवृत्तियाँ करता रहा नींद में। मन एक मिश्रित ऊहापोह से बोझिल था।

बोझिल मन के साथ पटना न जाकर अपनी ओर से ही दिल्ली को निकल गया। रास्ते भर सोचता रहा उस नये संसार के विषय में। नये संसार की नयी सुबह कैसी होगी, अपना पुराना जाना-पहचाना शहर पटना कितना बसा रहेगा यादों में। नितान्त अनजाने स्थान का एक अपना रंग होता है; भारत के कोने-कोने से आये प्रशिक्षु होते हैं, प्रशिक्षक होते हैं। सप्ताह भर परिचय का बघनखा सहना होता है, वाणीधर ने भी सहा। फिर हुआ यह कि जिनके दाँत, नख जितने पैने दीखे वे ही अधिक प्रिय मित्र बन गये। कठिन प्रशिक्षण में लिप्त वाणीधर दायें-बायें तक नहीं देख पाता, फिर भी सन्तुष्ट था। साहित्य, कला का गम्भीर छात्र होने के नाते पत्रकार की ज़ुबान पाने का ख़मियाज़ा भुगतना पड़ता। कई बार उसके भाषा-ज्ञान, काव्य तथा गद्य-ज्ञान के कारण गुरु स्थानीय लोग अधिक तवज्जो देते तो कई बार उसके जिज्ञासु प्रश्नों को टाल कर चुप करा देते। फिर शुरू हुआ संगी-साथियों का

मज़ाक़ उड़ाने का सिलसिला। वाणीधर ने छात्रावास में देखा—कला-संस्कृति के प्रशिक्षु कुण्ठाएँ तजने के नाम पर अकुण्ठ भाव से पंक में धँसते चले जा रहे हैं। रात भर के शोर-शराबे से, खान-पान की अनियमितता से ऊबकर कभी किसी को समझाने की कोशिश करता तो उल्टे उनकी हिंसात्मक दरिन्दगी का शिकार हो जाता। तब एक बार उसे बेहद निराशा हुई।

"मैं अधिक बर्दाश्त नहीं कर पाता, शायद न रह सकूँ।"—वाणीधर ने निदेशक महोदय से कहा।

"ऐसा नहीं सोचते, तुम्हारा भविष्य निर्माण करेगा यह सब। स्वयं को स्थिर करो कल का सूरज तुम्हारा होगा।" उन्होंने प्यार से समझाया। साहित्य प्रेमी निदेशक ने कवि वणीधर को उत्साहपूर्वक काम करने की सलाह दी।

"मैं बेहद तनाव में हूँ। माइग्रेन का दर्द उठने लगा है।"

"योग-ध्यान की कक्षा पर कंसन्ट्रेट करो। सब ठीक हो जायेगा।"

निदेशक ने स्नेहिल मुस्कान से उसके पीड़ित, चोट खाये हृदय पर मानो गुलाबजल का फाहा रखा हो। उसकी पीठ थपथपाई। पहली छुट्टी पर वह पटना लौटा। चार दिन पटना रहने का इरादा था। मित्रों ने हाथों हाथ लिया, शत्रुओं ने बेख़याली दिखायी। दिनेश जी के घर गया मिलने।

"मेरा मन वहाँ नहीं लगता, जी चाहता है छोड़ दूँ।"

"क्या कहते हो? छोड़ देना सोचने से कौन तुम्हें छोड़ने देगा? इतनी बड़ी उपलब्धि को जाया करोगे?"

"भाई जी, मुझसे वहाँ का सम्पूर्ण वातावरण बर्दाश्त नहीं होता, नहीं चलेगा।"

"तुम वहीं रहोगे चुपचाप, समझे? बर्दाश्त तो बहुत कुछ नहीं होता है। क्या तुम सबको अपने से दूर कर सकोगे? नहीं न! तब क्या कर लोगे दुनिया का? इसी संसार में रहना है, इसका अच्छा-बुरा सहना ही पड़ेगा, और सुनो, तुम तो सदा के उत्साही युवा थे, यह क्या हो गया है तुम्हें? अपने अन्दर के उत्साह को एक बार आवाज़ दो। निराश न होओ।"

पूस की रात में अलाव के गिर्द बैठे पिता-चाचा अधिक ख़ामोश दीखे। बातचीत का कोई सिलसिला जम नहीं पा रहा था। सबों के दिल में काँटा सा था। एक बहन की शादी लगभग तय थी। ज़मीन का महत्त्वपूर्ण टुकड़ा बिकने जा रहा था। वाणीधर की उपस्थिति रहे उस कारण विवाह की तिथि सत्रह जनवरी की तय थी। गाँव के ही एक कुम्हार ने ज़मीन ख़रीदी थी। घर में विवाह का उत्साहपूर्ण वातावरण था—बाहर मौन का साम्राज्य।

शादी के साथ थी विदाई। विदाई के वक़्त उसके गले में काँटेदार चुप्पी उतर

आयी थी। स्वल्प साधन के पिता कुटुम्ब का मन भर नहीं पाये थे। पुत्रवधू का रूप-गुण गौण पड़ गया था। यहाँ का स्रोत रीत गया था। वाणीधर की कनपट्टियाँ दर्द से तड़कने लगीं। वह दवा खाकर आँखें मूँद पड़ा रहा। आँसू का एक कतरा भी न निकल पाने की पीड़ा छटपटाहट बढ़ा रही थी। दूसरे दिन, सुबह सबेरे उसने काग़ज़ कलम उठायी और अपनी पीड़ा को बह जाने दिया।

"छप्पर की मुँडेर पर रखा यह मिट्टी का हाथी स्वरूप
जब कहीं जहाँ कहीं नज़र आता है
मुझे मेरा बचपन याद आने लगता है
मुझे याद आने लगती है मेरी बहन
जिसके साथ मैं ख़ूब लड़ा करता था
फिर याद आते हैं एक-एक कर लम्हात
उसकी शादी के
उसकी विदाई के
और फिर याद आता है
छप्पर की मुँडेर पर रखा मिट्टी का यह हाथी
जो मेरी बहन की शादी का
एक मात्र अवशेष मेरे यहाँ बच गया था
जिसे देखकर मुझे मेरी बहन की जुदाई
याद आयी थी। मैं ख़ूब-ख़ूब रोया करता
मेरे साथ भाव-विह्वल होकर मेरी माँ
छोटी बहनें, छोटा भाई सभी रोते
लेकिन बाबूजी गुमसुम चुप
कभी-कभी छप्पर के हाथी को देख अधिक चुप हो जाते थे
आज फिर मेरी एक बहन की शादी हुई है
आज फिर छप्पर पर वैसा ही हाथी बच गया है
मैं इस बहन से भी बेहद प्यार करता हूँ
घर के सभी लोग रो रहे हैं जुदाई के ग़म में
लेकिन आज नहीं रोने वाला मैं
बाबूजी के साथ मैं भी शरीक हूँ
आज मैं जान गया हूँ कि बाबूजी तब भी
क्यों चुप थे और आज भी क्यों चुप हैं
बाबूजी ने पहली बार मुझसे बराबरी के हिसाब से कहा
"अब दो बेटियों की शादी कैसे होगी

अब तो ज़मीन भी नहीं बची
जो बेचकर दहेज दे सकूँ"
लगा मेरे छप्पर पर एक मस्त पागल हाथी
चढ़कर उसे नेस्तनाबूद कर रहा है
घर के सभी लोग चिल्ला रहे हैं
और मेरी दो बहनें उस छप्पर के नीचे
कुँआरी ही बूढ़ी हो गयी हैं।"

कविता का भावप्रवण अन्त इसे गीला कर गया! घर में नींद की ख़ामोशी थी। वाणीधर चादर लपेट बाहर निकल गया। खेतों में गेहूँ की फ़सल लगी थी...सरसों के पीले फूलों से सुबह रौशन हो आयी थी, मेंड़ पर खड़ा महुए का पेड़ फूलों से लदा था, उसके सफ़ेद भरे-भरे से फूल आने शुरू हो गये, वे शीत से लदे थे। गोधूलि से भरा साँझ का आकाश सुबह की हलचल से पहले निथरकर साफ़ हो गया था, चाँद ने हरे-भरे खेतों के समुन्दर को पार कर लिया था, सूरज की उजास में कहीं धुँधली चाँदी की थाली सा दुबक गया था। अभी चूड़ियों की खनखन कहाँ शुरू हुई थी, फ़सल खेत में हरिया रही थी, महुए का कोंचा टप-टप चूने का वक़्त दूर था। वाणीधर मेंड़ पर टहलता हुआ सोच रहा था—लगातार। फिर फ़सलों की सतह से उठने लगती है एक जानी पहचानी धुन जिसमें लिपटी हैं बचपन की यादें, यौवन के स्वप्न और आज का हाल; उस उठते स्वर में फिर डूबने लगा है वाणीधर। अकेले खड़े महुए के पेड़ के पास खड़ा हो जाता है वह अपने पीले उदास चेहरे के साथ। शीत लदे दक्षिणी पवन ने एक बार सिहरा दिया वाणीधर को। धीमे क़दमों से घर की ओर लौटा। आज ही उसे लौटना है।

बड़ी-बड़ी बातें सोचता है वाणीधर, तकरीरें और साक्षात्कार छापता रहा है नेताओं, शासकों-प्रशासकों, समाज सुधारकों, लेखक और पत्रकारों के। क्यों नहीं सुधरता समाज? संविधान भी हज़ारों वर्ष के रूढ़िवादी समाज के सामने पंगु है। ऐसा क्यों है? क्योंकि हम चेहरे पर चेहरे लगाये घूमते हैं। कथनी और करनी में अन्तर है। क्यों न सारे नवयुवक-नवयुवती जुट जायें; समाज को बदल डालें। नहीं, उपभोक्तावादी व्यवस्था के सारे शिकार हैं; उसे याद आते हैं वे साथी जिन्होंने अपनी मर्ज़ी से बिना दहेज की शादियाँ कीं, अधिकतर सुविधा देखकर। कमाऊ लड़की देखकर शहर की कमाऊ लड़कियाँ स्वयं दुहरी मार सहती हैं; घर-बाहर का बोझ अपने कन्धों पर उठाये चलती हैं! वाणीधर उनका नमन करता है मन-ही-मन। युवक अपनी सुविधा देखकर सादा विवाह करते हैं तो सिर्फ़ शहरों में। गाँवों की कम पढ़ी-लिखी लड़कियों का क्या हो। कृषि व्यवस्था के अन्तर्गत आने वाले सम्मिलित परिवारों के युवकों की अलग ही व्यवस्था है, वे अपना स्वयं का निर्णय नहीं ले

सकते तब क्या हो? सोचते विचारते घर पहुँच गया। सारे लोग जग गये थे। बड़का बाबूजी और बाबूजी चाय पी रहे थे। छोटे चाचा भाभियों के साथ चूल्हे के पास बैठे थे। वाणीधर भी वहीं जा बैठा।

"तुम्हारी आँखें लाल दीख रही हैं, वाणी, नींद नहीं आयी क्या?"

"नहीं आयी।"

"बेटी विदा कर गहरी नींद आती है, तुम्हें क्या हुआ?"

"कुछ नहीं, यूँ ही।" मुस्कुराने की असफल चेष्टा थी। पत्रकार होने के नाते याद आया, दसियों समाचार छापे थे दहेज-हत्या के सम्बन्ध में, क्या अब बेटी विदा कर माता-पिता अच्छी नींद सो पाते होंगे। अपनी सोच को झटक दिया उसने। कहीं मुँह से निकल न जाये। शुभ-शुभ सोचना चाहिए।

हरे-भरे खेतों के बीच से जाने वाली रेल की पटरी, उतरती साँझ से सुरमई होती साथ-साथ चल रही है वाणीधर के। सरयू से गंगा तक, गंगा से यमुना तक की यात्रा कहाँ ले जायेगी इसे। भागते क्षितिज को पकड़ने की आशा में अनायास बिदेसिया गुनगुना उठा।

"गंगा रे जमुनवाँ के झकमक पनिया से
मोर प्राण बसे हिम खोह रे बिदेसिया"

अपने बिहारी स्वातन्त्र्य चेता कवि रघुवीर नारायण को नमन करते गाता चला जाता है और एक पंक्ति पर अटक जाता है; बार-बार "सरयु झमकि लहराये रे बटोहिया।"

स्वर ऊँचा हो गया होगा, गाड़ी की गति धामी हो गयी थी, मैरवा स्टेशन पार हो गया था, कब सीमान्त सरककर पीछे छूट गया पता ही नहीं चला। खिड़की से आँखें हटा लीं वाणीधर ने। सामने बैठा नवयुवक उसी को देख रहा था। नवयुवक की आँखें स्नेह से आर्द्र थीं, वह ओठों ही ओठों में मुस्कुरा रहा था। वाणीधर ने उस दबी सी हँसी का स्वागत अपने सफ़ेद भुट्टे के दाने से दाँतों को दिखाकर किया। मुस्कान और प्रति मुस्कान।

"आप कहाँ जा रहे हैं भाईजी?" वाणीधर ने पूछा।

"जहाँ आप जा रहे हैं।" उत्तर मिला।

"अच्छा? आप कहाँ जा रहे है।" वाणीधर हँस पड़ा।

"लोग निरुत्तर होते हैं, मैं प्रश्न विहीन हो गया।"

"पत्रकार रह चुके हैं भाई, यह होना नहीं चाहिए।"

"आप कैसे मेरे बारे में जानते हैं?"

"आपके बैग में नाम-पता लिखा है। आपकी शक्ल किसी अख़बार में देखी थी, बायोडाटा पढ़ा था, आपके बारे में सब कुछ जान गया।"

"ओह, आप अपना परिचय दें।"

"मुझे विधुभाल कहते हैं।"

"मैं पहचान गया कुछ कहने की ज़रूरत नहीं।" हाथ बढ़ाया वाणीधर ने। दोनों हाथों से विधुभाल का हाथ पकड़ लिया।

"कहने की ज़रूरत है, हम एक ही स्थान के व्यक्ति हैं, क्यों न भोजपुरी में बातें करें।"

"बिल्कुल-बिल्कुल।" उनकी बातचीत भोजपुरी में होने लगी।

"आप जो गा रहे थे मुझे बेहद पसन्द आया। वह गीत मैं भी जब-तब गुनगुनाया करता हूँ। पूरा नहीं आता आप लिखकर देंगे?"

"ज़रूर, अभी लिख देता हूँ। वैसे मेरे पास स्वर नहीं है। वहाँ हमारे संस्थान में जो लोग अच्छा गाते हैं, उन्हें मैंने गीत दे दिया है। सुनता हूँ, घर की याद ताज़ा कर लेता हूँ।"

"यह गीत सार्वभौम है। आपका क्या ख़याल है?"

"आप सही कहते हैं भाई।"

"आपका नाट्य विद्यालय में पहला वर्ष है न!"

"हाँ, अभी बहुत दूर जाना है, मैंने देर से सोचा उधर जाना।"

"कोई बात नहीं, देर आये दुरुस्त आये। मैं स्वयं देर से पहुँचा अपने वर्तमान स्थान पर। आप कला संस्कृति के माध्यम से एक बार फिर सामाजिक विसंगतियों पर चोट करेंगे जैसे कि भिखारी ठाकुर ने किया था। हम आपके साथ हैं।"

"आपने कुछ अधिक सोच लिया मेरे बारे में। मैं एक अदना भोजपुरिया क्या कर सकूँगा। मेरे पहले ढेर सारे लोग हैं करने को।"

"क्या होता है ढेर सारे लोगों के होने से। आपकी संवेदना, आपकी शिक्षा-दीक्षा को तह तक जानता हूँ। सफदर हाशमी की मौत के बाद की आपकी सक्रियता दर्ज की गयी। मुझे उसी समय लगा था—बिहार के नवयुवक सूखे रेत के ढेर हैं, अबरख के कण भी उस ढेर में मौजूद हैं, विचारधारा का सूर्य प्रकाश जिस कण पर पड़ा वह मार्त्तण्ड हो उठा। मैं आपकी प्रगति...आपकी गतिविधि पर बराबर नज़र रखे रहा। अमृत, निकिता वगैरह से आपके सम्बन्ध में अक्सर बातें हुईं, यह एक संयोग ही है कि निकट के होते हुए हम आज मिल रहे हैं; अब ख़ूब छनेगी।"

"मैं आपका मुरीद हो गया।"

"चलिए अच्छी रही, हम एक-दूसरे के मुरीद हैं।"

रेलगाड़ी का सफ़र कैसे कटा—उन्हें समझ में नहीं आया। इतमीनान से बातें करते अपने-अपने गमों को पीछे ढकेल दिया। विधुभाल अपने मित्र की शादी में

सीवान गया था। अम्माँ को अब तक अपने प्यारे बेटे के लायक कोई लड़की नहीं पसन्द आयी थी। बेटे ने पूरी छूट दे दी थी, पर माँ का मन उसे अपने बेटे की तुलना में साथ देने वाली कोई लड़की रुच नहीं रही थी। कोमल मनवाले विधुभाल ने दसियों निजी मित्र बनाये सैकड़ों प्रशंसक रहे, हज़ारों को सम्बोधित करता रहा, लाखों इसकी प्रतीक्षा करते हैं समाज में पर वह कहीं स्थिर न हो सका अब तक। कहीं कोई घर उसका है? नहीं, यूँ कहें कि ढेर सारे घर उसके हैं, पूरी पृथ्वी अपनों से भरी हुई है। अपने कॉमरेड साथियों से रश्क होता है उसे, गृहस्थी के लिए समान विचारधारा वाली प्रेमिल स्त्रियों का साथ मिला। उसके लिए कोई नहीं। अपने मन के अन्दर पैठता है विधुभाल, उसकी शर्तों पर मनोनुकूल कोई लड़की हाथ बढ़ाकर क्यों नहीं आयी उसके पास। ऐसा भी कभी होता है? उसके बिहारी मन ने सोचा। संकेत बिन्दुओं को स्वयं पकड़ना होता है। शायद इसकी तरह के वंचित लोग ही गाते हैं—"तोड़ो गृह तोड़ो, मेरे साथ चलो।"

"क्या सोचने लगे विधु जी?" वाणीधर ने विधुभाल को उसके मन के अन्दर से निकाला।

"कभी-कभी अपने विषय में सोचना अच्छा लगता है। आप साथ हैं—अपनापन याद आया, घरऊ अपनापन; तो घर याद आया। मैं अपनी माँ को बेहद प्यार करता हूँ... घर को भी करता हूँ ... यही निकला न अर्थ। फिर बार-बार छोड़कर चल क्यों पड़ता हूँ?" वाणीधर मुस्कुराया। ऐसा ही होता है, उसने सोचा। उसे भी याद आते हैं सब।

"आप बहुत बड़ा काम कर रहे हैं; बेघरों को घर, भूमिहीनों को भूमि दिलाने का वादा करने वाले; उसके लिए लड़ने वाले लोग अपने घर की परवाह नहीं करते। आप वह सब करते हैं। सभी लोग अपनी ख़ुदी नहीं छोड़ पाते, निजी समस्याओं से निजात नहीं पाते, आपके जैसा व्यक्ति यह कर रहा है।"

"मुझे साथियों की कमी नहीं हुई है भाई, मेरे साथ काम करने वाले, मेरे साथ चलने वाले लगातार बढ़ रहे हैं।"

"अपने शहर में जो भयानक आतंक की लहर है, उसमें आप जैसे निर्भय इन्सान ही तो रू-ब-रू खड़े हैं।"

"हम जनता को संगठित कर रहे हैं, उन्हें ताक़त का अहसास नहीं सीधी शक्ति देने का वादा कर रहे हैं। भूपतियों के अन्याय, आतंकवादी सरकार के भ्रमपूर्ण कार्यों के ख़िलाफ़ लाखों की संख्या में भूमिहीन मज़दूर उठ खड़े हुए हैं। आपने देखा सरकारी तन्त्र और गुण्डों ने साथ मिलकर हमारे अपनों पर गोलियाँ चलायीं।"

"मुझे मालूम है, आप किस भ्रम में कुर्सी पर बैठने में उनका साथ दे रहे थे? क्या मण्डलीकरण की आँधी में बहकर?"

सीधे वार से तिलमिला गया विधुभाल। उसके गेहुँए चेहरे पर लाली दौड़ गयी। आँखें झिप-झिप करने लगीं। उसे थोड़ा समय लगा अपने को सँभालने में।

"शायद ऐसा ही है, सत्ता में भागीदारी का ऐलान होते ही कुर्सी की दुराशा में हमारी पार्टी ने भेड़ की खाल ओढ़े भेड़ियों का साथ देना स्वीकार कर लिया। मैं नहीं समझता मण्डलीकरण की अधिक भूमिका रही, मेरी समझ से सम्प्रदायवादियों के ख़िलाफ़ एकजुट होने का प्रयास था।"

"विधुजी, हम यहाँ सिर्फ़ दो ही व्यक्ति हैं आप कॉमरेड हैं, मैं भी सीमान्त पर खड़ा साथी हूँ। आपकी प्राथमिकता क्या है? आप निर्धनों, मूर्खों, अन्त्यजों के हाथ में हथियार देकर क्या-क्या चमत्कार देखना चाहते हैं? किन-किन लड़ाइयों में वे विजय एक साथ प्राप्त कर सकते हैं? कई-कई मोर्चों पर लड़ाई हिंसा के माध्यम से नहीं लड़ी जा सकती है। अन्यायपूर्ण, जातिवादी आतंक से भर देने वाली सरकार के साथ हाथ मिलानेवाली पार्टी की छवि को आप कैसे तोड़ पायेंगे? आपकी लड़ाई का तरीक़ा मेरी समझ से सही नहीं है। शायद इसीलिए अपने शहर सीवान तक में आतंक ही आतंक है। आपके पास भी आधुनिक अवैध हथियार हैं, गुण्डों के पास भी हैं। आपके समर्थकों की संख्या हज़ारों में है तो उनके साथ सरकार का पूरा तन्त्र है, पुलिस है, प्रशासन है, हठीली, गर्वीली निरंकुश सत्ता है गुण्डों के पक्ष में। अपने को ग़रीब-गुरबों की अकलियतों की हिमायती कहने वाली सरकार, मण्डल-कमीशन की दुधारी तलवार से समाज को बाँटने वाली सरकार चाहती है कि सब कुछ छिन्न-भिन्न हो जाय। आपके टुकड़े-टुकड़े हुए विचारधारा वाले कई ख़ूनी दस्ते अब भी उनके साथ हैं।"

"आप ठीक कहते हैं वाणीधर, परन्तु तूफ़ान के डर से दीया बुझाये रखूँ? यह नहीं होगा, एक दिन उन्हें मुँह की खानी पड़ेगी। एक तरफ़ अजीर्ण दूसरी तरफ़ फ़ाका नहीं चलेगा।"

"ऐसा कहने वालों की संख्या अपने यहाँ कम नहीं हैं।"

"आप गाँधीवाद का नारा दे रहे हैं? वही नारा देश की जनता के सामने दुहरा-दुहरा कर कांग्रेस शासन करती रही।" व्यंग्य से हँसा विधुभाल। उसकी रुचि नहीं थी बिल्कुल अभी गाँधीवाद पर बातें करने की। वाणीधर अवसर चूकना नहीं चाहता था।

"गाँधीवाद हमारे देश में निर्वासित है। भारत में गाँधी किसी दल, सरकार, तन्त्र, संस्था, दर्शन, विचारधारा किसी आन्दोलन या अभियान के एजेंडा नहीं हैं। अब गाँधी एकमात्र 'गाँधी मार्ग' नामक गाँधी शान्ति प्रतिष्ठान की पत्रिका के केन्द्रीय विषय हैं। भारत के जीवन से, इसके मानस से गाँधी पूरी तरह बहिष्कृत तिरस्कृत हैं।" वाणीधर बोलते-बोलते चुप हो गया। विधुभाल सब कुछ बड़े ग़ौर से सुन रहा था।

"परन्तु अनेक भारतीयों के अहंकार के एक कोने में गाँधी को अब भी थोड़ी जगह मिली है। अहंकार में तो कभी-कभी शत्रु को जगह देनी पड़ती है क्योंकि हमें कहना जो है कि हमने अपने प्रचण्ड शत्रु से लोहा लिया है। ठीक वैसे ही हमें अपने दर्प की सिद्धि के लिए गाँधी का नाम किसी विदेशी किसी प्रतिपक्षी पर उछाल देने के लिए गाँधी चाहिए।" विधुभाल ने उत्तर दिया।

"इतिहास ने हमें अभी गाँधी से अधिक दूर नहीं किया विधुजी। ऐसे दुष्ट समय में भी गाँधी प्रसंग कुछ स्वप्नदर्शियों की विवशता है, है न!" वाणीसर मुस्कुरा रहा था।

"इस देश ने समाज और मनुष्य के अमानवीयकरण, निरूपण, राजनीतिकरण, सरकारीकरण, अपराधीकरण और ध्वंस की एक अर्द्धशती पूरी कर ली है।" विधुभाल के तीखे तेवर में मुलायमियत आ गयी थी।

"गाँधी नाम है समाज और मनुष्य के भीतर मनुष्यता और त्याग बलिदान के आविष्कार का। अपने सक्रिय रूप में अहिंसा का अर्थ होता है स्वेच्छा से कष्ट सहन। इसका मतलब बुराई करने वालों की इच्छा के आगे कमज़ोरी से झुक जाना नहीं बल्कि इसका मतलब होता है अत्याचारी की इच्छा का अपनी आत्मा की समस्त शक्ति से विरोध करना।"

वाणीधर के कहे एक-एक शब्द को मानो रोम-रोम से ग्रहण कर रहा था विधुभाल।

"मैंने स्ट्रैटजी के तहत अपने आन्दोलन को सभी प्रकार के जनान्दोलनों से जोड़ने वाली कोशिश की है। मैंने पर्यावरण के लिए जीवन दान देने वाले सुन्दरलाल बहुगुणा के साथ बढ़-चढ़कर हिस्सा लिया। मेधा पाटकर के आन्दोलन में साथियों को लेकर धरना देने बैठा था, बी.डी. शर्मा साहब के साथ आदिवासी इलाके में भटकता रहा हूँ। मैं स्वयं इस भूमि की समस्या इसी की संवेदना के साथ जोड़कर सुलझाने में विश्वास रखता हूँ। आप जैसा मित्र मेरे लिए उपलब्धि है। मिलते रहने का वादा रहा।"

"वादा।" दोनों ने हाथ बाँधकर मुट्ठी-सी बनायी और तान दिया।

"आपसे मुझे मार्गदर्शन मिले—यह चाहूँगा।"

"मैं पतली गली से निकलने वाला क्या आपका मार्गदर्शन करूँगा। आप सीना तानकर राजपथ पर चल रहे हैं...आप जैसे लोग इतिहास निर्माण करते हैं।"

"मैं नहीं मानता। आप एक पत्रकार रह चुके हैं, रंगकर्म की दीक्षा ली है, आप निर्माणकारी विचारधारा के साथ चल रहे हैं, मुझे आप में सब दीख रहा है, सब्स्टैन्स; यू आर ए मैन ऑफ़ सब्स्टैन्स।" विधुभाल ने ज़ोर देकर कहा।

"आपका आकलन सही हो सकता था। मेरे अन्दर जो भी सत्व है उसे निकालकर मैंने मकड़ी की तरह एक जाला बुन लिया है उसी में उलझकर रह गया हूँ।" बात की बात में गन्तव्य आ गया। दोनों फिर मिलने की प्यास लिए विलग हुए। वाणीधर

अपने दबाव को भूल चुका था। इस बार प्रदर्शन की तैयारी थी, अपना उत्तम से उत्तम रूप दिखाना था। छोटे से छोटा किरदार यदि सफलतापूर्वक निभ जाय तो उपलब्धि होती है। द्वितीय वर्ष के छात्रों द्वारा किये गये 'चाणक्य' नाटक में एक-दो मिनट का अभिनय करना था। वाणीधर रोमांचित था कि उसे मंच पर दो मिनट के लिए गाँधी का किरदार निभाना था। यह महज़ एक संयोग था, वाणीधर के लिए उपलब्धि। उस छोटी-सी भूमिका ने उसे अच्छी पहचान दी। समय का घोर अभाव था। फिर भी किसी ख़ास मौक़े पर वाणीधर विधुभाल से मिलने उसके कैम्पस की ओर गया। अनेक लोगों से पीछा छुड़ा विधुभाल वाणीधर को लेकर एकान्त कोने में चल पड़ा। वह कोना विधुभाल का खासुल ख़ास था। दोनों इधर-उधर की बातें करते रहे, क्या सब चल रहा है, क्या योजनाएँ हैं जीवन की।

"विधुजी आप अपने कार्यक्रम तय कर सकते हैं। मैं तो ऐसी जगह फँसा पड़ा हूँ जहाँ खाँचे बने हैं उनमें जाकर फिट हो जाओ।" वाणीधर ने संजीदगी से कहा।

"जी नहीं लगता तो छोड़ दो? ढेरों काम हैं करने को। किसी काम से अतिरिक्त मोह नहीं रखना चाहिए। मैं छोड़ता चलता हूँ। जीवन नदी की तरह है पाट छूटता रहे, बहाव में कमी नहीं आनी चाहिए।"

"आप कर सकते हैं ऐसा।"—उदास आँखों से आकाश देखने लगा।

"क्यों तुम क्यों नहीं कर सकते?" विधुभाल चकित था उसकी अप्रत्याशित उदासी देखकर।

"मैं अकेला नहीं हूँ।"

"आप विवाहित हैं?"

"नहीं परन्तु भूमिहीन परिवार का बड़ा लड़का हूँ।" धीरे-धीरे संक्षेप में अपनी समस्या विधुभाल को बतायी। प्रायः यह पहला अवसर था किसी को वह अपनी समस्या बता रहा था। विधुभाल सोच में डूब गया। उसे पता है भूमिहीन सिर्फ़ हरिजन, अन्त्यज ही नहीं होते, पण्डित भी होते हैं। फ़र्क़ सिर्फ़ इतना है कि पण्डितों की स्त्रियाँ खेतों में नहीं जातीं, अन्य अपने पुरुषों के कन्धों से कन्धे मिलाकर काम करती हैं। पण्डितों के घर में एक कमानेवाले अनेक खाने वाले होते हैं। मध्यकालीन ब्राह्मणवादी समाज व्यवस्था के दबाव में स्वयं दम तोड़ रहे हैं ये गर्वीले उच्च वर्ण के लोग।

"कोई बात नहीं, रास्ता निकल आयेगा! आपके मात्र उदास होने से कुछ नहीं होगा। काम करना होगा, कर रहे हैं काम परन्तु धारा बदलनी होगी। मैं आपके सम्बन्ध में सोचता रहूँगा।"

"आप ज़रूर सोचेंगे परन्तु यह ख़याल रखियेगा...मैं जो यह प्रतिष्ठामूलक, ज्ञानवर्द्धक कोर्स कर रहा हूँ, उसकी ढाई साल अवधि बाक़ी है।"

"आप अवधि पूरी करने को बाध्य हैं क्या?"

"हूँ तो।"

"मैं भी था, राष्ट्रीय रक्षा अकादमी में।" दोनों हँस पड़े।

" 'राष्ट्रीय' शब्द का कमाल है। वहाँ काम करने को आप बाध्य भी हैं, छोड़ भी सकते हैं। बस ज़रा-सा बन्धन है और कुछ नहीं।"

वाणीधर को बिल्कुल अन्दाज़ा नहीं था...विधुभाल एक स्वनामधन्य निर्माता को लेकर नाटक देखने पहुँच जायेगा। नाटक के नट की भूमिका में उसे देख निर्माता ने पसन्द कर लिया था। बड़े से मेगा-धारावाहिक का प्रथम एक-सौ पाँच एपिसोड केन्द्रीय पात्रों में से एक की भूमिका प्रस्तावित थी। वाणीधर अवाक् हो कभी विधुभाल का कभी निर्माता का मुँह देख रहा था। रात अधिक हो गयी थी, दोनों ने विदा ली यह कहकर कि कल फिर आयेंगे। रात भर नींद नहीं आयी वाणीधर को। पौ फटने से पहले उठा नहा-धोकर तैयार था।

"क्या बात है वाणी भाई?" उसी की तरह सुबह सवेरे उठकर तैयार हो गया साथी निकट आकर बैठ गया।

"आप कैसे जग गये? कहीं जाना है क्या?"

"हाँ, मेरे पिताजी आ रहे हैं उन्हें लेने स्टेशन जाना है, पर आप?"

"यूँ ही, चलिये मैं भी चलता हूँ आपके साथ।"

"चलिये, चलें?" दोनों साथ स्टेशन की ओर निकल गये?

"देख रहा हँ आप इन दिनों उद्विग्न रहते हैं।" स्टेशन पहुँच गये थे। प्लेटफॉर्म पर टहलते हुए पूछा साथी ने।

"मैं एक संकट में हूँ।"

"क्या?"

"एक बड़े निर्माता लम्बे सीरियल के लिए अनुबन्धित करना चाहते हैं मुझे। लोभ भी है और संकोच भी। क्या करूँ?" साथी पहले तो ख़ुश हुआ फिर समझाने लगा।

"वाणी भाई, यह तो बड़ी अच्छी बात है कि आपको चुन लिया गया किन्तु आप कृपया न जायें उसमें। ऐसे बहुत अवसर आयेंगे। उन्हीं से हाथ जोड़कर क्षमा माँग लें साथ ही उनके किसी और सीरियल में रोल का वादा ले लें।"

"हूँ।" वाणीधर मौन रहा।

"राष्ट्रीय नाट्य विद्यालय की शुरुआत इतनी अच्छी रही आपका तो अन्त भी अच्छा रहेगा। ऐसे प्रस्ताव आते रहेंगे। आपकी तरह का पढ़ा-लिखा बुद्धिजीवी यहाँ कम आता है इन दिनों। आपके लिए यह प्रशिक्षण वरदान साबित होगा भाई। वैसे निदेशक महोदय आपके अपने हैं उनसे पूछ लीजिए।"

वाणीधर चुपचाप उसके शब्दों को सुनता और गुनता रहा। विधुभाल ने वाणीधर की परिस्थिति जानकर इतना बड़ा उपकार करना चाहा। सबों से अपनी चिन्ता सुना भी

तो नहीं सकता। राष्ट्रीय नाट्य विद्यालय के कुछ हमदर्द संगी क्या जानें कि प्रशिक्षण पाने की उत्कट इच्छा के टक्कर का यह एक आर्थिक समृद्धि का खुला दरवाज़ा इसके लिए कितना आकर्षक है? इसके घर का दुःख हरण हो जायेगा तुरत-फुरत में।

"इस बात की चर्चा कहीं न करें।" वाणीधर ने ससंकोच कहा साथी को।

"नहीं करूँगा, पर वाणी भाई पर्दे के ग्लैमर से दो वर्ष मात्र अपने को दूर रखें–आपको भी सन्तोष मिलेगा!"

"यही सही।" हँसा वाणीधर। किसी भी नवयुवक को ऐसा ही लगेगा कि यह पर्दे के ग्लैमर को अपनाना चाहता है, यह स्थान मात्र सीढ़ी था। मनुष्य के अन्दर क्या चलता रहता है वह दूसरा इन्सान क्या जाने? निदेशक महोदय से उसने कुछ नहीं पूछा। विधुभाल से हाथ जोड़कर क्षमा माँगी।

"आपका अनुग्रह कभी नहीं भूलूँगा भाई! परन्तु ये दो साल बीत जाने दीजिए फिर ग्रहण करूँगा।" विधुभाल ने कहा।

"कोई बात नहीं, आप लक्ष्य प्राप्त करें।" उसके चेहरे पर शिकन नहीं थी परन्तु निर्माता थोड़ा उलझा-सा था।

"समय किसी के लिए रुकता नहीं यार, वक़्त के समुद्र में इन्सान बारिश की बूँदों की भाँति गुम हो जाता है। छोड़ो ये टंटा चलो काम करें।" लज्जित सा वाणीधर धरती की ओर देखता मुस्कराता रहा। वाणीधर ने स्वयं तो नहीं कहा परन्तु शायद जाने-माने निर्माता ने स्वयं निदेशक महोदय से वाणीधर प्रसंग कह डाला। शाम को अभिमंच के सामने उन्होंने पकड़ा।

"मुझे तुम पर गर्व है।" पीठ ठोंकते हुए मुस्कराये निदेशक, वाणीधर चकित।

"तुम्हारा कला प्रेम, तुम्हारी दृढ़ इच्छा शक्ति देख मैं प्रसन्न हूँ। ऐसे अवसर मिलते रहेंगे। तुम इतमीनान से काम करो।" वे उसे विस्मित छोड़कर चले गये।

"क्या कह रहे थे गुरुजी?" साथी ने निदेशक को पीठ ठोंक कर जाते देखा तो पास आकर पूछ गया।

"पता नहीं, उन्हें कैसे जानकारी मिली, मैंने नहीं बताया।"

"निर्माता उनके मित्र हैं। उन्हें पहले ही पता होगा।" अब वाणीधर मुक्त हुआ। उसे हँसी आ गयी।

"उन्होंने विद्यालय न छोड़ने के निर्णय को लेकर बधाई दी।"

"वो तो देंगे ही, और कुछ नहीं कहा?"

"कहने को है क्या?"

"आयम प्राउड ऑफ़ यू।"–दोनों ठहाका मारकर हँस पड़े। दूर जाते हुए निदेशक ने मुड़कर देखा, मुस्कुराये और चले गये। रविवार के दिन वाणीधर विधुभाल के आवास पर सुबह सवेरे पहुँच गया। विधुभाल कहीं जाने की तैयारी कर रहा था।

"कहाँ चले भाई?" वाणीधर ने तैयारी देख कहा।

"आइये बैठें, निकलने में देर है। कुछ गप-शप हो जाये।"

"किधर की कूच है?"

"लखनऊ की। बहुगुणाजी का धरना है न, वहीं।"

"अच्छा-अच्छा! मैं बेमौक़े आ गया।"

"अभी हम एक घण्टा बैठ सकते हैं। बीस छात्रों का जत्था कैम्पस से जा रहा है। आते होंगे सब। लौटकर आता हूँ तो आपसे मिलता हूँ ठीक से।"

"आपने मेरे लिए कितना बड़ा काम किया मैं अभागा ग्रहण न कर सका। भाई जी, मुझे क्षमा कर दिया न! बड़े धर्म संकट में हूँ।"

"हूँ, धर्म तो संकट में है।"

"आप नाराज़ न हों।"

"मैं नाराज़ नहीं हूँ। किस बात की नाराज़गी होगी? आपको मैं ऑब्लाइज नहीं कर रहा था। वे जो गये थे मेरे साथ उन्हें आप जैसा रूप-रंग वाला नया चेहरा चाहिए था। ऑफ़र तगड़ा था आपने एक बार कुछ शेयर किया था मेरे साथ। मैंने सोचा यह एक अच्छा मौक़ा है और कुछ नहीं। सब कुछ अपने आप होता चला गया।" वाणीधर ने सर झुका लिया। फोलियो बैग की चेन बन्द कर विधुभाल वाणीधर के पास आकर बैठा।

"वाणीधर जी समय आयेगा जब आप अपना कोर्स पूरा कर निकलेंगे। मैं हूँ न देखने को! आप अधिक मँज जायेंगे एक्टिंग में, व्यक्तित्व भी निखर आयेगा...ढेरों रोल मिलेंगे। चिन्ता न करें। दुख-सुख काटकर बड़े हुए घर में दो साल और तंगी रहेगी। बस न!"

"हूँ।"

"उदासी की परत उतार फेंकिये। हम मित्र बन गये हैं, हमारे लिए अब अच्छा बुरा लगने को कुछ नहीं बचा। मुझे बताइये कि अभी जो आपकी बहनें हैं उनमें सबसे बड़ी कुँवारी बहन कितनी बड़ी है?"

"आई.ए. में पढ़ती है।"

"सोलह-सत्रह की होगी?"

"हाँ।"

"फिर उसे विदा करने में दो-तीन साल की देरी है न!"

"है तो।"

"बस हो जाइये ख़ुश। दो-तीन सालों में उसका भाई उसके लिए राजकुमार ख़रीद सकता है।" मुस्कुराया वाणीधर।

"ठीक कहा आपने। ख़रीद-फरोख़्त ही तो है यह सब।"

"इस विषय पर कभी विस्तार से चर्चा होगी। आप तनाव मुक्त रहें। मेरे अनायास किये गये प्रयास पर सोचना नहीं है। पात्र सुपात्र हो तो कब तक ख़ाली रहेगा।"

"आप कमाल के आदमी हैं। आप मेरे जीवन की उपलब्धि हैं।"

"समय का सदुपयोग नहीं हो रहा है। चलिए कुछ नाटक की बातें करें। अभी थोड़े हल्के मूड में हूँ।"

"नाटक चलता रहता है, कोई ख़ास थ्रिल नहीं है।"

"यहाँ की छोड़िये अपने गाँव की कहिये। वहाँ अब भी नुक्कड़ नाटवा चुक्कड़ चाय चल रही है।" वाणीधर खुलकर हँसा।

"ठीक कहते हैं। दशहरे वगैरह में लोग ज़रूर नाटक खेलते हैं। अजीब सी हिन्दी बोलते हुए ग्रामीण कलाकार। घर की स्त्रियों से साड़ी झुल्ला माँगना भी एक एपिसोड होता है। घण्टों चिरौरियाँ करनी पड़ती हैं। कहीं से पेट्रोमैक्स, कहीं से दरी...कहीं से कुर्सी मँगवाना पड़ता है।"

"और जिसने पेट्रोमैक्स दिया, जिसने कुर्सी दी, उसने ख़ास रोल के लिए अपने आपको अनुबन्धित कर लिया।" हँसी छूटी फिर।

"एक वाकया मुझे याद आता है वाणी भाई, मेरे गाँव के एकमात्र बाबूसाहब रामायण नाटक में रावण का पार्ट अदा कर रहे थे, गोलू कुम्हार राम बना था। राम के तीरों से रावण मर तो गया पर खड़े-खड़े।" वाणीधर ज़ोर से हँसने लगा।

"जानते हैं क्या कहा?"

"कहा होगा कि नान्ह जात के हाथ हम मर कर धरती पर नहीं गिरेंगे यही न!" हँसी रुक ही न रही थी।

"एग्जैक्टली! यही कहा और यह भी कहा, मेरी औरत मुझे गिरा पड़ा समझेगी गोलुआ कुम्हरवा के साथ भाग जायेगी। तब क्या करेंगे?" दोनों पेट पकड़कर हँस रहे थे।

"विधु भाई, यह सब स्टेज पर खड़े-खड़े कहा होगा।"

"और नहीं तो क्या? रावण के कास्टयूम में खड़े-खड़े और मरे-मरे कहा। आँखें बन्द थीं, ओठों में दाँत कीचते हुए कह रहे थे।" इनके ताली पीट-पीटकर हँसने की आवाज़ दूर तक जा रही थी। लखनऊ जाने वाले साथी भी पहुँच गये। निकलने का समय हो चला था। वाणीधर अपने को मुक्त अनुभव कर रहा था। विधुभाल के मन पर वाणीधर के 'ना' करने का कोई खरोंच नहीं है।

हल्के होकर प्रायोगिक परीक्षाओं में अपने को मशगूल कर लेता वाणीधर। अपने अन्दर चलने वाली लड़ाइयों को पीछे ढकेल देता। एक व्यक्ति कितने मोर्चे सँभाल सकता है। उसे कभी-कभी रश्क होता विधुभाल से—वह बड़ा काम कर रहा है, पूरे समाज के

लिए, जनता के लिए, वाणीधर को याद आता विनोद भाई साहब का प्रस्ताव, फिर याद आतीं अपनी विवश परिस्थितियाँ। कभी-कभी सोच में उलझ जाता। पढ़े-लिखे विपन्न पिता-चाचा को बड़ा परिवार बनाने की कौन-सी मजबूरी थी। अपने परिवार का बोझ हल्का करे वाणीधर—यह तमन्ना क्यों है? क्यों बेटियों का ब्याह ज़रूरी है? क्यों नहीं पढ़ाते-लिखाते हैं इतना कि वे अपने बूते अपना जीवन-यापन करें। वाणीधर कर रहा है, शिवधर करना चाहता है तो लड़कियाँ क्यों न करें। पटना और दिल्ली में लड़कियाँ कर रही हैं तो क्यों न सीवान में करें, आरा और पलामू में करें, दुमका और दरभंगा में करें? एक उत्तर सदा उछलता रहता है—समाज बरबाद हो गया है, सड़क पर माँ-बहनें सुरक्षित नहीं हैं। पुरुषों का जान-माल सुरक्षित नहीं है तो स्त्रियों की इज़्ज़त दाँव पर लगी है। किसने यह सब किया? किसने लगाया दाँव पर? कोई बाहरी तो नहीं आया? बिहार एक प्रदेश है जिसकी सीमा किसी विदेशी आक्रमण का गवाह नहीं बनी, जिसका सीमान्त निरामिष देश नेपाल है...जिसने पश्चिमोत्तर से लेकर पूर्वोत्तर तक की लुटी-पिटी इन्सानियत पर रहम की, उसे अपने आँचल में समेट लिया...वह आज मात्र कमज़ोरों को, निरपराधों को, बेज़ुबानों को काटने-पीटने में लगा है। सीवान के संरक्षित गुण्डे जो कर रहे हैं वही काम दूसरे भाग की सेनाएँ कर रही हैं। अशक्त वृद्ध, स्त्रियाँ और बच्चे गाँवों में रहते हैं। पुरुष अपने हथियार ले बाहर रहते हैं। वाणीधर देर तक अख़बार-पत्रिकाओं के पन्नों पर बहे ख़ून को देखता रहता बथानी टोले का आतंक उसकी कनपटी में समा जाता। वह घर से बाहर तक स्त्रियों की बेवजह हत्या को बर्दाश्त नहीं कर पाता। क्यों, इसका उत्तर क्या है? किस सिद्धान्त के तहत यह हो रहा है? चीन ने तिब्बत की भावी स्त्रियों की जबरन नसबन्दी करने की ठान ली है, उनका सिद्धान्त है कि एक रेस को इस प्रकार समाप्त किया जायेगा। उनकी दुनिया में उस विशेष जाति का मूल्य नहीं है परन्तु हमारे यहाँ के इस ख़ून-ख़राबे का क्या अर्थ है? जिस देश में नदियाँ नारी रूप को पूजी जाती रही हैं; देवियों की गोद में परम पिता तक बालक रूप में खेलते रहे हैं उन्हें हो क्या गया है? अन्याय और दुष्टता के प्रतीक रावण के स्वाँग को हम प्रत्येक वर्ष जलाकर अपना विरोध दर्ज करते हैं, उस रावण ने भी स्त्रियों के रक्त नहीं बहाये।

वाणीधर की नसें तड़क उठतीं। वह दर्द से छटपटाने लगता। दवा खाकर पड़ा रहता, चैन नहीं आता। अपने घर से लेकर सम्पूर्ण समाज तक, समाज से लेकर पूरे देश तक, देश से लेकर पूरी दुनिया तक की चिन्ता करने का अकेले ठेका ले रखा था मानो। ऊपर से अत्यन्त स्थिर, हँसमुख सलोना दीखने वाला वाणीधर अन्दर ही अन्दर आग में जल रहा होता।

बार-बार प्रकृति, संस्कृति, दुनिया का रूप दीखता, उसमें डूबने की कोशिश करता पर उसका भावप्रवण हृदय सागर सब कुछ को उच्छिष्ट समझ फेंक देता मानो तट के सूखे, नीरस बालू पर। सचमुच हम सूखी रेत मात्र रह गये हैं—सोचा करता वाणीधर।

सात

प्रथम वर्ष की परीक्षाएँ हो गयी थीं। एक बड़े अन्तराल के बाद पुनः छात्र की भूमिका ने वाणीधर को थोड़ी विचित्र परिस्थिति में डाल अवश्य दिया था। वह अपने को बड़ा उत्तरदायित्व युक्त युवक समझता था। अपने अनुभवों को, अपनी सोच को अपनी समझदारी को व्यक्त करना चाहता था तो साथी-संगी उसकी हँसी उड़ाते थे। शिक्षक प्रशिक्षक उसका अवश्य सम्मान करते थे। लम्बी छुट्टी में घर जाने के पहले उसने संकल्प लिया कि अगले सत्र में वह चुप ही रहेगा। कक्षा में किसी का डिक्शन किसी की वर्त्तनी सुधारने की चेष्टा कर हँसी का पात्र नहीं बनेगा। पटना जाकर कुछ नया, कुछ सार्थक अवश्य करेगा। पूर्ण विश्वास से ओतप्रोत हो वह पटना आया। इस बार फिर सरिता तथा अन्य ढेर सारे बिहारवासियों ने अर्जियाँ दीं, परीक्षाएँ दीं। अब अन्तिम चुनाव बाक़ी है, उन्हें मदद करेगा ऐसा विचारा मन में। सरिता जी भी कार्यशाला में आ रही हैं; उन्हें सफलता मिलेगी क्या? पता नहीं; जुगनू भी तो आ रही है अबके। जुगनू प्रशंसित कलाकार है। वाणीधर को याद आता है। उसने लगातार उसके बाल रंगमंच के नाटकों को देखा था पटना में। यहाँ दिल्ली विश्वविद्यालय से लेकर श्रीराम सेंटर तक के नाटकों में धूम मचाती रही है। उसे कैसे छाँटा जायेगा? क्या वाणीधर को चुनना पड़े तो वह जुगनू को छोड़ सरिता जी को चुन लेगा? शायद नहीं, कभी नहीं।

इस बार फिर वह सीधे वैशाली एक्सप्रेस से अपने घर उतरा। सीवान का आदमख़ोर जेल की सलाखों के पीछे था। उसके जेल जाने का भव्य अनुपम दृश्य वर्णन करते नहीं थकते शहर के लोग। कुछ लोग उसके आतंक में गर्क थे तो कुछ उसे रॉबिनहुड बना कर पेश करते नहीं अघाते। जेल, जेल नहीं रहा आरामगाह हो गया। आदमख़ोर को सब कुछ मुहैया था अन्दर जो वह कामना करता। बाहर उसके लोगों का, उसकी नामुराद सेना का बोलबाला था। लोकसभा की सरकार उसकी गिनती के बल पर थी। चौदह सिरों में से, एक वह सिर जिसकी ज़ुबान थी, जो वाचाल था, जिसके पास देशज-भदेस शब्दों की कमी नहीं थी, वह सिर जिसके पास कलेजा था अनीति करने का, अन्याय से धन हड़पने का, लाशों पर टाँग चढ़ाकर

लेटने का, बाँसुरी बजाने का। अपने निजी कक्ष में भी लोग आदमख़ोर के ख़िलाफ़ बोलते कतराते। दीवारों के भी कान होते हैं कहीं किसी ने सुन लिया तो? एक ही गोली काफ़ी है एक जान के लिए। कैसे हुआ? विधुभाल ने बताया था उसी के साथ उससे दो साल पीछे चलने वाला कक्षा में पढ़ता था आदमख़ोर।

सीवान शहर ग़रीब नहीं रहा। वहाँ के अधिकांश नागरिक विदेशों में हैं। एक विशेष सम्प्रदाय के फिटर से लेकर इंजीनियर तक, ड्रेसर से लेकर डॉक्टर तक यहाँ तक कि उर्दू, फ़ारसी, अरबी, अंग्रेज़ी के शिक्षक तक अरब देशों में पेट्रो डॉलर कमाने पहुँच गये हैं। यहाँ संगमरमर की अट्टालिकाएँ, चमकदार दीवारें, पॉलिश से झिलमिलाते दरवाज़े और एक अदद कार ख़ाली पड़ी रहती। विपन्न सम्बन्धी उनकी देखभाल करते। साल में एक बार अपनी बढ़ती हुई सम्पत्ति को देखने भोगने वे आते। यहाँ बैठे ग़रीब रिश्तेदार उनकी ओर ललचाई नज़रों से देखते रहते। अरब की ओर जाने वाला रास्ता सबों के लिए नहीं खुला था। जिनमें मात्र लालसा थी, कोई हुनर नहीं उनके लिए तो बिल्कुल नहीं। उनके लिए बच जाता था पेट्रो डॉलर के बल पर ख़रीदे हथियारों का अनैतिक अवैध प्रयोग। दाता की कृपा पर जीते थे। विपथगामी शीघ्र ही चुनावी समर के सिपाही बनने लगे। सबसे अधिक बिहार में चुनावी समर होते, अन्य किसी समर का कोई प्रावधान नहीं रहा। किसी युद्ध का साबका नहीं पड़ा तो गृह-युद्ध करने चले। सत्ताधारियों की सरपरस्ती इन्हें इतनी रास आयी कि हथियारबन्द गिरोह के सरगना स्वयं सत्ता में भागीदारी माँगने लगे। अब यहाँ अनीतियों का पोथा तैयार हो गया है। विधानमण्डल, संसद में अपना कलुषित, विद्रूप चेहरा प्रस्तुत करना, बाहुबल का प्रदर्शन संसद में पेश करना वीरोचित हो उठा। जिन पर ज़िला प्रशासन का भार दिया गया है वे उनके जूतों के सुखतल्लों से अधिक कुछ नहीं थे, जूते काटने लगें तो तुरत खोलकर फेंक दिया, बस।

गाँवों की स्थिति में कोई ख़ास फ़र्क़ नहीं आया। एक नयी बात सुनने में आयी कि सूद पर चढ़े खेत का चकबन्दी तो अपने नाम हुआ पर तसदीक नहीं हुआ था। कर्मचारी इलाका छोड़कर चले गये। दूसरे इलाके में काम चल रहा था। वाणीधर ने वह काम स्वेच्छा से अपने ऊपर ले लिया। हफ़्ते भर की भाग-दौड़ रही, काग़ज़ हाथ में आ गया। बड़े बाबूजी तथा पिताजी सन्तुष्ट हुए। घर का सन्तोषपूर्ण वातावरण सुकून से भर उठा है। अब वह मुक्त होकर पटना जा सकेगा। वहाँ उसकी प्रतीक्षा हो रही है। अपनी नाट्य मण्डली को पत्र लिखकर पहले ही सूचित कर रखा था कि इन छुट्टियों का उपयोग बिहार के जाने-पहचाने रचनाकारों की कथाओं का मंचन करने में करेगा। इधर नाट्य विद्यालय में कथा-मंचन ज़ोरदार ढंग से चल पड़ा है। कविता-मंचन पहले भी पटना में हो चुका है। कथा का मंचन वाणीधर को करना है।

कथा-मंचन को लोगों ने गम्भीरतापूर्वक लिया था। उसका प्रमाण था कि प्रायः सभी कथाकार कलाकारों का उत्साह बढ़ाने पहुँचे थे। भीषण गर्मी और बिजली की

नाज़ुक अवस्था किसी ने भी कलाकार, लेखक, दर्शक, निर्देशक का ध्यान भंग नहीं किया। सब मनोयोगपूर्वक कार्यक्रम को सफल बनाने में जुटे थे। वाणीधर सरिता जी के घर गया कि उनसे कार्यशाला के सम्बन्ध में कुछ बातें कर सके परन्तु हो नहीं पाया। ढेर सारे लेखक कवि बैठे थे, सरिता जी की आँखों में कोई जिज्ञासा भी नहीं देखी। शायद उनकी रुचि कम हो गयी थी, शायद उन्हें इतमीनान हो गया था। वाणीधर ने सोचा—चलो अच्छा हुआ दोनों कबूतर की जोड़ी की तरह यहीं ख़ुश रहें। जुगनू अवश्य अपने को साबित करने के लिए उद्यत थी। जाते ही बोल उठी थी—

"वाणी भैया, मैं तो चुनी नहीं जा सकती!"

"क्यों? तुम क्यों नहीं चुनी जाओगी? तुम्हें चुनकर एन.एस.डी. कृतार्थ होगा। समझी पगली।"

"क्या बात करते हैं, मुझे निदेशक महोदय ने हतोत्साहित किया था, कहा था कि तुम सीधे काम करो, क्यों इस चक्कर में पड़ती हो।"

"मज़ाक़ किया होगा।"

"यदि सच कहा हो तो।"

"नहीं-नहीं, तुम अवश्य चुनी जाओगी। अन्य सभी विषय तुम्हारे हैं पर चित्र बनाना सीख लो।"

"मैं चित्र नहीं बना सकती भइया, सच कहती हूँ।"

"सब कर लोगी। आड़े तिरछे ही सही जो विषय देंगे उस पर चित्र बनाना है बस। विश्वास के साथ जाओ, चुनकर आओ। फिर हम वहाँ कैम्पस में बैठकर ख़ूब गॉसिप किया करेंगे। नकल उतारने में हम माहिर हैं ही ख़ूब जमेगी।" दोनों हँसते रहे।

वाणीधर जुगनू को देखकर आह्लादित हो जाता। उसे देखकर यह कभी पता ही न चलता कि इसने एम.ए. पास कर लिया है। लगता है उसकी छोटी आई.ए. में पढ़ने वाली बहन है। वाणीधर सोचता उसकी छुटकी भी जुगनू सी चंचल और गम्भीर दोनों है। ऐसा सम्मिश्रण कम ही लड़कियों में मिलता है। जब वाणीधर गाँव जाता तो पूरे गाँव की नयी आयी दुल्हनों, नये दामादों का रूप-वर्णन मय मुद्रा के कर दिखाती। काश, उसे अवसर मिला होता! सुलेख लिखती है, नकल कर चित्र बना लेती है। क्रोशिया, काँटे का काम जानती है। अपने और घर के अन्य लोगों के कपड़े सी लेती है! भाँति-भाँति के व्यंजन बनाने की रुचि रखती है। छुटकी का रूप-रंग सुबह की धूप सा है। सब कुछ जुगनू का वाणीधर की छुटकी से मिलता है। मन-ही-मन वाणीधर संकल्प लेता है—दो वर्ष की बात है। उसके बाद धन अर्जित कर घर का दुःख दूर कर देगा। छुटकी को बी.ए. के बाद दिल्ली ले आयेगा पढ़ाने। इस बार जब चकबन्दी अधिकारी से मिलने समस्तीपुर गया था तो बड़ी बहन से मिल आया। बड़ी बहन ने अपने देवर के सम्बन्ध में बात चलाने को कहा था। कहा था—

"बबुआ, छुटकी को देखकर हमारे घर के लोगों के मुँह में पानी आ रहा है।

मुझसे सभी ख़ुश हैं। छुटकी तो इतनी सुन्दर भी है और वह कॉलेज में पढ़ती भी है। मेरा देवर भी ओवरसियरी की पढ़ाई कर रहा है सुखी रहेगी।" वाणीधर को प्रस्ताव सुनकर अच्छा लगा था, पर एकबारगी विवाह का मन नहीं था। उसकी कल्पनाएँ कहीं ऊपर उड़ रही थीं। भले-मानुस बड़े भाई के उत्तरदायित्वपूर्ण पद पर था वाणीधर, सो चुप ही रहा बल्कि बड़ी बहन को यह समझाने में सफल हो गया कि इस तरह के प्रस्ताव उचित समय पर उचित व्यक्ति के द्वारा आने चाहिए। ऐसा नहीं कि राह चलते कह दिया। बहन अपने छोटे भाई की बुद्धिमानी पर प्रसन्न हुई थी।

"जुगनू, तुम्हें किसी ने 'मुझे चाँद चाहिए' पढ़ने को कहा क्या?"

"हाँ, कहा, आपको कैसे पता?"

"अपने दिनेश जी ने कहा होगा।"

"हाँ, आपको भी दिया था न!" दोनों हँसने लगे।

"साहित्य में तुमने क्या सब पढ़ा है?"

"जो कुछ बी.ए. ऑनर्स और एम.ए. के कोर्स में था, बस।"

"बस?"

"हाँ भइया, सच कहती हूँ। कोर्स ही इतना भारी था। इतनी सारी किताबें। साहित्य में साहित्य की शल्य चिकित्सा। उससे पहले स्कूल का दबाव। फिर भी घर के अन्दर रखे पुस्तक भण्डार से लेकर काफ़ी कुछ पढ़ने का अवसर मिला।" हँसने लगती है।

"तुमने अंग्रेज़ी साहित्य तो अवश्य पढ़ा होगा।"

"बराबर-बराबर।"

"मैंने अंग्रेज़ी साहित्य पढ़ने की ओर मन लगाया है। अब तुम वहाँ गाइड करोगी; मैं पढ़ सकूँगा।"

"पहले हो तो जाये प्रवेश। आप इतने आश्वस्त क्यों हैं?"

"मैं आश्वस्त हूँ, सौ फ़ीसदी।"

जुगनू सचमुच चुन ली गयी। वाणीधर की ख़ुशी छलक रही थी। जाते-जाते वह घर के लोगों को आश्वस्त करता गया कि जुगनू की देखभाल वह करेगा। उसे पता था कि घर के लोग जुगनू के स्वास्थ्य को लेकर चिन्तित रहते हैं।

ट्रेन में साथ-साथ गये जुगनू और वाणीधर। प्रसन्नता छलकी पड़ती थी। साथ बैठकर योजनाएँ बनाते जा रहे थे। घर की बनी पूरियाँ और चावल खाते द्रवित हो गया वाणीधर।

"तुम रहोगी तो घर की याद नहीं आयेगी। हम दोनों अपना समय, अपना सुख-दुख बाँटकर जियेंगे, है न!"

जुगनू भी आर्द्र हो आयी थी।

"सुना है वहाँ हफ़्ते भर रैगिंग ज़ोरदार होती है।"

"होती तो है, तुम सहज लड़की हो सहजता से निपटना।"

"आप भी करेंगे रैगिंग।"

"तुम्हारी नहीं करूँगा, पर तुम्हें करने वाले को रोकूँगा भी नहीं।"

"भयानक होता है क्या?"

"नहीं; मसखरापन ही ज़्यादा रहता है।"

"तब तो चलता है।"—देर तक घर-परिवार की, भाई-बहनों की, कॉमन मित्रों की बावत बातें होती रहीं।

"तुमने मोती की अँगूठी पहन रखी है। क्यों?"

"होगी कोई बात; माँ ने पहना दी।"

"तुम ग्रह वगैरह को मानती हो?"

"हाँ मानती हूँ।"

"क्यों?"

"इतने सारे बुद्धिमान लोग मानते हैं इसीलिए।"

"तुम्हें कैसे पता वे जो मानते हैं सब जानते हैं?"

"इस विवाद में मैं नहीं पड़ती।"

"ठीक करती हो। एक बड़ा ग्रह मेरे पीछे भी लगा है, मैं नहीं मानता, क्योंकि मानूँ तो डरूँ।"

"ग्रह-शान्ति तो होती है क्यों नहीं कराते?" हँसकर टाल दिया वाणीधर ने। बात आयी गयी हो गयी।

नवागन्तुक छात्र-छात्राओं का दल रौनक बनकर छा गया था। आठ दिन हँसी-खुशी, राग-विराग बर्फ़ की शिला पिघली; तनाव मुक्त होकर हँसने-मुस्कुराने का ज़माना आ गया था। खोखली हँसी जीने के दिन लद गये थे। शाम की चाय का समय था, जुगनू के साथ वाली लड़की के ऐन सामने जा पहुँचा वाणीधर।

"अब बताइये, आपका प्यार के बारे में क्या ख़याल है?"

उसकी कौतुकी पर गम्भीर मुद्रा को देख जुगनू की हँसी छूट रही थी। वह खिसक गयी। रैगिंग के समय उसे वाणीधर ने 'प्यार' पर ख़ूब रगेदा था। वह बचती रहती। अब आज की मुद्रा देख कई लोग हँस पड़े।

"देख जुगनू, कह दे अपने भाई से मुझे और न तंग करें। मैं हूँ जाटनी। एक हाथ पड़ेंगे सारे प्यार-व्यार भूल जायेंगे।"

"तुम स्वयं कह दो।" जुगनू ने कहा।

"मेरे तो अब हाथ बोलेंगे।"

"चलो वही सही। वैसे याद रखना—वह भी है पक्का भोजपुरिया।"

"यार, चंगे-भले इन्सान के पीछे ही पड़ गयी हो तुम।" दूसरी साथिन ने कहा।

"वो मुझसे क्यों नहीं पूछता, मैं देती जवाब। हय, क्या लहीम-शहीम नौजवान

है। आई हैव अ क्रश ऑन हिम जुगनू। आइ स्वेयर।" अपना गला छूकर एक ने कहा। जुगनू सब का मुँह ताकती रह गयी।

"आयम प्राउड ऑफ़ माई ब्रदर यार, इतने लोग हैं यहाँ; तुम लोगों को निगाह उसी पर पड़ती है।"

किससे देर तक बातें करने की ज़रूरत नहीं है, किसकी ओर अधिक तवज्जो देनी चाहिए सब वाणीधर जुगनू को बताता। उसे उदास, परेशान देख हिम्मत बढ़ाता। अपनी ज़िम्मेदारियाँ वैसे ही निभाता जैसे—वह जुगनू नहीं छुटकी हो।

शुरुआती छियालिस दिन वाणीधर के सन्तोष में बीते। सपनों की सुन्दर दुनिया थी और थी ऊँची उड़ान। छुटकी-सी बहन जुगनू थी और थे इसे प्यार करने वाले संगी-साथी। शिवधर का पत्र आया था; वाणीधर दुःखी हो उठा था। फिर कनपटी तड़क उठी थी, दर्द की लहर माथे से होती आँखें दहका गयी थी, लस्त-पस्त हो गया था वाणीधर। एक बार उसने जुगनू से कतराने की कोशिश की थी।

"क्या हुआ वाणी भइया, आपकी आँखें लाल क्यों हैं?" पूछा जुगनू ने।

"रात फिर माइग्रेन का दर्द उठा था।"

"दवा ली?" जुगनू की एक सहेली ने प्रश्न किया। उसके मन में ममता का सागर लहराता रहता।

"ले ली।" सूखी मुस्कान थी ओठों पर।

"इधर-उधर मत फिरिये, जाकर आराम कीजिए।" चिन्ता थी जुगनू के शब्दों में।

छुट्टी का दिन था। अतिरिक्त कक्षा चल रही थी—वाणीधर की सुबह सवेरे आठ बजे। रिलैक्सिंग एक्सरसाइज़ का अन्तिम सिरा। वाणीधर साथी के हाथों फिसलकर धरती पर गिर पड़ा था।

"मेरे पैर सुन्न हो रहे हैं।" आँखें मुँद रही थीं। संगी-साथी ज़ोर-ज़ोर से हँसने लगे।

"अरे यार मान गये वाणी, तुम अच्छी ऐक्टिंग कर सकते हो। अब उठो।"

"मैं सच कह रहा हूँ, जुगनू को ख़बर करो।" होश खो दिया उसने। प्रशिक्षक दौड़े आये। उनकी चीख़ निकल गयी।

"अरे ज़ाहिलो, दौड़ो सचमुच वाणीधर बेहोश हो गया है। कोई डाइरेक्टर को ख़बर करो।" वे उत्तेजना में चीख़ उठे। दन्न से एक लड़का भागा टेलिफ़ोन की ओर। एम्बुलेंस को फ़ोन किया गया। छुट्टियाँ होने के कारण थोड़ी असुविधा हुई परन्तु अस्पताल पहुँचा दिया गया वाणीधर। जुगनू का रोते-रोते बुरा हाल हो गया। वह बैठी-बैठी सुनती रही—वाणीधर की श्वास नली काम नहीं कर रही है, वह ऑक्सीजन पर है, उसकी रीढ़ की तीन हड्डियाँ अपना स्थान छोड़ चुकी हैं, उसके दोनों पैर सुन्न हो गये हैं। आपातकक्ष में पड़ा है।

हाइपर हो जाते हैं लोग अत्यधिक उत्तेजित, बढ़ा-चढ़ाकर बोलते हैं, चोट आयी होगी। बस। जुगनू रोते-रोते सोचती जा रही थी। उसे तो अक्सर लगती रही हैं चोटे

बचपन से ही। छोटे-बड़े ऑपरेशन से भी गुज़रना पड़ा है, ऐसा क्या है? ढाढस बँधा रही है साथिन जो सबसे अधिक सेवा करना जानती है कि बहुत देखे हैं ऐसे गिरने वाले। कल ही उठकर खड़े न हो जायें तो मेरा नाम बदल डालना।

दिन महीनों में तब्दील हो गये। शय्या पर पड़ा रहा वाणीधर, सर से पाँव तक कीलों में कसा हुआ। पाँच किलो वज़न सर से लटकाया हुआ कण्ठनली से कृत्रिम श्वास लेता हुआ आँखों से अपने शुभचिन्तकों, मित्रों, साथियों, सेवाभावियों को देखता हुआ। दिमाग़ चलते, धीमी आवाज़ में बातें करते शनैःशनैः मानो सूर्य के उत्तरायण होने की प्रतीक्षा करता रहा। विधुभाल को देखकर आँखों से आँसू निकल आये। विधुभाल ने साथ दिया।

"मैं जीना चाहता हूँ विधु जी!" फुसफुसाहट भरी आवाज़ में कहा।

"आप जीयेंगे, बाख़ूबी जीयेंगे।" विधुभाल ने अपने आपको संयत किया। गाल और कपाल को हौले से सहलाया।

"मैं कुछ कर नहीं पाया, आप करते रहिये पर सावधान रहियेगा।"

वाणीधर ने फिर कहा। थक-सी गयी आँखें मूँद लीं। विधुभाल उसे सहलाता सा बैठा रहा देर तक। वाणीधर के जेहन में हबीब तनवीर का नाटक 'बाघ' घूम रहा था। उसकी आवृत्तियाँ गूँजने लगीं।

शहर में घूम रहा है बाघ
घर-घर फैल रही है आग
बाघ-बाघ-बाघ

"विधुजी, आदमख़ोर से लड़ने में सावधानी चाहिए। ऐसा नहीं कि स्वयं खेत रहें उसका बाल भी बाँका न हो।" एक दिन कहा था विधुभाल से वाणीधर ने। विधुभाल ने प्रश्न को हल्का कर दिया था।

"आप जैसे साथी मेरी मौत का दुःख नहीं जश्न मनायेंगे। आप नुक्कड़-नुक्कड़ जाकर मेरा सन्देश पहुँचायेंगे, मरना जीने से बड़ा उत्सव हो जायेगा।"

"आदमख़ोर का कुछ न बिगड़े आप हलाक़ हो जायें यह न हो भाई।" कहा था वाणीधर ने।

अपनी बीमार बन्द आँखों में विधुभाल का संकल्पयुक्त चेहरा देख रहा है वाणीधर—

कैसे-कैसे स्वांग रचाये
कोई उसे पहचान न पाये
पाँव में पनही
देह पे चादर
सिर पर डाले नीला पाग
बाघ-बाघ-बाघ

प्रतिदिन आकर बैठता विधुभाल जब रहता शहर में। उसे देख खिल उठता वाणीधर। कवि-लेखक-क्रान्तिधर्मी विधुभाल, हथियार की राजनीति में शामिल परन्तु गाँधीवाद को बिल्कुल ख़ारिज न कर देने वाला विधुभाल, एक सुन्दर, समन्वित समाज की परिकल्पना में जीने वाला विधुभाल सामने होता। जीवन का संचार होने लगता है वाणीधर में।

"मेरी बात पर ग़ौर करें भाई, हथियार से दुनिया नष्ट होती है—बदलती नहीं। आदमख़ोर, जिससे लड़ाई कर रहे होते हैं हम आप, वह मरकर भी नहीं मरता हममें ही प्रविष्ट हो जाता है। आप सुन रहे हैं न!" वाणीधर की धीमी आवाज़ को सुन रहा है विधुभाल। आपातकक्ष में शान्ति है, कान सटाकर सुन रहा है विधुभाल।

"आप सही कह रहे हैं।" थोड़ा बोलकर थक जाता है वाणीधर। विधुभाल को देखते ही बाघ की आवृत्तियाँ होने लगती हैं—

ना वामन ना सुद्दर
ना रेशम ना खद्दर
राम रहीम में नहीं लड़ाई
धोती लुंगी भाई-भाई
आ जा रे बाघ आ जा
दूध मलाई खा जा
बाघ-बाघ-बाघ

"आप सही कह रहे हैं वाणी, आप बिल्कुल सही सोच रहे हैं भाई।" बराबरी की लड़ाई हथियार से नहीं लड़ी जा सकती। शिक्षा, स्वास्थ्य, सामाजिक बदलाव, उन्नत विचार हथियार चलाने से नहीं आयेंगे। स्त्री-पुरुष की समानता सही अर्थों में हो शहर और गाँव का भेद मिट जाय...यह सब सचमुच हथियार के बल पर नहीं हो सकता। 'सबाल्टर्न वैचारिकी' का जो नारा इसने अपने कैम्पस में दिया उसका आधार क्या है? भिखारी ठाकुर की भावभूमि में स्त्री अबला है...आज भी है...उसे दूर मात्र वर्ग-विभेद समझकर नहीं किया जा सकता। राजनीतिक बदलाव के साथ सामाजिक बदलाव जो आता है, वह ऊपरी है, ज़रूरत है सामाजिक रूढ़ियों के मूल पर प्रहार करने की।

निकिता के कलेजे पर चोट लगी। उसे स्मरण कर आँखों से आँसू बह निकले। रातों को नींद आती तो उसका चेहरा आँखों के आगे आकर खड़ा हो जाता—दीदी, तुमने 'मछुआरे' पढ़ा है? क्या उसका अन्त तुम्हें पसन्द आया? अन्धविश्वास पर चोट करने वाले लेखक ने यह क्या लिख दिया। अपनी सारी मानवतावादी सोच को

झटक हाथ जोड़ लेती निकिता—"हे ब्रह्मा-विष्णु-महेश, या अल्लाह जिसमें भी शक्ति हो बचा लो मेरे भाई को, मेरे नन्हे शिशु से निष्पाप वाणीधर को।"

सरिता और कवि जी छटपटा उठे। ऐसा कैसे हो गया? उठकर बालकनी में जाकर बैठ गयी। एक-एक दृश्य याद आने लगे। बच्चों को पढ़ा देने की पेशकश लेकर आया वाणीधर सरिता के जीवन के अहम निर्णयों का साक्षी वाणीधर अपना दुख किसी से न कहने वाला, दूसरों के हर लेने वाला वाणीधर। दिनेश जी, दुकान जल्दी बन्द कर मृदुला जी के यहाँ चले गये, वो देखकर आयी थीं। उनसे विवरण सुन निराश से हो गये—मेरे वर्षा वशिष्ट को सचमुच नज़र लग गयी—सोचा। उड़ान से पहले पंख झुलस गये।

"नन्दिनी गाय चुरानेवाले आठ ही नहीं नौ वसु थे। इसी ने रस्सी खोली थी खूँटे से; भीष्म नाहक शरशय्या झेलते रहे। यह बच नहीं सका; झेलना तो पड़ेगा।" कथाकार जी ने दिनेश जी को समझाया। दिनेश मौन।

"वसुओं का धरती पर आना हुआ, अपने स्वभाव के अनुसार वे इसे अपने लोक की तरह बनाने की कल्पना करने लगे। कर कुछ नहीं सके। भीष्म को महाभारत युद्ध में साथ देना पड़ा, हथियार उठाना पड़ा एवज़ में मिले काँटों के बिस्तर। कुछ नहीं होगा इनके लिए।"

"मैं भाग्यवादी बातें सुनने के मूड में नहीं हूँ।" दिनेश जी उठकर टहलने लगे।

"मैं जीना चाहता हूँ, मुझे जीना पड़ेगा।" वाणीधर ने निदेशक महोदय से कहा। वे प्रतिदिन अपना समय उसके साथ गुज़ारते कवियों की कविताएँ उन्हीं के स्वर में पाठ कर सुनाते। वाणीधर का मन शान्त हो जाता। कविता का सस्वर पाठ, वह भी स्वयं निदेशक के द्वारा उसे बेहद अच्छा लगता। उन्हें इसकी महारत हासिल थी। बहुत से दोस्त दुश्मनों ने उनको सुनाई है, स्वयं कविगण भी उनके मुँह से अपनी कविता सुन आह्लादित हुए थे परन्तु एक मृण्मय प्रिय छात्र के चेहरे की शान्ति उनके जीवन की चरम उपलब्धि रही।

"सर, मेरी डायरी में एक कविता है, उसे आप सुना देंगे?" फुसफुसाया वाणीधर।

"क्यों नहीं? तुम्हारी कविता है क्या?"

"हाँ सर।"

"कहाँ है?"

"मेरे कबर्ड में होगी।"

"मैं कल लेता आऊँगा अब चलूँ, अपनी गर्दन तिरछी कर हँसी बिखेरते चले गये। उन्हें ढेरों भाग-दौड़ करनी पड़ी है इसके इलाज के लिए धन जुटाने में। दो माह से ऊपर हो गये थे वाणीधर की दुर्घटना के। हालत में सुधार होने लगा था। निदेशक का उत्साह बढ़ा था। उनके कमरे से निकलते ही शिवधर ने घेरा—

"सर, यह रही भैया की डायरी, यह है कविता। मैं पूरी डायरी पढ़ गया हूँ। बहुत-सी बातें हैं ग़ौर करने की।" विचित्र नज़रों से उन्होंने शिवधर को घूरा।

"अभी उसका समय नहीं आया है बच्चे, हम पहले वाणी को बचा लें। डायरी रखो, मैं कल उसे पढ़कर सुनाऊँगा।" शिवधर अन्दर आ गया। भैया के चेहरे पर शान्ति है। इतनी तकलीफ़ ऐसी विवशता कैसे बर्दाश्त कर लेते हैं सब। मेरे भइया आदमी नहीं देवता हैं। उन पर ग्रह था किसी ने ध्यान नहीं दिया। अम्माँ ने 'छठ' मइया से उनका जीवन माँगा है—आँचल पसार कर, अवश्य मिलेगा। मैं भइया के बिना कुछ कर सकूँ यह सोचा ही नहीं।

"बबुआ," धीमी आवाज़ सुनाई दी। शिवधर भाई की ओर साकांक्ष हुआ।

"कुछ नहीं।" मुस्कुराया।

"भैया, दीदी अभी डेरा पर गयी है आती ही होगी।" शिवधर जान रहा था कि देर से बैठे शिवधर की चिन्ता रहती है वाणी को। अपने घर के लोगों के अतिरिक्त साथी तथा शिक्षक भी आते, बैठते अपनी ओर से सुनाते और चले जाते। जुगनू के आने से भावप्रवण हो जाता वाणीधर।

"मैं जीना चाहता हूँ जुगनू, तुम्हारी देखभाल का स्कूल में वादा था मेरा।"

"आप जीयेंगे। आप मेरी देखभाल करेंगे।" कोरा है यह आश्वासन—समझती जुगनू।

"मैं तुम्हारा शाश्वत भाई ...।" आँसू आ जाते।

"सुना आपने? वो आपको प्यार की परिभाषा समझाने आ रही है।" जुगनू बात बदलती। हँसने की कोशिश करती।

"अरे हाँ!" मुस्कुराता वाणीधर।

"उसने कहा—हय मैं तो उसे सचमुच प्यार करने लगी हूँ!"

—हँसी जुगनू। वाणीधर का चेहरा शान्त हो गया था।

"यहाँ छुओ आँखों के ऊपर दर्द नहीं; अजीब-सी बेचैनी है।"

जुगनू सहलाती रही, वाणीधर ने आँखें मूँद लीं। दर्दशामक दवाओं के प्रभाव से रह-रहकर सो जाता, निद्रा ही शान्ति दूत थी महानिद्रा के पहले।

कहीं दूर बहुत दूर से कवि शुरू करता है
अपनी कहानी
उसे ले जाती है दूर, बहुत दूर उसकी अपनी ही
किस्सा बयानी
नक्षत्रों और स्मृति चिह्नों के पास से गुज़रता
किन्हीं बोध कथाओं के
झटकों में झूलता, हाँ और ना के बीच वह
किसी घण्टाघर से छलाँग लगाते।

सन्न से आ गिरता है नीचे
क्योंकि पुच्छल तारों का रास्ता ही
—कवियों का रास्ता है
अपनत्व का छिन्न-भिन्न तार
वही तो उसके बन्धन हैं
तुम अपना सिर टेढ़ा कर ऊपर उठाये हुए
डूब जाओगे हताशा में—

निदेशक कविता की पंक्तियाँ पढ़ते-पढ़ते चुप हो गये। अपने ओठों ही ओठों में अगली पंक्ति बुदबुदाने लगे—

क्योंकि कवि को ग्रहण लगने का—
समय बँधा नहीं है
मिनी पंचांग की अटल व्यवस्था से।

आँखें स्वप्नाविष्ट अर्द्धनिमीलित सी, चेहरा निष्पाप शिशु का, नीरद अधर निश्चल गात! धीमे-से डायरी पकड़ाई शिवधर के हाथों में। यह सुबह क्या आयी—

"गोरी सोई सेज पर मुख पर डारे केस,
चल खुसरो घर आपनो रैन भई एहि देस।"

शोक सभाएँ करने वालों की मुरादें पूरी हो गयीं। ख़ूब हुई तकरीरें, ख़ूब छपे सन्देश बिना दुनिया का कोई बाल बाँका किये एक स्वप्नदर्शी वसु लौट गया अपने लोक।

"आचार्य, मैं सोचता हूँ अब अपने लिए एक साथी तलाश लूँ।" चौड़ी श्वेत पेशानी पर चन्दन का लेप लगाता साथी सोचता है। दुर्घटना के एक दिन पहले टहलते हुए कह उठा था वाणीधर। नाटक के पात्रों के नाम अक्सर ये अपने सम्बोधन में ले आते।

"अब तक किसी लड़की ने आपको आकर्षित नहीं किया है क्या?"

"सिर्फ़ एक।" आचार्य चौंक उठे।

"गाँव में एक नववधू थी कुम्हार टीले की। कुएँ पर पानी भरने आती। मैं उसे देखता रहता। घड़ा भर कमर पर रखती और एक नज़र मुझे देखती बस! उसे देखने, उसकी एक नज़र के लोभ में मैं रोज़ दिन में कुएँ पर जाता।" कहकर मुस्कुराने लगा था वाणीधर। साथी हँस पड़ा था।

"कमाल करते हैं आप, यह भी कोई बात हुई। मैंने लड़की की बात पूछी थी।"

"ऐसी ही शिद्दत होती होगी किसी भी लड़की के आकर्षण में। अप्राप्य हो फिर भी कोई अपने मन को रोक नहीं पाता होगा, अपनी चाह को मिटा नहीं पाता होगा। प्यार, आकर्षण अपने वश में नहीं है, प्राप्ति तो बिल्कुल सामने वाले के हाथों में है।" तुलसी मुख में डालता सोच रहा है साथी—जिजीविषा कर प्रबल आकर्षण! एक नज़र

देखकर चला गया, प्राप्ति अपने हाथों में कहाँ? कन्धों पर उठ गया साथी। उसी के द्वारा सिखाये गये विदेसिया की उदास पंक्तियाँ तैर गयीं ज़हन में—

"आप मुझे कुमार गन्धर्व का गाँधी राग सुनायें, मैं आपको विदेसिया सुनाता हूँ। अपने-अपने परिवेश को जी लेंगे हम यहीं बैठकर।" बोल उठा अन्तिम बार मानो। गुनगुना उठा गाँधी राग-कुमार गन्धर्व के सुर-ताल में।

तुम धीर हो रे
संजीवन भारत के विराट हो रे।।
आहत के आरत के सखा हो रे
पावन आलोक अनोखे हो रे
तुममें सब रूप
एकहि पथ, एक मन्त्र
समता साकार
दरशन के अनुगामी
अन्तर एकाकी
गीतों के आधार।

विलम्बित से द्रुत होता हुआ नाद में परिवर्तित होता रहा।

क्रान्तिकारी न रुकते हैं न थकते हैं। चोट पर चोट करते तभी जड़ता टूटती है। क्रान्ति की आग फैलती जा रही है, यह सन्तोष की बात है। व्यवस्था के नाम पर दमन चक्र तेज़ी से घूम रहा है। अपने-पराये सभी इस आग में झोंके जा रहे हैं। जाति, मनुष्य और धर्म बँटा रहे यह राजसत्ता कामी लोग चाहते हैं। उन्हें सुविधा मिलती है। जाति, धर्म के सरगना को क़ब्जिया लिया तो सब क़ब्जा।

छोटे-छोटे स्वार्थों में लिप्त वर्ग-संघर्ष का नारा देकर अधिक छल रहे हैं दुनिया को। बुद्धिजीवी विचारक कला-प्रेमी विधुभाल अपना रास्ता खोज सका क्या? किस बात की ललक ने उसे स्थायी मध्यममार्गी समाजचेता सोच से परे ढकेल कर खड़ा कर दिया? अमृत, डॉ. अज़ीम, निकिता दहशत में रहते। अज़ीम अधिक देर तक माहौल को भारी नहीं रहने देते।

"क्या बात है यार अमृत तू समझाता क्यों नहीं विधु को कि अब शादी-ब्याह कर लें। बहुत हुआ। इतनी टेंशन वाली पार्टी में रहकर कोई कैसे कुँआरा रह जाये? वह काम तो दूसरी धुरी की पार्टियों वाले करते हैं। वहाँ कुँआरा रह जाना मेरिट है, यहाँ अच्छी चीज़ को जैसे-तैसे हासिल करने की परम्परा है। वह अपने ही कॉमरेड की संगिनी हो तो अधिक अच्छा। बनी-बनाई, तराशी हुई मिल जाती है। तू उसका बचपन का दोस्त है—कह सकता है।"

"उसने माँ को पत्र तो लिखा था—शादी के लिए लड़का तलाश लो। अब अपनी चाची को आप जानते ही हैं, कितनी खुश हुई कि क्या कहूँ! अच्छी सुन्दर लड़की,

बड़े घर की, पढ़ी-लिखी खोजने में जुट गयी। सजातीय लड़की ही तो खोजेंगी। मामाजी टॉर्च लेकर ढूँढ़ने लगे हैं। थोड़ा समय तो लगेगा।"

"अच्छा? यह सब चल रहा है? निकिता तुमने मुझे बताया नहीं? बढ़िया डेवलपमेंट है।"

"निकिता चुप है, ज़रूर कोई बात है क्योंकि पिछली बार वह हममें से किसी से नहीं मिला था निकिता ही जानती है। सब कुछ।" अमृत ने उदास चुप निकिता की ओर इंगित किया।

"बताओ भई, चुप क्यों हो?"

"विधु ने शादी करने का फ़ैसला कर लिया है। चाची को अब लड़की देखने की ज़रूरत नहीं है।"

"धमाका, फिर धमाका, कहाँ, कब, किससे?" डॉ. अज़ीम ने कहा।

"शायद कावेरी से" अमृत ने लालबुझक्कड़ बनकर कहा।

"हाँ।"

"वही लड़की न जो जे.एन.यू. ...।"

"हाँ वही।"

"चलो, अच्छा रहा। अब चट मँगनी पट ब्याह हो जाये।"

"वे दोनों भी चाहते हैं। अप्रैल तक शहनाइयाँ बज उठेंगी।"

मित्र-मण्डली तनाव मुक्त हो गयी। देर तक इन चारों के बीच विधुभाल उपस्थित रहा। डॉ. के अतिरिक्त तीनों ने कावेरी को देख रखा था।

"कैसी है कावेरी?" डॉ. साहब ने पूछा।

"बड़ी प्यारी दक्षिणी लड़की है।" कमल ने उत्साह से कहा।

"नाम बताता है कि वह दक्षिणी है पर प्यारी होने से काम कैसे चलेगा?" डॉ. साहब थे।

"क्यों नहीं चलेगा प्यारी होने से काम?" कमल ने प्रश्न किया। अमृत मुस्कुराता सा बैठा रहा मानो अज़ीम की सारी बातें समझ रहा हो।

"कॉमरेड होना चाहिए। ये प्यारी क्या बला है।" उनके कहने के अन्दाज़ पर सभी हँस पड़े। संक्रान्ति बीत चली थी, इनका मन सरसों के खिले खेत पर पसरी धूप हो उठा, रौशन! कहती है निकिता कि अप्रैल तक शादी हो जायेगी। विधुभाल के जीवन में ठहराव का संकेत है यह। अमृत ने लम्बी साँस ली।-उसके मन पर से एक बोझ हट गया। नूर का प्रसंग 'तीरे नीम कश' हो उठा था। कहीं कोई बात बनती नज़र नहीं आ रही थी। कभी-कभी लगता कि भावना का चोट उसे रगेद कर पहुँचा आया उस दूसरे रास्ते पर जिधर इनका जाना वर्जित है। बहुत दिनों से अमृत ने बहसें भी कहाँ की थीं। बहुत दिनों से मिलने तक नहीं आया था। अमृत कैम्पस में मिलने गया था तभी उसने अपनी माँ की सहायता करने का धन्यवाद दिया था।

अमृत ने विधु के ठण्डे, कटे-कटे से व्यवहार का बुरा नहीं माना था, उसे क्षोभ भी नहीं हुआ था, बचपन का मित्र है उसके मन के बारीक तन्तुओं का प्रत्येक कम्पन जानता है, मन-ही-मन हँसा था—तुम क्या दोगे धन्यवाद। ज़मीन की लड़ाई लड़ते हो माँ को अपनी ही ज़मीन का हक़ मिले उसे नज़रअन्दाज़ कर जाते हो। अमृत और सीवान वाले डॉक्टर भाई न रहते तो एक टुकड़ा खेती के लिए रहने न देते गोतिये। अन्याय किसी रूप में सहन न करना—यही तो पाठ पढ़ाते हो, फिर माँ के प्रति अन्याय को कैसे सहन कर रहे हो, सोचा अमृत ने। डॉ. साहब और अमृत एक शाम रूप बदलकर छद्म अधिकारी के रूप में गये थे गाँव, माँ से भी नहीं बताया था। उन्हें परेशान करने वाले गोतियों को डरा-धमकाकर चला आया था।

उनके संघर्ष की पुख़्ता भूमि अपने ज़िले में तैयार तो है, दबदबा और आतंक का मुक़ाबला कर सकने के लिए मात्र सुवासित जुझारू नहीं चाहिए। माने और चुने गये नेता को शायद स्थानीय शक्तियाँ राह बनाने नहीं दे रहीं। पार्टी में आत्मालोचन और आलोचना के औज़ार के साथ ही संगठन की कमज़ोरियों को दूर किया जा सकता है। जहाँ एक तरफ़ ऊपरी कमिटियाँ पार्टी की सफलता और कमज़ोरियों की ज़िम्मेवारी भी कम नहीं है, पार्टी के सुचारु कार्यकलाप एवं अबाध विकास के लिए दोनों के बीच जीवन सम्पर्क और तालमेल आवश्यक है। पार्टी के शैक्षणिक मार्गदर्शक के रूप में विधुभाल स्थापित हो गया था। उसके आते ही शहर जाग उठता, मज़दूर किसान, दुखी-पीड़ित जनता में आशा का संचार हो जाता। जिस शहर में कानाफूसी पर रोक थी; वहाँ नारे गूँजने लगते। शहर नेताविहीन तो था नहीं, पहले से पार्टी के बड़े-बड़े नेता थे, जातीय ध्रुवीकरण भी उनके पक्ष में था परन्तु उनकी न तो ऊपरी कमिटी में पूछ थी न जनता में उतना अधिक स्वागत था। पुलिस और प्रशासन का महकमा चिन्तित हो उठता। क्या करें, क्या न करें, लूली-लँगड़ी पुलिस व्यवस्था, अपनी खोपड़ी के अन्दर से सायास निकालकर दिमाग़ जैसी चीज़ को वर्षों से राजनीतिक आका के चरणों में सौंपकर निश्चिन्त सोने वाली पुलिस घबरा गयी। ख़ूनी संघर्ष कोई नहीं चाहता अपने ज़िले में; ज़िला न हुआ ज़िल्लत का ढेर हो गया। सारा सुख आराम गिरवी रख दिया। जीप की खिड़की से कोहनी निकालकर बैठी रंगी-पुती शानदार-सी दीखती बीवी को भर आँख देख भी नहीं पाता। इन वर्ग तथा जाति-युद्धों वाले ने सुख-चैन छीन लिया है। जे.एन.यू. में पढ़कर जो पुलिस और प्रशासन पर क़ाबिज़ हो गया है वह अधिक परेशान है—हत्त तेरा के, हमारे ही सिर पर बम फोड़ना है। सारे देश में हमारे पूर्व छात्र केचली-जलकुम्भी की भाँति फैले हैं; ग़ैर-सरकारी संस्थान के तहत करोड़ों रुपयों का अनुदान देशी-विदेशी संस्थाओं से लेते हैं, सेवाकार्य में इन्हें भी

सौन्दर्य-वृद्धि के लिए ले जाते हैं। सीना गर्व से फूल उठता है। क्या बढ़िया मनमाफ़िक संस्थाएँ हैं। न खद्दर पहनने की बाध्यता, न चरखे की खटपट, न गोवंश रक्षा का नारा, न सत्य अहिंसा के प्रति दुराग्रह ठाट से जीन्स पहनो, जीप गाड़ियों पर घूमो; सेवा की सेवा, मेवा का मेवा। कइयों ने अपनी संगिनियों को लगा दिया है उस ओर।

प्रत्येक काण्ड के बाद दुहरी मार! एक ओर वर्ग-भेद के ख़िलाफ़ भाषण सुनो, दूसरी ओर प्रतिहिंसात्मक हत्याकाण्ड के लिए अपने आपको तैयार कर लो। बोरिया-बिस्तर बँधा ही रहता अधिकारियों का। वर्ग-संघर्ष पर बात का बतंगड़ बनाने वाले अपने समवयसी साथी पर क्रोध आता, फिर याद आता एक आला सुचिन्तित माने-जाने वाले पुलिस पदाधिकारी का प्रशिक्षण—"उनके विचारक बुद्धिजीवी के ऊपर कभी गोली न चलाना। शिक्षक-प्रशिक्षकों के हाथ में बन्दूक़ नहीं होती। जिसके हाथ में हथियार है, जो गोली चलाते हैं उनको ख़त्म करो। विचारक को मारने से ख़तरा बढ़ता है क्योंकि विचार कभी नहीं मरता है, मनुष्य के शरीर से निकलकर चतुर्दिक फैल जाता है फिर समाहार कठिन है।"

पुलिस के मारने की अब आवश्यकता ही कहाँ है, स्वयं में इतने धड़े हो गये हैं कि एक-दूसरे का क़त्ल करते चलते हैं। अपने अन्दर के प्रतियोगी एक-दूसरे को मरवा देते हैं। वर्चस्व की लड़ाई तीव्र प्रतिस्पर्धा में बदल चुकी है; कोई किसी को सहन नहीं करना चाहता है, कोई पल भर रुकना नहीं चाहता। बथानी टोला नरसंहार हो या एकबारी अथवा हैवसपुर तत्काल प्रतिहिंसा में अधिक तेज़ हथियार उठा लेने का ऐलान होने लगता है।

अपनी ही पार्टी के नेता भौं सिकोड़ उठते—यहाँ हमारे ऐक्शन की ज़रूरत है। हमारे पास हज़ारों हाथ हैं...तलवार उठायें—किसी ज्ञानी पण्डित की ज़रूरत नहीं है। विरोध-प्रतिरोध वाचन से नहीं; बम और ग्रेनेड से होगा। यह क्या कि भेज दिया भाषण करने फलाने विश्वविद्यालय के चिलाने नेता को। परन्तु एक झीना परदा भी तो है—संसदीय लोकतन्त्र में विश्वास किया, चुनाव बहिष्कार तोड़ा, कुर्सी पर बैठने लगे, सत्ताधारियों को समर्थन दिया, जनता की ठठरी का सत्व चूसकर जनप्रतिनिधि बने; कुछ तो दाय है। एक सभ्य पार्टी का दायित्व निभाते हुए चलना है तो बुद्धि जीवी विद्वान सर्वमान्य नेताओं को उतारना ही होगा चौक-चौराहों पर।

सारी विसंगतियों, दुर्भावनाओं से अनजान भगत सिंह का जीवन और चे-ग्वेवारा की मौत पाने का सपना देखने वाला क्रान्तिदर्शी विधुभाल अब अपना परचम लहराता आ रहा है अपने क्षेत्र में।

"अपना शहर ठीक नहीं है कार्यक्षेत्र चुनने के लिए।" पिछली भेंट में निकिता ने कहा था।

"क्यों? अपने शहर में क्या बुराई है?" विधुभाल ने पूछा।

"मैं पत्रकारिता की मेज़ पर बैठकर कह रही हूँ : तो कोई बात होगी ज़रूर। तुम अपना कार्यक्षेत्र बदल लो।" हँसा विधुभाल।

"मैं अपना स्थायी कार्यक्षेत्र दक्षिण ले जा रहा हूँ। वहाँ मेरी ज़रूरत ज़्यादा है। यहाँ बस थोड़े दिनों के लिए आने वाला हूँ।"

"मैंने सोचा तुम्हें आगाह कर दूँ।"

"कैसा ख़तरा है मुझे? बताओगी नहीं?"

"देखो विधु, जिस तरफ़ तुम्हारे क़दम बढ़े हैं; ज़ाहिर है सर पर कफ़न बाँध लिया होगा तुमने। परन्तु तुम्हारे साथ जुड़े लोगों को यह कभी रास नहीं आयेगा। हम तुम्हें खोना नहीं चाहते। तुम पर हमारा हक़ है, प्यार का हक़। तुम्हारी माँ, तुम्हारे मित्र और मैं तुम्हें इसी रूप में जीता-जागता देखना चाहते हैं।" निकिता विचलित थी। विधुभाल ने उसकी ओर देखा, मुस्कुराया उसके कानों में बजा बार-बार 'तुम्हारी माँ तुम्हारे मित्र और मैं'। उसने इस 'मैं' को अनायास पहचान लिया। बहुत संवेदनशील बनता है विधुभाल अब तक इस 'मैं' से साक्षात्कार क्यों नहीं कर सका था। इस 'मैं' के माथे की शिकन, इसका उद्वेलन, इसकी आँखों में विधु के लिए छलछलाता ठहरा जल क्यों नहीं देख सका? विधु को लगता रहा कि जन्म देने के कारण माँ-बेटे की मजबूरी है एक-दूसरे को प्यार करना, बाक़ी कहीं कुछ नहीं। दोस्त मित्र का प्यार लेना-देना है इस हाथ ले उस हाथ दे। शराब की प्याली टकराने से लेकर पी जाने तक का प्यार कुछ साथिनों का है और घोर आकर्षण, अपने तन-मन की मज़बूरी है विवाह के अंजाम तक पहुँचने वाले प्यार का। इस 'मैं' की तलाश में लिखे गये हैं काव्य, रचनाओं में ऊष्मा के रूप में यही विद्यमान है। कस्तूरी मृग की भाँति विधुभाल कहाँ भटक रहा था। यह 'मैं' दीये की लौ है, विधुभाल उसी के सहारे मंज़िलें तय कर लेगा परचम लहराता हुआ।

"डरो मत निकिता, मैं यहाँ अधिक दिन नहीं रहूँगा। हैवसपुर काण्ड के विरोध में रैली निकालने की तैयारी करनी है; तुम लोगों को अच्छा लगेगा वैसा बड़ा काम।" विधुभाल ने निकिता को समझाया।

"बताओगे नहीं?"

"मैंने शादी करने का फ़ैसला कर लिया है।"

"अच्छा, किससे?"

"तुम्हें कावेरी के सम्बन्ध में बताया था न!"

"हाँ-हाँ, चलो यह हुई न ख़बर!"

"अब इसे अपने अख़बार में न छाप देना।"

"ज़रूर छापूँगी पर शादी हो जाने पर तुम्हारा क्या भरोसा? दुष्ट हो, कब पलट जाओ।"

“अबके पलटना नहीं है। सचमुच कर रहा हूँ शादी। माँ ने देख रखा है कावेरी को। ख़ुश है।”

“तुम शादी कर रहे हो; यही उनके लिए ख़ुशी की बात है। उन पर जो लड़की ढूँढ़ने का भार दे दिया था, उससे ख़ासी परेशान थीं। वो दीया लेकर ढूँढ़ने निकली थीं। अच्छा बताओ कैसी है?”

“अब जैसी भी है; अप्रैल में देख लेना। मुझे स्टेशन जाना है, लौटकर तुरत आना है, फिर अपने शहर जाना है। समय नहीं है। तुम लोगों से अपने शहर जाने के पहले मिलूँगा। अच्छा रहेगा कि हम सब साथ मिलें।”

“ठीक है, हम सब अमृत के घर मिलेंगे, पक्का?”

“पक्का!” विधुभाल निकिता से विदा लेकर स्टेशन की ओर चला। उसका दिल हल्का हो गया था। इन दिनों अपने इन बिछुड़े साथियों से कम ही मिल पाता। पार्टी ने काम की ज़िम्मेदारी कुछ अधिक ही दे दी थी। अब तो रैली-धरना वगैरह संगठित करने की ज़िम्मेदारी दे दी। छात्रों की रैलियाँ निकालने में, उन्हें संगठित करने में इसकी ख्याति थी; फिर क्या था यह राज्यवार संगठन का सरगना बनने योग्य जाना जाने लगा।

‘सबसे ख़तरनाक है सपनों का मर जाना’ पाश की इस पंक्ति का उच्चारण विधुभाल अक्सर निःश्वास लेकर करता। कावेरी उलझी सी देखती रह जाती। चुप्पा सा यह व्यक्ति बहुत वाचाल है। इसका दिल जो कहता है दिमाग़ जिस पर मुहर लगाता है यह बोलता चलता है।

“कावेरी, तुमने क्या सपने देखे हैं? मुझे लेकर तो नहीं?”

“मेरे सपनों की राह में तुम आ गये विधु! अब मैं तुम्हारे बिना कुछ नहीं देखती।”

“मैं जल्दी शादी करना चाहता हूँ। अब और देर सही नहीं जाती।”

कावेरी निकट आ गयी थी। विधुभाल उसके घने केशों वाले सिर को अपने सीने के निकट खींच लिया था। कावेरी विधुभाल की उतावली धड़कन सुन रही थी। वह भी तो यही चाहती है। जैसे विधुभाल की माँ पथ निहार रही है; पुत्रवधू का; वैसे ही इसके माता-पिता भी तैयार हैं विवाह करने के लिए। क्रान्तिधर्मी बेटी को समान विचार वाला पति मिल जाय यही तो वे चाहते थे। विधुभाल विवाह के मामले में परम्परा का निर्वाह करना चाहता था। विवाह को मात्र अपना कृत्य नहीं मानता—दोनों तरफ़ के दुष्ट मित्र परिजनों को जिसे सुख मिले, अपने हृदय को जो शीतलता प्रदान करे, इसकी ओर टकटकी लगाकर देखने वाली माँ के नेत्रों की ज्योति बढ़ा सके—वही होगा सफल सच्चा विवाह। इस विवाह से सभी आह्लादित होंगे। फिर क्या होगा? कावेरी दक्षिण, क्रान्ति का शंख फूँकने चल पड़ेगी और यह सीवान

में रहेगा, नहीं! इसे हँसी आयी। साथ रहकर काम करना होगा। अलग-अलग जो कुछ करना है कर लें। पार्टी इतनी तो छूट देगी!

"मैंने देखा है कि ग़रीब मज़दूरों का संगठन इतना प्रभावशाली हो जाता है जिससे हत्यारों की नींद हराम हो जाती है।" बीच में ही शुरू हो जाता विधुभाल, प्यार और क्रान्ति दोनों के रंग लाल होते हैं। उसकी आँखों में लाल डोरे चमक उठते।

"रणवीर सेना, प्रशासन व शासक नेताओं के संयुक्त गिरोह का कृत्य उजागर हो चुका है, वे अपने ही लोगों से अलगाव में पड़ते जा रहे हैं जबकि दलितों, पिछड़ों तथा अल्पसंख्यकों की एकजुटता बढ़ती ही जा रही है और वह भी हमारी पार्टी के ही नेतृत्व में। इससे ख़ूनी बिसात बिछाने वाले इन दरिन्दों की नींद हराम होती जा रही है। वे भोजपुर में गृहयुद्ध (जाति युद्ध) छिड़ जाने की हाय-तौबा मचा रहे हैं। इसकी आड़ में हमारी पार्टी पर राजनीतिक व पुलिस हमले तेज़ कर रहे हैं—यह जानते हुए भी कि यह वर्ग युद्ध है और देर-सबेर यह सब पर ज़ाहिर होकर रहेगा। यह न केवल भारतीय सामन्तवाद की ख़ास विशेषता, जातिगत धाक को तोड़ेगा बल्कि भूमि के सारे सामन्ती सम्बन्धों को समाप्त कर नये सामाजिक-आर्थिक सम्बन्धों को जन्म देगा।" कावेरी व्यवहार योग्य कार्य करने में विश्वास करती है, विधु अटल सिद्धान्त लेकर चलता है, उसमें अपना चिन्तन अपनी मौलिकता का पुट देता चलता है। वह जिस ओर संकल्प करके चल पड़ता है; कारवाँ आपसे आप बन जाता है। सियोल में संयुक्त राष्ट्र संघ युवा कान्फ्रेंस के भारतीय छात्र प्रतिनिधि में गया था विधुभाल। उस कान्फ्रेंस में अमेरिकी साम्राज्यवाद के ख़िलाफ़ अनेक प्रस्ताव रखे। आयोजकों ने समय की कमी का बहाना बनाकर इन प्रस्तावों को सदन में रखने से इन्कार कर दिया तब विधुभाल ने पाकिस्तान, बांग्लादेश, ऑस्ट्रेलिया, श्रीलंका, ईरान और तीसरी दुनिया के तमाम प्रतिनिधियों को इकट्ठा कर सम्मेलन का बहिष्कार कर दिया।

इन विस्तृत अनुभवों के आलोक में ही उसे सीवान जैसे संवेदनशील इलाके में कम्युनिस्ट आन्दोलन संगठित करने भेजा गया। वे एक पेशेवर क्रान्तिकारी ठहरे। एक ऐसे दौर में जब सोवियत यूनियन टूट चुका और नक्सलवाड़ी जैसा कोई उभार भी नहीं रहा; जब यह माना जाने लगा कि नौजवान उपभोक्तावाद और कैरियरवाद से बाहर कुछ सोच ही नहीं सकते; ऐसे समय में क्रान्ति का बिगुल बजाने विधुभाल जा रहा था। कावेरी का दिल काँप उठा।

"सुनो सावधान रहना वहाँ जाकर। मैं यहाँ तुम्हारी प्रतीक्षा कर रही हूँ यह याद रखना।"—कावेरी का यह कथन सुन मुस्कुराया था विधुभाल। उसे अपने निकट खींच लिया था।

"तुम यहाँ मेरी प्रतीक्षा कहाँ कर रही हो, मेरे साथ चल रही हो। मैं अकेला नहीं हूँ।"

"वहाँ कैसा क्या है–यह मैं नहीं जानती पर सुना है अपने लोगों से भी सावधान रहने की ज़रूरत है। सुना है कि तुम्हारे बढ़ते हुए प्रभाव से पार्टी के कुछ महत्त्वाकांक्षी लोग मन-ही-मन सशंकित सो गये हैं।" अटकती-सी बोली।

"यूँ ही सुना है।" विधुभाल ने उसे और अधिक ज़ोर से भींच लिया मानो आश्वस्त करना चाहता हो कि इसके सिवा कुछ सच नहीं है। जीवन का छलछलाता जल व्याप्त है यहाँ और बस।

"सावधानी बरतने में क्या हर्ज़ है? संगठन, प्रदर्शन का काम तुम सीधे से करके आना। उत्तेजित न होना।"

"कावेरी, क्रान्ति की रिहर्सल नहीं होती क्योंकि इसका नाटककार, निर्माता-निर्देशक सभी कुछ इतिहास होता है और वह नितान्त क्रूर और निर्मम होता है जो कि ऐसे हालातों को निर्मित करता है कि हमें बिना किसी पूर्व रिहर्सल के सीधे मंच पर अपनी भूमिका अदा करनी होती है। इसमें गोली, बन्दूक़, तोप, गोला, घाव, ख़ून लोगों की प्रतारणा, जान प्राण सभी कुछ असली होता है।" विधुभाल ने कावेरी को समझाया।

"मुझे न डराओ, मैं तुम्हारे साथ जीवन जीना चाहती हूँ। कन्धे से कन्धा मिलाकर काम करना चाहती हूँ। इन्सान ज़िन्दा रहता है तभी कुछ कर पाता है, क्रान्ति की अवधारणा को मूर्त्त कर पाता है। तुम अधिक लोगों के लिए संघर्ष कर सको, अधिकाधिक मज़लूमों को उसका हक़ दिला सको, इसके लिए आवश्यक है ज़िन्दा रहना।" विधुभाल चौंक गया। यही तो कहा करता था वाणीधर। वह ग़ौर से देखने लगा कावेरी की ओर। कावेरी की बड़ी-बड़ी काली आँखों में अपना अक्स देख रहा था। क्या वाणीधर यहीं कहीं आसपास घूम रहा है? अपने संकल्प में अधिक दृढ़ होता जा रहा है विधुभाल–कावेरी की आँखों में देखता, वाणीधर की कथनी याद करता वह फिर दुहराता–"मेरी कामना है कि जीवन भगत सिंह सा जीऊँ और मौत पाऊँ चे-ग्वेवारा सी।"

"मुझे मालूम है।" कावेरी दोनों हाथों में उसका चेहरा ले बोल उठती है। सोचती है कितनी निर्दोष है उसकी यह सोच, इस भोलेपन के पीछे आग ही आग है। अपने आप में समेट कर समा लेने की प्रबल इच्छा जागी कावेरी के मन में। वर्जनाओं से उबर नहीं पायी थी, अब देर ही कितनी है। कुछ ही दिनों की तो बात है इस भड़कते शोले को मुट्ठी में बन्द कर लेगी। इतिहास अपने अन्तर्विरोधों को बनाये रखने के लिए कभी-कभी विचित्र हो जाता है इस विचित्रता से निबटने के लिए ज़रूरी है कि सभ्यता के अन्तर्भूत तत्त्वों के बीच की संवादहीनता को तोड़ा जाय। कावेरी सोच रही है।

"अमूर्त्तन हमारे समय का सच है। आने वाले दिनों में यह और बढ़ेगा, कर्म के सिवाय इसे दूर करने का दूसरा रास्ता नहीं है। कोई भी कद्दावर व्यक्ति उसके विरुद्ध अकेले नहीं लड़ सकता। सब आयेंगे चले जायेंगे। अहम् के विलयन का यह तरीक़ा कोई रचनाकार ही अर्पित कर सकता है।" विधुभाल की आँखों में गहराता नीलाकाश उतर आया।

सामान सहेजते हुए सोच रहा था विधुभाल कि अबके वह दिल खोलकर बातें कर सकेगा पुराने बालसंगियों से पटना में। बहुत दिन हो गये! कावेरी जाने के लिए स्टेशन चली गयी थी। वहाँ जाकर उसे शादी की तैयारियाँ करनी थीं। आवश्यक कार्य थे, वह नहीं जा सका था।

"पटना पहुँचकर फ़ोन करना। मैं तब तक घर में बैठी रहूँगी, जब तक तुमसे बातें न कर लूँ।" कावेरी मनुहार कर बोली।

"पगली।" प्यार करते हुए कह रहा था विधुभाल। कावेरी का मन काँप-काँप जाता था। ऐसा क्यों हो रहा है, सोच रही थी। शायद अतिशय प्यार के कारण। ऐसा लगता है जैसे यह वस्तु जो सबसे क़ीमती है कहीं खो न जाये।

"हफ़्ता दस दिन की बात है, हम साथ ही तो रहेंगे।"

"हाँ।" अधिक कह नहीं पायी थी, कॉमरेड कहीं कमज़ोर न समझ ले। उसे विदा कर अपना सामान ठीक करने लगा। कुछ पत्रिकाएँ ले लीं। अमृत की नज़रों से गुज़री तो होंगी। कहीं न देख पाया हो तो दिखायेगा उसे। कुछ रचनाएँ छपी हैं, कुछ की योजना है। अमृत को दिखाकर विधुभाल को अच्छा लगता है। धीमे पर दृढ़ शब्दों में उसका सुझाव व्यक्त होता है। एक सुनियोजित व्यक्ति है वह इसके बचपन का दोस्त जो इसके आकर्षण का प्रथम और प्रबल केन्द्र था। गर्मी अभी तक बाक़ी है। अमृत की सुव्यवस्थित, सुचिन्तित जीवन-शैली इसे रास न आती। अमृत की कमल की साझी गृहस्थी से यह जाने क्यों बचने लगा है, वहाँ यह अपने को सहज नहीं पाता। उससे थोड़ी अधिक सहजता इसे डॉ. अज़ीम और निकिता की निकटता में लगती। अपने जीवन के उस संक्रान्ति काल में ये सारे संबल रहे हैं। आज जो कुछ भी है विधुभाल, उसमें इन सबका बड़ा योगदान है। जीवन की व्यवस्था है विधिवत विवाह। शायद यह भी व्यवस्थित हो रहा है जो अपने इन मित्रों से सुख बाँटना चाहता है। अपनी ही कथा का स्वयं वाचन करने लगा विधुभाल। यह कथा उन्हें समवेत रूप से दिखायेगा, पुरानी यादें ताज़ा होंगी जब वहाँ यूँ ही कथा-कहानी, कविता-गीत सुनाने का दौर चलता। साहित्य से फिसलकर गीत-गान पर चली जाती बैठक। फिर नूर की वह दिल में उतरती आवाज़, उसका मधुर स्वर और मांसल गान। विधुभाल सहित सारे साथी मन्त्रमुग्ध होकर उसे निहारते सुनते।

वे दिन लौटें, न लौटें कोशिश तो की जाय। मुस्कुराता हुआ स्वरचित कथा पढ़ने लगता है। कथा का शीर्षक है–'पर्व'।

ढोल शिथिलता से बजते-बजते एकाएक रुक गया। गाने वाली स्त्रियाँ भी ज़्यादा उत्साहित नहीं लग रही थीं। पानी की बौछारें कुछ धीमी पड़ी थीं। लेकिन बड़ी ही खीज दिलाने वाले अन्दाज़ में बारिश हो रही थी मानो किसी क़ैदी से जुर्म का इक़बाल करवाने के लिए उसकी भौंहों के बीचोबीच बूँद-बूँद पानी टपकाया जा रहा हो। ढोल की आवाज़ बन्द होते ही कलवाले लड़के ने ढोलवाले को डपटना चाहा लेकिन वह भी मानो ढोलवाले की हठ-गाने की मुर्दा आवाज़ों और बारिश के खिजाने वाले टप-टपर से आधे मन से ही बोल पाया। आज की महफ़िल के फीकेपन के लिए किसे ज़िम्मेदार ठहराया जाय कहना मुश्किल है।

जिस दिन पर्व शुरू हुआ था उस रोज़ रात भर सब नाचते रहे थे। एक लड़की ने तो मानो जादू कर रखा था। बाद में मालूम हुआ कि वह एक पूरी औरत है। गरबा के सारे लड़के उसके पीछे लट्टू हुए जा रहे थे। किसी के साथ डांडिया खेलती तो वह पूरे जोश के साथ नाचने लगता। वैसे उस 'लड़की' के साथ अपनी पारी आने के पहले ही हर लड़का ज़्यादा ही उछल-कूद मचाने लगता। तो यह हुआ था पर्व की पहली रात ख़ूब धूम-धड़ाका। ढोलवाला भी मस्त होकर बजा रहा था, पिपुही वाले की गर्दन तो जैसे बैलून हो गयी थी और चेहरे माथे की एक-एक नस फूट पड़ना चाहती थी। शायद उस दिन और अगले दिन छुट्टी थी। इसलिए सब इतने मस्त थे। अगले दिन सुबह-सुबह दौड़कर दफ़्तर जाने की किसी हड़बड़ी से मुक्त। ढोलवाले को भी पहले दिन अपनी धाक जमाने की ख़ुशी थी। या फिर वह दस दिनों के लिए रख लिया जाय इसलिए मेहनत किया। शायद पर्व के पहले दिन उसमें जोश आ गया हो नये-नये चेहरों को नाचते देखकर। पता नहीं इनमें से कौन-सा कारण था? या कौन-सा प्रमुख कारण था? दूसरे दिन और आज तीसरे दिन बारिश ने सारा खेल बिगाड़ दिया। ऊपर से दफ़्तर भी खुल गये हैं। दो घण्टा ट्रेन में खड़े होकर जाना और धक्का-मुक्की में वापस आना। फिर रात में दो बजे तक कौन डांडिया नाचे। कोई तमाशबीन बना भी कब तक खड़ा रह सकता है।

हाँ, तो आज फिर ढोलवाले ने बीच में हाथ रोक दिया और कल वाला लड़का जो आयोजक है चीख़ पड़ा–अरे चाचा! चाय मँगवाता हूँ। बूढ़ा ढोलची हाथ हिलाने लगा। उसके भाव से लगता था कि वह थका तो है ही मरियल से चलने वाले इस नाच से भी उसका बजाने का मन नहीं हो रहा है। लड़के को एकाएक क्रोध आ

गया। आख़िर बूढ़े को बजाने के पैसे दिये गये हैं! कामचोरी क्यों करेगा, बोला; "तुम्हारा जब मन होगा रोक दोगे?" बूढ़ा कुछ असमंजस में खड़ा रहा लेकिन उसके चेहरे पर लाचारी और डिफेन्स के मिश्रित भाव थे। लाचारी का भाव ओढ़ा गया था क्योंकि वह इस लड़के की खुल्लमखुल्ला अवहेलना तो नहीं कर सकता। ऊपर से लड़के ने हिसाब-किताब की धमकी भी दे डाली थी। लेकिन आत्मसम्मान को लगी इस ठेस ने उसको एक अड़ियल टट्टू सा बना दिया। हालाँकि यह कुछ क्षणों के लिए ही हुआ। अगर उस वक़्त उस सुन्दर लड़की उर्फ़ औरत ने उसकी मनुहार नहीं की होती तो पता नहीं ढोलची भावों के इस द्वन्द्व से कैसे उबरता। उसने अपने सिर की नेहरू टोपी ठीक की, धोती को समेटा, हालाँकि यह सब कुछ साँस लेने के लिए किया था साथ ही यह डिफेन्स के हैंगओवर का चिह्न भी था। बूढ़े का शागिर्द—पिपुही बजाने वाला, इस बीच पूरे समय उसकी ओर मनुहार करती दृष्टि से देखता रहा 'कल हिसाब-किताब साफ़ कर देंगे—वाक्य ने उसके होश उड़ा दिये थे। उसने अपने तम्बाकू से पीले पड़े दाँत लड़के के सामने 'बा' दिये और मानो इस पूरे प्रकरण के लिए स्वयं दोषी हो उसने अपना कान खुजलाना शुरू कर दिया। वैसे कान पर उसकी अँगुलियाँ हल्का स्पर्श ही कर रही थीं। शायद उसे खुद नहीं मालूम था कि यह झेंपना या झेंप और दयनीयता का प्रदर्शन उसका कितना स्वाभाविक हिस्सा है। उसके हाथ उसके नहीं होते थे उस वक़्त।

जब फिर से नाच शुरू हुआ तो पिपुही वाले ने कभी गद्दारी नहीं की, तब भी नहीं अब उसकी बूढ़ी छातियों की बातियाँ फेफड़ों को दबाकर हवा का आख़िरी कतरा तक पिपुही में झोंक दे रही थीं और उसकी आँखों के सामने छाने वाला क्षणिक अँधेरा उसे पता नहीं किस खाई में धकेलने की कोशिश कर रहा था। बुढ़ापे के बाद मौत ही तो आती है।

आज पर्व के चौथे दिन पिपुही और ढोल में कोई अदृश्य समझौता हो गया है। आज नाच को उन्होंने ख़ूब लम्बा खींचा है। शुरू में देर तक धीरे-धीरे बजाते रहे हैं। नाचने वाले पसीने से सराबोर हो उठे हैं और जब सबकी शक्ति जवाब देने लगी है तो बूढ़े ने ढोल पर थापें तेज़ कर दी हैं। पिपुही और ढोल जल्दी-जल्दी बजने लगे हैं। नाचने वाले बेदम हो गये हैं। कई जोड़े धीरे-धीरे हटने लगे हैं। संगीत अपनी पराकाष्ठा पर पहुँच गया है। मैदान में कोई नाचने वाला नहीं है। पिपुही वाले की नसें ढीली पड़ जाती हैं। ढोलची बूढ़ा हाथ लटका चुका है।

बाजा फिर से बजने लगा है। पिपुही वाले की साँस फूल रही है। लड़का उन्हें चाय का लालच दे रहा है ओवरटाइम के बतौर। नाचने वाले नये जोड़े आ गये हैं। दूसरी कॉलोनी के लड़के भी जमा हो गये हैं। लड़कियाँ इठला रही हैं। सुन्दर लड़की उर्फ़ औरत आज चौथे दिन फिर चंचल हो उठी है। बाजा (धुन) उठता है

और गिरता है। उसमें क्षणिक ब्रेक आता है। फिर से नयी कड़ी शुरू हो जाती है। दो बजे रात तक तो बजाना ही पड़ेगा।

शायद लड़के ख़ुश हो जायें तो ओवरटाइम भी दे दें। कौन जानता है आख़िर। जाने के लिए तैयार होते हैं। देर रात सब थक गये हैं दोनों बजबइया बूढ़े थे। गाँव का कॉलोनी से लगभग पैंतालिस मिनट का रास्ता है। कहीं लड़का कीचड़ और अँधेरे में हड्डियाँ न तोड़ दे। तभी वही लड़का चिल्ला उठता है—

"अरे काका चाय तो पीते जाओ।"—दोनों बजबइया फिर से नंगी फ़र्श पर बैठ जाते हैं।

काफ़ी दिनों बाद स्वरचित कथा पढ़कर सब कछ याद कर बैठा विधुभाल। पुणे फ़िल्म इन्स्टीट्यूट में कुछ दिनों तक था उसी समय का अनुभव इस कथा में है। वह जानता है अमृत और निकिता किन-किन बिन्दुओं पर इस कथा की चीर फाड़ करेंगे।

'मराठी भावभूमि पर लिखी गयी बिहारी कहानी है।'

'कला के नाम पर शोषण को बड़े उथलेपन से दर्शाया गया है।'

'यार तुम अंग्रेज़ी में ही क्यों नहीं लिखते?'

यही सब वाक्यांश उछलेंगे। विधुभाल की मुस्कुराहट गहरी होती है। चलो ठीक है। बम्बई का अपना प्रवास याद आया! वहाँ' पर 'धर्मयुग' पत्रिका में काम करने वाले अपने मित्र के यहाँ ठहरा हुआ था। सुबह से शाम तक लगता यह शहर दौड़ रहा है कहीं, पता नहीं किस ओर। विधुभाल घूमने-फिरने निकल जाता है। सबसे अच्छा लगता उसे समुद्र के किनारे घूमना, एलिफैंटा गुफा देखने गया एक दिन, दिनभर मोटर बोट में घूमता रहा। घूमते-घूमते मछुआरों के गाँव में निकल गया। मछुआरों से दोस्ती कर ली। उनके यहाँ अक्सर जाया करता। उनसे अपने साथ मछली मारने को ले चलने का आग्रह कर दिया विधुभाल ने। मछुआरों ने अपनी नाव पर इसे ख़ूब घुमाया पर मछली मारने समुद्र के अन्दर नहीं ले गये। कहा अन्दर समुद्र में ताड़ जितने ऊँचे ज्वार आते हैं यह डर जायेगा। उस इलाके के पहाड़ों पर घूमने जाता विधुभाल। पहाड़ की चोटी से प्रकृति को निहारना बहुत सुखद होता है। एक विशाल झरना और पहाड़ पर से नीचे गिरती हुई पानी की मोटी धार (जलप्रपात) की जहाँ सीधी चढ़ाई चढ़कर जाना था। बहुत मज़ा आता।

नयी जगह के वे ही तो मज़े थे लेकिन बम्बई इसे अपने लायक नहीं लगी थी। घूम फिर कर चले आओ, देख लो कि दुनिया कितनी अजब है। बम्बई से लौटने के बाद पटना के मित्रों को सब कुछ सुनाया था और बताया था कि कैसे मात्र छह घण्टों के लिए ही वे अपने आवास में रह पाते हैं; कैसे लट्टू की मानिन्द उनका जीवन रोज़ी-रोटी की तलाश में एक ही बिन्दु पर घूमता रहता है। उसने आँखों देखा हाल सुनाया कि उसे तो गदहे की तरह दौड़ना अच्छा नहीं लगा।

"घोड़ा बन जाते।" डॉ. अज़ीम ने संजीदगी से कहा था।

"क्या? कैसे?" वह चौंका था। डॉक्टर के चेहरे पर शरारत थी।

"घोड़ा बनने खड्गवासला गये थे न?" हँस पड़े थे।

"तब आप जैसों से सामना कैसे होता?" अब सबके हँसने की बारी थी। ऐसे निर्मल हास्य के मौक़े वहीं आते हैं। वहीं तो हैं सारे ऐसे साथी जो कान पकड़कर दिशा-निर्देश दे सकते हैं। अपने आप रूठ जाता है उनसे विधुभाल, स्वयं ही मान भूल जाता है। कोई औपचारिकता नहीं, कोई वर्जना नहीं। भीतर-बाहर विधुभाल को जानने वाली मण्डली के पास जाकर हाथ-पैर छोड़ देता है मानो अथाह जल में सन्तरण के लिए। दिनों बिताये जाते हैं गहन बहुआयामी वार्ताओं में। डिकेन्स से लेकर डंकल तक, मार्क्स से लेकर माँ तक। जाने क्यों उतावला हो रहा है उनसे मिलने को।

कावेरी से अपने एकात्म प्रेम को विवाह तक पहुँचाने की कथा बताना चाहता है। बार-बार छलनी हुए मन की किस मुलायमियत से सँवारा उसने, उसका अहसास कराना चाहता है। डूबते को तिनके का सहारा देने वाली भावना की प्रतिमूर्ति कावेरी के सम्पूर्ण गुणों को पहले ही बताकर महिमामण्डित कर देना चाहता है विधुभाल। यह साया यादगार रहने वाली है।

"देखो, सावधान रहना। मैंने सुना है अपने ही दल के स्थानीय नेता तुम्हारे बढ़ते प्रभाव से अप्रसन्न हैं।" कावेरी ने कहा था।

"तुम यूँ ही सुन लेती हो।" इसने कहा था। संसदीय राजनीति करने वालों में नाम दर्ज हो गया है पार्टी का... अब संघर्ष और आत्मोत्सर्ग का मात्र समय नहीं रहा। कुछ लोग अवश्य कुर्सी पर बैठने को उतावले हो गये हैं। विधुभाल सोचता वह कहाँ उनके रास्ते में आता है। उसने कहाँ कुर्सी चाही है। वैसे ग़ौर कर रहा है यह कि ख़तरे बाहर से ही नहीं भीतर से भी बढ़े हैं।

"अरे तुम्हारे राज्य की पुलिस-सत्ता-गुण्डों का गठजोड़। उससे तो सावधान रहने की ज़रूरत है न!"

"उनके सामने हम हिमालय की भाँति खड़े हैं।"

"नहीं अभी नहीं। किसी भी टकराहट से तुम्हें बचना होगा। मेरी ख़ातिर।"

"अभी न चुनाव है न और कुछ डरने की क्या बात है?"

"पता नहीं, क्या बात है, डरती हूँ। तुम्हारे बिहार के जंगलराज से।"

यह तो सच है, सोचता है विधुभाल। बिहार में सन् 1970 से शुरू हुए किसान आन्दोलन का अध्ययन हो तो उसे दलितों-उत्पीड़ितों के ख़िलाफ़ होने वाली कार्रवाइयों का पता चल जायेगा। ज़मींदारों के लिए यह आन्दोलन निचली जातियों की स्त्रियों के साथ सोने, ग़रीब भूमिहीन किसानों को बेगार करने पर मजबूर करने, सामाजिक उत्पीड़न करने के मौलिक अधिकार के साथ-साथ ग़ैर-मजरूआ ज़मीन, सरकारी

ज़मीन-जंगलात की ज़मीन, भूदान अथवा फ़ाज़िल ज़मीन पर उनके परम्परागत दावे के ख़िलाफ़ एक चुनौती की तरह था। पुलिस के लिए भी यह आन्दोलन ख़तरा बनने लगा क्योंकि ऊँची अथवा नीची हैसियत के अनुरूप पक्षपातपूर्ण तरीक़े से न्याय करने के उनके रवैये का इसने पर्दाफ़ाश किया। अपने सारतत्व में यह किसान आन्दोलन एक लोकतान्त्रिक सामाजिक व्यवस्था के लिए है जिसमें जाति लिंग आदि के आधार पर किसी प्रकार का सामाजिक उत्पीड़न नहीं होगा। साथ ही आन्दोलन सामूहिक सम्पत्ति मसलन घास के मैदान, तालाब आदि के इस्तेमाल, भूस्वामित्व के सम्बन्धों में परिवर्तन, कृषिजन्य रोज़गारों की शर्तों के पुनर्निर्धारण के द्वारा भूमि समस्या के क्रान्तिकारी समाधान की माँग पेश करता है। इसके अलावा यह आन्दोलन सभी मूलभूत अधिकारों की बहाली, शासन और क़ानून के सामने सबकी समानता के सवालों को भी उठाता है। ये सुधार संविधान में दर्ज हैं लेकिन हाशिये पर खड़े लोगों के लिए शायद ही कभी अमल में लाये गये हों। इसीलिए भूस्वामी, प्रशासन और पुलिस से लड़ाई छिड़ी हुई है।

कावेरी का डर सही है। परन्तु डर-डरकर बैठना होता तो हाथ क्यों डालता। बिहार स्वयं विघटन के कगार पर खड़ा है। बिहार को विघटन से बचाने का भार जिन पर है वे स्वयं इसके ज़िम्मेदार हैं। पहले राजस्व मन्त्री, पहले मुख्यमन्त्री ने भूमि सुधार का माकूल तरीक़ा बिना राग-द्वेष के, बिना क्षुद्र स्वार्थ के अपनाया होता तो शायद स्थितियाँ भिन्न होतीं। अब वर्ग संघर्ष का बिगुल बजाने वाला विधुभाल सोचता है... "पहले मनुष्य तो बचे फिर बिहार बचायेंगे।"

'पहले मनुष्य की मनुष्यता को बचा लें।'

—यह सुधारवादी शान्तिदूत की तरह गाँवों में आँसू पोंछने आने वाले सर्वोदयी भी कहते हैं।

"इक्कीसवीं सदी में विधवाओं, बेसहारा बच्चों, बूढ़ों की फ़ौज और बंजर ज़मीन का अभिशाप लेकर प्रवेश करोगे?"

"गाँधी की सदी थी यह, गाँधी के भारत में यह नहीं होना चाहिए। चलो उठो मिलकर काम करो।" लगातार पीड़क और पीड़ित के बीच फिरते सर्वोदय ज़िद्दी नेता कहते जा रहे हैं।

हाशिये पर खड़े दलित की ओर निगाहें हैं अब सबकी। उनके बिना खेत बंजर पड़े हैं, अटारियों की विधवाएँ विलाप कर रही हैं। हाहाकार की आवाज़ गोलियों से ऊँची हो रही है।

भावुकता में भर उठता है विधुभाल। विषण्ण हो उठता है। फिर उसे अपनी मल्लाह भुजाओं का आवाहन करना पड़ता है उठ खड़े होने, डाँड़ उठाने। संघर्षशील

भावुक नहीं हो सकते। कविकर्म का भावुक पक्ष वर्ग-संघर्ष में नहीं चलता। काव्य-संसार अपने आप में एक पूरी दुनिया है...संघर्ष के असंख्य रूपों को अपने आप में समाहित किये हुए।...सुन्दर की धारणा का विस्तार किये हुए...रागात्मकता के प्रसार में शब्द और अर्थ के सम्बन्ध उद्घाटित करते हुए। साहित्य में अपने आपको ढालकर एक यन्त्रणा से मुक्ति पाता है विधुभाल; यद्यपि नितान्त व्यक्तिगत भावनाएँ होती हैं पर इसका सरोकार व्यापक होता है। उस सरोकार को सर-ज़मीन पर उतारने के लिए वह अपना सीना आगे कर चल पड़ता है। एक क्लासिकल कम्युनिस्ट के रूप में।

सोचता है विधुभाल, उसे कई-कई मोर्चों पर लड़ना है। सीवान यदि इसका कार्यक्षेत्र रहा है तब अधिक संघर्ष होगा। व्यक्तिगत घरेलू संघर्ष से आमना-सामना होगा। व्यापक होने की वह कोशिश करेगा पर जाति-विशेष के ठप्पे लगाकर राह रोकने की व्यवस्था होगी। सम्प्रदायवादी ताक़तों के विरुद्ध लड़कर उसने विश्वविद्यालय में तो जीत हासिल की, यहाँ कर ले तो क़िला फतह समझेगा। सिद्धान्तहीनता की पराकाष्ठा यह है कि प्रत्येक पार्टी में जातिगत विभाजन है। विधुभाल जानता है इन उलझनों में पड़कर आन्दोलन के वक़्त का छीजन होता है बस। वह नहीं चाहता कि अधिक दिनों तक सीवान में रहकर वक़्त बरबाद करे। परन्तु यहाँ की जनता विधुभाल को आशा से देख रही है। उसे हैरत होती है कि दूसरी पार्टी के नेता को यह सह्य लगता है, उससे भी अधिक अचरज की बात है कि दूसरी जातियों के लोग भी उसे चाहते हैं। यह स्वयं अपने आप को नेता बना देखना नहीं चाहता। नेता पहले ही बन चुका है, संसद की ओर नज़र नहीं जाती। बिना पूछे किसे समझाये।

ट्रेन का सफ़र नेरूदा के संस्मरण पढ़ते पार कर गया। वह एक सुन्दर भोर था। विधुभाल उत्साहपूर्वक मिला मित्रों सेफनिकिता के घर जुटान हुआ। चहक ऐसी कि पुराने दिन लौट आये।

“यार, अब और देर न कर, हम उतावले हो रहे हैं।” डॉ. अज़ीम थे।

अपने सिर के नीचे दोनों हाथ बाँध चित लेटा था विधुभाल। अधखुली आँखों से कमल को देख रहा था, इसी से मिलती-जुलती है कावेरी। साथ होते हुए भी मुक्त करती है। सभी योजनाओं में शरीक है पर निर्लिप्त सी देखती है। सभी निर्णयों पर हावी है पर पदचिह्नों तक। एक सुव्यवस्थित, सुविचारित जीवनसंगिनी साबित होगी। कावेरी की अनुपस्थिति में प्यार का सैलाब उठा। विधुभाल की माँ ने जब यह जाना कि इसी लड़की को उसके बेटे ने पसन्द किया है तब उसे अँकवार में भर लिया था। विधुभाल को पता भी नहीं था कि कहाँ-कहाँ कौन-सी पोटली बाँधकर माँ ने क्या रख रखा है। कावेरी के साथ ही बाज़ार गयी और उसे गहना-कपड़ा ख़रीद कर दे दिया।

“क्या माँ, इस सब आडम्बर की क्या ज़रूरत?” माँ से कहा।

“मेरी मर्ज़ी में तुम दखल न दो। मैंने लड़की छेंक ली। अब आज से यह मेरी

पतोहू मैं इसकी सास। है न बेटी।" कावेरी विधुभाल के कहने का बुरा मान गयी थी। अपनी बड़ी-बड़ी कजरारी आँखों से धरती निहार रही थी। विधुभाल को अपने कहे का पछतावा हुआ। वह मुस्कुराया।

"अब तुम्हें क्या हुआ? तुमने क्यों मुँह फुला रखा है?" विधुभाल ने कावेरी से पूछा। कावेरी कमरे से निकल आयी थी। विधुभाल पीछे लगा।

"कुछ नहीं।"

"देखूँ? कड़ा तुम्हारी कलाई में सुन्दर दीखता है।"

"छोड़ो।" कावेरो ने हाथ झटक दिया और आगे निकल गयी।

"छोड़ने को नहीं पकड़ा है।" विधुभाल ने जान-बूझकर सिनेमाई डायलॉग दिया। कावेरी को हँसी आ गयी।

"बेकार की बतौलेबाज़ी करते हो।"

"वही सही, अब तो सहन करना पड़ेगा इस बतौलेबाज को।"

"चुप रहो।" कावेरी की आँखें भर आयीं। प्यार की ऊष्मा का वाष्प था यह।

"क्या सोचने लगे विधुजी," कमल ने विधुभाल को स्मृतियों के जंगल से खींचा। विधुभाल झटके से उठ बैठा।

"यहाँ, इस वक़्त विधुभाल उपस्थित नहीं है; वह कहीं और है, मतलब इसकी रूह यहाँ नहीं है।"

"क्या किया जाय रूह के सुकून के लिए?" अमृत ने पूछा।

"मेरे ख़याल से इस नाचीज़ का इस्तेमाल किया जाये।" टेलीफ़ोन की ओर इशारा किया डॉ. अज़ीम ने।

"लाओ विधु, टेलीफ़ोन नम्बर दो।" निकिता ने कहा। कमल ने क़लम और स्लिप-पैड सामने कर दिया। विधुभाल ने आज्ञाकारी बच्चे की भाँति फ़ोन नम्बर लिखकर दे दिया। एक बार में ही कावेरी के घर फ़ोन लग गया। अज़ीम स्वयं फ़ोन पर थे। अमृत और निकिता कावेरी से मिल चुके थे, परन्तु डॉक्टर अज़ीम और कमल नहीं मिल सके थे।

"आप कावेरी बोल रही हैं? मैं पटना से डॉक्टर अज़ीम, लीजिए बात कीजिए। आपके बीमार मेरे वश में नहीं हैं। आप ख़ुद इलाज कीजिए।" विधु को चोंगा पकड़ा दिया अज़ीम ने। विधु कावेरी से आने-जाने का विवरण पूछने लगा। फिर अपनी यात्रा के सम्बन्ध में बातें करने लगा। डॉक्टर ने सबों को वहाँ से उठा दिया था।

"भई, प्रेमालाप में बाधा डालकर पाप का भागी कौन बने। हममें महाकाव्य लिखने की कूबत नहीं है, हम क्रौंच के जोड़े को क्यों मारें?" अपने अन्दाज़ में कहते इधर से उधर टहलते उनकी बातें छुप-छुपकर सुनते रहे। न रहा गया तब आकर विधुभाल के हाथों से चोंगा छीन लिया—

"क्या कॉमरेड, ये ही हैं आपकी बातें। अरे आप कुछ प्यार-मुहब्बत की बातें करें न!"

"यह आप अपने दोस्त को समझाइये न! उन्हें पहले पार्टी का काम सूझता है फिर प्यार मुहब्बत।" दूसरे छोर से आवाज़ आयी।

"पार्टी की बहुत बातें हो गयीं... अब तो कुछ हो! हम सब बाहर हैं कॉमरेड! एकान्त में हैं।" हँसते रहे डॉक्टर अज़ीम। फ़ोन विधुभाल को थमा कर बाहर चले गये थे। सब मिलकर इस बात का मज़ा लेने लगे कि रहा विधु बुद्धू का बुद्धू।

"ऐसा मत समझो, बुद्धू लोग नहीं प्यार करते हैं।" कमल थीं।

"बुद्धू ही प्यार करते हैं, विधुभाल अपने स्वभाव और गुणों के कारण औरतों में बहुत लोकप्रिय है। एक हज़ार में नौ सौ निन्यानबे स्त्री उसे प्यार करती हैं।" अमृत ने कहा।

"धत्" कहा कमल ने। निकिता हँसने लगी। तभी आ गया विधुभाल।

"देखो चेहरा कैसा चमक रहा है बरखुदार का।"

"आप लोगों की कल्पना बहुत उड़ती है। ऊँची और ऊँची। मैं बेचारा भला आदमी मिल गया हूँ बनाने के लिए। बना लीजिए।"

"तुम तो बने बनाये हो। बनायेगा कौन?" हल्का हो आया था विधुभाल। इन चुहलबाजियों में 'कथा' दिखाने का अवसर ही नहीं मिला। शादी कैसे होगी, कहाँ होगी, हनीमून कैसे मनेगा, कहाँ मनेगा कह सब बातें करते रहे साथी। बहुत उत्साह में था विधुभाल। बाल संगियों के साथ बैठकर खुराक मिल जाती है। बस स्टैण्ड तक छोड़ने आये डॉक्टर अज़ीम ने गम्भीर होकर कहा—

"लौट आओ विधुभाल, हमें छोड़कर कहाँ भटक गये हो।"

"अब बहुत आगे निकल गया हूँ; लौटना न होगा।"

"अपनी मर्ज़ी बहुत कर ली, हमारा भी हक़ है तुम पर।" अबोला रहा विधुभाल, हाथ दबा दिया डॉक्टर का गर्माहट से। थोड़ी देर तक डॉक्टर, उष्ण से स्पर्श को भोगता कुछ-कुछ अर्थ लगाने की चेष्टा करता रहा। लौटता नहीं है विधुभाल। अपने प्रस्थान बिन्दु की ओर पलटकर देखता भर है। प्रतिलिपियों से भरे इस संसार में मौलिक होने की ज़िद के साथ अड़ा है वह। कैम्पस को साथी कहता है 'वह रेयर आदमी है।'

तभी तो बिहार में हो रहे क़त्लेआम के प्रति नौजवानों के आक्रोश और जनता के साथ उनकी एकता को स्थापित करने के लिए उन्होंने बिहार की कई बार यात्राएँ कीं। इसे लेकर 'कैम्पस' में कुछ गुटों ने उसकी आलोचना की। आरोप लगाया था कि छात्र संघ के अध्यक्ष को सुदूर बिहार की समस्याओं की जितनी चिन्ता है उतनी कैम्पस में बूथ लगवाने जैसे कार्यों की नहीं। विधुभाल ने दृढ़ शब्दों में कहा कि देश

में जहाँ कहीं अत्याचार होगा वहाँ टीम लेकर जाना जारी रखेंगे। छात्र संघ का काम छोटी-मोटी सुविधाएँ प्राप्त करना मात्र नहीं है बल्कि समाज के क्रान्तिकारी रूपान्तरण में लगी तमाम शक्तियों को मज़बूत करने के लिए हिरावल दस्ते का काम करना है।

बस सीवान की ओर बढ़ती जा रही थी, सोचता चला जा रहा है विधुभाल, उसे कितना प्यार मिला है। इलाहाबाद में मित्र ने कहा था कि यह सीवान न जाय, पटना वाला काम सँभाले। जाने क्यों सब सीवान में उसके लिए ख़तरा महसूस करते हैं। मित्र ने कहा था, "तुम एक मृत्यु उपत्यका में जा रहे हो जिसे 'बिहार' कहते हैं, वहाँ जाकर शान्ति गीत गाने का दुस्साहस कर रहे हो।"

अब इस शंका का क्या उत्तर दे विधुभाल। उसने कसमें खायी हैं, 'पोयट्री, पैशन और पॉलिटिक्स' का नारा दिया है। कठिनतम समय में अनेक परीक्षाओं से गुज़रते हुए अपनी अस्मिता पायी थी, आज निष्कवच होकर निकला है। अपने ही जनपद में अपने इस नौजवान बेटे को ख़तरा है? हँसी आती है।

पूर्वी-उत्तरी उत्तर प्रदेश और पश्चिमोत्तर बिहार का सन्धिस्थल सीवान अन्तर्राज्यीय ही नहीं अन्तर्राष्ट्रीय सीमा को छूता है। पिछले छह-सात वर्षों में यहाँ सामन्ती ताक़तों के ख़िलाफ़ ज़बर्दस्त किसान संघर्ष फूटा पड़ा है। विधुभाल को किसान आन्दोलन के साथ छात्रों-नौजवानों, बुद्धिजीवियों और महिलाओं का मज़बूत मोर्चा विकसित करते हुए समूचे उत्तर पश्चिमी बिहार और पूर्वी उत्तर प्रदेश में तेज़ क्रान्तिकारी परिवर्तन का मॉडल विकसित करने भेजा गया है। माफिया अपराधी और सामाजिक लूट पन्थ की तथाकथित 'सामाजिक न्याय' की शक्तियों का प्रभुत्व आप से आप कम हो जायेगा—ऐसा सोचता है विधुभाल। उसे सन्तोष है कि जे.एन.यू. कैम्पस से निकला यह पहला छात्र, पूर्णकालिक वामपन्थी नेता है जिसने अपना कैरियर जनता की सेवा में समर्पित कर दिया है।

सीवान का जे.पी. चौक! गलियों तक मुण्ड ही मुण्ड। विधुभाल के आह्वान का एक-एक शब्द मानो पी रहे थे लोग। अचरज की बात है जिस आदमख़ोर के डर से लोग घरों के अन्दर भी मौन रहते हैं; जिसके कारण गाँव के गाँव ख़ाली हो गये उसका डर कहाँ बिला गया।

हमारे जंगल में कौन आया!

किसने हमारी सत्ता को ललकारा!

हमारे न्याय को किसने चुनौती दी।

कहाँ गयीं हमारी स्वचालित राइफलें!

"रायफल!"

"सरकार!"

"चुप क्यों हो? गरजो, भून डालो, हमें ज़िन्दा ख़ून चाहिए।"

पिंजड़े में चक्कर काट रहा था आदमख़ोर। कई बार बुढ़िया से कहा—'बेटे को मना करो वरना पछताओगी। क्यों अपनी क़ब्र खुद खोद रहा है।'

क़ब्र उसकी खुदती है जो मरता है, गोलियाँ इहलीला ख़त्म कर देती हैं, विचार नहीं मरते। विचारवान, संकल्पयुक्त आदर्श कभी नहीं मरते। विधुभाल के सिर और सीने में सात गोलियाँ लगीं।

"कौन है, कहाँ से आया? मुझसे भी जादे लोकप्रिय हो गया? इसे रोको कोई।"

"ई सब सम्प्रदायवादी ताक़त का हल्ला है, ई सब सामाजिक न्याय पर हमला है, ई सब निजी सेना का हमला है। बिहार को सब मिलकर बर्बाद कर दिया है, हमारे अकलियत का भाई को जेल में बन्द कर दिया अब हमारे जान के पीछे पड़ गया है सब।"

—चीख़-पुकार कर चक्कर काटती सरकार की पुलिस क़िले की हिफ़ाज़त में लगी रही। सगे वालों ने प्रस्तरयुग के मानव की भूमिका सँभाल ली। कौन है जो उनसे पूछे, कौन है जो उत्तरदायी माना जाय। बन्दरबाँट में शरीक वामपन्थी आन्दोलन के पुरोधा सर्वोच्च स्थान पर हैं। आँसू पोंछने के लिए उनके पास भी एक रुक्का है, एक लाख रुपयों का।

"क्या करूँगी मैं?"—फूट पड़ती है माँ। निकिता ने अँकवार में भरकर सँभाल रखा है। कावेरी बिखरे केश और प्रतीक्षाकुल खड़ी है, फटी-फटी आँखों से सब कुछ देखती हुई। क्या इन आधी मुँदी आँखों के आख़िरी सपनों में मैं कहीं ठहरी थी, क्या कहीं से यह मुझे देख रहा है? कॉमरेड विधुभाल शहीद हो गया है—मुझसे मेरा वादा लेने वाला विश्व वंचक निकला, मेरी ख़ातिर अपने को नहीं बचा सका। देखो मैंने रस्म निभायी, अप्रिल में आ गयी तुम ही चले गये राह में छोड़कर। तुम्हारा प्रतिदिन का कहा वाक्य मेरे चारों ओर वसन सा लिपटा है—

"सच्चा क्रान्तिकारी प्रेम की उत्कट भावनाओं से संचालित होता है, इस गुण के बिना किसी विश्वसनीय क्रान्तिकारी की कल्पना असम्भव है।"

निकिता की बाँहों का सहारा सहसा दूर होता गया। अम्माँ सबकी अम्माँ बन गयी। शोक का ऐकान्तिक सुख कहाँ रहा। शोक अपने आपमें एक सुख है दिलासा का, छाती कूटने का अवसर नहीं मिला। सब कुछ पार्टी की उपलब्धि में दर्ज़ हो गया। शहीदाना भाव का लाभ उठाने वालों की गिद्धदृष्टि सार्थक हुई। बैनर लिखने वालों की बन आयी। डाक बंगला चौक गुलज़ार हो गया।

अमृत बाहर गया हुआ था। यात्रा स्थगित कर दौड़ा गुमसुम रहने वाला विधुभाल अचानक वाचाल हो उठा। पहली अप्रिल की मूर्ख बनाने वाली ख़बरों में ख़बरें जुड़ती गयीं।

"देखो गुलमुहर में फूल आ गये!"

"अभी देर है।"

"तुम आकाश की ओर देखो तो सही।"

"कहीं तो नहीं है, पत्तियाँ दीख रही हैं हरी-हरी।"

"उधर देखो।"

"वह कोई अन्य फूल है, सेमल है शायद।" दिनेश जी चौराहे के पहले सिरे पर खड़े थे कथाकार मित्र के साथ।

"और कुछ दीखता है?"

"दीखता है, विधुभाल के द्वारा लिखे गये लेख, कविताएँ बड़े-बड़े पोस्टरों की शक्ल में चिपकी हैं दीवारों में।"

"यह क्या देख रहे हो, देखो उस ओर लव-कुश सेना वाले बैठे हैं धरनों पर।" —दिनेश जी देखते हैं चौंककर—नेता था विधुभाल, बिहार में पैदा हुआ था, किसी न किसी जाति का तो होगा। यूँ ही, कहीं भी कैसे भी क्योंकर जन्म ले लेगा? अच्छा-अच्छा, तो इसकी जाति यह थी। एक स्वप्नदर्शी आत्मोसर्गी नायक का यह अन्त। जाति-संघर्ष, वर्ग-संघर्ष की लपटों से घिरे इस प्रदेश में क्यों भटक रहे हैं नौजवान, क्यों बनते हैं आदमख़ोर, क्यों उठाते हैं हथियार। यदि सबों का लक्ष्य एक ही है—बराबरी, समानता, एकरूपता तो उसका तरीक़ा एक ही क्यों नहीं हो सकता! संविधान-सम्मत व्यवस्था को लागू करने के लिए हमारे नौजवान असफल क्रान्तियों की विवशता के लिए क्यों अभिशापित हैं?

"मैंने भटकाया उसे, मैंने" प्रलाप आत्मश्लाघा की हदें छूने लगीं अमृत की।

"न तो मैं खड़गवासला उसे अपनी साम्यवादी प्रवृत्तियों का हवाला देकर पत्र लिखता न वह वहाँ से लौटता। आज यह दिन देखना न पड़ता।" अमृत की आत्मस्वीकृति थी।

"क्या बकते हो, सेना में रहकर शहीद नहीं होते लोग क्या? तब पीस कीपिंग फोर्स के रूप में शहीद होता अब भी वही हुआ। हमें उस पर गर्व है।" एक कॉमरेड ने झपटा।

"हाँ, आपको शहीद मिल गया एक। तमगा लटकायेंगे उसकी तस्वीर का, आप अपराधी हैं; हमारे मित्र को छीन लिया।"

"करते रहो प्रलाप।" चौराहे पर शोर बढ़ गया था।

"जिस प्रकार शहीद ढिमाके प्रसाद सिंह को आन्दोलन का नेतृत्व करते वक़्त गोलियों से भून दिया गया था, उसी प्रकार ऊँची जाति के प्रतिनिधि ने हमारे पिछड़े वर्ग के नेता का क़त्ल किया है। आज हमें डॉ. अम्बेडकर, ज्योतिबा फुले और श्रीमती रमाबाई का कथन याद आ रहा है—"

"चोप्प" घुँघराले बालों पर हाथ फेरते, विधुभाल के शहीद होने का 'माने'

समझाने की चेष्टा करते बुद्धिजीवी बहुपठित नेता को, पार्टी के कॉमरेड ने डपट कर चुप करा दिया।

"जिसको जो मन में आये बोलता चला जाता है। आपके कथन से हमारे नेता का क़द छोटा होता है। आप समेटिये अपना डेरा-डण्डा, जाइये और पहले लौटाकर आइये अपना सरकारी सम्मान का रुपया तब भाषण दे लीजियेगा।" अपनी फ्रेंचकट दाढ़ी पर एक हाथ फेरते, दूसरे से अपना सँकरा सीना ठोंकते नव-कॉमरेड बोल उठे।

"माने कि, हम तो सम्मान की छोटी-सी राशि लौटा दें, आप लोग अपनी एम.एल.ए. और माने कि एम.पी. गिरी न छोड़ें। वाह भई वाह।" बुद्धिजीवी वक्ता तिलमिला उठे।

"यह सही वक़्त नहीं है वाद-विवाद का।" दिनेश जी ने जो थोड़ी दूर हटकर तमाशबीन की तरह खड़े थे झुंझलाकर कहा।

जयप्रकाश भवन के अहाते में भीतर-बाहर यूँ ही से जुटे लोग, एक हस्ब-मामूल भीड़ की शक्ल में खड़े लोग।

"गृहमन्त्री ने तत्काल एक लाख रुपये का चेक भेजा है।"

"कॉमरेड हैं, क्यों न भेजेंगे।"

"विधुभाल की अम्माँ ने लौटा दिया। बड़ा दुख हुआ उन्हें।"

"बेटे के, वह भी इकलौते आसरे के जाने का गम बहुत बड़ा है।"

"नहीं भाई, बेटे के दुःख से बड़ा दुख हुआ मुआवज़ा पाने का, जान की क़ीमत पाने का।"

"जायज़ है उनका दुख। हत्यारों का कुछ नहीं बिगड़ता, रुपये लेकर अम्माँ क्या करेगी?"

"गृहमन्त्री हत्यारे की गिरफ़्तारी क्या करवायेंगे, उन्हें कुर्सी पर रहना है या नहीं। कौन नहीं जानता है?"

"खुल्लमखुल्ला अन्याय है। यहाँ कोई सुरक्षित नहीं है। कश्मीर, पंजाब, पूर्वांचल प्रदेश सारे फीके हैं इस प्रदेश के सामने।"

"जानते हैं अम्माँ ने क्या कहा है?"

"क्या कहा है?"

"कहा है कि बेचारी सरकार घोटाले का केस लड़ रही है, उसे ही यह पैसा दे दिया जाय वकील की फीस के लिए।"

"वाह, ख़ूब कहा बूढ़ी ने।"

"माँ किसकी है? बहादुर और समझदार है।"

"हम सब डरपोक हैं। यथास्थितिवादी हैं परन्तु बहादुरों का सम्मान करना जानते हैं। सब समझते हैं।"

"क्या समझते हैं? समझना क्या है? इस गलित, गर्हित सड़ाँध का क्या विकल्प है? सन् चौहत्तर में उठ खड़े हुए थे हम। क्या निकला उससे? कँटीली झाड़ियाँ, विषधर नाग, फुँफकारते दरिन्दे। बिंधे पड़े हैं।" आक्रोशित स्वर।

"ऐसा ही होता है, इतिहास में पचास वर्ष के कालखण्ड को एक बूँद के समान मानते हैं हम। एक बूँद में गागर भर जल का पूरा तत्त्व रहता है। आप सब निराशा की बातें क्यों करते हैं यह आशा भूमि है! सूर्योदय के पहले का अँधेरा है; ज़ुल्म ख़त्म होगा। ज़ालिम कभी बहुत बड़ा नहीं होता है। वह कायर और अल्पजीवी होता है।" चौराहे की तकरीर से अलग खड़े एक सज्जन ने अनौपचारिक भीड़ से अपनी दृढ़ आवाज़ में कहा। गहरे नीले कुरते सफ़ेद खादी के पाजामे में; हाथों में पत्रिकाएँ थामे खड़ा देर से सुन रहा था भीड़ का कथोपकथन।

"प्रत्येक कोने से उठी लपटें कभी बुझेंगी भी भाई साहब! आपको विश्वास है कि बरबादी की कगार पर खड़ा यह प्रदेश कभी सामान्य हो सकेगा।" भीड़ से एक स्वर।

"हाँ, बिल्कुल।"

"कैसे? क्या तरीक़ा है?"

"शील, सत्य और त्याग को शक्ति और अज्ञान के ऊपर प्रतिष्ठित किया जाय। गाँधी के इस फॉर्मूला को एक बार आजमा कर देखना होगा। गाँधी के दाय के सम्मुख असभ्यता और राज्य की अन्तर्निहित कुटिल शत्रुता सदा पराजित होती है। गाँधी इस जगत की पवित्रतम स्वप्न और आशा हैं तथा मनुष्य के सभ्य होने की सुनिश्चित सम्भावना। गाँधी ने सभ्यता के भग्नावशेष से मनुष्यता का पुनराविष्कार किया। आने वाली प्रश्नाकुल चेतना सदा गाँधी से पाथेय प्राप्त करेगी।" भीड़ घनी होती जा रही थी। गाँधी की दुहाई देने वाला यह व्यक्ति कौन है, कौन है? फुसफुसाहट की तेज़ आवाज़ें। बोलते-बोलते रुक गया वह वक़्ता। चारों ओर एक नज़र देखा। ढेर सारे परिचित खड़े थे। भीड़ सिमट रही थी निकट सुनने के लिए।

"आप प्रदेश की बात करते हैं? मैं देश की बात करता हूँ। क्या भारत एक बार फिर गाँधी के निकट होने की इच्छा विकसित करेगा? इसके लिए सर्वनाश या 'सरवाइवल' में से एक को चुनने का समय आ गया है। सीमान्त पर खड़े लोग इस ओर आयें।" अपने हाथ से अपनी ओर आने का इशारा करता वह व्यक्ति सड़क पर आ गया, भीड़ ने दो फाँक होकर रास्ता दे दिया; चौराहे पर तकरीरें जारी थीं।

❑❑